Gewidmet der *Romantic Novelists' Association*
zum Diamantjubiläum ihres Bestehens.

Seit zwanzig dieser sechzig Jahre bin ich Mitglied
dieser wunderbaren Organisation, und in dieser Zeit
hat sie mir Folgendes vermittelt:
eine pragmatische Einstellung,
kolossale Unterstützung,
Kenntnisse über die Branche,
Karrierechancen und
ein Heer fantastischer Freunde.

1

Rosa drehte ihr Weinglas zwischen den Händen und versuchte, ihre Worte sorgfältig zu wählen, während in Ginos Straßencafé Stimmengewirr und Geklapper herrschten und auf der Küstenstraße der Verkehr vorbeidonnerte. Hier im geschäftigen Sliema standen mehr neue als alte Gebäude, und die Promenade war voller Verkäufer, die den Touristen Hafenrundfahrten andienten. Rosa zog Ta' Xbiex vor, wo sie wohnte und das mit seinen traditionellen, aus Stein erbauten Villen ungefähr eine Meile entfernt an der Küste lag. In Sliema hallte das Hupen der Autos durch die Luft, doch in Ta' Xbiex konnte man manchmal das sanfte Läuten von Kirchenglocken hören, das über den Booten, die auf dem glitzernden Meer wippten, in den blauen Himmel aufstieg.

Die maltesische Sonne versank in einem Lodern von Lila- und Pinktönen. Auf dem Meeresarm wiegten sich eine Reihe rot und blau gestrichener Fähren an ihren Anlegestellen. Durch den dichten Verkehr hindurch konnte Rosa erkennen, wie auf ihnen die Lichter angingen. Dahinter verwandelte sich die Skyline der Hauptstadt Valletta auf der anderen Seite des Marsamxett-Hafens in eine Silhouette aus Festungswällen, Kuppeln und Türmen.

Zach Bentley beobachtete sie über den Tisch hinweg. Sein kurzes dunkles Haar schimmerte, seine Augen waren braun, und seine Haut hatte einen sanften Goldton. Als er in der Nähe der Wohnung, die sie mit ihrer Mutter teilte, mit nacktem Oberkörper im Garten gearbeitet hatte, konnte Rosa ein Tattoo auf seinen Schultern erblicken, das ausgebreitete Schwingen darstellte. Jetzt stellte sie fest, dass er auch oberhalb des Handgelenks tätowiert war – ein Malteserkreuz, an dem ein Vogelkäfig mit weit geöffneter Tür baumelte.

Sie sprach hastig. »Ich fürchte, ich habe eigentlich gar nicht vor, Dates zu haben. Mum glaubt, ich bräuchte eine ›Sommerromanze‹, um über meine letzte Beziehung hinwegzukommen. Und da sie dabei war, als du gefragt hast, ob ich heute Abend etwas vorhätte … Schließlich ist sie hier auf Malta mit deinem Dad, Steve, zur Schule gegangen …« Sie zuckte mit den Schultern und verfluchte lautlos ihre herzliche und offene Mutter, Dory Hammond. »›Wie schön!‹, hat sie gleich gerufen. ›Dann braucht sich Rosa nicht zu langweilen, wenn ich mit Andy skype.‹ Als könnte ich mich nicht selbst beschäftigen, während sie mit ihrem Freund plaudert.« Rosa war nichts anderes übrig geblieben, als Zachs Einladung anzunehmen. Jetzt musste sie sich, statt über Marcus in England nachzugrübeln, mit diesem Mann hier auseinandersetzen.

Zach trank sein Bier, und sie meinte, ein belustigtes Funkeln in seinen Augen zu sehen. »Verstehe.« Die leise Andeutung eines Cornwall-Akzents in seiner Stimme stand im Gegensatz zu Rosas so markant ausgesprochenen Vokalen, wie es typisch für Yorkshire war. Dann grinste er und beugte sich verschwörerisch vor. »Um die Wahrheit zu sagen … meine Schwester Marci und ihre kleine Tochter Paige leben bei mir in der Familienwohnung. Da Marci noch recht neu hier ist und du auch gerade angekommen bist, wollte ich eigentlich vorschlagen, dass du mit Marci ausgehst und ich auf Paige aufpasse.«

»Oh!« Rosa verschluckte sich fast an ihrem nächsten Schluck Wein, und vor Verlegenheit stieg ihr das Blut ins Gesicht. »Und Mum hat dir stattdessen mich aufgedrängt.«

»Das macht mir natürlich gar nichts aus«, versicherte er ihr mit immer noch blitzenden Augen. »Aber wahrscheinlich ist es eine gute Idee, mich nicht zu daten.« Er schien kein Problem damit zu haben, sich gleichzeitig über seinen Witz zu amüsieren und sich ein wenig über sich selbst lustig zu machen.

Zögernd stieß sie ein leises Lachen aus. »Meine verflixte Mutter!«, sagte sie trotzdem verärgert.

Er wurde ernst. »Marci scheint zu denken, dass sie in der Wohnung hocken muss, wenn Paige im Bett ist. Tagsüber geht sie mit ihr schwimmen, oder die beiden erkunden die Insel, aber ich finde, es würde ihr wirklich guttun, wenn sie ab und zu am Abend ausgeht.« Er unterbrach sich kurz. »Ich schätze, Marci hätte nichts dagegen, wenn ich dir das verrate«, fuhr er dann fort. »Sie nimmt sich eine stressbedingte Auszeit. Für ihren neuen Chef scheint es selbstverständlich zu sein, dass seine Mitarbeiter jederzeit bereit sind, Überstunden zu machen, und das ist für eine alleinerziehende Mutter gar nicht zu leisten, weil sie eine Kinderbetreuung braucht.«

Die Autos um sie herum stauten sich jetzt, und Rosa sprach lauter, um das Hupkonzert zu übertönen. »Hoffentlich verstehen Marci und ich uns, wenn wir uns kennenlernen. Mum hat mir von ihr erzählt, als ich Paige bei dir im Garten gesehen und gefragt habe, wer sie ist. Mum weiß immer über alle Bescheid.« Dory, die sich schon seit Anfang

Mai auf Malta aufhielt, hatte Rosa auch berichten können, dass Zach und Marci eine jüngere Schwester namens Electra hatten, die momentan herumreiste.

Zach schien klar zu werden, dass Rosa einen von ihm organisierten Frauenabend wohl genauso wenig zu würdigen wüsste wie ein von ihrer Mutter arrangiertes Date. Er begann wieder, über ihr Nicht-Date zu witzeln. »Ich könnte dich direkt nach Hause fahren, wenn du willst. Aber dann kommt deine Mum vielleicht auf die Idee, ich wäre zudringlich geworden oder unerträglich langweilig gewesen. Außerdem muss ich irgendwie ständig an Spaghetti Rizzi denken.«

Sie mochte seine lustige und unkomplizierte Art und griff nach der Speisekarte. »Lass uns etwas essen. Ich will Mum keine weiteren Vorwände dafür liefern, sich in mein Leben einzumischen.«

Eine schlanke, blonde Kellnerin blieb mit Notizblock und gezücktem Stift an ihrem Tisch stehen. »Wollen Sie bestellen?«

Die Speisekarte war sowohl auf Englisch als auch auf Maltesisch gedruckt. Rosa sah, dass »rizzi« Seeigel waren. Sie entschied, dass sie bei ihrer Mum noch ausreichend Gelegenheit haben würde, neue Gerichte zu probieren. »Penne mit Hühnchen und noch ein Glas Weißwein, bitte«, sagte sie daher.

Zach gab seine Bestellung auf und wandte sich dann wieder Rosa zu, während die Kellnerin davoneilte. »Arrangiert deine Mum oft Dates für dich?«

Rosa brachte ein Lächeln zustande. »Nur, wenn sie mich ermuntern will, meinen Ex zu vergessen.«

Hinter Zach erklang Jubelgeschrei. Eine Gruppe schaute auf einem Fernseher, der unter der Markise hing, ein Fußballspiel an. Die Fußballfans klebten praktisch am Bildschirm, während die anderen Gäste sich umso lauter unterhielten, um sie zu übertönen.

Zachs Blick wurde weicher, und sein Gesichtsausdruck wurde ernst. »Meiner Erfahrung nach verarbeitet jeder so etwas in seinem eigenen Tempo.«

Damit sammelte er Punkte, weil er anscheinend verstanden hatte, was sie unausgesprochen gelassen hatte, und weil er sich nicht auf seinem Stuhl umdrehte, um festzustellen, ob ein Tor gefallen war. Trotzdem wollte Rosa lieber das Thema wechseln. »Wenn dein Dad aus einer Militärfamilie stammt wie Mum, wie kommt es dann, dass das Terrassenhaus in Ta' Xbiex deiner Familie gehört?« Ihr Wein wurde gebracht. Sie dankte der Kellnerin und trank den ersten Schluck, solange er noch kalt war. Sie war zwar erst vor zwei Tagen auf der Insel angekommen, doch sie hatte schon die Erfahrung gemacht, dass es nicht lange dauerte, bis gekühlte Getränke an einem heißen Junitag vor der Wärme kapitulierten und lauwarm nicht mehr zu genießen waren.

Er machte es sich auf seinem Stuhl bequem. Die Brise zerzauste ihm das Haar, das zu Beginn des Abends noch ordentlich zurückgekämmt gewesen war. »Mein Großvater war mit der Army hier stationiert, genau wie deiner. Grandad Harry hat meine Großmutter Rebekah, die Malteserin ist, kennengelernt und geheiratet. Nanna und meine Großtante Giusi haben das Haus von ihren Eltern geerbt. Als sie Kinder waren, nannte man die Straße eher ›Ta' Xbiex-Terrasse‹ statt wie heute ›Ir-Rampa‹ – ›die Rampe‹.« Seine Aussprache von »Ta' Xbiex« unterschied sich leicht von Rosas, bei der es eher nach »Tash Beesch« klang. Sein »sch« hatte noch den Anklang eines weichen »j«, was Rosa bewusst machte, wie sehr sie mit dem Maltesischen zu kämpfen hatte. Zu ihrem Glück war Englisch die andere offizielle Sprache der Insel.

»Terrasse trifft es schon ganz gut«, meinte sie. »Ich finde es großartig, wie das Haus so eine Art Oberdeck über der Straße darunter bildet.«

Zach nickte. »Das Haus war so groß, dass es nicht leicht zu vermieten war, daher haben Nanna und Tante Giusi beschlossen, es zu vier Apartments umzubauen, von denen jeder zwei gehören sollten. Nachdem der Rohbau fertig war, haben sie mir angeboten, den Innenausbau zu übernehmen.«

Ein Bild des Badezimmers, in dem sie noch vor ein paar Stunden nackt gestanden hatte, schoss Rosa durch den Kopf. Ein eigenartiger Gedanke, dass Zach derjenige gewesen war, der die weißen und türkisfarbenen Kacheln an den Wänden angebracht hatte. »Mum war sehr froh, dass sie über die Armykinder-Gruppe im Internet und deinen Dad die Wohnung gefunden hat. Sie ist wunderschön. Da hast du großartige Arbeit geleistet.«

Er wirkte beinahe überrascht über das Kompliment. »Ich hoffe, ihr genießt euren Sommer dort.«

Sie zuckte mit den Schultern. »Momentan ist alles noch sehr neu für mich, weil ich in meinem ganzen Leben erst in drei verschiedenen Häusern gewohnt habe – zweimal bei Mum und einmal zusammen mit meinem Ex, Marcus, und alles in unserer Heimatstadt Liggers Moor. Lebst du schon lange hier?« Die Kellnerin steuerte auf sie zu, schlängelte sich zwischen den Tischen hindurch und stellte schließlich ihre Gerichte vor sie hin. Rosa schüttelte ihre Serviette aus.

Zach griff nach seiner Gabel und belud sie mit Spaghetti. »Ich bin auch in Großbritannien aufgewachsen, aber ich liebe Malta. Wahrscheinlich werde ich irgendwann zurückmüssen, aber ich bin noch nicht mit Tante Giusis unterem Apartment fertig. Sie hat sich bislang weder für eine Küche noch für ein Bad entscheiden können, weil sie am liebsten ihr

Haus in Lija verkaufen und selbst hier einziehen würde. Außerdem arbeite ich selbstständig und helfe bei einem Cousin aus.«

»Kommt dein Dad nächste Woche auch zum Ehemaligentreffen der Armykinder nach Malta?« Rosa fühlte sich inzwischen richtig wohl. Ihre Penne mit Hühnchen schmeckten köstlich, und Zach erwies sich als angenehmer Begleiter.

Er schüttelte den Kopf. »Er hat gerade eine neue Stelle angetreten, und Mum hat schweres Gelenkrheuma, wodurch ihr das Reisen schwerfällt. Er hat Marci gebeten, ihn bei dem Treffen zu vertreten.« Er verstummte kurz und zog die Augenbrauen hoch. »Was würdest du davon halten, wenn Marci mit dir und Dory geht?«

Rosa nickte. Sie fand, dass es in einer Gruppe einfacher wäre, Marci kennenzulernen und festzustellen, ob sie einander mochten. »Natürlich, wenn sie möchte. Nimmst du denn nicht daran teil?«

»Ich glaube, Dad und Marci haben das schon unter sich ausgemacht.« Zach legte Löffel und Gabel ab. »Dory hat mir erzählt, dass sie seit ihrer Kindheit nicht mehr auf Malta war.«

Der Nachbartisch saß voller lärmender Touristen. Rosa beugte sich vor, damit er ihre Antwort verstehen konnte. »Bis diesen Sommer«, sagte sie und nickte. »Nach meiner Geburt hat mein Dad sich ziemlich schnell verdrückt, daher war Geld immer ein Problem. Sie ist entzückt darüber, bis Oktober hierzubleiben. Ich konnte in meinem Job unbezahlten Urlaub nehmen, um über den Sommer als ihre Assistentin zu arbeiten, und Mum hat sich um die Aufenthaltsgenehmigungen gekümmert.«

Zachs Augen wirkten jetzt dunkler, als die Lichter aufflammten und der letzte Rest der kurzen Abenddämmerung finsterer Nacht wich. »Sie scheint sich als Kochbuchautorin gut zu schlagen. Was machst du denn normalerweise beruflich?«

»Eventmanagement und Sponsoring«, entgegnete Rosa knapp, denn sie hatte gerade keine besondere Lust, an die ganze traurige Geschichte zu denken. »Warst du in England auf dem Bau tätig?«

Er unterbrach sich, während sie bei der blonden Kellnerin Eiskaffee für Rosa und einen Espresso für Zach bestellten, und antwortete erst dann. »Zuletzt habe ich für einen Verbund privater Schulen Daten erfasst und Berichte geschrieben.« Er grinste über ihre, wie sie selbst wusste, verständnislose Miene. »Du brauchst nicht zu tun, als wüsstest du, was das ist. Ich habe Daten der verschiedenen Schulen, die dem Verbund angehören, erhoben und den Treuhändern, Geschäftsführern, dem Personal, den Schülern, den Eltern und der Schulaufsichtsbehörde vorgelegt.«

»Hat wenig mit dem Ausbau von Wohnungen zu tun«, bemerkte sie.

Er wandte den Blick von den sich unterhaltenden Gästen des Straßencafés ab und sah über die Küstenstraße hinweg zu einem großen Touristenschiff, das rückwärts am Kai angelegt hatte. Die Passagiere drängten von Bord. »Nachdem ich damals von zu Hause ausgezogen war, habe ich an den Wochenenden bei einem kleinen Bauunternehmen gejobbt, dabei habe ich mir einiges abgeschaut. Außerdem schreibe ich noch freiberuflich diese Berichte, um mich finanziell über Wasser zu halten.« Der Eiskaffee und der Espresso wurden gebracht, und Zach gab Zucker in seine Tasse.

Rosa nippte an ihrem kalten, cremigen Getränk und sah sich unter den Menschen um, die von einem Café zum anderen schlenderten. Maltesisch und Englisch mischten sich mit anderen Sprachen, und Palmen erhoben sich über den Autos in der Nähe. »Es muss cool für unsere Eltern gewesen sein, hier aufzuwachsen.«

Zach veränderte seine Haltung, und kurz streifte sein Knie unter dem Tisch das von Rosa. »Ich hätte es toll gefunden. Es ist, als wäre mir gerade erst bewusst geworden, dass ich auf zweifache Weise mit Malta verbunden bin – durch meine maltesische Großmutter und meinen Großvater, der mit der britischen Army hier stationiert war. Früher habe ich immer gestöhnt, wenn wir Familienurlaub hier gemacht haben. Dann haben wir Verwandte besucht oder alte Kasernen besichtigt, während ich am liebsten schnorcheln gegangen wäre.« Er lächelte strahlend. Es hatte so geklungen, als wären seine Worte von Herzen gekommen.

»Wird dein Großvater dich hier besuchen?«, fragte Rosa.

»Mein Grandpa wollte nicht. Grandma ist vor drei Jahren gestorben, und ohne sie mag er nicht.« Es versetzte ihr einen Stich, sich ihre geliebten Großeltern vorzustellen, Lance und Bette McCoy. Heutzutage nahm sie in Lance' abwesendem Blick oft seine Trauer um Bette wahr.

»Leider nicht.« Zach seufzte kaum merklich. Um sie herum lachten und plauderten Menschen, telefonierten oder riefen nach Kellnern, doch Zach starrte nachdenklich aufs Meer hinaus, als hätten ihre Fragen bei ihm einen Stimmungsumschwung ausgelöst.

Dann riss er sich aus seinen Gedanken und wechselte das Thema. »Wenn du Party machen willst, ist Paceville genau das Richtige. Genau wie die Shopping Mall The Point in Tigné, und auch in und um Sliema gibt es gute Einkaufsmöglichkeiten. Die Fähre nach Valletta legt dort drüben an, wo der Sliema Creek – der Meeresarm – in den Marsamxett-Hafen übergeht.« Mit einer Kopfbewegung wies er zu den

Schiffen. »Die Architektur in Valletta ist großartig, und auch der Blick vom Grand Harbour auf die andere Seite der Stadt. Und lass dir Mdina nicht entgehen …«

Blinzelnd hörte Rosa zu, wie Zach über Maltas Sehenswürdigkeiten dozierte. Es war, als wäre bei ihm ein Schalter umgelegt worden, der ihn in einen Fremdenführer verwandelt hatte. »Danke«, meinte sie schließlich. »Ich unterstütze Mum bei ihrer Arbeit und fange morgen an. Sie ist hier, um ein neues Buch zu schreiben, daher vermute ich, wir werden uns die Sehenswürdigkeiten zwischendurch ansehen, wenn es gerade passt.«

Er reagierte so, als hätte sie ein Stichwort ausgesprochen. »Ich lasse uns die Rechnung bringen.«

Als sie kam, legte Rosa ihren Anteil in Euro auf den Tisch.

Zach verzog einen Mundwinkel. »Aha. Etikette eines Dates, das keines ist.« Aber sein Lächeln wirkte nicht mehr ungezwungen. Er kramte seine Autoschlüssel hervor, woraus Rosa schloss, dass er sie nach Hause fahren wollte.

Im Wagen setzte er mit der Miene eines Mannes, der wusste, dass die anderen Fahrzeuge anhalten würden, rückwärts in den Strom von Scheinwerfern hinaus. Rosa fragte sich, wie der Abend wohl geendet hätte, wenn dies ein *echtes* Date gewesen wäre.

Dann wäre sein plötzlicher Stimmungswechsel ein ziemlicher Absturz gewesen.

2

Zach fuhr Rosa auf der Uferstraße zurück nach Ta' Xbiex. In jede Richtung erstreckten sich zwei Fahrspuren, auf denen sich dicht an dicht Autos drängten. Rechts von ihnen blitzten grelle Lichter, und in Bars plärrte Musik. Zu ihrer Linken spiegelten sich Laternen, die zwischen den Palmen standen, zuckend auf der schwarzen Oberfläche des Sliema Creek. In den Häfen und auf den Meeresarmen von Malta wimmelte es vor Booten: Motorjachten, Segeljachten und Katamarane; Ruderboote, Schlauchboote, Fähren, Kreuzfahrtschiffe, Partyboote, Hafenrundfahrt-Boote und Wassertaxis. Sie gehörten zusammen mit dem Meer zu allen seinen Jahreszeiten genauso zur Landschaft wie der goldfarbene Stein, aus dem die Häuser der Insel erbaut waren.

An der »Rampe« angekommen, parkte er vor dem Ta'-Xbiex-Terrassenhaus. Dessen drei Stockwerke bestanden vollständig aus Stein: Mauern, Balkone und exquisite, kunstvoll verzierte Balustraden. Auf Straßenebene befanden sich die Garagen und das Kellergeschoss. Die untere Wohnung mit ihrer dazugehörigen Terrasse – die momentan an Dory und Rosa vermietet war – lag im Stockwerk darüber und war über eine elegante Steintreppe zu erreichen. Der Garten neben der Terrasse, in dem hinter einem verschnörkelten schwarzen Zaun stachlige Agaven und Schatten spendende Palmen wuchsen, die obere Wohnung sowie die Dachterrasse wurden von der Familie Bentley genutzt.

Rosa kletterte aus dem Auto, und Zach brachte sie noch zu ihrer Wohnungstür – nicht, weil er glaubte, sie brauchte Schutz, sondern weil er das Gefühl hatte, ziemlich unhöflich gewesen zu sein, als seine Gedanken am Ende der Mahlzeit in die grauen Sphären des Unglücks abgeglitten waren, die er so gut kannte. Sie hatte irritiert dreingeblickt und auf dem Heimweg nur wenig gesagt.

Er hatte nicht erklären wollen, dass weder sein Dad noch sein Großvater ihn auf Malta besuchen würden. Zach und sein Dad hatten während der letzten paar Jahre kaum miteinander gesprochen, und Grandad Harrys Demenz würde ihm statt der sonnendurchfluteten Insel, die er einst geliebt hatte, einen furchterregenden, unbekannten Ort vorgaukeln. Nanna pflegte Grandad, daher würde sie ebenfalls nicht kommen.

Jetzt drehte sich Rosa höflich lächelnd um. »Danke fürs Fahren.« Sie legte die Hand an die Tür.

»Gern geschehen«, gab er ebenso zuvorkommend zurück. »Man sieht sich.« *Ich hoffe, es war okay für ein Date, das keines war*, hätte er am liebsten hinzugefügt, beschloss jedoch, dass die Zeit für Scherze vorbei war.

Als sie in ihrer Wohnung verschwunden war, stieg er nicht die Treppe hinauf, die zur Familienwohnung führte, sondern eilte die hinab, über die man wieder zur Straße gelangte. Sobald er auf dem Gehweg stand, öffnete er auf seinem Handy eine Taxi-App und bestellte sich einen Wagen, der ihn zu den Bars von Paceville bringen würde.

Er hörte ein leises Geräusch hinter sich und wandte sich um.

Und da stand Rosa auf der Treppe.

Die beiden sahen einander an. »Oh«, sagte sie zögerlich. »Ich dachte, du wärest schon weg.«

»Ich dachte, du wärest in deiner Wohnung.« Er beobachtete, wie sie von einem Fuß auf den anderen trat.

Sie machte noch ein paar Schritte. »Es ist noch früh. Ich dachte, ich gehe aus und beschnuppere das Nachtleben, von dem du mir erzählt hast.«

»In Paceville?« Er zögerte. »Ich wollte auch dorthin. Ich warte gerade auf ein Taxi.«

»Oh.« Sie stieß ein unsicheres Lachen aus. »Könnten wir uns eins teilen? Ich erwarte auch nicht, dass du bei mir bleibst oder so. Aber ich möchte mich gern ein wenig umsehen.«

»Okay. Natürlich … Hör mal, du fährst aber auch mit dem Taxi wieder nach Hause, ja? Malta ist ziemlich sicher, aber …«

Entschlossener sprang sie jetzt die letzten beiden Stufen hinunter. »Danke. Wird gemacht.« Schweigend warteten sie, und das einzige Geräusch war das Rauschen des Verkehrs unterhalb der Rampe.

Zach dachte über die Frau nach, die neben ihm stand: Sie war zierlich, hatte Sommersprossen auf den hohen Wangenknochen und hellbraune Augen, die im Sonnenschein funkelten. Er hatte sie gestern Nachmittag von der Dachterrasse aus gesehen und war stehen geblieben, um zuzusehen, wie ihr das dichte, zu einem toffeebraunen Bob geschnittene Haar bei jeder ihrer schnellen Bewegungen um den Kopf wippte, während sie mit Dory plauderte. Wenn sie lachte, kräuselten sich kleine Lachfältchen um ihre Augenwinkel.

Er hatte ihre fein geschwungenen Lippen betrachtet und eine starke sexuelle Anziehungskraft verspürt.

Sich von jemandem körperlich angezogen zu fühlen, war großartig. Fantastisch sogar, wenn die Person, zu der man sich hingezogen fühlte, einen ebenfalls attraktiv fand. Wenn man allerdings danach urteilte, wie sehr sie sich bemüht hatte, ihm klarzumachen, dass ihr gemeinsam verbrachter Abend kein Date war, traf Letzteres dieses Mal nicht zu.

Das war schon in Ordnung. Eines wusste er über sexuelle Anziehungskraft: Auch wenn sie einem die Sinne schärfte und prickelnd über die Haut lief, brauchte man ihr nicht nachzugeben. Das war wie der Blick auf ein teures Gemälde, das in der Kunstgalerie von Sliema hing und ihm gefiel: *Boote vor Anker in der Spinola-Bucht, früher Morgen.* Es würde ihm nie gehören, aber das hielt ihn nicht davon ab, den Anblick des Bildes zu genießen. Schöne Dinge waren schön anzusehen – obwohl ein Gemälde bei ihm vielleicht nicht denselben kribbelnden Strudel der Erregung auslöste wie Rosa.

Seine Gedanken schlugen eine andere Richtung ein, als Scheinwerfer die Nacht durchdrangen und eine schwarze Limousine am Straßenrand hielt. Er hielt Rosa die Tür auf, die ihnen am nächsten war, ging dann auf die andere Seite und stieg neben ihr ein. »Paceville?«, fragte der Fahrer und grinste. *Durch die Clubs ziehen, was? Mit ihr? Wow*, schien er sagen zu wollen. Zach lehnte sich zurück, als der Wagen um die Biegung fuhr, den Hang hinunterglitt und das exklusive Rampenviertel hinter sich ließ, um die Küstenstraße zu nehmen. Dann hielt er sich landeinwärts und passierte Sliema und den größten Teil der St.-Julian-Bucht. Sie bewegten sich im Stop-and-go-Tempo über die Straße, die vor Front- und Rückscheinwerfern wimmelte. Rosa sah mit gelassener, interessierter Miene aus dem Fenster.

Die Ironie besteht darin, dachte Zack und schwankte mit der Bewegung des Autos, als der Fahrer eine rote Ampel überfuhr, dass ich gern ein Date mit Rosa gehabt hätte. Aber sie lebten zu dicht beieinander, um sich auf eine zwanglose Begegnung einzulassen, und für mehr war er nicht zu haben. Er stand Beziehungen misstrauisch gegenüber. Zweimal war er schon sitzen gelassen worden, und einmal hatte man ihm vorgeworfen, jemandem gefühlskalt das Herz gebrochen zu haben. Es waren keine ermutigenden Erfahrungen gewesen.

Besser wäre, wenn Rosa und Marci sich anfreundeten. Die Angststörung seiner Schwester hielt sie in ihren schleimigen grauen Klauen, und er konnte es nicht ausstehen, sie so antriebslos zu sehen, dass es ihr sogar Mühe machte, sich um Paige zu kümmern.

Es schien, als hätte Rosa seine Gedanken gelesen. »Und es macht dir wirklich nichts aus, den Babysitter für deine Nichte zu spielen?«

»Das mache ich gern, jederzeit«, gab Zach zurück. »Paige hat bei mir einen dicken Stein im Brett. Vielleicht ist es nicht cool, mit einer Vierjährigen rumzuhängen, aber ich habe sie lieb.«

Ihm ging auf, dass Rosa und er schon zum zweiten Mal an einem Abend ein Nicht-Date miteinander hatten. Am liebsten hätte er laut gelacht, was wenigstens seine Stimmung gehoben hätte.

Da er nicht überzeugt davon war, dass Rosa das ebenfalls witzig finden würde, wenn er seine Feststellung erwähnte, wandte er seine Gedanken den Clubs mit der wummernden Musik und den Bars mit ihren Neonreklamen zu, die sich in der Triq Santa Rita – der Santa-Rita-Straße – dicht an dicht aneinanderreihten. Die Triq Santa Rita, die aus einer riesigen Treppe bestand und in der vierundzwanzig Stunden am Tag und sieben Tage die Woche alles geöffnet hatte, erwachte bei Nacht erst richtig zum Leben.

Für viele Touristinnen war dies der Ort, an dem sie nach einer Urlaubsaffäre suchten, und Zach stellte sich dafür gern zur Verfügung. Beim Sex brauchte er nicht über alles nachzudenken, was in den letzten paar Jahren schiefgelaufen war. Alles, was er falsch gemacht hatte.

Doch jetzt hatte er Rosa dabei. Er zögerte. »In Paceville kann es ein wenig wild zugehen«, erklärte er dann. »Vielleicht darf ich dir wenigstens meine Nummer geben?«

Er hatte den Eindruck, dass sie ein Aufseufzen unterdrückte, aber sie tauschten ihre Handynummern aus. Als der Fahrer an der Pjazza von Paceville hielt, sprang sie aus dem Wagen und zählte akribisch genau ihre Hälfte des Fahrpreises ab. Mit einem schnellen »Danke!« verschwand sie in den Urlaubermassen, als wollte sie betonen, dass sie nicht vorhatte, sich an ihn zu hängen.

Nachdem er ihr nachgesehen hatte, wie sie in Richtung Triq San Ġorġ davoneilte, wo es wenigstens nicht ganz so verrückt zuging wie in der Triq Santa Rita, schlängelte sich Zach durch die Mengen und vorbei an dem aus unerfindlichen Gründen hier ansässigen Supermarkt Arkadia. Sekunden später stürzte er sich in die heiße Luft unter dem Gewirr der Neonreklamen, die für Bars und Clubs warben. Die ungleichmäßigen Stufen fühlten sich unter seinen Füßen vertraut an. Auf halbem Weg nach unten befand sich eine Bar namens *Spirit*, deren Name in blauen Neonbuchstaben über hohen, in eine mattschwarze Fassade eingelassenen Glastüren prangte. Rechts und links befanden sich Shisha-Bars und darüber ein »Herrenclub«. Zach mochte das *Spirit*, weil das Publikum aus Menschen in den Dreißigern bestand und die Preise nicht so überzogen waren wie in einigen anderen der Bars in Paceville. Nachdem er hineingegangen war, um sich zwei Gläser Cisk zu holen – ein Glas Bier für jede Hand –, besetzte er draußen einen Stehtisch, um sich daraufzustützen.

Auf den Stufen über und unter ihm drängten sich die Freunde des Nachtlebens unter der Unzahl bunter Lichter und pendelten zwischen Bars und Clubs. Promotion-Leute verteilten Flyer, die Rabatte auf Eintrittspreise, Drinks oder Shows verhießen. Dröhnende Lautsprecheranlagen in den Eingängen konkurrierten miteinander.

An einem Tisch in der Nähe nippten vier Frauen an Cocktails. Sie sahen aus, als wären sie Zachs Typ. Munter, aufgekratzt, aber nicht betrunken. Hübsch, aber nicht aufgetakelt, mit bloßen Ringfingern. Als nach ein paar Minuten keine dazugehörigen Männer aufgetaucht waren, fing eine der vier – eine coole Blondine – Zachs Blick auf, und er ging zu ihnen. Sie behauptete, Elsa zu heißen und in Edinburgh zu leben. Sie fragte ihn nach Restaurants im Bay-Street-Einkaufszentrum am anderen Ende der Straße. »Ich bin nicht sonderlich begeistert von dieser Straße«, erklärte sie. »Sie ist ziemlich heruntergekommen.«

»Gerade das mag ich an ihr«, verkündete er ihr feierlich. Ihr Haar war so lang, dass eine leichte Brise es gegen ihn wehte, und er genoss das seidige Kitzeln auf seinen nackten Armen, als sie sich zu ihm herüberbeugte und lachte. Ihre Freundinnen warfen ihr einen Blick zu und lächelten, kehrten dann jedoch zu ihrem eigenen Gespräch zurück.

Elsa hatte gerade begonnen, ihm von ihrem Urlaub zu erzählen, als er die Treppe hinuntersah und einen Blick auf eine Gruppe Jugendlicher erhaschte. Ein aufblitzendes Licht erhellte ein Profil und lenkte ihn ab. Er veränderte seine Haltung ein wenig, um das Gesicht genauer zu betrachten.

Da war er.

Luccio.

Der zwanzigjähre Luccio, der aus Sizilien stammte, weckte Zachs Beschützerinstinkt. Er sah ihn nicht gern mit der Clique, mit der er sich oft herumtrieb; einer Gruppe, die von einem kleinen Mistkerl angeführt wurde, den Luccio anzuhimmeln schien – Beppe. Zach hatte auf Malta nicht viele Freundschaften geschlossen, aber Luccio fühlte er sich beinahe brüderlich verbunden. Der junge Mann absolvierte bei Zachs Cousin Joseph im Nicholas-Zentrum eine Ausbildung zum Jugendhelfer. Zach arbeitete ehrenamtlich in dem Zentrum, einem städtischen Jugendtreff, und Luccio war der Mitarbeiter, mit dem er meist zusammengesteckt wurde, um die Teenager zu beaufsichtigen, die ins Zentrum kamen, um dort abzuhängen. Luccio wirkte nicht viel älter als die größeren Kids und machte gern Überstunden, wenn ihm etwas Spaß machte. Viele der Jugendlichen stammten aus weniger begüterten Familien und konnten sich mit Luccio identifizieren, dessen Eltern gestorben waren, als er erst sechzehn gewesen war. Damals hatte er Sizilien verlassen und nach Malta ziehen müssen, als seine Tante Teresa, die mit einem Malteser verheiratet war, ihm anbot, bei ihr in Sliema zu leben.

Er war immer noch sehr jung und konnte vernünftige Menschen mit dem Herzen am rechten Fleck um sich herum gut gebrauchen. Leider hatte sich im Lauf des letzten Jahres Luccios Freundeskreis außerhalb des Nicholas-Zentrums verändert, und Zach, der sie oft in Paceville herumlungern sah, waren Beppe und seine Kumpane nicht geheuer. Beppe war der älteste und hartgesottenste und Luccio der jüngste, der es immer allen recht machen wollte. Zach befürchtete, dass Luccio sich von dem tonangebenden Beppe negativ beeinflussen lassen könnte.

Joseph hatte Zach anvertraut, dass Luccios Tante Teresa sich Sorgen machte. Luccio war immer weniger bereit, mit ihr über das zu reden, was er in seiner Freizeit machte, oder sich Kritik an seinen Freunden anzuhören, und schien ihr Haus wie ein Hotel zu betrachten, das ihm nie eine Rechnung stellte. Je mehr sie versuchte, an ihn heranzukommen, desto verschlossener wurde er. Zach, der in den letzten achtzehn Monaten oft mit Luccio zusammengearbeitet hatte, nahm wahr, wie stark sich die Stimmung und die Einstellung des jungen Mannes verändert hatten.

Zach konzentrierte sich jetzt nur noch halb auf das Gespräch mit Elsa. Während er sein erstes Bier leerte und mit dem zweiten begann, beobachtete er die Gruppe, die sich ungefähr fünfzehn Stufen unterhalb von ihm bewegte. Alle waren bedeutend jünger als Zach mit seinen zweiunddreißig Jahren. Beppe mochte Mitte zwanzig sein, und die anderen waren alle jünger. Ihm fiel auf, wie sie »freundschaftlich« miteinander rauften, was gröber ausfiel, als das unter Freunden nötig gewesen wäre, obwohl alle lachten. Außerdem setzte Beppe ab und zu einen finsteren Blick auf, bei dem Luccios Miene beklommen wirkte.

Der Rädelsführer.

Der leicht verführbare Jugendliche.

Die Konstellation war ihm unangenehm vertraut. Damals war Laine Fitzmaurice oder »Fitzmo« der Anführer gewesen und Zach der leicht zu beeinflussende Jugendliche. Als er sah, wie Beppe Luccio zulächelte und dieser strahlend reagierte und wie Beppe dann Luccios Arm ergriff und ihm etwas ins Ohr flüsterte, hätte er fast das Drehbuch dazu schreiben können. Luccio riss zwar die Augen auf und machte einen unsicheren Eindruck, nickte jedoch schließlich.

Mist. Luccio war dabei, sich zu etwas verleiten zu lassen.

Zach setzte sich in Bewegung. Dann fiel ihm Elsa ein, und er drehte sich lange genug um, um ihr eine Erklärung zu geben. »Tut mir leid, aber ich habe jemanden gesehen, mit dem ich sprechen muss.« Sichtlich gekränkt, weiteten sich Elsas Augen, doch er wandte sich ab, ohne sich noch einmal zu entschuldigen.

Immer noch mit seinem Bier in der Hand schlenderte Zach beiläufig die Treppe hinunter und sah sich demonstrativ ziellos um. Dann ließ er den Blick auf seinem jungen Freund verweilen und wechselte die Richtung, um ihm auf die Schulter zu klopfen. »Hey, Luccio.«

Luccio zuckte zusammen. »Oh. Hey, Zach.«

Zach wandte sich an die Gruppe, als wären die Jungs und er alte Freunde. »Freut mich, euch zu sehen, Leute. Ich kam mir heute Abend schon wie der Mann ohne Freunde vor.« Er schüttelte Beppe die Hand, denn er wusste, wie wichtig es war, dem Anführer viel Aufmerksamkeit zu zollen. »Lust, einen zu trinken?«

Nach den verächtlichen Blicken zu schließen, die Beppe seinen Kumpanen zuwarf, deutete der das Angebot offensichtlich als Versuch, sich bei ihm einzuschmeicheln. Er sah Luccio an und wies dann auf Zach. »Vielleicht solltest du bei deinem Freund bleiben.« Er sagte »Freund«, als meinte er »Loser«. Beppe wandte sich ab und ging in das Lokal, und der Rest seiner Truppe trabte ihm nach.

»Aber …« Luccio sah seinen sich entfernenden Kumpeln nach.

Zach legte Luccio einen Arm um die Schultern. »Wir sollten etwas essen, um das Bier zu neutralisieren. Lass uns essen gehen.« Von Joseph hatte Zach gelernt, dass es überzeugend und offen wirkte, *wir* zu sagen.

Luccio runzelte unbehaglich die Stirn, aber er folgte Zach die Treppe hinauf, die zur Triq San Ġorġ und der Pjazza von Paceville führte. Zach, der brüllen musste, um den Radau zu übertönen, der aus den Bars drang, versuchte, Luccio abzulenken. »Glaubst du, die Mannschaften, die in die zweite Liga aufgestiegen sind, schaffen es nächstes Jahr in die erste?«

Doch Luccio, der normalerweise ein begeisterter Fan des britischen Fußballs war, zuckte nur mit den Schultern.

Dann, als sie fast das obere Ende der Treppe erreicht hatten, bekam Zach Rosa wieder zu Gesicht. Merkwürdig. Er war sich ziemlich sicher, dass ihr Bekanntenkreis auf Malta sich auf die Bewohner des Terrassenhauses in Ta' Xbiex beschränkte, doch sie schien hüftschwenkend und klatschend fünf oder sechs lachende Frauen anzuführen, die auf den Stufen tanzten und dazu sangen. Dann fasste ein schwankender, einfältig grinsender Mann Rosa am Arm und sagte anzüglich grinsend etwas zu ihr, das Zach nicht verstehen konnte. »Hau ab!«, brachte sie knurrend hervor und sah ihm wütend in die Augen. »Frauen entscheiden selbst, mit wem sie schlafen.«

»Jawohl!«, riefen einige der tanzenden Frauen im Chor und befreiten Rosas Arm aus seinem Griff.

War es ihm heute Abend bestimmt, Leute zu retten? Zach hatte Rosa fast vergessen, während er sich in Beppes Pläne für Luccio eingemischt hatte, aber er konnte nicht tatenlos zuschauen, wenn irgendein Kerl sie belästigte. Er hoffte nur, dass es dabei keinen Krawall geben würde, der die Polizei anlockte. Zack änderte den Kurs, sodass er locker einen Arm um sie legen konnte. Er spürte, wie sie zusammenzuckte, sich dann aber entspannte, als sie ihn erkannte. Mit einer Stimme, die vor bierseliger Gutmütigkeit troff, erschuf er ein Szenario, auf das sie sich leicht einlassen konnte. »Sieh mal, ich habe meinen Freund Luccio gefunden. Wir gehen etwas essen. Warum kommst du nicht mit?«

Rosa warf dem schwankenden Mann einen letzten verkniffenen Blick zu. »Okay«, murmelte sie dann, rief den Frauen, mit denen sie getanzt hatte, einen flüchtigen Abschiedsgruß zu und ließ sich davonführen. Zach schaute über die Schulter und sah, wie der Mann Rosa eine obszöne Geste nachschickte. Zum Glück hatte Rosa nichts bemerkt, und Zach hielt es für das Klügste, so zu tun, als hätte er ebenfalls nichts gesehen. Er stellte Luccio und Rosa einander vor, was Luccio so weit aufmunterte, dass er Rosa angrinste. »Dem haben Sie's aber gegeben.«

»Er hatte es verdient.« Rosa ging neben den beiden Männern her. Sie wirkte immer noch aufgebracht. »Ich weiß zu schätzen, dass du mir helfen wolltest, Zach, aber Frauen sollten keinen Schutz brauchen. *Kinder* müssen beschützt werden. Männer müssen begreifen, wann sie sich zurückzuhalten haben, und wenn nicht, haben die Frauen das Recht, sich zu wehren.«

»Ganz deiner Meinung«, entgegnete Zach friedfertig und ging mit ihnen über die Pjazza und hinunter zur Spinola-Bucht, wo die Restaurants ruhiger und gediegener waren. Er war froh, dass Rosa mitgekommen war. Wenn sie vorhatte, weiterhin spätabends herumzuspazieren, ging ihn das nichts an. Aber lieber wäre ihm gewesen, sie würde es nicht tun. Er war auch der Ansicht, dass Frauen keinen Schutz brauchen *sollten*, aber als älterer Bruder zweier Schwestern war er sich ebenfalls bewusst, dass Rosas Einstellung, manche Männer müssten einfach lernen, wann sie sich zurückzuhalten hatten, vielleicht ein wenig blauäugig war.

Da er ahnte, dass Luccio nichts von den Restaurants am Strand halten würde, die vor Touristen mittleren Alters aus den Nähten platzten, entschied er sich für eine kleine Bar in der Triq San Ġuzepp, einer weiteren Straße, die entlang einer

Treppe verlief – wenn auch kleiner und ruhiger –, wo sich größtenteils maltesische Gäste der Abendluft erfreuten. Er sicherte sich den letzten freien Tisch. Dann fiel ihm wieder ein, dass er Luccio vorgeflunkert hatte, er müsste sein Bier neutralisieren, und befahl seinem Magen, zu vergessen, dass er heute Abend schon einmal gegessen hatte. Er bestellte eine Platte mit Fladenbrot und Dips. Rosa nahm ein Stück Schokoladenkuchen und ein Glas Wein. Luccio ließ sich einen Hamburger mit Pommes frites und ein Glas Cisk kommen. Auch Zach bestellte eins. Er hatte zwar bereits genug getrunken, aber jetzt auf Limonade umzusteigen, schien ihm nicht die beste Art zu sein, eine Verbindung zu Luccio aufzubauen.

Während sie aßen, hinterfragte Zach seine Beweggründe dafür, Luccio von seinen Kumpanen zu trennen. Er hatte sich dazu verpflichtet gefühlt, aber hatte das etwas geändert? Luccio war vollkommen einsilbig, und Zach hatte den Verdacht, dass er sich bei seinem jungen Freund nicht beliebt gemacht hatte.

Zach stieß einen Seufzer aus. Wen versuchte er hier zu retten? Luccio oder sich selbst?

Auf Luccios Handy ging piepend eine Nachricht nach der anderen ein, und er stopfte sich abwechselnd Pommes frites in den Mund und tippte Antworten. Seine herabgezogenen Mundwinkel verrieten, dass nichts von dem, was er las, seine Laune hob. Dann klingelte das Telefon, und er sprang auf und ging ein Stück beiseite, um den Anruf anzunehmen. Seine Seite des Gesprächs bestand aus »Ja, ja« und gelegentlich einem halben, abgebrochenen Satz.

Als er fertig war, steckte er mit finsterer Miene das Handy in die Tasche und kehrte an den Tisch zurück. »Ich muss gehen.«

»Du musst?«, fragte Zach sanft nach. Er wollte Luccio unbedingt klarmachen, dass es böse enden konnte, wenn man sich mit den falschen Freunden einließ. Er hatte schon vor einer Weile beschlossen, seinem jungen sizilianischen Freund seine Geschichte zu erzählen, wenn der richtige Zeitpunkt gekommen war, aber er hatte nicht damit gerechnet, dass Rosa dabei im Publikum sitzen würde. »Luccio«, begann er, bevor er es sich noch anders überlegte. »Ich bin nach Malta gekommen, weil ich mich in Schwierigkeiten gebracht hatte.«

Luccios Blick huschte zu Zach. Zach sah Rosa nicht an, um herauszufinden, wie sie seine Worte aufnahm, sondern fuhr fort, denn er fühlte sich ermuntert, weil Luccio sich – mit weit aufgerissenen Augen – wieder gesetzt hatte. »Als ich achtzehn war, ist mein bester Freund weggezogen. Da habe ich angefangen, mit einem Kerl namens Laine Fitzmaurice – Fitzmo – abzuhängen, der in der Schule zwei Klassen über mir war. Er war kein guter Einfluss. Ich habe das natürlich nicht begriffen. Ich fand ihn und seine Freunde cool, und wir haben viel getrunken. Dad hat sich auf meine Mum konzentriert, weil sie damals Gelenkrheuma entwickelt hatte, und als ältestes Kind galt ich von jetzt auf gleich als erwachsen. Das ist mir zu Kopf gestiegen, und ich habe mich wie ein Idiot benommen.«

Luccio wirkte widerwillig interessiert. »Was hast du gemacht?«

Zach hoffte, dass er diese Sache richtig anging. »Selbst habe ich nicht viel angestellt, aber ich war dabei, wenn die anderen es getan haben. Vandalismus. Gelegenheitsdiebstähle. Einmal hat Fitzmo ein Auto gestohlen, und ich habe mich mit den anderen auf die Rückbank gequetscht. Ich habe mir vorgemacht, das wäre kein Verbrechen, weil ich das Auto nicht selbst gestohlen hatte, aber davon wurde es nicht wahr.« Er nahm sich einen Moment Zeit, um seine Gedanken zu ordnen. »Wir hatten alle das Gefühl, dass es wichtig war, uns gut mit Fitzmo zu stellen. Als er einen Unterschlupf wollte, wo wir uns treffen und trinken konnten, war ich stolz, als ich etwas Geeignetes gefunden hatte. Ein leeres Gebäude hinter einem Einkaufszentrum. Wir haben es verwüstet, Lampen zerschlagen und so. Zeitweise kam es mir mehr wie ein überdrehtes Spiel vor als ein richtiges Verbrechen.«

Luccio runzelte die Stirn, aber Zach war ziemlich sicher, dass der Grund dafür die Mühe war, die es den Jungen kostete, ihm zu folgen, da er seine Geschichte auf Englisch erzählte, und nicht Missbilligung von Zachs jugendlichen Vergehen.

Zach schob sein Bier beiseite und bestellte beim Kellner Kaffee. Ihm war übel, ob vom Alkohol oder seiner Vergangenheit. »Der Jüngste in unserer Gruppe hieß Stuart«, fuhr er fort. »Die meisten von uns waren achtzehn, Fitzmo war zwanzig, aber Stuart war erst sechzehn und voller Heldenverehrung für Fitzmo. Eines Samstagnachmittags lungerten wir hinter dem Einkaufszentrum herum und haben getrunken. Stuart hatte viel zu viel intus, und Fitzmo hat ihn angestachelt, mit der bloßen Faust ein Fenster einzuschlagen. Stuart hat es versucht. Aber er war klein und musste hochspringen, um die Glasscheibe zu erreichen. Sie ist zersprungen, aber eine Scherbe davon ...« – er zeichnete einen langen, spitzen Umriss in die Luft, für den Fall, dass Luccio das Wort *Scherbe* nicht kannte – »hat ihn erwischt. Hat ihm eine üble Wunde zugefügt. Überall war Blut, es sprudelte nur so aus Stuarts Handgelenk.«

Als er daran dachte, wie das Blut auf den Betonboden gespritzt war und wie Stuart seinen Arm umklammert und in fast komischer Verblüffung »Ich bin verletzt« gelallt hatte, schnürte ihm die Übelkeit fast den Hals zu.

Er musste schlucken, und als sein Kaffee gebracht wurde, stellte er fest, dass er ihn nicht mehr wollte. »Die anderen sind davongelaufen«, sprach er weiter. »Jeder Einzelne, auch Fitzmo. Noch vierzehn Jahre später kann ich kaum glauben, dass sie das getan haben. Das Blut spritzte nur so aus Stuart heraus, und sie ließen ihn im Stich. Also habe ich ihn am Arm gepackt …« – der vor Blut heiß und glitschig gewesen war – »und habe ihn aus dem Gebäude und die Straße entlang zum Einkaufszentrum gezerrt, in dem es eine Apotheke gab. Die Apothekerin hat Stuart eine Aderpresse angelegt, um die Blutung zu stoppen, und ihre Mitarbeiterin hat einen Krankenwagen gerufen.«

Luccios braune Augen waren aufgerissen. »Du hast deinem Freund das Leben gerettet.«

Zach lachte zornig auf. »Das hat niemanden beeindruckt. Zusammen mit dem Krankenwagen kam die Polizei, und sie ist der Blutspur zurück zu dem Gebäude gefolgt und hat es völlig verwüstet vorgefunden. Stuart und ich haben gestanden, dass wir an dem Schaden beteiligt waren. Ich war achtzehn, daher bekam ich eine Geldstrafe und Sozialstunden, und ich hatte furchtbaren Streit mit meinem Dad. Stuart musste sich regelmäßig beim Jugendamt melden. Fitzmo und unsere ›Freunde‹ rieben mir immer wieder unter die Nase, wie blöd ich gewesen sei. Sie meinten, ich hätte den Krankenwagen rufen und weglaufen sollen. Als ich sie gefragt habe, warum sie nur weggerannt sind, ohne einen Krankenwagen zu holen, haben sie versucht, es mit einem Scherz abzutun.«

Er nippte an seinem Kaffee, weil ihm vor lauter Emotionen die Kehle eng geworden war. »Da habe ich Fitzmo und die anderen so gesehen, wie sie waren. Ich habe den Kontakt zu ihnen abgebrochen.«

Luccio trank einen großen Schluck von seinem Bier. »Aber du warst achtzehn. Das ist lange her. Du bist doch erst Anfang letzten Jahres hergekommen, oder?«

»Ich bin wieder in Schwierigkeiten geraten.« Müde rieb sich Zach übers Gesicht und war sich bewusst, dass Rosa, nachdem sie ihren Kuchen gegessen hatte, jetzt reglos wie eine Statue dasaß. »Durch den Unfall blieb Stuart dauerhaft behindert. Er wurde mehrmals operiert, aber seine Hand war nie wieder richtig einsatzfähig und blieb verkümmert und nutzlos. Er hat keinen Job. Er trinkt und ist psychisch instabil. Er treibt sich in der Stadt herum und wirkt schrecklich niedergeschmettert. Ich habe versucht, ihm zu helfen, aber …« Er verstummte einen Moment. »Stuart hat das Geld oder die Kleidung genommen, die ich ihm geschenkt habe, und alles in Alkohol umgesetzt.«

Er holte tief Luft. Luccio schien ihm zuzuhören, und vielleicht würde Zachs demütigendes Geständnis ja zu etwas Gutem führen, obwohl Rosas Schweigen sich wie eine Verurteilung anfühlte. Wenn die kleinste Chance bestand, zu verhindern, dass sein junger Freund Luccio wie Stuart endete – oder sogar wie Zach selbst –, dann war es das wert, seine schmutzige Vergangenheit zu enthüllen. »Vor ein paar Jahren war ich an einem Freitagabend mit ein paar Freunden in einem Pub im Zentrum von Redruth. Ungefähr zwei Meter entfernt sah ich Fitzmo, und ich hätte gehen sollen, aber ich wollte nicht, dass ein Loser wie er Macht über mich hat. Seit dem Ärger vor zwölf Jahren hatte ich mir nichts mehr zuschulden kommen lassen. Ich dachte, ich könnte ihn ignorieren. Aber ich hatte schon cin paar Bier getrunken.« Sein Blick fiel auf das kaum angerührte Glas vor ihm. »Stuart war ebenfalls dort. Es war laut, aber ich konnte hören, wie Fitzmo ihn verspottet hat. Stuart versuchte zu lächeln, als würde er ihn nur aufziehen. Da hat Fitzmo Stuarts verkrüppelte Hand gepackt und sie ihm verdreht. Er hat Stuart wehgetan ... und ich sah rot. Ich bin zu Fitzmo marschiert und habe ihm direkt auf sein abscheuliches Lügenmaul gehauen. Ich habe vollkommen die Beherrschung verloren. Und ihm zwei Zähne ausgeschlagen.«

Zach stellte fest, dass er unwillkürlich die Finger spielen ließ, als empfände er den Schmerz erneut. Luccio starrte ihn mit offenem Mund an, als wären Zach Hörner gewachsen. »Zuerst dachte ich, Fitzmo würde mich umbringen«, fuhr Zach fort. »Er hatte eine ziemlich schwere Kindheit hinter sich. Außerdem hatte er ein paar Jahre im Gefängnis gesessen und war noch hartgesottener wieder herausgekommen. Dann veränderte sich seine Miene, und er begann sich zu ducken, flehte mich an, ihn nicht noch einmal zu schlagen, hielt sich das Gesicht und stöhnte. Warum? Weil er gesehen hatte, wie Polizisten den Pub betreten hatten und auf uns zukamen, um nachzusehen, was der Tumult zu bedeuten hatte. Sie haben mich festgenommen. Fitzmo wusste, wie man einen Entschädigungsanspruch konstruiert, und hat behauptet, der Angriff sei aus heiterem Himmel gekommen. ›Er hat mich völlig grundlos geschlagen, oder?‹, hat er Stuart gefragt.«

Luccio zog die schwarzen Augenbrauen so hoch, dass sie fast in seinem Haaransatz verschwanden. »Und ...?«

Zach hielt seinem Blick stand. »Stuart hat Ja gesagt, und ich wurde verhaftet. Fitzmo hatte seine helle Freude an dem Ganzen; besonders, als ich vor Gericht gestellt wurde, Sozialstunden bekam und ihm eine kleine Entschädigung zahlen musste.«

Er unterbrach sich und sehnte sich plötzlich nach seinem Bett. So ein Seelenstriptease war anstrengend.

»Und warum bist du dann nach Malta gekommen?« Offensichtlich war Luccio von der Geschichte gefesselt. Die Neonschrift einer nahen Bar spiegelte sich in seinem Haar, sodass seine dunklen Locken rot überhaucht wirkten.

Zach stöhnte. »Ich hatte eigentlich nicht vor, bei meiner Familie Reklame für meine Probleme zu machen, aber Dad hat mich dabei gesehen, wie ich mit dem Schriftzug *Gemeinnütziger Dienst* auf der Rückseite meiner Jacke an einer Hauptstraße Müll gesammelt habe, und fast einen Schlag bekommen. Das hat unserer ohnehin schon schwierigen Beziehung den Rest gegeben. Meine Großmutter hat vorgeschlagen, ich solle herkommen, um aus der Schusslinie zu sein, weil Mum mit der Feindseligkeit nicht gut umgehen konnte. Sie leidet unter chronischen Schmerzen und hat es nicht verdient, in einem Kriegsgebiet zu leben.«

Zach dachte an die Telefongespräche mit seiner Mutter. Er hörte ihr gern zu, wenn sie über das wenige, das in ihrem Leben passierte, berichtete, oder lauschte ihrer zärtlichen, vertrauten Stimme, die ihm von dem letzten Anruf seiner Schwester Electra aus Thailand erzählte, die dort Englisch unterrichtete, oder von Marci und Paige sprach.

Sein Vater? Sie schrieben sich Textnachrichten. *Hoffe, bei dir ist alles gut. Bei den Mietern, die du besorgt hast, läuft alles. Interessant zu hören, wie Dory von derselben Army-Grundschule erzählt, die du besucht hast.* Zach machte sich nicht die Mühe, Steve anzurufen, und Steve meldete sich ebenso selten bei ihm.

Er zwang sich, seine Geschichte zu Ende zu bringen, obwohl es sich so anfühlte, als müsste er sich jedes Wort aus dem Fleisch schneiden. »Fitzmo hat mir eine Nachricht geschickt, ich würde nicht mal so fest schlagen wie seine Mum. Als ich nicht reagiert habe, hat er mir noch eine geschickt, in der es hieß, Stuart hätte sich so geschämt, dass er eine Überdosis Tabletten genommen hätte, und man hätte ihm den Magen auspumpen müssen. Ich habe in der Stadt nach Stuart gesucht, und es ging ihm gut. Fitzmo hat also offensichtlich versucht, mich zu ködern, mich zu manipulieren. Mir wurde klar, dass ich mich möglicherweise wieder in gefährliche Situationen hineinziehen lassen würde, und beschloss, das Angebot meiner Großmutter anzunehmen.«

Er konnte Rosa kaum ansehen. Sie musste ja denken, dass sie ein Nicht-Date mit einem Rowdy gehabt hatte. Dennoch wollte er unbedingt noch einmal herausstellen, worum es ihm ging. »Luccio, dieser Beppe ist genauso toxisch wie Fitzmo. Ich kenne diesen Typ. Er ist ein Feigling, der andere Menschen kontrolliert und missbraucht.«

Luccio fuhr zurück und blickte sich um, als hätte er Angst, jemand könnte das mitgehört haben.

Zach lehnte sich zu ihm hinüber. »Brich einfach den Kontakt zu ihm ab«, sagte er eindringlich. »Geh ihm aus dem Weg. Such dir neue Freunde. Glaub mir, wenn etwas schiefläuft und du dich nach ihm umdrehst, ist er verschwunden.«

Darauf schien Luccio nicht zu wissen, was er sagen sollte. Er starrte ins Leere und trank sein Bier. Nach einer Weile bestellte Zach über seine App ein Taxi. Luccio stieg hinten ein, obwohl Zach fast damit gerechnet hatte, dass er nach Paceville zurückkehren würde. Zach setzte sich zu ihm und überließ Rosa den Beifahrersitz. Als sie das Haus von Luccios Tante in Sliema erreicht hatten, stieg Luccio aus. »Falls du mich brauchst, weißt du, wo du mich findest«, sagte Zach.

Dann saß er die letzten paar Minuten bis zum Terrassenhaus in Ta' Xbiex schweigend und völlig erschöpft im Auto.

Wieder einmal begleitete er Rosa bis zu ihrer Tür. In den gelblichen Lichtkreisen, die die Terrassenlampen umgaben, tanzten Insekten. »Tut mir leid«, sagte er. »Normalerweise hätte ich diesen ganzen Mist nicht vor dir abgespult, aber ich versuche, Luccio zu helfen. Er ist ein guter Junge und Jugendhelfer in dem Zentrum, in dem ich ehrenamtlich tätig bin, und ich kann einfach nicht mit ansehen, wie er vom richtigen Weg abkommt. Du brauchst dir keine Sorgen zu machen, dass in der Wohnung über dir ein Irrer lebt. Ich wollte nur …« Er unterbrach sich, überwältigt von der Aufgabe, sich zu rechtfertigen, zu erklären, dass er zuerst jung und dumm gewesen war und sich später, als er sich für älter und weiser hielt, zu einem Wutanfall hatte provozieren lassen.

Sie sah ihn mit ernstem Blick an. »Eine Weisheit, die ich von meinem Grandpa gelernt habe, lautet, dass jemand oft ›mehr Unrecht erlitten als begangen‹ hat. Ich glaube, das würde er auch von dir sagen. Du hast deinem Freund das Leben gerettet, als alle anderen ihn verlassen hatten, und du hast dich für einen Underdog eingesetzt, obwohl du nicht hättest eingreifen müssen. Ich finde, es war mutig, Luccio aus deinen schlechten Erfahrungen lernen zu lassen.« Ein kurzes Lächeln, und dann war sie fort, in ihrer Wohnung verschwunden.

Zach war schockiert darüber, wie erleichtert er sich fühlte, weil Rosa nicht enttäuscht von ihm war.

3

Am nächsten Morgen war Rosa angenehm überrascht, denn Dory fragte sie nicht über ihren Abend mit Zach aus. Vielleicht hatte sie ja erkannt, dass sie sich ein wenig zu sehr in Rosas Leben eingemischt hatte?

Oder sie war zu sehr damit beschäftigt, in ihr kleines weißes Auto zu springen und mit Rosa zu einem Fischrestaurant in Marsaxlokk im Süden der Insel zu fahren. Ihre Karriere als Kochbuchautorin war ihr nach einer Reality-TV-Show in der Schule, in der sie kochte, in den Schoß gefallen, und ihre *Cafeteria-Lady*-Bücher waren auf dem Fuß gefolgt. Dory war wild entschlossen, als Kochbuchautorin nur ihr Allerbestes zu geben. »Dass ich über den Sommer hier leben kann, ist eine ideale Gelegenheit, mir einen umfassenden Überblick über die hiesige Küche und deren typische Zutaten zu verschaffen«, erklärte sie begeistert, während sie sich vorsichtig in einen dicht befahrenen Kreisverkehr einfädelte. »Das Restaurant, das wir heute ausprobieren, wirkt authentisch maltesisch, aber andererseits zieht Marsaxlokk eine Menge Touristen an, da wird die Speisekarte zwangsläufig ihren Geschmack spiegeln. Vielleicht kannst du später online gehen und nach Lokalen abseits der Touristenpfade suchen?«

»Klar«, sagte Rosa und zuckte vor Schreck zusammen, als Dory heftig in die Eisen stieg, um einem Laster auszuweichen, der an einer Kreuzung auf sie zurumpelte. Sie war froh, als sie nach einem Ort namens Paola auf ruhigere Straßen gelangten und das bebaute Terrain terrassenförmig angelegten Feldern wich, die durch ungleichmäßige Bruchsteinmauern voneinander getrennt wurden. Sie wies auf Kakteen, die über die Mauern hingen. »Die sehen aus wie stachlige grüne Micky-Maus-Ohren.«

Dory lachte. »Kaktusfeigen. Ohhh – ich habe eine Idee! Kannst du meinen Laptop aus meiner Tasche holen und notieren, dass das neue Buch ein Kapitel über das Sammeln wild wachsender Pflanzen wie Kaktusfeigen, Kapern und wildem Spargel enthalten soll?«

Nachdem sie die Notiz erstellt hatte, lehnte sich Rosa zurück, um die Fahrt zu genießen, las Wegweiser zu Orten wie Zejtun und Ghaxaq und bemühte sich, die Namen laut auszusprechen.

Dory versuchte, sich nützlich zu machen. »Die ›Js‹ klingen wie britische ›Ys‹, ›gh‹ wird nicht ausgesprochen, und ein ›X‹ ergibt einen kurzen ›Sch‹- oder ›Ch‹-Laut. Bei den ›Qs‹ weiß ich es nie genau. Ein Malteser hat mir einmal erklärt, sie klängen ein bisschen wie ein K und ein bisschen so, als müsste jemand sich übergeben. Aber manchmal scheinen sie auch überhaupt nicht ausgesprochen zu werden.«

Im Restaurant aßen sie im Freien und sahen auf den hübschen Hafen von Marsaxlokk hinaus. Kompakte Fischerboote mit hohem Bug, die blauer als das Meer gestrichen und mit roten, grünen, braunen, weißen und gelben Streifen abgesetzt waren, dümpelten an einer Kaianlage, auf der Netze verstreut lagen. Bei den meisten der Boote waren am Bug Augen aufgemalt oder eingeschnitzt. »Traditionell beschützen sie die Fischer vor Unheil«, erklärte Dory und ging dann zu dem Thema über, das sie beschäftigte – der Arbeit an ihrem neuen Buch *Die Cafeteria-Lady kocht mediterran.*

»Die traditionelle mediterrane Küche basiert stark auf pflanzlichen Lebensmitteln. Danach kommt Fisch, dann Huhn und ganz am Schluss und nur in kleinen Mengen rotes Fleisch und Süßspeisen. Wenn man dementsprechend isst, bleibt man gesund und nimmt nicht zu. Du wirst allerdings feststellen, dass die meisten Lokale, die auf Touristen ausgerichtet sind, mehr Pommes und Pasta anbieten als maltesische Gerichte.«

Zwischen den Fischerbooten, die geschützt in der breiten Bucht lagen, glitzerte die Sonne auf den Wellen. Touristen schlenderten zwischen Cafés umher und betrachteten Schaufenster, und im warmen Sonnenschein entspannten sich Rosas Schultern. Sie ließ ihre Mutter gern über ihre zwei Lieblingsthemen plaudern: Essen und Malta.

Eine wunderschöne Malteserin im Teenageralter brachte die Speisekarten, und Dory brütete über ihrer und diskutierte mit der Kellnerin darüber, ob der Schwertfisch von einer Fischfarm stammte oder wild gefangen worden war. Da er wild gefangen worden war, bestellte sie ihn; gefolgt von gegrilltem, gefülltem Tintenfisch – *klamari* – mit grüner Kräutersauce.

Bevor Rosa den Mund öffnen konnte, sprach Dory schon weiter. »Wenn es dir nichts ausmacht, Rosa, bestelle ich für dich, da das Essen Recherchezwecken dient und über Spesen abgerechnet wird. Dann kann ich doppelt so viele Gerichte kosten, und ich habe auch nichts gewählt, was du nicht magst.« Sie wandte sich wieder an die Kellnerin. »Auberginen-Parmigiana mit Nusspesto und mit Shrimps gefüllte Ravioli. Wein, Rosa? Weiß? Und stilles Wasser, bitte.«

Rosa war sich nicht sicher, ob sie verärgert oder resigniert reagieren sollte. Ihre Mutter hatte ihr einen Job als Assistentin und Küchenhilfe für das Probekochen in der Wohnung angeboten, zahlte ihr ein kleines Taschengeld und übernahm ihre Kosten. Nicht ihre *Mum* war übergriffig gewesen und hatte für sie bestellt. Das hatte ihre *Arbeitgeberin* getan, und zwar aus gutem Grund.

Sie hatte sich ihr Essen zwar nicht selbst ausgesucht, aber es war köstlich. Und es machte Spaß, von der Mahlzeit der jeweils anderen zu probieren und über die Zutaten zu diskutieren. »Hmm, ist die Orange an dem Schwertfisch nicht ungewöhnlich?«, fragte Dory. »Wie das wohl mit Blutorange schmecken würde? Ich liebe maltesische Blutorangen.«

»Könnten die Leser die denn in England kaufen?« Rosa aß noch eine Gabel voll Fisch, dieses Mal ohne Soße, um den Eigengeschmack beurteilen zu können.

»Bin mir nicht sicher. Kannst du die Onlineangebote englischer Supermärkte überprüfen?«

Als sie zu Ende gegessen hatten, hatte Rosa den Laptop geöffnet, um Anmerkungen zum Essen zu notieren und was es noch zu recherchieren galt.

Rosa war beim zweiten Glas Wein, als ihre Mum ihr – raffiniert – die Frage stellte, mit der sie schon früher gerechnet hatte. »Wie war eigentlich das Date mit Zach?«

»Wir haben zusammen gegessen, und dann hat er mir das Nachtleben in Paceville gezeigt. Aber für mich war das kein Date, und das habe ich ihm auch gesagt.« Rosa beobachtete Touristen, die in Schlangenlinien am Meer entlangschlenderten, und wedelte sich Fliegen aus dem Gesicht. Sie erzählte ihrer Mutter nichts von Zachs Geschichte, weil es sein Recht war, zu entscheiden, mit wem er seine Geheimnisse teilte. Heute Nacht hatte Rosa wach gelegen und über das nachgedacht, was er Luccio erzählt hatte, um dem Jungen klarzumachen, was passieren konnte, wenn man sich mit den falschen Freunden einließ. Sie war zu dem Schluss gelangt, dass er zu hart mit sich selbst ins Gericht ging. Die meisten Menschen, die in Konflikt mit dem Gesetz geraten waren, würden versuchen, es zu vergessen und hoffen, dass alle anderen das auch tun würden. »Sieht aus, als stünden weiter oben an der Straße ein paar Marktstände. Sollen wir uns die ansehen?«

»Ich möchte lieber zurückfahren und in der Küche experimentieren«, gab Dory zurück und war offenbar auch nicht bereit, den Themenwechsel zu akzeptieren. »Zach scheint ein netter Mann zu sein«, meinte sie. »Und so gut aussehend!« Mit ernster Miene nahm sie Rosas Hand. »Findest du nicht, dass eine schöne Sommerromanze dich aufheitern würde?«

»Du meinst, eine Affäre?«, fragte Rosa grinsend.

»Ich sagte Romanze«, protestierte Rosa, obwohl ihre Augen vergnügt funkelten. »Ein attraktiver Mann kann einen wirklich von einer alten Flamme ablenken.«

Rosa wusste, dass Dory nicht absichtlich so wegwerfend daherredete, aber sie hatte das Gefühl, etwas sagen zu müssen. »Wenn eine fünfjährige Beziehung endet, und das auch noch durch meine Schuld, dann finde ich es schon in Ordnung, wenn mich das mitnimmt«, erklärte sie. »Da kommt es mir optimistisch vor, zu behaupten, dass ich mit einer ›schönen Sommerromanze‹ mit einem ›attraktiven Mann‹ über meine ›alte Flamme‹ hinwegkommen würde.« Marcus' Gesicht schob sich vor ihr inneres Auge. Seine Wut, als sie ihn fälschlich beschuldigt hatte. Und was er dann getan hatte …

Dory wirkte zerknirscht. »Du hast recht. Tut mir leid, wenn ich flapsig geklungen habe.«

Bald war jede Spannung zwischen den beiden vergessen,

und sie fuhren nach Hause und plauderten dabei über die Flachdachhäuser, die sie umgaben, die dornigen Pflanzen am Straßenrand, einen Touristenbus mit offenem Oberdeck, die Kuppeln und Türme ferner Kirchen, die Eleganz der Palmen und ein kleines Pferd, das flott vor einem Karren hertrabte – eigentlich über alles bis auf Rosas Privatleben. Nicht lange, und Rosa überließ das Reden Dory. Sie hatte ihre Sonnenbrille vergessen, und ihr schmerzte der Kopf. Der Himmel war so blau, und die Sonne knallte derart auf die klobigen Sandsteingebäude herunter, dass sie wie geblendet war. Die Klimaanlage des Autos wurde mit der Hitze nicht fertig und schien Staub auszustoßen, den sie auf der Zunge schmeckte. Sie wollte schon vorschlagen, dass sie, wenn sie zu Hause waren, an den Felsen in dem wunderschönen türkisblauen Meer schwimmen gehen könnten, die von ihrer Wohnung aus gesehen auf der anderen Straßenseite lagen. Doch Dory kam ihr zuvor. »Wir probieren dieses Nusspesto aus, sobald wir zurück sind. Solange ich den Geschmack noch frisch im Gedächtnis habe.«

Stimmte ja, sie war immer noch bei der Arbeit. Rosa schloss die Augen und bereute ihr zweites Glas Wein.

Zu Hause angekommen, nahm sie zwei Kopfschmerztabletten, tauschte das Sommerkleid, das sie beim Mittagessen getragen hatte, gegen Shorts und wusch sich die Hände. Dann klappte sie ihren Laptop auf und erstellte eine Datei für das Proberezept, während Dory auf die Terrasse hinaustrat und händeweise Basilikum und Petersilie pflückte, die irgendwie nach Sonnenschein zu duften schienen.

»Wir machen vier Varianten«, erklärte Dory, als sie munter in die Küche kam. »Ein Pesto mit Walnüssen, eins mit Pinienkernen, eins mit einer Kombination aus beidem und zum Vergleich eins ganz ohne Nüsse.«

Rosa, die damit aufgewachsen war, mit Dory zu kochen, wusch die Kräuter und tupfte sie trocken, während Dory die Walnüsse röstete und den Knoblauch dünstete. Dann warf Rosa einen Blick durch das Fenster, das auf die Terrasse führte, und zu der hohen Mauer dahinter. Wenn sie den Kopf reckte, konnte sie das nächste große Gebäude erkennen. Maltesische Architekten verstanden sich eindeutig darauf, mit den Konturen der Insel zu arbeiten. Doch sogar der in große Blöcke geschnittene Stein fühlte sich verglichen mit den roten Backsteinen von Liggers Moor in Yorkshire für Rosa fremdartig an.

Dory mochte wieder in die Heimat ihrer Kindheit geschlüpft sein, wie man ein vertrautes Paar Hausschuhe überstreift, aber Rosa hatte noch nie außerhalb von England gelebt. Malta war so großartig; da hatte sie nicht damit gerechnet, Heimweh zu bekommen. Sie wischte sich über die – immer noch schmerzende – Stirn und schaltete die Klimaanlage ein. Auf Malta war es heiß. Es gab Massen von Insekten, zu viele Autos und Baustellen ohne Ende. Vielleicht war es übereilt gewesen, als sie versprochen hatte, bis Oktober zu bleiben.

Wenigstens schien das Nachtleben einiges zu bieten zu haben. Ja, es war schon peinlich gewesen, Zach auf der Straße wiederzutreffen, nachdem er sie schon zu ihrer Wohnung eskortiert hatte, aber das war es wert gewesen, schließlich hatte ihr der Abend über einen winzigen Anflug von Heimweh hinweggeholfen. Ihre Freundinnen aus dem Tanzkurs im Fitnessstudio vermisste sie schon jetzt genauso wie die Pubs und Clubs ihrer Heimatstadt … allerdings nicht ihre einstige Freundin Chellice.

»Kannst du den Parmesan reiben?«, rief Dory und riss Rosa aus ihren Gedanken.

»Kommt sofort.« Rosa suchte sich die Reibe. Während sie automatisch den Arm bewegte, schalt sie sich für ihre schlechte Laune. *Da bist du kaum auf Malta angekommen und hast schon Heimweh?* Nach England oder nach … Marcus? Er fehlte ihr schon, obwohl er sich verändert hatte. Aus dem gleichmütigen, gut gelaunten Mann, den sie einst gekannt hatte, war ein desillusionierter, unzufriedener Dreißiger mit einem Problem geworden.

Sie wollte ihn nicht vermissen, denn es war zu viel Vertrauen verloren gegangen, als dass ihre Beziehung sich je wieder erholen könnte – selbst wenn man die Frage beiseiteließ, ob Chellice nur mit Rosa befreundet gewesen war, um Marcus in ihr Netz locken zu können wie eine sinnliche, kurvenreiche Spinne eine Fliege. Marcus stritt das natürlich ab. Rosa hatte Chellice schließlich zuerst kennengelernt, bei einem Junggesellinnenabschied, wie er stets argumentierte. Sie und Chellice hatten sich angefreundet. Dann fand Marcus bei einem gemeinsamen Abendessen, zu dem auch Chellice von Rosa eingeladen worden war, zufällig heraus, dass sie beide ein Kunsthandwerk ausübten. Marcus drechselte und schnitzte Holz, während Chellice Kintsugi praktizierte, die japanische Kunst, zerbrochene Gefäße mit Lack zu reparieren, der mit Gold- oder Silberpulver vermischt war, sodass schimmernde Adern entstanden.

Später taten die beiden sich zusammen und gründeten eine Firma, *Spun Gold*, die sie nebenbei betrieben und die inzwischen eine eigene Website und Shops bei Etsy und Notonthehighstreet hatte. Rosa war inzwischen überzeugt davon, dass Marcus den aufrichtigen Ehrgeiz gehabt hatte, mit *Spun Gold* richtig erfolgreich zu sein, aber Chellice hatte die Firma als Vorwand genutzt, um Zeit mit Marcus zu verbringen.

Auch ihr Job im Jugendzentrum Blackthorn's fehlte Rosa. Sie hatte erst seit weniger als zwei Wochen Urlaub, aber sie vermisste ihre Arbeit, ihre Kollegen – besonders ihre Chefin Georgine – und die Kids. Die Floßrennen oder Campingausflüge an den Wochenenden fehlten ihr, und es hatte ihr immer viel Spaß gemacht, Sponsoren zu gewinnen, die Ausrüstung wie Mountainbikes spendeten, um damit ein Radfahr-Event bei Blackthorn's zu gestalten.

Als Rosa die Aufgabe übernommen hatte, den Auftritt von Blackthorn's in den sozialen Netzwerken zu betreuen, hatte Chellice, die sich damit gut auskannte, Rosa gern beraten. So hatte es jedenfalls den Anschein gehabt. Hatte sie Rosa damit nur ablenken wollen, während Marcus *Spun Gold* seine Zeit widmete? Bei dem Gedanken wurde ihr übel. Sie hatte geglaubt, ihre Freundschaft wäre echt.

Obwohl sie wusste, dass es ihr nicht guttat, warf Rosa immer wieder, wenn sie nicht gerade Notizen für ihre Mutter machte, die Spülmaschine einräumte oder die Küchenmaschine laufen ließ, kurze Blicke auf Chellices Blog und ihre Instagram-Seite. Beide waren voll mit Kintsugi-Stücken und Holzgegenständen, die zum Kauf angeboten wurden.

Der Blog, *Chellice Reviews Life*, lebte von Chellices sarkastischem Humor, den ihr Publikum begierig aufsog. Sie bewertete ihre Fahrt zur Arbeit, ihren Auftritt in einem YouTube-Video oder das Wetter in ihrem ganz eigenen Stil. Instagram bekam nur einen Stern, weil es keine Links in Postings erlaubte, und der Brexit minus einen Stern. Marcus bewertete sie mit fünf Sternen, weil er der »beste Business-Kumpel des Universums ist und die ganze Fahrerei zu Messen und Märkten übernimmt. Lest hier meine Besprechung von Marcus' Interview im Radio.«

Vor Wut trat Rosa der Schweiß auf die Stirn. Ihre Erinnerung an Marcus' Auftritt im Lokalradio war noch frisch und schmerzhaft. Bei einem Handwerkermarkt hatte er eine Radiomoderatorin kennengelernt und begierig eine Einladung in ihre Talkshow angenommen. Möglich, dass er die Gelegenheit ergreifen wollte, Werbung für *Spun Gold* zu machen, doch stattdessen hatte er einen unsagbaren Mist verzapft, der verheerende Auswirkungen auf Rosa gehabt hatte.

Hinter ihr ertönte Dorys Stimme. Sie klang mitfühlend, aber trotzdem zuckte Rosa zusammen. »Ach, Rosa, versuchst du, etwas über Marcus herauszubekommen? Ich habe deine Gefühle für ihn nicht ernst genommen, nicht wahr?« Scheppernd stellte sie zwei kleine Schüsseln mit Pesto auf die Arbeitsplatte und zog Rosa fest in ihre Arme.

Rosa versuchte zu lachen. »Ich weiß, dass du froh bist, ihn los zu sein.« Sie erwiderte die Umarmung, als wäre sie wieder ein kleines Mädchen.

»Tut mir leid. Du weißt ja, dass ich dazu neige, bei Männern immer mit dem Schlimmsten zu rechnen.« Dory schaute schuldbewusst drein.

Jetzt bekam Rosa ihrerseits ein schlechtes Gewissen. Dory war die beste Mutter der Welt. Rosa hatte eine behütete Kindheit gehabt, weil Dory unabhängig und in der Lage gewesen war, Rosa eine doppelte Dosis Liebe zu schenken, um die Unzulänglichkeiten ihres Dads Glenn auszugleichen. Er hatte wenig beigetragen, weder finanziell noch emotional. Als Rosa irgendwann alt genug gewesen war, um das zu verstehen, hatte Dory ihr erklärt, wie sehr sie darunter gelitten hatte, dass Glenn sich so gut wie gar nicht um sein Kind gekümmert hatte. »Heutzutage würde man eine Bindungsstörung diagnostizieren, aber damals haben wir so jemanden einfach einen miesen Dad genannt.«

Und Rosa hatte einmal zufällig mitbekommen, wie Dory einer Freundin erzählt hatte, Glenn hätte sich von ihrem schwangeren Körper abgestoßen gefühlt, wäre angeekelt vom Vorgang der Geburt gewesen und eingeschüchtert angesichts von Dorys Körperfunktionen nach der Schwangerschaft und dem, was er als *vollgeschissenes Baby* bezeichnet hatte.

Heute sah sie ihren Dad kaum noch, aber Rosa erinnerte sich nur zu gut daran, wie er ihre Schulaufführungen immer als *Nicht mein Ding* abgetan und nie etwas mit ihr unternommen hatte. Wenn er sie ein paarmal im Jahr zu Hause besucht hatte, hatte sie ihn behandelt wie eine der Freundinnen ihrer Mutter: Er war ein Gast, der vage, aber höfliche Fragen stellte, die sie vage, aber höflich beantwortete. Mit sieben Jahren war Rosa klar, dass ihr Dad nicht so war wie die meisten anderen Väter, und als sie ins Teenageralter kam, hatten seine Besuche irgendwann aufgehört, genau wie seine wenn auch seltenen Versuche, Unterhalt zu zahlen.

Auch Glenns Eltern hatten, abgesehen von kleinen Schecks zum Geburtstag und zu Weihnachten, kaum Notiz von ihr genommen – vermutlich hatte er sich sein Verhalten bei seinen Eltern abgeschaut.

Glücklicherweise hatte Rosa Dorys Eltern gehabt, die in Liggers Moor lebten und sie mit Liebe überschütteten. Und nur eine Autostunde entfernt im Süden von Lincolnshire hatte Dorys Schwester Lizzy mit ihrem Mann Onkel Eddie und ihren drei lauten, ungestümen Söhnen gewohnt.

Alle anderen Rollen hatte die geradlinige, tüchtige, fröhliche und fleißige Dory übernommen.

Durch Glenn hatten Rosa und Dory gelernt, sich nicht auf Männer zu verlassen. Wahrscheinlich hatte Marcus' zunehmende Selbstbezogenheit Rosa deswegen so zugesetzt. Alles hatte mit Online-Glücksspielen begonnen, und seine Verluste hatten ihr gemeinsames Einkommen geschmälert. Er hatte sich verändert. Rosa hatte ihn deswegen kritisiert, das gab sie zu. Die Erfahrung mit ihrem unzuverlässigen Vater hatte eben Spuren hinterlassen. Also hatte Marcus versprochen, nie wieder zu spielen …

»Hast du Heimweh?«, fragte Dory unvermittelt und holte Rosa damit wieder in die Gegenwart.

»Ein wenig«, antwortete sie, ohne nachzudenken.

»Wenn du zurückwillst, zahle ich dir die Rückreise nach England.« Dorys Stimme zitterte. »Ich dachte, das Ganze wäre eine fantastische Idee, um dich von deinen Problemen abzulenken, und ich habe gar nicht bedacht, dass es *mein* Traum ist, längere Zeit hier zu verbringen, nicht deiner.«

Sie klang so betrübt, dass Rosa tief gerührt war. Dory war großzügig gewesen, und Rosa hatte Malta keine Chance gegeben. »Ich weiß, für dich ist Malta das Paradies, aber mir kommt es im Moment nur fremd vor. Vielleicht, wenn ich es erst besser kenne …«

»Ich habe dir ja auch kaum Zeit gelassen, es zu genießen«, unterbrach Dory sie und wirkte noch schuldbewusster. »Lass uns hier aufräumen, und dann nehmen wir uns ein paar Tage frei, damit ich dir mehr von dieser herrlichen Insel zeigen kann. Wir werden am Meer spazieren gehen, in Cafés essen, mit einem Boot über den Grand Harbour fahren, Valletta besichtigen – alles, was Touristen so machen.«

»Das klingt großartig. Und ich würde schrecklich gern schwimmen gehen. Das Meer sieht wunderbar aus.« Rosa strahlte und fühlte sich sofort besser. »Aber wir haben das Pesto noch nicht probiert.«

In dieser Sekunde klopfte es an der Wohnungstür. »Hallo?«, rief eine Frauenstimme.

Dory riss die Tür auf. »Hallo, Marci. Und hallo, Paige! Wie schön. Kommt herein, dann stelle ich euch meine Tochter Rosa vor.«

»Hallo«, sagte auch Rosa und bat die Besucher herein. Marci war rundlich und hatte ähnlich dunkles, glänzendes Haar wie Zach, nur dass sie es zu einem langen Bob geschnitten trug. Die vierjährige Paige, die glücklich strahlend »Hallo, hallo!« rief, hatte eher kastanienbraunes Haar.

»Haben Sie ein paar Minuten Zeit?«, fragte Dory und gab Marci keine Gelegenheit, zu erklären, warum Paige und sie gekommen waren. »Wir wollten gerade verschiedene Pesto-Varianten probieren. Und …«, fügte sie hinzu, als sie sah, dass Paige wenig beeindruckt wirkte, »ich habe gestern Abend verschiedene *pudina* gebacken, also können wir auch davon etwas essen.«

Marci wirkte unsicher. »Sind Sie sich sicher …?«

»Pudina ist eine Art Pudding! Ich habe ihn in Valletta mit Onkel Zach gegessen.« Paige hüpfte auf den Zehenspitzen herum, und das Ende ihres französischen Zopfes wippte mit. »Ja, bitte!«

»Dann setzen wir uns doch auf die Terrasse.« Dory führte sie alle nach draußen. »Oh, schaut doch, da ist Zach und arbeitet im Garten.« Sie hob die Stimme. »Zach! Wir wollen Pesto und *pudina* essen.«

Zach rief zurück. »Zusammen?«

Dory lachte. »Nur, wenn Sie wollen. Rosa, wenn du das Pesto holst und fragst, was unsere Gäste trinken möchten, schneide ich das Brot und hole den *pudina* aus dem Kühlschrank.«

Bald saßen sie zu fünft um den Terrassentisch herum. Die Erwachsenen verkosteten unterschiedliche Pesto-Varianten auf Fladenbrot, während Paige gleich mit dem *pudina* begann, weil Pesto grün war und »eklig« aussah. Zach, Rosa und Dory erklärten das Pesto mit Walnüssen zu ihrer Lieblingsvariante, doch Marci schmeckte die Mischung aus Walnüssen und Pinienkernen am besten.

Zach machte einen entspannten Eindruck. »Glaube nicht, dass Dory uns dieses Mal verkuppeln will«, flüsterte er Rosa zu, doch abgesehen davon sprach er den gestrigen Abend nicht an.

Rosa lachte und wandte sich Marci zu. Nachdem Zach ihr erzählt hatte, dass seine Schwester auf der Insel noch keine Freunde gefunden hatte, wollte sie sie aus der Reserve locken. Marci war ein wenig distanziert, doch Rosa erwärmte sich für sie, als sie, an ihren Bruder gerichtet, die Augen verdrehte. »Das Pesto ist köstlich«, erklärte sie, »aber eigentlich bin ich gekommen, um mich für Zach zu entschuldigen, weil er versucht hat, mich dir für das Ehemaligentreffen am Sonntag aufzudrängen.«

»Ich würde mich freuen«, gab Rosa offen zurück, »wenn ich jemanden hätte, mit dem ich reden könnte, während Mum mit den anderen Army-Kids ohne Ende über die guten alten Zeiten quatscht.«

»Dann gehen wir alle zusammen hin? Das wird toll! Und ich werde natürlich faszinierende Geschichten aus meiner Kindheit mit den anderen austauschen und nicht quatschen«, erklärte Dory mit gespielter Empörung und schnitt den *pudina* in mundgerechte Stücke. Paige nahm die Verkostung des *pudina* todernst und knabberte sorgfältig an der traditionellen Variante mit Trockenfrüchten und kandierten Kirschen, an der mit frischen Feigen und schließlich der mit frischen Datteln.

»Also, woraus besteht *pudina* eigentlich?«, erkundigte sich Zach und probierte ein Stück. »Ich habe ihn schon im

Caffe Cordina in Valletta gegessen. Ist das eine typisch maltesische Süßspeise?«

»Ich habe ihn bisher nur auf maltesischen Rezeptseiten gefunden.« Dory sorgte dafür, dass alle von jeder Sorte *pudina* etwas bekamen. »Es ist so etwas wie ein Brotpudding mit Schokolade und besteht aus klassischen Kuchenzutaten, wird aber statt mit Mehl mit Brot zubereitet. Ich experimentiere, um die gesündeste Variante zu finden, die weniger Zucker und mehr Obst enthält.«

Während die beiden sich unterhielten, sprach Rosa leise Marci an. »Wenn es dir unangenehm ist, mit uns zu dem Treffen zu gehen, brauchst du dich nicht verpflichtet zu fühlen.« Ein kleiner Seitenblick auf Zach sagte ihr, dass er mithörte, aber er unterbrach sie nicht.

Marci zog die Nase kraus. »Ich habe Dad versprochen, dass ich hingehe, aber ich fühle mich dabei … merkwürdig.«

Rosa nickte, als verstünde sie, während sie sich das Wort im Kopf herumgehen ließ. Wie meinte sie das? Merkwürdig? Fand sie die Veranstaltung irritierend? Oder hatte sie Angst davor, nicht dazuzugehören? Sie beschloss, nicht nachzufragen, um Marci nicht in Verlegenheit zu bringen.

Zach drehte sich um und sah seine Schwester aus seinen dunklen Augen ernst an. »Wäre es dir lieber, wenn ich an deiner Stelle gehe, Marci? Das würde ich tun, wenn du das möchtest. Aber Dad hat dich gebeten, und ich passe gern auf Paige auf.«

Marci schnitt eine Grimasse. »Das ist typisch Dad. Ich habe angenommen, du würdest nicht hingehen, weil er dich nicht gefragt hat.«

Zach grinste, was zum Ausdruck brachte, dass er keine Einwände gegen diese Schlussfolgerung hatte. »Wenn ich an deiner Stelle gehen soll, mache ich das. Ich schieße Fotos, die du ihm schicken kannst, und plaudere mit ein paar Leuten, und dann ist die Sache erledigt.«

Darüber dachte Marci nach. »Können wir nicht alle zusammen gehen? Die Veranstaltung findet in einem Gartenrestaurant in Mdina statt, und es gibt ein Büfett, also bräuchte Paige nicht stundenlang still zu sitzen.«

»Ja!«, schrie Paige. »Ich will mit zum Mittagessen. Gibt es auch Kuchen? Darf ich mein bestes Kleid anziehen?«

Gleichzeitig schaltete sich Dory ein. »Das ist eine großartige Idee. Ich sage den Organisatoren Bescheid.« Sie schnappte sich Rosas Laptop, um sich auf der Social-Media-Seite der Army-Kids einzuloggen.

Marci sah ihr über die Schulter und betrachtete interessiert die in der Gruppe geposteten Fotos, die grinsende Schulkinder aus den 1950ern, 1960ern und 1970ern zeigten. Die Schuluniformen im Winter bestanden aus Hosen für die Jungen und Röcken für die Mädchen, zu denen jeweils Hemd und Krawatte getragen wurden. Im Sommer trugen die Jungen Shorts und offene Hemden und die Mädchen Sommerkleider, die alle sandfarben waren und vage militärisch wirkten. Im Hintergrund erhob sich mit Feigenkakteen, Palmen, spitzblättrigen Agaven und Gebäuden mit flachen Dächern eindeutig Malta.

Paige, die merkte, dass ihre Mutter anderweitig beschäftigt war, schob sich an Zach heran und strich sich das Haar aus den Augen. »Mein Zopf löst sich auf, Onkel Zach. Kannst du ihn bitte neu machen?«

Rosa spürte, wie ihre Augenbrauen nach oben schossen. »Du kannst einen französischen Zopf flechten?«, fragte sie Zach.

Der grinste gemächlich. »Höre ich da Unglauben in deiner Stimme?«

»Ich bin gespannt«, gab sie freundlich zurück.

»Er kann«, versicherte Paige ihr und hielt still, während Zach das Gummi vom Ende des Zopfs zog und die Haare löste, um sie dann mit den Fingern auszukämmen. Er begann mit drei Strähnen vom Scheitel des Köpfchens vor ihm, nahm dann nach und nach die Seitenpartien hinzu und verwob sie geschickt, bis er zu Paiges flaumigem kleinen Nacken kam, und flocht dann normal bis zur Spitze weiter, bis die ihr zwischen den Schulterblättern hing. »Marci hat mir das beigebracht«, erklärte er Rosa zufrieden.

»Beeindruckend. Aber kannst du auch Holländisch?«, fragte sie. Dann errötete sie, weil *Kannst du auch Holländisch* wie etwas aus einem erotischen Roman klang.

Nach dem Funkeln zu urteilen, das in Zachs Augen trat, musste er in eine ähnliche Richtung gedacht haben, obwohl er ihr in ernstem Ton antwortete. »Keine Ahnung, was das ist. Vielleicht könntest du es mir zeigen?«

»Was ist Holländisch?«, fragte Paige.

Rosa schenkte ihre Aufmerksamkeit dem kleinen Mädchen, damit sie Zach nicht anzusehen brauchte. »Es ist ähnlich wie ein französischer Zopf, nur dass der Zopf auf dem Deckhaar aufliegt und ein wenig hervorsteht.«

»Ich will einen!« Paige kam zu Rosa und wandte ihr den Rücken zu.

Rasch vernichtete Rosa Zachs Werk und begann neu zu flechten. »Man braucht die Strähnen nur untereinander statt übereinander zu legen. Dann steht der Zopf hervor.«

»Das muss ich üben«, erklärte Zach feierlich und machte ein Foto von Paiges Hinterkopf, sodass seine Nichte sich das Ergebnis ansehen konnte.

Während Paige gebieterisch verlangte, dass Marci und Dory ihr Gespräch unterbrachen, um ihren holländischen

Zopf zu bewundern, neigte sich Zach zu Rosa. »Ich hoffe, es macht dir nichts aus, wenn ich mich bei dem Wiedersehensessen zu euch geselle?« Er lächelte schwach. »Schließlich ist es kein Date.«

Sie musste lachen. »Hoffen wir, dass meine Mutter das auch so sieht! Natürlich habe ich nichts dagegen, dass wir alle zusammen hingehen. Es ist nett, hier auf Malta Freunde zu haben.«

»Was ziehst du an?«, schaltete sich Marci mit der ewigen Frage ein. Während sich Rosa und Marci über Sommerkleider unterhielten, sprach Zach mit Dory über die Geschichte Maltas nach dem Zweiten Weltkrieg und die Tunnel unterhalb von Valletta.

Marci wies mit einer Kopfbewegung auf Zach, der sich auf seinem Stuhl ausgestreckt hatte. »Er hat ein großes Interesse an maltesischer Geschichte entwickelt. Ich glaube, das ist seine Art, sich selbst zu finden.«

Zach fing ihre Bemerkung auf und zuckte mit den Schultern. »Vielleicht bin ich ja der Einzige, der danach sucht.«

Rosa lachte, obwohl sie sich, nachdem sie gestern Abend seine Geschichte gehört hatte, fragte, ob nicht ein Körnchen Wahrheit in seiner Antwort steckte. »Vielleicht fange ich ja auch an, nach mir zu suchen«, erklärte sie. Das wäre immerhin besser, als sich verloren zu fühlen.

4

Im Lauf der nächsten vier Tage widmete sich Dory hingebungsvoll der Aufgabe, dafür zu sorgen, dass Rosa sich in Malta verliebte.

Gemächlich schlenderten sie über die von eleganten Palmen gesäumte Uferstraße, wie Dory sie nannte, obwohl auf der Karte Triq ix-Xatt stand, nach Sliema. Sie bummelten durch die hügeligen Gassen mit den schmalen Bürgersteigen und die geschäftigen Straßen, stöberten in den Läden und aßen in betriebsamen Straßencafés. Rosa wurde klar, dass Sliema sich auf einer Halbinsel befand und daher eine Küste hatte, von der aus man auf einer Seite über die ruhigen Wasser des Marsamxett-Hafens und Manoel Island bis zu den Wällen, goldenen Gebäuden, Balkonen, Kuppeln, Türmchen, Aussichtspunkten und Türmen sehen konnte, aus denen die Hauptstadt Valletta bestand. Auf der anderen Seite lag sie zum offenen Meer hin, und sie konnte den Blick schweifen lassen bis zu den Türmen und Hotels der St.-Julian-Bucht, wo auch Paceville zu finden war.

Sie überquerten den Marsamxett-Hafen und fuhren mit der dicklichen weißen Katamaranfähre nach Valletta; eine Reise von ein paar Minuten über das glitzernde blaue Meer, wo Jachten, Touristenschiffe und Fähren umeinander herummanövrierten und ein chaotisches Muster aus weißem Kielwasser hinterließen. Nachdem sie sich mit hundert anderen Passagieren angestellt hatten, um die Fähre zu verlassen, liefen sie auf Straßen, die so steil waren, dass die von Sliema im Vergleich harmlos erschienen, schnaufend zum Stadtzentrum hinauf. Die schmalen Straßen Vallettas verwandelten sich auf typisch maltesische Art gelegentlich in Treppen, manchmal sogar auf ganzer Länge. Die meisten Gebäude waren aus dem traditionellen Kalkstein errichtet, der in der Hitze des Tages zu leuchten schien. Viele Fenster waren mit kunstvoll in den Stein gemeißelten Ornamenten verziert, oder Wappen prangten auf Brüstungen. Die *gallerija* genannten geschlossenen Balkone waren grün und rot angestrichen. Rosa reckte den Hals, um eine Fassade zu inspizieren, die mehrere Stockwerke über ihnen aufragte. »Eine *gallerija* ist ein Mitteldinq zwischen einem Balkon und einem Erkerfenster«, erklärte Dory. An Straßenecken begegneten sie würdevollen Statuen. Die Luft war erfüllt vom Knattern der Motoren, die in einem niedrigen Gang fuhren, Stimmengewirr und Kirchenglocken.

Manche Straßen waren breit, andere schmal, und viele mündeten in Plätze mit Straßencafés, in denen cremefarbene, grüne oder weinrote Schirme aufgespannt waren, um die Gäste vor der Sonne zu schützen. Als sie den Teil der Republic Street erreichten, die sowohl als Fußgängerzone ausgezeichnet war als auch ziemlich flach, blieben sie stehen, um zu Atem zu kommen. »Fangen wir damit an, dass ich dir meine liebste Aussicht auf der ganzen Welt zeige«, sagte Dory keuchend. In wenigen Minuten durchquerten sie den kleinen Stadtkern. Manche Straßen boten Schatten, doch andere lagen gänzlich im prallen Sonnenschein. Dory führte

Rosa zu den Upper Barrakka Gardens. Sie traten durch einen Torbogen ein, und Rosa blieb stehen. »Der Park ist wunderschön!«

In der Mitte sprudelte ein schlichter, aber eleganter Springbrunnen, der von Blumenbeeten und Bänken umgeben war. Sie folgten einem der geometrisch angelegten Wege und passierten zwei Reihen anmutiger Steinbögen.

Dann traten sie auf eine Terrasse, die so hoch und weit über einen Hafen ragte, dass sie tatsächlich auf gewaltige, vor Anker liegende Kreuzfahrtschiffe hinuntersahen.

»Wow«, hauchte Rosa und ließ die Aussicht auf sich wirken, die vor ihr lag. Die Nachmittagssonne tanzte auf dem strahlend blauen Meer, auf dem Schiffe aller Größen mit ihrem weißen Kielwasser einander überkreuzende Linien zogen: Arbeitsschiffe mit verbeulten roten Rümpfen und grauen Kränen an Deck, winzige Motorboote, blaue Frachter und auf dem Wasser wippende Schleppkähne. Der Grand Harbour wimmelte zwischen dem Leuchtturm an der Mündung des Hafens bis zu einem ausgedehnten Werftengelände in einem Meeresarm, der ihnen gegenüberlag, nur so vor maritimem Leben.

»Das ist der Grand Harbour«, verkündete Dory feierlich. »Genau wie Sliema ist Valletta auf einer Halbinsel angelegt, und Manoel Island liegt zwischen ihr und dem Festland. Auf der Karte sehen sie aus wie Arme, die sich um einen Fisch legen. Drüben auf der anderen Seite …« – sie wies auf das Gebiet auf der anderen Seite des Grand Harbour – »… befinden sich die Drei Städte, auch bekannt als Cottonera.«

»Wow«, wiederholte Rosa, hatte aber das Gefühl, das wäre keine ausreichende Würdigung. Der Hafen war umwerfend. Vor Leben pulsierend. Umgeben von Erinnerungen an Vallettas Geschichte. Auf einem Salutierplatz unter ihnen stand eine Reihe Kanonen, Wachtürme klammerten sich an die gewaltigen, schräg abfallenden Ringmauern, die die Stadt schützten. Hier und dort waren in ihnen Tunnelöffnungen zu erkennen. Dory verfiel in ihren Reiseführer-Modus und wies auf einen hoch aufragenden, modernen Turm aus Stahl. »Das ist der Upper-Barrakka-Lift, der Fahrgäste zwischen diesem Park und dem Hafen von Valletta befördert, wo die großen Schiffe ankern.« Sie zeigte quer über den Hafen. »Das ist Fort St. Angelo und dort das Fort St. Michael und das Marinemuseum, in dem in meiner Kindheit das Bighi-Krankenhaus untergebracht war. Dort war ich, als ich mir die Nase gebrochen habe, und Tante Lizzy, als sie einmal in eine Harpune getreten ist.« Sie fuhr fort und sprudelte viel mehr Informationen heraus, als Rosa verarbeiten konnte, obwohl sie einige Orte wiedererkannte, von denen Dory und Zach geredet hatten: die unterirdischen Tunnel, in denen sich im Krieg das britische Hauptquartier befunden hatte, Lascaris War Rooms, im Zweiten Weltkrieg das alliierte Hauptquartier, und Fort Rinella.

Schließlich legten sie im Café des Parks eine Pause ein, um, belagert von einem Taubenschwarm und einigen neugierigen Katzen, einen Morgenkaffee zu trinken. Dann schlenderten sie weiter in die Stadt hinein, die fast vollständig in Form eines Gitternetzes von Straßen angelegt war. »Jemand hat Mum mal erklärt, die Straßen seien ›bisexuell‹ statt ›bisektional‹.« Dory grinste. »Ich hätte gern ihre Miene gesehen. Irgendwo hier liegt die Strait Street – heute ist sie voller netter Bistros, aber damals war sie der Rotlichtbezirk.«

»Du kannst dich ernsthaft daran erinnern?«, fragte Rosa und strich sich das Haar zurück. In dem Sonnenschein, der auf sie herunterknallte, begann sie zu schwitzen. »Da warst du noch ein Kind!«

Dory lachte und trat auf dem Straßenpflaster noch weiter zurück, um einen kleinen Pferdewagen, einen *karozzin*, vorbeiklappern zu lassen, dessen Dach sich hoch über dem Kopf des Kutschers wölbte. Darin saßen ein paar rot angelaufene Touristen. »Natürlich kann ich mich nicht daran erinnern! Aber ich unterhalte mich mit Dad über Malta, und in der Army-Kids-Gruppe im Internet wird auch viel in Erinnerungen geschwelgt. Meine eigenen Erinnerungen beziehen sich auf Dinge wie den altmodischen Schulbus und das Schuljahr, als die Busfahrer gestreikt haben und wir in von Soldaten bemannten Dreitonnern zur Schule gefahren wurden. Sommer, in denen wir morgens zur Schule gingen und nachmittags am Lido geschwommen sind. Uns aus dem Camp geschlichen haben, zu verbotenen Orten wie den Docks.« Sie winkte unbestimmt über die Schulter.

Rosa war sich nicht sicher, ob sie in Richtung Vergangenheit wies oder auf eine konkrete Stelle hinter ihnen. Es war seltsam, das Malta der Gegenwart mit eigenen Augen zu sehen und gleichzeitig, wie einen wohlwollenden Geist, der mit ihnen einherschwebte, die Erinnerungen ihrer Mutter an das Malta der 1960er-Jahre. In dieses Café hatten Dorys Eltern sie und Lizzy geführt, um Fanta zu trinken und eine Süßigkeit namens Granita zu essen, die Slush-Eis ähnelte. Vor Jahrhunderten war dieses riesige Bauwerk die Unterkunft der Ritter von Kastilien und León gewesen. Heute beherbergte das Auberge de Castille die Diensträume des Premierministers, doch für Dory war es bedeutsam, weil dort in Friedenszeiten das Hauptquartier der britischen Army gewesen war, wohin ihren Vater Lance McCoy seine militärischen Pflichten täglich geführt hatten. »Manchmal haben wir auf diesen Kanonen gesessen und darauf gewartet, dass Dad von der Arbeit kam. Sie waren genauso glänzend schwarz wie noch heute. Dieser Bogengang gegenüber, zu dem die Treppe hinaufführt, brachte einen zum NAAFI-Gebäude. Diese Einrichtung wurde von der britischen Regierung gegründet und war dafür zuständig, für die Angehörigen der Streitkräfte Sport- und Freizeitaktivitäten zu organisieren.

Wenn ich so weit gelaufen war, ohne zu jammern, kaufte Mum mir an einem Kiosk auf halber Höhe der Treppe einen Lutscher.«

Zwar hatte Rosa immer ganz genau gewusst, dass Grandpa Berufssoldat gewesen war, Grandma eine Army-Ehefrau und ihre Mum und Tante Army-Kinder, aber jetzt begann sie wirklich zu begreifen, dass mehrere Jahre lang diese heiße, steinige Insel mitten im Mittelmeer das Zuhause ihrer Mutter gewesen war, so wie der Marktflecken Liggers Moor in Yorkshire Rosas Heimat war. Dory hatte auf Exerzierplätzen Schlagball gespielt oder war Fahrrad gefahren; in diesem türkisblauen Meer hatte sie schwimmen gelernt. Rosa hatte das Gefühl, dass sie bisher einen wichtigen Teil dessen, was ihre Mutter ausmachte, nicht wahrgenommen hatte.

Neben dem Sightseeing ließ Dory ihr auch Zeit für sich. In ihrem kühlen, friedlichen Zimmer erstellte Rosa eine Playlist aus Zumba-Videos auf YouTube, damit sie die auf ihrem iPad spielen und dazu tanzen konnte. Etwas an den sinnlichen Bewegungen und pulsierenden Rhythmen brachte sie wieder zu sich selbst zurück. Es war nicht dasselbe wie die Kurse im Studio mit den Mädchen, mit denen sie regelmäßig dorthin ging – Emily, Brenna, Zoë und ein Dutzend andere –, aber in ihrem Zimmer hier konnte sie dafür nackt und barfuß tanzen.

Am Samstag fuhr Dory mit Rosa zu einer Tauchschule, und sie kauften Schnorchel, Tauchermasken und Schwimmflossen. Dann kehrten sie eilig nach Hause zurück, um sich umzuziehen. Gegenüber der Rampe und der Küstenstraße befand sich ein kleiner felsiger Strand, wo man schwimmen konnte. In den Fels waren rostige alte Kanonen kopfüber einbetoniert, um als Anlegeplätze zu dienen. Eine Frau angelte, und Teenager schwammen und bespritzten einander kreischend mit Wasser. Hinter dem Schwimmbereich ankerten die Boote. Blaue Hafenrundfahrts-Boote voller Touristen tuckerten vorbei, und gedämpftes Stimmengewirr wehte über das Wasser. Sportboote lagen friedlich auf und ab wippend vor Anker, und an dem gegenüberliegenden Ufer von Manoel Island lagen hoch aufragende Motorjachten vertäut. Kleine Segelboote, die kaum groß genug wirkten, um darin sitzen zu können, flogen über die Wellen dahin, und wenn der Wind drohte, das Gefährt kippen zu lassen, setzten die Segler sich auf die nach oben weisende Reling.

Am Strand fiel Rosa auf, dass die jungen Frauen knappe Badeanzüge trugen, sich aber keine barbusig zeigte. Lachend beobachtete sie die Possen eines schwarzen Mopses, der eine Art Schwimmweste trug und sich zwischen seinen Ausflügen ins Wasser zum großen Ärger der Besucher auf ihren Handtüchern wälzte, um sich abzutrocknen.

Rosa atmete die salzige Luft ein und spürte, wie sich ein strahlendes Lächeln auf ihrem Gesicht ausbreitete. »Sieh doch, aus wie vielen Blau- und Grünschattierungen sich die Farbe des Meeres zusammensetzt. Ich kann es kaum abwarten, zu schnorcheln.« Rosa war zwar eine gute Schwimmerin, aber sie hatte noch nie zuvor Gelegenheit zum Schnorcheln gehabt – vielleicht, weil Marcus nicht viel für das Meer übriggehabt hatte, sodass sie in ihren wenigen gemeinsamen Urlauben eher in den Bergen gewandert waren oder Städtereisen unternommen hatten. Sie ließ sich von Dory zeigen, wie man die Maske mit Meerwasser ausspülte, damit sie weniger stark beschlug, und sie dann so aufsetzte, dass sie Augen und Nase bedeckte. Dann wartete sie, bis sie den Rand der Felsen erreicht hatte, um sich die Schwimmflossen, die sich wie bizarre, eine Nummer zu kleine Hausschuhe anfühlten, über die Füße zu ziehen.

»Sobald du im Wasser bist, ist alles gut!«, meinte Dory grinsend, hielt ihre Maske mit der Hand fest, trat mit einem Riesenschritt ins Meer hinaus und tauchte mit dem Kopf unter. Eine Sekunde später kam sie mit einem jubelnden »Whoo-hoo« wieder hoch und steckte sich das Mundstück des Schnorchels in den Mund.

Als Rosa es ihr nachtat, wurde ihr klar, dass das »Whoo-hoo« dadurch ausgelöst wurde, dass das leicht bewegte türkisfarbene Wasser *kalt* war. Es war auch magisch, wie sie feststellte, als sie sich davon überzeugt hatte, dass sie durch den Schnorchel atmen konnte, und im Salzwasser die Augen, die durch ihre Maske geschützt waren, öffnete.

Unter ihr erstreckte sich eine Landschaft, wie sie sie bisher nur in Filmen von David Attenborough gesehen hatte: eine azurblaue Welt, in der alles in Zeitlupe ablief und man nur das Wasser in seinen Ohren und seinen eigenen Atem hörte, wo Fische unbekümmert an Felsen knabberten, die mit stachligen schwarzen Seeigeln übersät waren. Das Sonnenlicht drang durch das Wasser und wurde glitzernd von Fischschuppen reflektiert. Die Fische schossen silbrig, graugrün oder, was Rosa am liebsten mochte, wie schimmernde schwimmende Regenbogen durchs Wasser.

Dory schwamm voran und wies auf Krebse, die sich neben Felsspalten, in die sie davonhuschen konnten, niedergelassen hatten, oder auf die rosigen, gummiartigen Tentakel von Seeanemonen, die sich langsam in der Strömung wiegten und in sich zusammenfielen, wenn man sie berührte. Sie sah sogar eine grau gesprenkelte Stelle, bei der Dory ihren Schnorchel ausspuckte, um Rosa zu erklären, dass dort ein Oktopus in seiner Höhle saß. Das Wasser umfloss Rosas Körper wie eine Liebkosung, schob sie hin und her und ließ sie im Kielwasser vorbeifahrender Boote tanzen.

Als sie schließlich über eine in den Felsen eingelassene Leiter aus Metall herauskletterten, um sich abzutrocknen, trafen sie auf Marci und Paige, die in den nahe gelegenen Gezeitentümpeln herumstocherten.

»Hey, Rosa, hey, Dory!«, schrie Paige und rannte herbei. »Wir gehen gleich ins Café. Wollt ihr mitkommen?«

»Wenn deine Mum nichts dagegen hat.« Rosa lächelte Marci zu, schüttelte den Kopf, um das Wasser aus den Ohren zu bekommen, und legte sich ihr Handtuch um.

»Das wäre großartig«, sagte Marci, und sie packten ihre Sachen zusammen und kletterten über die Felsen zu dem nahe gelegenen Café, wo sie einen Tisch unter einem gelben Sonnenschirm besetzten und Getränke und *gelato* bestellten.

»Hmm.« Paige warf ihren Pferdeschwanz zurück, damit er nicht in ihr Erdbeereis hing. »Ich liebe Malta.«

»Ich auch!«, riefen Dory und Marci prompt im Chor.

»Mir gefällt es auch immer besser«, erklärte Rosa kaum eine Sekunde später und wurde mit einem erfreuten Grinsen ihrer Mutter belohnt.

Am Sonntag fand das als Mittagessen ausgerichtete Ehemaligentreffen der Army-Kids in Mdina statt, der »stillen Stadt«, die einst Maltas Hauptstadt gewesen war. Zach, der in Leinenhosen, Flipflops und einem kurzärmligen Hemd kosmopolitisch wirkte, hatte ein Großraumtaxi bestellt. Rosa und Dory kletterten mit ihm, Marci und Paige hinein und genossen die Fahrt durch die schmalen, mit Autos verstopften Straßen der Wohngebiete von Sliema, bevor sie in die Landschaft hinausfuhren, wo weiß oder knallrosa blühender Oleander und knorrige, staubige Pinien die Straßenränder säumten. Sie passierten bräunliche Büsche, die aus Erdspalten wuchsen, und Trockensteinmauern, die kleine Äcker abteilten und über die stachelige Kaktusfeigen hingen, bis das Taxi sie am Stadttor absetzte.

Sie überquerten eine Steinbrücke, die über eine gepflegte Parkanlage führte, und betraten Mdina, eine wunderschöne, kompakte, von Mauern umgebene Stadt, die den Eindruck machte, als hätte sie sich seit Jahrhunderten nicht verändert. Das Gelände stieg an, und die Hänge waren mit terrassenförmig angelegten Feldern und Olivenhainen bedeckt. Die Bauwerke aus honigfarbenem Stein trugen schmiedeeiserne Gitter vor den Fenstern. Neben Torbögen erhoben sich Statuen, und in den wie lebendig wirkenden Stein waren wunderschöne Ornamente eingearbeitet. Überall waren Balkone – offene aus Holz, Stein oder Schmiedeeisen oder die umbauten *galleriji*. In den schmalen Straßen hatte man die Türen tief in die Wände eingelassen. »Ich habe gelesen«, sagte Zach, »dass die Straßen gekrümmt angelegt wurden, damit Bogenschützen in den Fenstern hinter den Eisengittern Feinden auflauern konnten, diese sie jedoch erst sehen konnten, wenn es zu spät war. Malta war schon immer von großer strategischer Bedeutung. Fremde Mächte standen Schlange, um es zu erobern, und die Malteser haben sich gewehrt.«

»Schrecklich«, meinte Rosa, als sie eine Straße entlanggingen, die so eng war, dass sie die Arme ausstrecken und die Mauern rechts und links berühren konnte. Die meisten Straßen waren zu schmal für Autos, und selbst die Pferdewagen, die *karozzini*, konnten nur die breiteren Durchgangsstraßen befahren. Straßen mündeten auf Plätze; Fremdenführer trieben Touristen vor sich her.

Als sie vor einer flammenden Flut von kirschroter Bougainvillea standen, warf Zach einen Blick auf die Karten-App auf seinem Handy. »Wenn wir hier links abbiegen, sollten wir da sein.«

Sie betraten das Lokal durch eine zweiflüglige, hohe Glastür, die in eine Mauer eingelassen war, und gelangten über eine Treppe nach unten in einen kühlen Bereich mit hoher Decke, wo Tische mit schneeweißen Decken und glänzendem Besteck gedeckt waren. Rosa sah zu der Gewölbedecke und den geschwungenen Steinbögen auf. »In Malta habe ich ständig das Gefühl, dass mir das Wort *wow* auf der Zunge liegt.«

»Ich weiß, was du meinst.« Marci nahm Paige an die Hand, damit die Kleine einer alten Ritterrüstung nicht zu nahe kam.

Eine lächelnde Malteserin begrüßte sie. »Sind Sie Teilnehmer des Ehemaligentreffens? Guten Tag, ich bin Claudette.« Sie führte sie weitere Steinstufen hinunter und zwischen den Tischen hindurch. Dann ging es noch einmal eine Steintreppe hinauf. Summendes Stimmengewirr wurde lauter, als sie einen hübschen Veranstaltungsraum erreichten, der sich zu einem Garten hin öffnete. Aus dem Summen wurden Gesprächsfetzen, die immer wieder von Gelächter unterbrochen wurden.

Claudette trat beiseite. »Hier ist Ihre Party. Das Mittagessen wird gleich serviert. Getränke bestellen Sie bitte an der Bar. Viel Spaß!«

Eine Frau mit langem, welligem Haar trat vor. »Hallo! Ich bin Lesley, eine der Gastgeberinnen des Ehemaligentreffens der Army-Kids. Ich zeige Ihnen den Tisch mit den Namensschildern. Wir haben achtundsechzig Teilnehmer – ist das nicht großartig?«

Hinter einem langen Tisch stand ein korpulenter, glatzköpfiger Mann in sorgfältig gebügelten cremefarbenen Shorts und einem blauen Hemd mit offenem Kragen und teilte Namensschilder aus, die an Bändern baumelten.

»Meine Güte, Dorys Namensschild wirkt beinahe militärisch.« Marci lachte, was bei ihr selten vorkam. In der Tat, Dorys Schild war khakifarben umrahmt, um ihren Status als Army-Kid anzuzeigen, und lautete:

Dory McCoy Hammond
Schule: Tigné-Kaserne, Grundschule und Mittelstufe
Wohnhaft (1967–70): Royal Court, Ta' Xbiex
und St. Francis Ravelin, Floriana

»Jetzt werden wir Mum wohl eine Weile nicht mehr zu Gesicht bekommen.« Rosa sah Dory nach, die in einer Gruppe von Menschen mit khaki gerahmten Namensschildern verschwand, wo sie wie ein Wasserfall reden würde. Zach begann ein Gespräch über die Geschichte von Mdina mit einem Mann namens Trent, und Rosa folgte Marci und Paige in den Garten hinaus, wobei sie sich mit Getränken versorgten, als sie an der Bar vorbeikamen.

Was zunächst die Gartenmauer zu sein schien, erwies sich als Teil der Stadtmauern, aus denen die Befestigung bestand. Sie war mindestens vier Meter dick, und die Mauerkrone fiel schräg zu einem Furcht einflößenden Steilhang hin ab. Paige zählte die Goldfische in einem Zierteich. »Hat deine Mum mit dir schon die Führung ›Hier haben wir einmal gewohnt‹ und ›Hier bin ich zur Schule gegangen‹ gemacht?«, fragte Marci Rosa.

Rosa lachte. »Sie hat mir gezeigt, wo die Steinbögen und der Uhrenturm der Schule in die Hochhäuser integriert wurden, die nun an der Stelle der Tigné-Kaserne stehen.«

Marci nickte. »Dad findet, dass Tigné inzwischen wie ein Klein-Miami aussieht.«

»Zach hat mir erzählt, eure Großmutter sei Malteserin gewesen.« Rosa sah zu, wie Paige die Finger ins Wasser tauchte und es dann aufblitzte, als die Goldfische mit den Schwanzflossen schlugen und davonschossen.

Marci ließ sich auf dem Mäuerchen des Teichs nieder und hielt das Gesicht in die Sonne. Sie trug ein locker sitzendes schwarzes Leinenkleid, und ihr dunkles Haar fiel ihr wie eine seidene Flut über die Schultern. »Grandad und Nanna haben sich in den 1950ern bei einem Tanz in Valletta kennengelernt. Seine Laufbahn beim Militär führte sie lange genug zurück nach England, um dort meinen Dad und seine zwei Brüder zu bekommen, und anschließend sind sie nach Zypern gegangen. Dann waren sie von 1966 bis 1969 wieder hier stationiert, und zu dieser Zeit muss deine Familie ebenfalls auf Malta gewesen sein. Grandad war bei der 235. Signaleinheit. Nach der Army haben sich Nanna und Grandad in Cornwall niedergelassen. In Redruth, keiner dieser Gegenden mit malerisch zerklüfteten oder hübschen Landschaften.«

Rosa runzelte die Stirn. »Grandpa Lance war beim Kampfmittelcorps. Hatte etwas mit Nachschub zu tun.«

»Die Kampfmittelcorps waren überall zu finden, wo britische Infanterie stationiert war.« Dieses Detail kam von Zach, der sich jetzt zu ihnen gesellte. Trotz der Hitze wirkte er entspannt und frisch.

»Klingt, als wärest du deutlich besser informiert als ich«, sagte Rosa. »Ich weiß, dass die normalen Wehrpflichtigen nur ein paar Jahre Dienst getan haben statt der einundzwanzig, die Grandpa gedient hat, aber das ist auch schon alles. Mum plaudert mit Grandpa oft über die Posts und Bilder auf der Social-Media-Seite der Army-Kids, aber ich finde das nicht so faszinierend wie die beiden.«

»Zach interessiert sich sehr dafür«, erklärte Marci. »Er tauscht sich mit jedem über die Geschichte Maltas aus. Dad hat uns übrigens ein paar Passagen von der Army-Kids-Seite über den Erfolg deiner Mutter vorgelesen. Wie kam es denn dazu, dass sie eine berühmte Köchin geworden ist?«

Rosa ließ sich neben Marci auf dem Mäuerchen nieder. Paige versuchte immer noch, die Fische zu zählen, und war empört, weil die nicht still hielten. »Diese Karriere hat vor ein paar Jahren aus dem Nichts begonnen und ist dann explodiert. Damals hat ein Reality-TV-Team die Schule besucht, an der meine Mutter Köchin war.« Rosa hatte die Geschichte schon oft erzählt, aber es fühlte sich immer noch so an, als wäre sie einer anderen Familie passiert. »Ihre starke Persönlichkeit kam vor der Kamera gut an, und sie hat allen anderen die Show gestohlen. Wenn sie sich enthusiastisch über ihre Initiative ›Klammheimliches Essen‹ ausließ, bei der sie heimlich den Kindern gutes Essen unterjubelte – zum Beispiel Rote Beete in Brownies –, hat der Regisseur das nur so aufgesogen, und in den sozialen Netzwerken war es der Knaller.« Sie unterbrach sich und rief sich ins Gedächtnis, dass es nicht immer nur positiv war, wenn in den sozialen Netzwerken über einen geredet wurde. Sie schob den Gedanken beiseite. »Ich habe ihr geholfen, einen Blog zu starten und die diversen Kanäle in den sozialen Netzwerken zu bespielen. Die Produktionsgesellschaft hat sie zu einem Weihnachts-Special eingeladen, wodurch der Hype nur noch größer wurde. Dann hat eine Literaturagentin Kontakt zu ihr aufgenommen und angeboten, ihr einen Vertrag bei einem großen Verlag zu besorgen.«

»Die Cafeteria-Lady kocht klammheimlich gesund«, warf Zach ein und zog Paige behutsam zurück, bevor die Kleine noch ins Wasser fiel. »Dad hat Nanna das Buch geschenkt.«

»Das wird Mum freuen.« Rosa fächelte sich mit der Hand Luft zu. Es schien immer wärmer zu werden. »Das Buch ist gut angekommen.« Dann lachte sie. »Eine gewaltige Untertreibung! Es war Nummer eins auf der Bestsellerliste der *Sunday Times* und hat die Amazon-Liste angeführt. Es verkauft sich immer noch kontinuierlich. Der Folgeband, *Klammheimlich abnehmen mit der Cafeteria-Lady*, war ebenfalls ein großer Erfolg und hat sich auf der ganzen Welt verkauft. Mum schreibt Gastbeiträge für Food-Magazine und -Blogs und tritt im Radio und im Fernsehen auf. Sie hat an ihrer Schule gekündigt und schreibt jetzt an *Die Cafeteria-Lady kocht mediterran.*«

Marci seufzte. »Das ist fantastisch. Ich wünschte, das Leben wäre so gut zu unserer Mum gewesen. Sie hält sich erstaunlich wacker, aber sie leidet unter chronischen Schmerzen. Wir haben heute Morgen mit ihr geskypt, und sie konnte kaum abwarten, alles zu hören, was wir unternehmen.«

»Sie ist mehr oder weniger ans Haus gefesselt, sonst würde ich wetten, dass sie zu diesem Treffen gekommen wäre«, sagte Zach.

Ein Mann mittleren Alters trat zu ihnen, dessen Gesicht trotz seiner olivfarbenen Haut gerötet wirkte. Er stellte sich als Jim vor und hatte – wie Zachs und Marcis Dad – einen Vater, der in der britischen Army gewesen war, und eine maltesische Mutter. »Dad war von 66 bis 68 bei den Royal Anglians.«

Während Zach sich mit Jim unterhielt, betrachtete Rosa über die Mauer hinweg das Panorama aus Gebäuden, großen und kleinen Kuppeln und einem Turm, der sich auf einer nahe gelegenen Anhöhe erhob. Terrassen folgten den Konturen des Terrains wie die Linien auf einer amtlichen Landvermessungskarte, und aus der Ferne trug die Luft das stimmungsvolle Läuten von Kirchenglocken heran.

Jim verwickelte sie in das Gespräch, indem er auf einige Landmarken wies. »Das ist das Krankenhaus in Mtarfa, in dem ich und viele Army-Kinder geboren wurden. Sehen Sie diesen Uhrenturm und die Gebäude daneben? Das ist die Mtarfa-Kaserne.«

»Noch mehr Kasernen?«, fragte sie. »Wie viele gab es denn auf Malta?«

Nachdenklich blies der Mann die Wangen auf. »Kommt darauf an, von welcher Epoche Sie sprechen. An Pembroke, St. George's, St. Andrew's, Tigné und Linton erinnere ich mich aus meiner Kinderzeit. Dazu kamen noch die Marine und die Luftwaffe.« Als Rosa aufstand, um ein Foto zu schießen, hielt er galant ihren Drink. Als sie fertig war, murmelte sie ein Dankeswort und nahm das Glas wieder entgegen.

Jim war offensichtlich zu Scherzen aufgelegt. »Immer erfreut, einer Dame behilflich sein zu können. Wissen Sie, manche Männer bezeichnen Frauen ja als das ›schwache Geschlecht‹, aber ich finde, der Ausdruck ›das schönere Geschlecht‹ bringt mich weniger oft in Schwierigkeiten.« Er stieß ein wieherndes Gelächter aus.

Rosa, die es immer ärgerte, wenn jemand herablassend über Frauen sprach, blickte in die Ferne.

Leider war Jim hartnäckig. »Was denn? Sie sind doch nicht beleidigt, oder? Ich habe doch gesagt, Frauen seien *nicht* das schwächere Geschlecht.« Wieder lachte er lauthals.

Langsam drehte Rosa sich zu ihm um. »Natürlich sind sie das nicht. Das sind die Männer, die ihre empfindlichsten Organe außerhalb ihres Körpers tragen, wo sie so leicht verletzt werden können.«

Jims Gelächter brach abrupt ab, und er starrte Rosa an. »Ähm, durchaus«, murmelte er und entfernte sich rasch, um ein anderes Gespräch zu kapern.

Zach grinste. »Ich glaube, der hat sich gerade ein wenig bedroht gefühlt.«

Sie schnaubte. »Ich fürchte, Mum hat mir beigebracht, für mich selbst einzutreten. Vielleicht, weil wir niemandem vom *stärkeren Geschlecht* hatten, der das für uns übernommen hätte.« Ihr Ton war so trocken, dass Zach lachen musste.

Abgesehen von der Begegnung mit Jim verlief die Veranstaltung wesentlich angenehmer, als Rosa zu hoffen gewagt hatte. Auf irgendeine Art waren alle mit Malta verbunden, und mehr als ein Gast musste sich angesichts einer gemeinsamen Erinnerung die Tränen trocknen. Obwohl sie nur die Enkelin eines Soldaten war, hatte Rosa mehr und mehr das Gefühl, unter ihresgleichen zu sein, während Gesprächsfetzen über das Royal Anglian Regiment, das Ingenieurcorps, die Signaleinheiten, das Duke of Lancaster's Regiment und die Fallschirmspringer-Einheiten zu ihr drangen. Dory stellte sie Janice vom Robb Lido und Carol aus der Schule von Tigné vor. Ein köstliches Mittagessen aus Fleisch, Salaten, Obst, Gebäck und Kuchen wurde wunderbar von Marsovin-Wein oder Cisk-Bier ergänzt. Paige probierte eine hiesige Limonade namens *Kinnie*, meinte aber, sie sei zu »bitter«. Dory trank sie für sie aus, weil Kinnie etwas Besonderes gewesen war, »als ich als Kind auf Malta gelebt habe«, sprach Rosa den Satz an ihrer Stelle zu Ende.

Dory wirkte kleinlaut. »Tut mir leid. Ich werde versuchen, das nicht ständig zu sagen. Dieses Ehemaligentreffen ist das erste, zu dem ich es geschafft habe, und normalerweise finden sie im Abstand von mehreren Jahren statt.«

Rosa drückte sie. »Ich wollte dich nur auf den Arm nehmen, Mum. Ich freue mich, wenn du glücklich bist.«

Dory stürmte davon, um mit weiteren Army-Kids Erinnerungen auszutauschen. Paige begann mit zwei Jungen zu spielen, die ein oder zwei Jahre älter waren als sie, und Rosa schlenderte zu einer alten, mit Flechten überzogenen Bank ganz am Ende des Gartens, um zuzusehen und die Statuen, Wege und goldfarbenen Mauern all der Gebäude um sich herum zu betrachten, während sie die Sonne genoss.

Zach tauchte auf und brachte zwei Gläser Wein mit, der in der Nachmittagssonne glühte wie rosa Edelsteine. »Ich dachte, du möchtest den hier vielleicht gern probieren, da er Rosé Santa Rosa heißt.« Er setzte sich zu ihr auf die gemeißelte Gartenbank und beugte sich zu ihr. »Marci redet mit einem Mann«, fügte er theatralisch flüsternd hinzu, »daher habe ich gesagt, ich würde nach Paige sehen.«

Rosa dankte ihm für den Wein. »Redet Marci denn normalerweise nicht mit Männern?«

Er schnitt eine Grimasse. »Paiges Dad hat sich verdrückt, als Marci mit ihr schwanger war, und der Kerl nach ihm hat sie betrogen.« Er nippte an seinem Wein und leckte sich über die Lippen. »Es ist überfällig, dass sie einmal eine positive Erfahrung macht, auch wenn die nur darin besteht, auf einer Party über Lieblingsbücher zu plaudern.«

»Du bist ein sehr netter Bruder, weil du dich um Paige kümmerst«, merkte Rosa voll ehrlicher Anerkennung an.

Er zuckte mit den Schultern und grinste dann entwaffnend. »Außerdem hat Dory mich gebeten, dir Gesellschaft zu leisten für den Fall, dass du die Nase voll davon hast, sie den ganzen Nachmittag über Malta reden zu hören.«

»Ach du meine Güte, ich fürchte, ich habe ihr diesen Eindruck vermittelt.« Rosa beschattete die Augen gegen die Sonne und schaute in die Richtung, in der Dory immer noch versuchte, den Weltrekord darin, wie viele Gespräche man bei einer einzigen Party führen konnte, aufzustellen. »Sie amüsiert sich fantastisch, und das freut mich. Ich bin mit einer negativen Grundeinstellung hergekommen, aber eigentlich bin ich ihretwegen auf Malta.«

»Ihre Version ist, dass sie dir die Insel verleidet hat, indem sie dich in ihrer Küche herumkommandiert hat wie Gordon Ramsay«, sagte er. »Ich sehe allerdings keinerlei Ähnlichkeit zwischen deiner Mum und ihm.«

»Fluchen kann sie aber wie er!«, gab Rosa lachend zurück, und die beiden sahen einander an. »Typisch Army-Kid!«, riefen sie dann wie aus einem Munde.

Zach sah zu, wie Paige Spielzeugautos durch den Staub am Rand des Wegs schob. »Sie hat erzählt, dass du zu Hause in einem Jugendzentrum arbeitest und dir der Job fehlt.«

Rosa erstarrte und fragte sich, ob Dory ihm Einzelheiten darüber verraten hatte, was genau der Grund dafür war, dass sie sich freigenommen hatte. »Ja.«

Er warf ihr einen Blick zu. »Mein Cousin Joseph Zammit leitet ein offenes Jugendzentrum in Gżira, und ich glaube, ich habe schon einmal erwähnt, dass ich dort aushelfe. Morgen Nachmittag sammeln wir Müll aus dem Meer. Vielleicht hast du ja Lust, als ehrenamtliche Helferin mitzumachen. Die Aktion findet an einem öffentlichen Strand in Sliema statt – ein Haufen Teenager, die Flaschen und anderes Zeug aus dem Wasser fischen.«

Sofort ging Rosa das Herz auf bei dem Gedanken, an einer

Aktion mit jungen Leuten mitzuwirken. »Sehr gern. Solange Mum mich nicht zur selben Zeit braucht.«

»Gib mir Bescheid«, sagte er ungezwungen. »Halte dich morgen Nachmittag um drei mit deiner Schnorchelausrüstung bereit.«

Er berichtete ihr mehr über das Nicholas-Zentrum. Es war nach Josephs Großonkel Nicholas benannt, von dem er das Anwesen geerbt hatte. »Es liegt in einer kleinen Straße in Gżira. Ein großes Außengelände hat es nicht«, erklärte er, »aber einen Werkraum, einen Veranstaltungssaal, einen kleinen Kraftraum und einen Computerraum. Die Zielgruppe sind Dreizehn- bis Achtzehnjährige. Manche der Kids kommen aus weniger wohlhabenden Familien, denn viele Aktivitäten sind umsonst.«

»Ich würde es zu gern sehen. Klingt, als läge es in einer ähnlichen Gegend wie das Blackthorn's, wo ich Events und Sponsoring organisiere«, entgegnete sie. »Es wurde von J. J. Blacker gegründet, dem Drummer der Band *The Hungry Years*. Es gibt mehrere Zweigstellen. Die, in der ich arbeite, befindet sich in meiner Heimatstadt Liggers Moor in Yorkshire, aber die erste wurde in der Shetland-Siedlung in Cambridgeshire gegründet, wo er aufgewachsen ist. Er will nicht, dass die Kinder von heute sich so fühlen müssen wie er damals. Sie kommen oft aus instabilen und finanziell schwachen Verhältnissen, haben keine Perspektive und nichts zu tun, sodass die Kids schnell in schlechte Gesellschaft geraten.« Sie unterbrach sich und dachte an das, was er Luccio und ihr vor ein paar Tagen abends in dem Restaurant in Spinola anvertraut hatte. »Tut mir leid! Sollte keine persönliche Anspielung sein.«

»Du brauchst dich nicht zu entschuldigen.« Er trank seinen Wein aus und drehte das Glas zwischen den Fingern.

»Ich bin der Erste, der sich Gedanken über negativen Gruppendruck macht.«

Bevor Rosa etwas darauf sagen konnte, gab ihr Handy ein gurgelndes Geräusch von sich. Als sie den Klingelton erkannte, den sie eigens für die Anrufe von Marcus eingespeichert hatte, zog sich ihr der Magen zusammen. Sie hatten zwar noch einiges wegen ihres gemeinsamen Hauses zu klären, aber das war sein erster Anruf, seit sie nach Malta gekommen war. Sie zog das Telefon aus der Handtasche und sah, dass er auf FaceTime mit ihr sprechen wollte. Sie zögerte, und statt des Entzückens, das sie noch vor ein paar Jahren empfunden hätte, stieg eine dumpfe Vorahnung in ihr auf. »Macht es dir etwas aus, wenn ich kurz telefoniere?«

»Natürlich nicht«, gab Zach höflich zurück.

Rosa stand auf, trat ein paar Schritte beiseite und nahm den Anruf an. Marcus' Gesicht erschien auf dem Display. Sein Haar sah aus, als hätte er es sich gerauft. »Hi.« Dann erhaschte er offensichtlich einen Blick auf ihre exotische Umgebung. »Sieht nett aus dort, wo du gerade bist.«

Rosa fand, dass er ein wenig neidisch dreinschaute. Sollte er nur. Sie streckte sogar den Arm aus, damit er einen besseren Blick hatte. »Was ist los?« Kurz überlegte sie, ihn später zurückzurufen, aber sie wollte nicht so lange warten, um zu erfahren, warum er anrief.

»Wer ist dieser Kerl?«, fragte Marcus unvermittelt. »Er guckt dir auf den Hintern.«

Rosa konnte Zach hinter sich auf dem Display sehen, aber nicht erkennen, wohin er den Blick richtete. Im ersten Moment hätte sie ihn am liebsten angeschnauzt und ihm klargemacht, dass andere Männer sich sehr wohl für sie interessieren konnten, auch wenn er sie zurückgewiesen hatte. Doch stattdessen hielt sie sich zurück, nicht zuletzt, weil Zach vielleicht mithörte. »Warum rufst du an?«

Marcus vergaß Zach auf der Stelle und gab sich auffallend munter. »Nur eine Formalität, die mit der Hypothek zu tun hat.«

»Weiter«, sagte sie höflich.

Er räusperte sich. »Du musst noch etwas unterschreiben. Du weißt ja, wie Anwälte sind – jedes Kästchen muss angekreuzt werden.«

»Ach?« Ihr wurde der Arm schwer, weil sie das Handy schon so lange in die Luft hielt, und wahrscheinlich sah sie aus, als versuchte sie, sich aus einem schmeichelhaften Winkel aufzunehmen. Sie setzte sich auf das Mäuerchen, das den Teich umgab, und legte das Handy in den Schoß.

Marcus' Blick verschloss sich. »Wahrscheinlich hätte ich meinem Anwalt nicht einmal davon erzählen sollen, weil es eigentlich keine Rolle spielt.«

Ein Kribbeln überlief Rosa. Sie kannte Marcus schon zu lange, um die Zeichen dafür, dass er sie von etwas ablenken wollte, nicht zu erkennen. Ihr Hirn setzte sich in Gang. Die einzige verbliebene finanzielle Verbindung zwischen ihnen stellte die Hypothek dar. Ihr sank das Herz. Wenn er eine Rate nicht zahlen konnte, dann würde sie dafür einstehen müssen, weil die Formalitäten noch nicht geregelt waren. »Du hast doch nicht *jetzt schon* dein ganzes Geld ausgegeben?« Momentan bezog sie schließlich nicht ihr normales Gehalt, und sie hatte es Marcus zu verdanken, dass sie ihre Beziehung mit herzlich wenigen Reserven beendet hatte.

Marcus' Miene gefror. »Wie immer ist dein Glaube an mich rührend. Mein Kontostand ist immer noch gesund, danke.« Seine Worte klangen eine Spur selbstzufrieden.

Rosa verlor langsam die Geduld. »Also, was ist das Problem?«

Erneut räusperte sich Marcus. »Ich wollte nicht, dass mein Geld sich in nichts auflöst, während ich versuche, *Spun Gold* zu einem Vollzeitjob auszubauen, daher habe ich einen Untermieter aufgenommen, um so einen Teil der monatlichen Hypothekenrate fürs Haus zu bezahlen. Wie diese verdammten Anwälte eben so sind, haben sie das gegenüber der Hypothekenbank erwähnt, und die behaupten, ich hätte ihr und auch dein Einverständnis gebraucht, bevor ich einen Untermieter aufnehme, also muss ich rückwirkend ihre kleinkarierten Vorschriften erfüllen.«

Rosa kam gerade noch mit. »Also hat das wirklich keine Auswirkung auf mich? Ich unterzeichne eine Einwilligungserklärung, und alles läuft normal weiter?«

Marcus lächelte. »Genau.« Das Lächeln erreichte seine Augen nicht. »Ich wollte dir noch etwas anderes sagen, bevor du es ohnehin auf dem Formular lesen wirst. Die Untermieterin ist Chellice.«

»Chellice?«, wiederholte Rosa fassungslos. »Dieselbe Chellice, von der du Stein und Bein geschworen hast, dass du nichts mit ihr hast?«

»Sie ist nur meine Untermieterin«, zischte er, und sein Lächeln verschwand. »Es ist absolut sinnvoll, weil es für sie billiger ist, bei mir zu wohnen, was bedeutet, dass sie mehr Geld in *Spun Gold* stecken kann.«

Rosa hörte selbst, wie ihre Stimme schrill wurde. »Entweder bist du ein leichtgläubiger Trottel, wenn du ihr abnimmst, dass nicht mehr dahintersteckt, oder du hältst mich für einen. So oder so ist es egal. Schick mir eine E-Mail mit dem Formular, damit die Sache vom Tisch ist. Aber eines will ich dir noch sagen: DU BIST EIN GANZ MIESES

SCHWEIN, MARCUS!« Mit zitternden Fingern beendete sie den Anruf.

Langsam kam sie wieder zu sich, und ihr wurde klar, dass sie sich immer noch auf der Party befand. Am schattigen Ende des Gartens sah sie, wie mehrere Personen rasch den Blick abwandten. Na toll. Ihr Ausbruch war nicht unbemerkt geblieben.

Zach hatte ihn offensichtlich ebenfalls mitgehört, denn er erhob sich von der Bank, um sich neben ihr auf das Mäuerchen zu setzen. »Und wieder bist du für dich selbst eingestanden. Gefällt mir.« Doch es lag so viel Mitgefühl in seinen Worten, dass Rosa kurz die Augen feucht wurden. »Geht's dir auch gut?«, fügte er leise hinzu.

»Ja, es ist bloß … Männer.« Den Tränen nahe, lächelte sie.

»Ja. Miese Schweine«, pflichtete er ihr nachdenklich bei.

Zittrig lachte sie. »Gilt wahrscheinlich nicht für euch alle.«

Er tätschelte ihr den Arm. »Wie wär's, wenn du Paige einen Moment im Auge behältst, solange ich uns noch Wein holen gehe?«

»Ist ein Plan«, meinte sie zustimmend und war dankbar dafür, ein paar Minuten für sich zu haben.

Gegen sechs neigte sich die Veranstaltung langsam ihrem Ende entgegen, was Rosa nicht schlecht für ein »Mittagessen« fand. Da es am Nachmittag immer heißer geworden war, hatten Dory, Zach, Rosa und Paige in dem schattigen Veranstaltungsraum auf Marci gewartet. Als sie sich schließlich zu ihnen gesellte, hatte sie gerötete Wangen. »Ich habe mich mit diesem Mann unterhalten, Jake.«

»Wirklich? Ist mir gar nicht aufgefallen«, gab Zach todernst zurück. »Es waren ja bloß ungefähr drei Stunden.«

Marcis Wangen liefen noch dunkler an. »Er hat mich für

Mittwoch zum Mittagessen eingeladen ... falls ich einen Babysitter finde.« Aus hoffnungsvoll strahlenden Augen sah sie ihren Bruder an.

»Ich gehe dann mit Paige essen«, erklärte Zach sich widerstandslos bereit.

Paiges Pferdeschwanz flog durch die Luft, als sie herumwirbelte und ihren Onkel mit einem gewinnenden Lächeln anstrahlte. »Auf das Piratenschiff?«

Marci zog ruckartig die Augenbrauen hoch. »Wir sagen ›bitte‹, wenn wir nach einem großen Gefallen fragen, oder, Paige? Auch wenn du deinen Onkel um den Finger wickeln kannst. Restaurants kosten Geld.«

»Tut mir leid«, sagte Paige, klang aber nicht besonders zerknirscht. »Bitte, Onkel Zachary, würdest du mit mir auf dem Piratenschiff zu Mittag essen, bitte, bitte?«

Zach lächelte die Kleine so voller Zuneigung an, dass Rosa das Herz weit wurde. »Tja, alsooo ...«

Paige klimperte praktisch mit den Wimpern.

»Okay«, sagt er.

»Yay!« Sie hüpfte auf der Stelle und klatschte in ihre kleinen Hände. »Können Dory und Rosa auch mitkommen? *Bitte?*«

»Ich wollte das auch schon vorschlagen.« Zach zwinkerte seiner Schwester zu, bevor diese noch weitere mütterliche Einwände erheben konnte.

»Das Piratenschiff ist ziemlich cool«, meinte Dory, »also danke. Ich würde euch sehr gern begleiten.«

Rosa war nicht ganz so enthusiastisch. Ein Schiff? »Darf ich abwarten, wie das Meer dann ist? Ich werde leicht seekrank.«

Paige kicherte. »Es ist ein *gestrandetes* Piratenschiff.«

»Es steht fest am Strand«, bekräftigte Zach.

»Oh! Wenn das so ist, bedanke ich mich. Ich habe noch nie auf einem Piratenschiff gegessen.« Rosa lächelte über Paiges überschäumende Freude.

Als die Gruppe schließlich die Treppe hinunterging, ließ Zach sich zurückfallen und gesellte sich zu Rosa, die die Nachhut bildete. »Wegen des Mittagessens«, stieß er theatralisch knurrend aus dem Mundwinkel hervor. »Momentan date ich nicht.«

Sie unterdrückte ein Lachen. »Ich werde meiner Mum mitteilen, dass wir nur gute Freunde sind … Ich könnte hier draußen einen Freund gebrauchen«, fügte sie dann hinzu, bevor er auch das ins Lächerliche ziehen konnte.

Die Belustigung in seinem Blick verschwand. »Dann bin ich der Richtige für dich«, erklärte er, was ein warmes und behagliches Gefühl in Rosa aufsteigen ließ. Immer wieder erlebte sie, wie Zach freundlich zu anderen Menschen war, und es war herzerwärmend, dass er auch sie mit seiner Freundlichkeit bedachte.

5

Am Montagmorgen kehrte Rosa zufrieden zu ihrer Stellung als Küchenhilfe zurück. Dory arbeitete an unterschiedlichen Versionen von *bigilla*, dem auf Malta beliebten Dip aus Bohnen und Knoblauch, hatte Rosa aber gern gestattet, später an der Strandreinigung teilzunehmen. Rosa schrieb Zach eine Textnachricht, um ihm Bescheid zu geben.

Um drei Uhr nachmittags stand er vor ihrer Tür und klimperte mit den Autoschlüsseln. »Hast du einen Ausweis, den du Joseph zeigen kannst? Ich will ihn nicht in die peinliche Lage bringen, dass er deine Identität nicht prüft und sich später herausstellt, dass du kriminell bist.«

»Bin ich nicht!«, erwiderte sie knapp. Dann wurde ihr klar, dass er, außer Dory hätte geplaudert, keine Ahnung von den Höhen und Tiefen haben konnte – meistens waren es Tiefen gewesen –, die dazu geführt hatten, dass Marcus und sie sich getrennt hatten. Sie schenkte ihm ein Lächeln, um ihre Schroffheit abzumildern. »Gib mir eine Minute, und ich hole meinen Führerschein.«

Nachdem sie die Küstenstraße entlanggefahren waren, hatte Zach sein Auto in Sliema in eine kleine Parklücke in einer Seitenstraße gequetscht. Der öffentliche Strand an der

Küste von Tigné bot einen atemberaubenden Blick über den Marsamxett-Hafen und Valletta, das unter Hitzeschleiern flimmerte. Rosa brachte es fertig, die Felsen unten am Strand zu erreichen, ohne Flossen, Maske, Schnorchel oder Handtuch fallen zu lassen, und wurde Joseph vorgestellt, der auf die typische multikulturelle Art Maltas eine englische Mutter hatte. »Josephs Dad war ein Cousin von Nanna«, erklärte Zach. »Wir sagen immer, dass wir Cousins sind, weil es viel zu kompliziert ist, die exakte Natur unserer Verwandtschaft aufzudröseln.«

»Freut mich, Sie kennenzulernen.« Joseph war stämmig, und sein Bauchumfang ließ darauf schließen, dass er den gesunden Teil der mediterranen Ernährung nicht strikt befolgte. Er stellte ihr seine Frau Maria vor, die, nachdem sie Zach auf beide Wangen geküsst hatte, Rosa die Hand schüttelte und lächelnd ihre Schnorchelausrüstung musterte. »Schätze, Sie möchten lieber im Wasser arbeiten, statt am Ufer Snacks und Getränke auszugeben?« Sie wies auf zwei Kühlboxen mit Getränken und einen Karton mit Chipstüten und Obst.

Rosa konnte mit ihr fühlen und dachte an Veranstaltungen des Blackthorn's, bei denen ihr eine uninteressante Aufgabe zugefallen war. »Ich könnte etwas von beidem übernehmen«, erbot sie sich.

Maria lachte und tätschelte Rosa den Arm. »Gehen Sie nur schwimmen. Es ist gut, das Wasser zu säubern. Ich habe ja Luccio, der mir helfen kann.«

Rosa hatte Luccio nicht bemerkt, der in der Nähe stand, ihr jetzt aber ein Grinsen zuwarf. »Lass sie nur Getränke verteilen, Maria. Dann kann ich mich an diesem heißen Nachtmittag im Meer abkühlen«, zog er sie auf und küsste Rosa auf beide Wangen.

»Nett, Sie wiederzusehen.« Rosa hatte ganz vergessen, dass Luccio im Nicholas-Zentrum arbeitete. Er wirkte viel jünger als bei ihrer letzten Begegnung, fröhlicher und gepflegter, obwohl sein Outfit praktisch das gleiche geblieben war: T-Shirt, Flipflops und schmal geschnittene Shorts, die die Tattoos an seinen Beinen erkennen ließen – der übliche Look der jungen Männer auf der Insel. Ältere neigten dazu, weitere Shorts zu tragen, und hatten – meist – keine Tattoos.

Während Rosa mit Luccio darüber plauderte, wie ihm die Arbeit als Jugendhelfer gefiel, trafen nach und nach die Teenager ein. Sie meldeten sich bei Joseph für das Strandreinigungsprojekt an, ließen sich von Maria Flaschen mit Wasser oder Softdrinks geben und zogen Shorts und T-Shirts aus, unter denen Badekleidung zum Vorschein kamen.

Rosa wurde den anderen Erwachsenen vorgestellt: Peter, Axel und Malin. Peter war Malteser, und Malin war eine hübsche schwedische Blondine, die zum Tauchen auf Malta war, was sie, wie sie erklärte, mit ihrer Arbeit im Nicholas-Zentrum und Gelegenheitsjobs in Bars finanzierte. Axel, ein Deutscher Anfang vierzig, lebte seit Jahren auf Malta und war stellvertretender Leiter des Nicholas-Zentrums.

Während alle kalte Getränke zu sich nahmen, erklärte Joseph den Teenagern den Ablauf des Tages. »Ihr werdet alle einer Gruppe zugeteilt. Zach leitet zusammen mit seiner Freundin Rosa die eine, und Peter und Malin leiten die andere.« Jeder der Teens erhielt eine mit einem Gürtel verbundene Gummischärpe; blau für Zachs Gruppe und rot für die von Peter. Das über den Oberkörper verlaufende Band war von außerhalb des Wassers zu erkennen und der Gürtel von unten. »Ich werde an Land bleiben, um auf Zachs Gruppe ein Auge zu haben, und Axel überwacht die von Peter.«

Zach und Peter übernahmen und versammelten ihre je acht Personen zählenden Gruppen. Sie würden zu zweit arbeiten – einer würde nach Abfall tauchen und der andere den Müll in schwimmende Körbe laden. Zach vergewisserte sich, dass er die Aufmerksamkeit seiner ganzen Gruppe hatte. »Das hier ist euer Gebiet, und ihr werdet sehen, dass die Höhle dazugehört. Ihr werdet euch von ihr fernhalten«, sagte er nüchtern, aber eindringlich. Für den Fall, dass jemand nicht wusste, wovon er sprach, wies er auf die Felsspalte, die wie ein klaffender, dreieckiger Schlund wirkte. Die Höhle nahm jede heranrollende Welle tief in sich auf, um sie dann weiß schäumend wieder ins Meer zu spucken. »Wir wissen alle, dass es Spaß macht, sich von den Wellen hineintragen zu lassen, aber ich kann euch nicht alle auf einmal retten.«

Die Teenager lachten und stießen einander mit den Ellbogen an.

»Und«, fuhr Zach fort, »wenn doch jemand in die Höhle schwimmt, auch wenn er so tut, als hätte das Meer ihn hineingespült, bekommt er es mit Rosa zu tun, und die ist sehr energisch.«

Rosa, die mit dieser Art als Scherz getarnten Befehls vertraut war, bleckte die Zähne und runzelte grotesk übertrieben die Stirn. Wieder lachten die Teens.

»Ernsthaft, wenn ihr der Höhle zu nahe kommt, müsst ihr leider das Wasser verlassen«, schloss Zach.

Rosa war sich vollkommen bewusst, dass man, wenn man sich mit Jugendlichen im öffentlichen Raum bewegte, eigentlich sehr wenig Druck auf sie ausüben konnte. Man konnte sie höchstens von Aktivitäten ausschließen oder einen Platzverweis aussprechen. Daher nickte sie eifrig, was die Teenager ermunterte, es ihr nachzutun.

Bald schwammen sie alle im Meer und traten kräftig Wasser, während sie Masken und Schnorchel einstellten und sich von den Mitarbeitern an Land mit Körben ausrüsten ließen. Zach und Rosa beaufsichtigten je vier junge Leute, die mit den Gesichtern unter Wasser tauchten, um Flaschen oder Dosen zu entdecken.

Zach versuchte, sich unter Wasser nicht von Rosas Anblick ablenken zu lassen. Ein Badeanzug, sogar ein schlichter violetter Einteiler, überließ wenig der Fantasie, und ein einziger Blick verriet ihm, dass sie eine schlanke Figur und eine schmale Taille hatte. In der grün-blauen Unterseewelt fiel ihm auf, dass mehrere Jungs seiner Gruppe auch kurze Blicke auf sie riskierten. Jungs waren halt Jungs, aber er würde nicht zulassen, dass sie sich unbehaglich fühlte. Er tippte demjenigen, der ihm am nächsten war, auf den Arm und zeigte auf eine gelbe Cisk-Dose zwischen zwei Felsen. Um sie zu erreichen, musste der Junge über zwei Meter tief tauchen, und die Anstrengung würde dafür sorgen, dass er sich auf etwas anderes konzentrierte.

Er selbst musste Rosa natürlich im Auge behalten, weil sie zu seinem Team gehörte, und er musste herausfinden, wie stark sie als Schwimmerin war und ob er Luccio holen sollte, um sie abzulösen. Sie schien sich allerdings im Wasser wie zu Hause zu fühlen, obwohl sie, wie sie ihm erzählt hatte, erst kürzlich zum ersten Mal schnorcheln gewesen war.

Nach einer Stunde legten sie eine Pause ein. Die meisten maltesischen Kids schwammen genauso gut, wie sie laufen konnten, doch es konnte nicht schaden, sich ein wenig zu erholen, eine Flasche Wasser zu trinken und eine Orange zu essen. Der Felsen war heiß, daher setzte er sich neben Rosa auf ein Handtuch.

»Lautet dein voller Name eigentlich Zachary?«, fragte sie und schälte ihre Orange mit dem Daumennagel.

Er blinzelte. »Ja. Wieso, was dachtest du denn?«

»Keine Ahnung. Gestern habe ich gehört, wie Paige dich mit Zachary angesprochen hat. Ich hatte gar nicht daran gedacht, dass Zach eine Abkürzung sein könnte, vielleicht, weil die Leute oft glauben, Rosa wäre eine Kurzform von Rosalind oder Rosamund, und in meinem Fall trifft das nicht zu.«

Er zuckte mit den Schultern. »Manche Zachs heißen eigentlich Zachariah oder einfach nur Zach. Unsere Eltern heißen Steve und Amanda, und als sie jünger waren, kannten sie immer ungefähr fünf andere Leute mit denselben Namen. Daher haben sie uns allen ungewöhnlichere Namen gegeben. Marci heißt richtig Marceline, und unsere kleine Schwester heißt Electra.«

Rosa hatte eine Sonnenbrille aufgesetzt, wandte ihm aber das Gesicht zu. »Electra ist ein wunderschöner Name. Kommt sie auch diesen Sommer her?«

»Sie lebt in Thailand und unterrichtet dort Englisch.« Er spürte, wie ihn dieses hohle Gefühl erfasste, das so oft seine Gedanken an Electra begleitete. »Die Wahrheit ist, dass nicht nur ich mich nicht mit Dad verstehe – das gilt auch für sie. Er hat ein paar schwierige Jahre hinter sich, in denen er sich wieder und wieder im Kreis gedreht hat. Er wurde entlassen, musste dann einen Job annehmen, in dem er schlechter gestellt war, wurde wieder gekündigt und so weiter. Mums Rheuma hindert sie daran, arbeiten zu gehen, daher trägt er die ganze finanzielle Last und weigert sich, in Rente zu gehen, weil er meint, nicht auf das Geld verzichten zu können, obwohl es reichen würde.«

Wortlos hatte Rosa die Hand sanft auf seine gelegt. Ein

verblüfftes Prickeln durchlief ihn, aber er hatte nicht vor, Einwände gegen die freundliche Geste zu erheben.

»Weil er die großen Dinge nicht beherrschen kann, versucht Dad, die kleinen zu kontrollieren, oder auch Angelegenheiten, die ihn ehrlich gesagt nichts angehen. Electra war vor zwei Jahren zuletzt zu Hause, und Dad hat ihr erklärt, dass er von ihr erwartet, sich einen richtigen Job zu suchen und nicht länger durch die Welt zu ziehen«, sprach er weiter.

»Und da ist sie gleich wieder gefahren?«, fragte Rosa.

Er nickte. »Sein Motto lautet inzwischen: ›Tu, was ich sage, oder du kannst gehen‹, und nach und nach entscheiden sich seine Familienmitglieder fürs Gehen. Marci wollte ursprünglich nur ungefähr einen Monat hierbleiben, aber inzwischen erkundigt sie sich nach Aufenthaltsgenehmigungen und Schulen.«

»Wirklich?« Er hörte ihr an, dass sie verblüfft war. Wahrscheinlich war ihr Marci nicht so abenteuerlustig vorgekommen.

Zach verzog das Gesicht. »Keine Ahnung, ob sie es wahr macht, aber vollkommen schockiert wäre ich nicht. Die Schwangerschaft mit Paige war nicht geplant. Dad hat total den Spießer herausgekehrt und wollte, dass sie zu ihm und Mum zieht, weil sie bestimmt Hilfe mit ›dem Kind‹ erwarte und er ›nicht alles für alle tun könne‹. Er hat es geschafft, Marci und Mum gleichzeitig zu verprellen. Als Paige geboren wurde, liebte er sie zwar über alles, aber er hatte zuvor schon dafür gesorgt, dass sich ein Graben zwischen ihnen aufgetan hatte, denn Marci bittet unsere Eltern grundsätzlich nie, auf die Kleine aufzupassen.« Um sie herum unterhielten sich die Teenager laut durcheinander; manche auf Maltesisch und andere auf Englisch. Einer sprach sogar Italienisch mit

Luccio. Peter, Axel, Malin, Joseph und Maria nahmen alle in der einen oder anderen Sprache an den Gesprächen teil.

»Als ich das letzte Mal Ärger hatte, ist Dad richtig ausgerastet. Einmal hätten wir uns fast geprügelt, aber Nanna ging dazwischen.« Zach nippte an seinem Wasser. »Sie ist die Einzige, mit der Dad wirklich redet, und sie sieht ihm wahrscheinlich mehr nach als der Rest von uns.«

»Sie ist halt seine Mum.« Rosa rückte näher an ihn heran.

Er nickte und schluckte bekümmert. »Grandad Harry rutscht immer weiter in die Demenz hinein, und Nanna braucht Hilfe mit ihm, aber sie hat mir den Job hier angeboten und mich gebeten, die Arbeit zu übernehmen. Ich habe erklärt, dann hätte sie weniger Unterstützung mit Grandad, aber darauf wollte sie gar nicht eingehen. Sagte, Dad und ich bräuchten mal ein wenig Abstand voneinander. Ich habe Mum gefragt, ob es ihr etwas ausmachen würde, und sie sagte Nein. Mum ist immer verständnisvoll und einfühlsam. Dad hat das mitgehört und verkündet, er könne sich selbst um seine Frau kümmern. Da sie die Einzige ist, der gegenüber er Liebe zeigen kann, habe ich sie beim Wort genommen und bin hergekommen.«

»Tut mir leid, dass du so schwere Zeiten durchmachen musstest.« Rosa nahm ihre Hand von seiner, als wäre ihr erst jetzt klar geworden, dass sie dort lag, und begann, ihre Orange zu zerteilen. »Meinen eigenen Dad kenne ich kaum, weil die Vaterschaft nichts für ihn war. Er ist wie ein Fremder, der uns ganz selten mal besucht und Mum hin und wieder Geld für meinen Unterhalt gegeben hat. Aber trotzdem hast du mein Mitgefühl.«

Ihre beiläufige Aussage schockierte ihn so, dass er sich anstrengen musste, die richtigen Worte zu finden. »Und du hast meines.«

»Man kann nicht vermissen, was man nie gehabt hat.« Sie leckte sich Orangensaft von der Hand, und er verfolgte die schnelle Bewegung ihrer Zunge mit seinen Blicken.

Luccio erschien, um leere Flaschen und Orangenschalen einzusammeln, und dann gingen sie zum zweiten Teil der Meeresreinigung über.

Gegen Ende der zweiten Runde erklärte Joseph das Wasser für sauber. Die letzten Getränke, Früchte und Chips wurden verteilt, und dann zogen einige der Teenager weiter den Strand hinauf, um von den Felsen zu springen oder einander unter viel gutmütigem Geschrei hinunterzustoßen. Andere packten ihre Sachen ein und verabschiedeten sich anschließend. Die Erwachsenen suchten die Ausrüstung zusammen, die dem Nicholas-Zentrum gehörte, und stopften sie in den Laderaum eines Minivans.

»Rosa arbeitet in England auch in einem Jugendzentrum«, erzählte Zach Joseph.

Rosa nickte. »Ich arbeite als Leiterin der Abteilung Fundraising und Entwicklung. Für die Jugendarbeit habe ich nicht die richtigen Qualifikationen, aber ich bin gut darin, Veranstaltungen zu organisieren, Werbung dafür zu machen und Gelder einzuholen.«

»Gelder?« Joseph stürzte sich auf das Wort. »Erzählen Sie mir, wie Sie das in England anstellen, denn auf Malta sind wir natürlich genauso auf Unterstützung angewiesen.«

Rosa nickte. »Am liebsten arbeite ich mit Firmen zusammen, die teambildende Maßnahmen organisieren wollen. Zum Beispiel haben wir ein Unternehmen davon überzeugen können, in unserem Zentrum, dem Blackthorn's, Klettergeräte zu entwerfen und zu bauen. Ein einheimischer Schreiner hat seine freie Zeit geopfert und das Projekt geleitet, aber das Unternehmen hat für das Material bezahlt, und ihre Angestellten haben die Arbeit getan. Mein Anteil besteht darin, dafür zu werben, wie gut Teambildung für die Kommunikation und das Zusammengehörigkeitsgefühl der Gruppe ist. Dann übernehme ich die dazugehörige PR-Arbeit, sodass das Angebot noch reizvoller wird.«

Zach sah sie mit aufrichtigem Respekt an. »Und darauf lassen sich die Leute ein?«

Rosa grinste. »Zumindest so oft, dass man mich weitermachen lässt.« Sie stellte Joseph Fragen über das Nicholas-Zentrum, und Zach gestattete es sich, seine Gedanken schweifen zu lassen, denn er war vollkommen vertraut mit der Geschichte, wie Josephs Großonkel Nicholas immer Kids mit schwierigen Voraussetzungen unterstützt hatte und wie Joseph dann das Zentrum unter seinem Namen gegründet hatte. Er stellte fest, dass er beobachtete, wie Rosas Haar, das in der Brise trocknete, ihr ums Gesicht wehte. In den halb trockenen Locken schimmerten goldene Strähnchen, und in ihren Augen funkelten goldene Flecken. Es war, als hätte sie eine besondere Beziehung zur Sonne – sie war ihr besonders zugetan. Rosa war atemberaubend.

»Werden Sie uns besuchen? Im Nicholas-Zentrum freuen wir uns immer über Gäste«, hörte er Joseph sagen und schaltete sich wieder ins Gespräch ein. Der Ältere lächelte, sodass sich Fältchen um seine Augen bildeten. »Und wir können weiter über Sponsoring reden, wenn ich einen Block und einen Stift zur Hand habe, um mir Notizen zu machen.«

Rosas Augen leuchteten auf. »Das wäre großartig! Vielleicht könnte ich ja Mum mitbringen? Sie war auch schon im Blackthorn's, um Kochvorführungen abzuhalten und zu zeigen, wie schnell auch Jugendliche eine gesunde Gemüsepfanne zubereiten können, statt etwas im Imbiss zu kaufen.

Sie könnte das auch bei Ihnen tun. Unsere Kids fanden das toll, weil sie im Fernsehen gewesen war, aber sie würde bestimmt eines ihrer Kochbücher mitbringen, damit sie ihr Gesicht auf dem Cover sehen können.«

»Das klingt fantastisch«, sagten Zach und Joseph wie aus einem Munde. Joseph und Rosa tauschten Telefonnummern aus, um etwas abmachen zu können, nachdem Rosa mit Dory geredet hatte.

Schließlich fuhren Joseph und Maria davon. Zach reckte sich. »So, das ist jetzt der Punkt, an dem ich den ganzen Mist aus der Höhle holen muss. Und es wäre gut, wenn du mir helfen würdest.«

»Natürlich helfe ich dir, aber du hast gesagt, das wäre gefährlich«, wandte Rosa stirnrunzelnd ein.

»Für die Kids schon«, meinte er. »Aber ich kann einen oder zwei Kratzer vertragen, falls ich an die Felswand gespült werde. Ich habe das schon früher gemacht. Die Höhle ist ein natürlicher Sammelpunkt für alles, was im Wasser landet.« Er kramte in seinem Rucksack und zog ein dünnes, leichtes Netz hervor.

»Gut zu wissen, dass du dich dafür einsetzt, das Meer zu retten. Ich reiche dir dann den Müll an.« Rosa nickte, hängte sich das Netz quer vor den Körper und griff nach ihrer Schnorchelausrüstung.

Einmal mehr brachten sie den Übergang von den sonnenerhitzten Felsen in das kalte, salzige Meer hinter sich und paddelten dann mit ihren Schwimmflossen zur Höhle, wobei sie einer Stelle auswichen, wo junge Männer unter fröhlichem Geschrei von den Felsen ins Wasser sprangen. Zach überzeugte sich davon, dass Rosa mit den schäumenden Wogen am Eingang zurechtkam. Dann ließ er sie Wasser treten und schwamm in die flache Höhle. Er beobachtete die Wellen und duckte sich geschickt weg, bevor sie ihn an die Felswände drücken konnten, schnappte sich schwimmende Plastikflaschen und warf sie Rosa zu. Bald hing das Netz durch den Auftrieb der vielen Flaschen vor ihr an der Oberfläche.

Als es voll und unhandlich geworden war, schwamm er zu ihr zurück. »Lass uns das Zeug ans Ufer bringen.«

An der Leiter hielt er inne, um seine Schwimmflossen auszuziehen und sie auf den Fels zu werfen, bevor er hinauskletterte – eine Technik, die er sich bei der tauchbegeisterten Malin abgeschaut hatte. Sobald er auf dem Trockenen stand, nahm er Rosa das Netz ab. Sie tat es ihm nach und entledigte sich ihrer Flossen, bevor sie aus dem Wasser kletterte.

Er holte einen Müllsack aus seinem Rucksack und kippte die Flaschen hinein, und dann kehrten sie über die Felsen wieder zum Meer zurück. Er ging hinter Rosa, wo ihm ihre Rückenansicht nicht entgehen konnte. Rasch riss er den Blick los. Vielleicht stammte daher ja der Brauch, Frauen den Vortritt zu lassen – kein Ausdruck guter Manieren, sondern eine Gelegenheit für die Männer, den Frauen unbeobachtet auf den Po starren zu können. Doch nachdem er miterlebt hatte, wie sie den Kerl in Paceville, der sie nicht in Ruhe gelassen hatte, und Jim bei dem Treffen, der ihr Ehrgefühl verletzt hatte, kurz und bündig in die Schranken gewiesen hatte, verspürte er keinerlei Neigung, sich bei einem »zufälligen Blick« erwischen zu lassen. Man konnte ihre direkte Art bewundern, wenn sie andere traf, ohne selbst in die Schusslinie geraten zu wollen.

Als das Netz wieder voll war, schleppte er es zur Leiter zurück. »Es reicht für den Moment.« Er ließ sie als Erste hinausklettern, gab sich aber dieses Mal Mühe, ihre weiblichen Reize zu ignorieren. Sobald er an Land wäre, würde er etwaige körperliche Reaktionen nicht mehr im kalten Wasser verbergen können.

Nachdem sie sich auf den von der Sonne aufgeheizten Felsen ausgeruht hatten, bis sie trocken waren, lud er Rosa zu einem Bier und einem Eis ein, und sie zogen sich ihre Kleidung über die Schwimmsachen, packten ihre Schnorchelausrüstung und die Säcke mit Strandgut, die fürs Recycling bestimmt waren, in Zachs Auto und gingen dann über die Straße zu einer Reihe von Straßencafés. In einem davon hatten sie bei ihrem Date, das kein Date gewesen war, gegessen. Sie fanden einen Tisch, der nicht allzu dicht an der Straße stand.

Als er zwei Gläser Cisk und zwei Eis bezahlen wollte, durchfuhr ihn ein eiskalter Schreck. Da fehlte doch etwas. »Das Bargeld aus meiner Brieftasche ist verschwunden!« Rasch klopfte er seine Taschen ab, obwohl ihm klar war, dass die Scheine nicht selbstständig aus seiner Brieftasche gesprungen und anderswohin gewandert sein konnten.

Rosa schlug sich die Hand vor den Mund. »Oh nein! Du hast deine Brieftasche am Strand *liegen gelassen*, während du im Wasser warst?«

»Ja. So, wie du es sagst, klingt es bescheuert, aber auf Malta passiert normalerweise nichts«, erklärte er und kam sich dumm vor. Außerdem ärgerte er sich maßlos. »Erst, als die anderen gegangen waren, hat sie unbewacht am Ufer gelegen. Ich werde mir einen dieser wasserdichten Gürtel kaufen müssen, damit ich sie mit ins Wasser nehmen kann.«

Sie zog den Reißverschluss ihres Rucksacks auf. »Ich habe dreißig Euro in einem Geheimfach. Ich kann die Rechnung zahlen.«

»Ist schon in Ordnung«, murmelte er. »Meine Kreditkarten sind ja noch da.«

Was er ihr nicht sagte, weil er es nicht einmal denken und schon gar nicht aussprechen mochte, war, dass ihm jetzt schon zum dritten Mal in kurzer Zeit Geld gestohlen worden war. Auch Joseph hatte schon Geld vermisst.

Und jedes Mal war Luccio in der Nähe gewesen.

6

Zach ging mit sich zurate. Er konnte die Sache auf sich beruhen lassen und sich Rosas Vermutung anschließen, dass die Geldscheine – etwa achtzig Euro – von einem Gelegenheitsdieb entwendet worden waren, während sie ihren Beitrag für den Ozean geleistet hatten. Aber war das auch die beste Vorgehensweise?

Das Eis wurde gebracht, und er aß es langsam. Noch nie hatte ihm Gelato mit gesalzenem Karamell weniger gut geschmeckt.

Rosas Blick war mitfühlend, doch sie klang zögernd. »War es viel Geld? Ich könnte dir vielleicht aushelfen …«

»Nein.« Er räusperte sich. »Danke, aber es ist nicht das Geld. Nun ja, niemand möchte achtzig Euro verlieren, aber ich bin jetzt nicht mittellos.« Er meinte zu erkennen, wie ein erleichterter Ausdruck ihre Züge überlief, und machte sich Gedanken. Vielleicht hatte sie sich genötigt gefühlt, ihm Hilfe anzubieten, war aber selbst knapp bei Kasse? Er brachte ein Lächeln zustande. »Würde es dir etwas ausmachen, wenn ich Joseph anrufe? Es ist nicht das erste Mal, dass Geld verschwunden ist. Ich muss ihm Bescheid geben.«

»Ach du meine Güte. Natürlich nicht.« Rosa schüttelte den Kopf.

Joseph ging beim dritten Klingeln ans Telefon. »Hast du schon Sehnsucht nach mir?«

Zach lachte kurz auf. »Ich wünschte, es wäre so. Meine Brieftasche ist heute Nachmittag ausgeräumt worden.« Kurz schilderte er die Einzelheiten.

Am anderen Ende stieß Joseph einen tief empfundenen Seufzer aus. »Mist. Und wieder war Luccio dabei.«

»Aber ich bin erst wieder mit Rosa ins Meer gegangen, nachdem ihr fort wart, da könnte es auch passiert sein.« Er ließ den Blick zu Rosa wandern, die ihr Handy in der Hand hielt und darauf herumtippte. Sie wirkte angespannt, und ihre Augenbrauen trafen über ihrem mit Sommersprossen übersäten Nasenrücken beinahe aufeinander. Er fragte sich, ob sie konzentriert war oder wütend.

»Okay.« Joseph schwieg ein paar Sekunden. »Ich habe die ganze Zeit gehofft, dass diese Sache im Sande verläuft. Ich finde, du solltest den Diebstahl anzeigen. Wir werden einen Aushang im Nicholas-Zentrum machen und sagen, dass Geld gestohlen und Anzeige gestellt wurde. Vielleicht schreckt das ja den Dieb ab. Jedenfalls sollten die Leute Bescheid wissen, damit sie vorsichtig sein können. Zum Glück hat keines der Kids von einem Diebstahl berichtet.«

Zach stimmte ihm mit ein paar Worten zu und beendete dann das Telefonat. »Joseph schlägt vor, dass ich bei der Polizei Anzeige erstatte. Am besten fahre ich gleich los. Soll ich dich zuerst nach Hause bringen?«

Sie zuckte mit den Schultern. »Nicht nötig, falls es dir nichts ausmacht, dass ich mitkomme.«

Er musste den Weg zum Polizeirevier auf Google Maps checken, da das Einbahnstraßensystem in Sliema so kompliziert war, doch sie konnten relativ nahe bei dem Steingebäude mit dem Säulenportal parken. Sobald sie durch die schwere Tür aus Holz und facettiertem Glas getreten waren, stellten sie fest, dass schon einige Personen Schlange standen, um an der polierten Theke an die Reihe zu kommen, daher setzten sie sich.

Während sie warteten, erhielt Rosa eine Textnachricht von Dory, die sie Zach lachend zeigte.

Kannst du morgen die sozialen Netzwerke für mich abarbeiten? Du weißt, wie ich diesen Mist hasse. X

Er grinste. »Ich mag deine Mum richtig gern. Sie ist viel entspannter als Dad. Ich habe mich immer gefragt, ob sein Bedürfnis, seine Kinder zu beherrschen, daher rührt, dass sein Vater bei der Army war. Grandad ließ sich nicht die Butter vom Brot nehmen, und Dad pflegte zu sagen, das sei der Sergeant Major in ihm. Vielleicht ist dein Großvater ja lockerer?«

Sie zuckte mit den Schultern. »Oberflächlich vielleicht, aber Mum sagt, er würde nie einem Konflikt aus dem Weg gehen. Vielleicht haben sie und ich es ja von ihm.«

Der diensthabende Polizist rief den Nächsten auf. »Die Eigenschaft ist mir an dir schon aufgefallen«, meinte Zach. Irgendwie waren Rosa und er so weit zusammengerückt, dass ihre Schultern sich berührten. In der Polizeiwache war es ziemlich kühl, aber ihre Haut war noch warm von der Sonne.

Schließlich wurden sie aufgerufen, und Zach erstattete bei dem diensthabenden Beamten seine Anzeige und erhielt ein Aktenzeichen. Der Polizist erfüllte seine Pflicht gewissenhaft, aber seine Miene besagte, dass jemand, der eine Brieftasche voller Geld unbeaufsichtigt an einem öffentlichen Strand liegen lässt, sich nicht zu wundern braucht, wenn es verschwindet.

Bis sie die Treppe vor der Polizeiwache wieder hinuntergingen, war die kurze maltesische Abenddämmerung fast vorbei, und an dem violetten Himmel waren die Sterne zu sehen. Rosa rieb sich den Magen und sah sich um, bis ihr Blick auf ein nahe gelegenes Restaurant fiel. »Hast du Lust, etwas zu essen?«

»Solange dir klar ist, dass ich wirklich nicht date«, entgegnete er feierlich.

»Da bin ich froh, dich nicht enttäuschen zu müssen«, witzelte sie und bog zum Restaurant ab. Von vorn wirkte es recht klein, aber es erstreckte sich bis tief in das Gebäude.

Sobald sie auf lederbezogenen Stühlen an einem rustikalen Holztisch saßen, bestellte sie Schweinefleisch mit Gemüse, und er entschied sich für *bragioli*, ein maltesisches Gericht aus Rindfleisch, das mit Speck, Ei und Brot gefüllt war – in einem echten maltesischen Lokal immer eine Köstlichkeit. Dann klingelte Rosas Handy, und sie warf einen Blick auf das Display, stöhnte auf und lehnte den Anruf ab.

»Nimm keine Rücksicht auf mich. Geh ruhig ran«, sagte er. Er erinnerte sich, wie sie vorhin hektisch auf ihrem Telefon herumgetippt hatte, und fragte sich, ob sie sich mit einem Problem herumschlug.

»Ich möchte eigentlich gar nicht.« Ihr Handy gab einen Ton von sich. Sie sah nach, worum es ging, schaltete das Gerät auf stumm und warf es in ihre Handtasche. »Mein Ex-Freund geht mir auf die Nerven.«

Ruckartig zog er die Augenbrauen hoch. »Nach allem, was ich von dir gesehen und gehört habe, erstaunt es mich, dass du das zulässt.«

»Tja, er schafft es leider immer noch, dass ich mich über ihn aufrege. Er war derjenige, den ich gestern in Mdina beschimpft habe.«

»Aha.« Er hätte das Thema auf sich beruhen lassen können, aber auch er war nur ein Mensch und neugierig. »Tut mir leid, dass er dich verärgert hat.«

Der Kellner brachte ihre Drinks, und sie hob ihr Bier und stieß mit Zach an – er trank Wasser, da er fuhr. »Das war ich, und ich war auch traurig, als die Beziehung zu Ende ging, aber er macht es mir immer leichter, über ihn hinwegzukommen.«

Zach wartete, für den Fall, dass sie ihm noch mehr erzählen wollte. In dem Raum war es halbdunkel und kühl, und alle anderen Gäste sprachen Maltesisch. Der Kellner hatte ihn zuerst auf Maltesisch angesprochen und war dann ins Englische gewechselt. Zach sah ziemlich südländisch aus und sollte wahrscheinlich besser Maltesisch lernen. Straßenschilder, Speisekarten und ein paar Beschimpfungen waren momentan alles, was er zu bieten hatte.

»Mum sagt, Marcus und ich seien aufeinander zugedümpelt«, erklärte Rosa mit einem Mal. »Ich ziehe die Version vor, dass wir uns im Lauf der Zeit nähergekommen sind, aber es stimmt, dass wir schon Freunde waren, bevor wir zusammenkamen. Wir sind zusammen zur Schule gegangen. Manchmal hatten wir später kleine Techtelmechtel auf Partys, wenn gerade keiner von uns beiden eine Beziehung hatte.«

»Techtelmechtel«, wiederholte er genüsslich. »Das Wort gefällt mir. Ich muss an heimliches Knutschen in Besenkammern denken.«

Vielleicht errötete sie ja, aber in dem Halbdunkel war das schwer zu beurteilen. »Mehr oder weniger. Später, als ich ihn an der Uni besucht habe, wurden wir das, was man Freunde mit Vorrechten nennt. Selbst habe ich nicht studiert.«

»Ich auch nicht«, sagte er. »Da hatte ich mich schon zum ersten Mal mit Dad zerstritten und wollte nicht abhängig von ihm sein. Ich habe meinen Abschluss berufsbegleitend gemacht.« Er lehnte sich zurück, damit der Kellner ihm sein dampfendes Gericht servieren konnte. Es duftete köstlich nach Kräutern.

»Ich wollte mir keinen Studienkredit aufhalsen«, gestand sie offen. »Ich habe so viele Fortbildungen absolviert, wie ich konnte, besonders, wenn ich in Verwaltungsjobs tätig war.« Sie lächelte dem Kellner zu, als dieser die Pasta vor ihr auf den Tisch stellte. »Marcus hat einen guten Abschluss gemacht und ist in die Finanzwelt eingestiegen. Ein paar Jahre nachdem er die Uni beendet hatte, kamen wir schließlich fest zusammen und kauften gemeinsam ein Haus. Damals war er netter, lockerer und lustiger. Als ich bei Blackthorn's eine Stelle bekam, die ich liebte, wurde er eifersüchtig, da ihm immer klarer wurde, dass er seinen Job hasste. Er begann mir übel zu nehmen, dass ich mit meiner Arbeit so zufrieden war, und erklärte irgendwann, er sei im Herzen Kunsthandwerker und wolle sich mit seinem Hobby – Drechseln und Schnitzen – selbstständig machen. Ein solcher Sprung in finanzieller Hinsicht ist schwer zu verkraften. Ich habe nicht genug verdient, um ihn zu unterstützen, und ich sah das auch nicht ein. Also musste er weiterarbeiten.« Sie schwieg einen Moment. »Auch das hat ihm nicht gepasst«, fügte sie schließlich ausdruckslos hinzu, »aber inzwischen hatte er ein Spielsucht-Problem entwickelt.«

Zach spürte, wie es ihn eiskalt durchrieselte.

Sie nahm einen Schluck von ihrem Drink. »Das heißt online. Ich glaube nicht, dass er den Mumm hätte, sich in ein richtiges Kasino zu setzen. Er wurde süchtig nach virtuellem Roulette-Spiel. Du hast doch sicher schon diese Anzeigen gesehen, die damit werben, dass du einen Einsatz von zehn Pfund erhältst, wenn du dich auf einer bestimmten Seite anmeldest? Er hat sich auf allen registriert. Hat behauptet, auf diese Weise könne er sich von seinem schrecklichen Job entspannen. Natürlich hat er mehr verloren als gewonnen. Wir fingen an, uns über Geld zu streiten, weil ich Rechnungen bezahlen musste, für die er zuständig war. Aber ich glaube, das wirkliche Problem war, dass ich meine ganze Kindheit hindurch zugesehen habe, wie meine Mum die Unzulänglichkeiten eines nichtsnutzigen Partners ausgleichen musste. Das hat mich auf die Palme gebracht. Also hat er versprochen, damit aufzuhören.«

»Schwierig«, merkte er an.

»Jepp. Ein anderer Grund für Spannungen war Chellice. Zuerst war sie meine Freundin, aber sie betrieb ebenfalls Kunsthandwerk. Ehe ich michs versah, hatten die beiden nebenberuflich ein Geschäft, *Spun Gold*, aufgezogen. Ich habe ihnen sogar dabei geholfen, ihr Zeug in Chellices Van zu laden, und dann schossen sie zu einem Handwerkermarkt davon und ließen mich stehen, weil der Van nur zwei Sitze hatte, und niemand schlug vor, dass ich mit meinem Auto nachkommen könnte. Ich fühlte mich ausgenutzt, vor allem, da alles Geld, das er mit seinen Arbeiten verdiente, entweder in seine ständig wachsende Werkzeugsammlung wanderte oder in Online-Casinos versackte. Zum Bruch kam es dann vor ein paar Monaten. Da habe ich zufällig mitgehört, wie er vor unserem Haus mit Chellice geredet hat. Das Fenster stand offen.« Sie trank einen Schluck von ihrem Bier. »Er redete von ›Zehntausenden‹ und dass er es ›nicht glauben könne‹. Er klang, als hätte er einen Geist gesehen. Chellice sagte immer wieder: ›Oh, Marcus. Oh mein Gott‹, und klang genauso durcheinander.«

»Autsch.« Zack zuckte zusammen. »Dann musstest du ihm aus der Patsche helfen und hohe Spielschulden für ihn bezahlen?«

Eine Sekunde dachte er, sie würde in Tränen ausbrechen, doch stattdessen lachte sie, obwohl ihre Lippen zitterten. »Das dachte ich auch. Ich bin nach draußen gerannt und habe ihn auf der Straße angeschrien. Ihm vorgehalten, er hätte versprochen, mit dem Spielen aufzuhören … Wie konnte er mich so enttäuschen? Mein Vertrauen missbrauchen? Was sollten wir jetzt machen? An diesem Punkt erklärte er mir, er habe Geld *gewonnen*, eine große Summe, fast hunderttausend Pfund!« Sie unterbrach sich und wischte sich die Augen mit der Serviette trocken. »Es hat ihn geärgert, dass ich wütend geworden war. Mir passte nicht, dass er mich hinters Licht geführt hatte.«

»Mist. Ich vermute mal, das ist nicht gut ausgegangen?«

»Er hat auf der Stelle mit mir Schluss gemacht. Ich war schockiert. Verletzt.« Schnell kippte sie den Rest ihres Biers hinunter. »Heute sagt Mum, es sei offensichtlich gewesen, dass diese Beziehung irgendwann enden würde. Aber wahrscheinlich hat sie nicht gedacht, dass es am Ende meine Schuld sein würde.« Sie wandte sich wieder ihrer Mahlzeit zu.

Er runzelte die Stirn, weil sie sich so leicht die Schuld gab. Gestern hatte er Marcus' Stimme durchs Handy gehört, wenn er auch seine Worte nicht verstanden hatte, und er hatte wichtigtuerisch und barsch geklungen. »Er hat also gespielt, was dir zuwider war und dich Geld gekostet hat, er hat seine Freizeit nicht mit dir verbracht, er hat sogar Chellice vor dir, seiner Partnerin, von seinem Gewinn erzählt – aber *du* bist schuld am Ende der Beziehung? Das ist ja wohl vollkommen verdreht! Wenn die Beziehung vor dem Ende stand, wie Dory glaubt, dann wollte er offensichtlich das viele Geld nicht mit dir teilen. War denn etwas zwischen ihm und Chellice?«

Sie schob ihren Teller weg, obwohl sie erst die Hälfte gegessen hatte. Aufgewühlt seufzte sie. »Das habe ich vermutet. Marcus hat es abgestritten, aber in dem Streit, bei dem ich ihn ein mieses Schwein genannt habe, ging es darum, dass sie angeblich als Untermieterin bei ihm eingezogen ist, weil es so billiger ist und sie alle Mittel ins Geschäft stecken können. Nach unserer Trennung bin ich vorübergehend zu Mum gezogen, und Marcus zahlt die Hypothek für das Haus. Irgendwann soll es verkauft werden. Gerade allerdings ist der Zeitpunkt nicht gut für einen Verkauf, weil hinter unserer Siedlung eine große Straße gebaut wird, wodurch die Preise in den Keller gegangen sind. Nach seinem Gewinn hat er seinen Vollzeitjob gekündigt.«

»Er klingt allerdings nach einem miesen Schwein«, räumte er ein.

»Und du hast noch nicht einmal die ganze Geschichte gehört.«

»Da kommt noch mehr? Dann lass mich eine Tasse Kaffee bestellen, damit ich die nächste Folge überstehe.« Er winkte dem Kellner.

Während sie auf den Kaffee warteten, erzählte Rosa weiter. »Marcus hat seinen Job irgendwann hingeworfen und sich voll und ganz auf *Spun Gold* konzentriert. Auf einer Messe hat er eine Moderatorin vom Lokalradio kennengelernt, die dort von einem Ü-Wagen aus berichtete, und sie hat ihn in ihre Talkshow am Freitagmittag eingeladen. Das Thema der Woche waren Menschen, die kriminell werden.«

»Kriminell?«, wiederholte Zach und wirkte verwirrt.

Gedankenverloren nahm sie ein Zuckertütchen und hantierte damit herum. »Einer der anderen Gäste hat eine Geschichte von einem ehemaligen Schulkameraden erzählt, der als Erwachsener zum Gangster mutiert ist. Marcus' Beitrag bestand darin, dass er von einem Mädchen aus seinem Jahrgang berichtete, dem vorgeworfen worden war, eine teure Uhr gestohlen zu haben. Sie wurde bei ihren Sachen gefunden, und sie wurde von der Schule geworfen. Die Polizei wurde hinzugezogen. Er hat geschildert, wie schockiert er war.« Sie atmete so kurz und ruckartig ein, dass es fast wie ein Schluchzen klang. »Das Mädchen war ich. Er hat sogar meinen Vornamen genannt.« Der Kaffee wurde gebracht, und sie beschäftigte sich angelegentlich damit, Zucker und Sahne einzurühren, bevor sie weitersprach. »Er hat *vollkommen* ausgelassen, dass die wahre Diebin in Panik geraten war und die Uhr in meine Tasche gesteckt hatte, dass sie später gestand und ich entlastet wurde. So, wie er es erzählt hat, klang es wie der Juwelenraub von Hatton Garden, und dabei handelte es sich eher um einen Sturm im Wasserglas.«

»Der Mistkerl«, meinte Zach.

Sie lächelte, doch es sah aus, als wäre sie den Tränen nahe. »Chellice hat einen sehr beliebten Blog, und dort hat sie in aller Unschuld – behauptet sie – über Marcus' Radioauftritt gebloggt. Dann hat ›irgendjemand‹ diesen Blogpost als Plattform benutzt, um die Geschichte, die Marcus in der Sendung erzählt hat, noch einmal durchzukauen und meinen vollen Namen zu leaken. Plötzlich wurde das Ganze überall in den sozialen Netzwerken breitgetreten und auch auf der Social-Media-Seite der Schule noch einmal hochgezerrt, und mir war das schrecklich peinlich.«

»Chellice?«, fragte er dumpf und legte eine Hand auf ihre, um sie zu trösten, wie sie es am Strand bei ihm getan hatte.

Sie stieß ein verbittertes Lachen aus. »Sie hat entschieden geleugnet, dass sie dahintersteckte, aber für mich war das ein Versuch, die Spannungen zwischen Marcus und mir noch zu verstärken. Vielleicht hat sie befürchtet, wir könnten wieder zusammenkommen. Jedenfalls …« – sie unterbrach sich, um einen großen Schluck von ihrem Kaffee zu trinken – »war es völlig egal, dass diese Uhrengeschichte niemals *wahr* war, aber in ein paar dieser abscheulichen Tweets wurde erwähnt, wo ich arbeite. Die Leiterin von Blackthorn's ist meine Freundin Georgine, und sie hat begriffen, dass das alles bösartiger Tratsch war, aber dann hat Mum mir den Job hier angeboten, und ich war so aufgebracht über das, was geschehen war, dass ich Georgine um Urlaub gebeten habe, damit ich Mums Angebot annehmen konnte.«

»Was hat Marcus dazu gesagt?« Ein solcher Zorn tobte in ihm, dass er die Worte kaum herausbrachte.

»Er hat sich entschuldigt und eisern behauptet, er habe erklären wollen, dass das Mädchen fälschlicherweise beschuldigt worden war, aber dann habe sich der Nachrichtensprecher mit irgendeiner politischen Sensation eingeschaltet, und plötzlich hätte man ihn aus dem Studio komplimentiert. Er hat sich geweigert zu glauben, dass Chellice verantwortlich für den Shitstorm in den sozialen Netzwerken war.«

Über den Tisch hinweg sah er, dass sie versuchte, nicht zu weinen. Er stellte fest, dass er aufgesprungen war, um den Tisch herumtrat und ihr die Hände entgegenstreckte. »Rosa …«

Schluchzend stürzte sie sich in seine Arme. Er hielt sie fest. Obwohl er sie gern ansah, obwohl er sie immer lieber hatte, verspürte er in diesem Moment nur den Wunsch, sie festzuhalten, bis ihr Körper nicht mehr von Schluchzern geschüttelt wurde.

7

Als Rosa am nächsten Morgen aufwachte, hatte sie mehrere Textnachrichten von Marcus.

Wahrscheinlich hast du meinen Anruf abgelehnt, aber es ist wichtig.

Dann:

Aber du brauchst dich trotzdem nicht künstlich aufzuregen. Bitte nimm ab, wenn ich anrufe!

Und später:

Ruf bitte so schnell wie möglich zurück, gefolgt von einem mürrischen Smiley.

»Okay«, murmelte sie. »Wird gemacht.« Sie vergaß »zufällig«, dass es auf Malta eine Stunde später war als in Großbritannien. Dort würde es halb sieben sein.

»Du hast mich geweckt«, beklagte sich Marcus verschlafen, nachdem der internationale Rufton mehrmals geläutet hatte.

Rosa fragte sich mit einem Mal, ob er mit Chellice im Bett lag. Bei dem Gedanken wurde ihr leicht übel.

»Aber da ich jetzt schon wach bin, lass uns reden«, fügte er hastig hinzu. Er holte tief Luft. »Tut mir leid, Rosa. Lass uns diesen Anruf noch einmal von vorn anfangen. Kann ich deine Adresse auf Malta haben? Mein Anwalt will dir das Einwilligungsformular schicken, damit du es unterschreiben kannst. Es muss von jemandem bezeugt werden, der kein Familienmitglied ist. Kennst du dort unten jemanden, der das tun würde?«

»Ja, kein Problem.« Sie war sich sicher, dass Zach oder Marci ihr diesen kleinen Gefallen tun würden.

Marcus zögerte, als erwartete er von ihr, dass sie ihm sagte, um wen es sich handelte. Als sie schwieg, klang er unsicher. »Gut. Okay. Schön, das ist prima. Danke.«

»Gern geschehen. Ich wünsche mir genau wie du, dass die Formalitäten bald erledigt sind. Aber schick mir keinen wütenden Smiley, weil ich deine Anrufe nicht annehme, wenn es mir nicht passt. Das hätte sich bestimmt auch per E-Mail erledigen lassen«, entgegnete sie. Sie beendeten das Gespräch in gereizter Stimmung, ohne sich auch nur nach dem Befinden des jeweils anderen zu erkundigen. Das machte sie traurig, nachdem sie mit Unterbrechungen seit ihrer Schulzeit zusammen gewesen waren, aber ... ihre Beziehung war vorbei. Marcus hatte das in dem Moment klargemacht, als sie ihn angeschrien hatte, weil er wieder spielte – oder, wenn man Zachs Version vorzog, dem Moment, in dem er einen großen Gewinn eingestrichen hatte, den er nicht teilen wollte –, und jetzt hatte Rosa sich neu orientiert. Marcus war offenbar nicht der Richtige für sie gewesen.

Sobald sie und ihre Mutter aufgestanden und angezogen waren, stellte sie fest, dass Dory ihre eigenen Vorstellungen von diesem Tag hatte, und bald schlenderten sie über die Uferstraße nach Sliema, bevor es zu heiß wurde. »Ich möchte, dass du dir etwas für die Wohnung aussuchst, etwas, das wir jeden Tag vor Augen haben, damit du dich heimischer fühlst«, erklärte Dory.

»Mir geht's gut, du brauchst für mich kein Nest zu bauen«, protestierte Rosa.

Dory legte den Kopf schief und zog eine Augenbraue hoch. »Ich bin deine Mum. Glaubst du, mir ist nicht aufgefallen, wie rot deine Augen waren, als du gestern Abend nach Hause gekommen bist? Du bist schnell in dein Zimmer gelaufen, und ich habe wach gelegen und mir Gedanken gemacht, du könntest dich irgendwo versteckt haben, um dich in Ruhe auszuweinen.«

Rosa gab die Tränen Dory gegenüber nicht zu, denn schon jetzt schoss ihr das Blut in die Wangen. Nachdem sie Dorys Idee von einer Sommerromanze energisch zurückgewiesen hatte, würde es nur Anlass zu Bemerkungen geben, wenn sie erzählte, dass sie sich in Zachs Armen »versteckt« und geweint hatte, weil Marcus und Chellice sie so verletzt hatten. Anschließend war es ihr peinlich gewesen – der Kellner hatte ihr eine Schachtel Kleenex gebracht, um Himmels willen! –, aber sie hatte sich auch befreit gefühlt.

Vielleicht hatte sie mit ihren Tränen ja Abschied von Marcus genommen?

Was immer dahintergesteckt hatte, Zach hatte die ganze Szene gelassen aufgenommen. Er hatte Schwestern, daher hatte er wahrscheinlich schon früher die Schulter zum Ausweinen hinhalten müssen. Ihren Dank hatte er mit einem Lächeln abgetan und sie zurück zum Haus gefahren. Dann überquerten sie die beiden Straßen, die sie von dem Felsstrand unterhalb des Hauses trennten. Zach erklärte, dass sich hier mehr oder weniger die Stelle befand, an der drei Meeresarme – Lazaretto, Mside und Pietà – aufeinandertrafen, und sie beobachteten die Lichter von allen Ufern, die sie umgaben und die auf dem schwarzen Wasser silbrig und golden schimmerten und auf der leicht gekräuselten Oberfläche flackerten. Die Takelagen auf und und ab wippender Jachten klangen in der stillen Nachtluft wie Windspiele, und das Meer schlug sanft an ihre Rümpfe.

Die Idee war gewesen, Dory reichlich Zeit zu geben, um zu Bett zu gehen. Doch als Rosa Zach schließlich eine gute Nacht wünschte und gähnend die Wohnung betrat, traf sie ihre Mum an, die sich in einen Sessel kuschelte und in ihrem E-Reader las. »Dieses Buch ist großartig!«, platzte Dory heraus. »Ich kann gar nicht aufhören zu lesen. Es spielt hier auf Malta …« Dann unterbrach sie sich, nachdem sie die Lampe neben sich angeknipst und Rosas Gesicht gesehen hatte. Rosa war nicht in der Verfassung gewesen, sich besorgten Fragen zu stellen, sondern hatte eilig Gute Nacht gesagt und war mit gesenktem Kopf in ihr Zimmer geflüchtet.

Als sie jetzt über das ungleichmäßige Pflaster gingen, vorbei an der Brücke, die nach Manoel Island führte, und entlang der Cafés, Läden und Banken, lenkte sie Dory ab, indem sie ihr von Marcus' »Untermieterin« und dem Formular erzählte, das zu unterschreiben er sie gebeten hatte. »Ich habe keinen Grund, mich zu weigern«, schloss sie. »Wenn ich in meinem eigenen Leben weiterkommen will, muss er die Hypothek übernehmen. Dass Chellice gleich einzieht, ist ein wenig hart, ändert aber nichts.«

Dory schnalzte verärgert mit der Zunge. »Er benimmt sich wie ein Idiot, aber ich finde auch, dass du das Richtige getan hast, und ich bin stolz auf dich.« Nachdenklich biss sie sich auf die Unterlippe. »Ich könnte dir helfen, etwas Neues anzufangen. Als ich noch Schulköchin war, hatten wir nicht viel Geld, und ich musste knausern, um dich auf einen Schulausflug schicken zu können oder mit dir zum Camping nach Frankreich zu fahren, aber heute ist das alles anders.«

Rosa stieß ein ersticktes Gelächter aus. »Erinnerst du dich noch an die nicht enden wollende Busfahrt in die Bretagne, als es so geregnet hat, dass die Straßen überflutet waren und wir die ganze Zeit nur mit dreißig Meilen die Stunde fahren konnten? Und dafür hattest du Coupons aus der Zeitung ausgeschnitten ... Als Erwachsene hätte ich schon mehr reisen können«, sagte sie, »aber Reisen ist teuer, und Marcus ...«

Dory blieb stehen, um Rosas Gesicht mit beiden Händen zu umfassen, eine Geste voller Liebe. »Marcus hat ja schon gejammert und gestöhnt, wenn er am Taxistand Schlange stehen musste, da mag man sich kaum vorstellen, was er gemacht hätte, wenn er es mit einem verspäteten Flug zu tun bekommen hätte. Aber jetzt kannst du das alles hinter dir lassen. Ob du eine Rucksacktour machen willst, studieren oder dir ein Geschäft aufbauen, ich könnte dir helfen. Ich würde dir *sehr gern* helfen.«

Rosas Herz schmolz vor Liebe dahin. Sie sah ihrer Mutter ins Gesicht und scherte sich nicht um die anderen Leute, die auf dem schmalen Gehweg versuchten, an ihnen vorbeizukommen. »Danke, Mum«, sagte sie mit heiserer Stimme. »Du hilfst mir doch schon, indem du mich hierher eingeladen hast, und wenn ich mich dafür undankbar gezeigt habe, tut es mir leid.«

Dory lachte – auch ihre Stimme klang ein wenig zittrig. »Aber du arbeitest doch deine Reise hierher ab. Und ich war früher so an das ständige Umziehen gewöhnt, dass ich ganz vergessen hatte, dass ich dich in einer einzigen Stadt großgezogen habe. Versprich mir nur, dass du wirklich über mein Angebot nachdenkst.«

Der aufrichtige Blick ihrer Mutter rührte Rosa, und sie lächelte. »Ich nehme mir den Sommer über Zeit, mich zu entscheiden. Mein Aufenthalt hier wird meinen Horizont erweitern.« Sie wandte sich ab, wechselte das Thema und wies auf einen nahe gelegenen Laden. »Und für die Wohnung möchte ich mir Blumen für die Terrasse aussuchen, damit sie deinen Kräutern Gesellschaft leisten können.«

Sie verbrachten eine angenehme halbe Stunde damit, rote Geranien, ein Pfirsichbäumchen, gelbe Wandelröschen, grüne und rote Korallensträucher und weißes Springkraut auszusuchen. Dory bezahlte alles, kaufte auch Blumenerde und Terrakottatöpfe und sagte zu, später alles mit dem Auto abzuholen.

»Lass uns jetzt zurückfahren und uns um deine sozialen Netzwerke kümmern«, erklärte Rosa bestimmt. »Dann kann ich noch ›Persönliche Assistentin und Küchenhilfe einer Autorin von Kochbuch-Bestsellern‹ in meinen Lebenslauf schreiben. ›Hilfe bei der Rezeptentwicklung, Neugestaltung von Blog und Website Betreuung der sozialen Netzwerke, Erstellung von Grafiken und anderen digitalen Medien.‹ Chellice hat mir beigebracht, wie man Canva benutzt, und ich sehe nicht ein, warum ich daraus nichts machen sollte. Wir können uns eine dieser Profilampen und ein Stativ besorgen, damit ich mit meinem iPhone gute Bilder schießen kann, dann könnte ich noch ›Fotografie und Flatlays für den medialen Auftritt‹ dazuschreiben. Ich sehe schon ein ganz neues LinkedIn-Profil auf mich zukommen.«

»Ich würde dich einstellen«, verkündete Dory feierlich. »Du bist perfekt.«

Zu Hause angekommen, begutachteten sie zusammen Dorys Onlinepräsenz, und dann ließ sich Rosa an der Küchentheke nieder und vertiefte sich so sehr in die Umgestaltung des Cafeteria-Lady-Blogs, dass sie sich nur unterbrach, um auf der Website eines Geschäfts in Sliema eine Profilampe und das Stativ auszusuchen. Dory fuhr los, um die Ausrüstung und die Pflanzen, die sie am Vormittag gekauft hatten, abzuholen. Rosa hatte jede Menge Food-Bilder, die sie schon aufgenommen hatten und die dafür, dass sie aus freier Hand fotografiert worden waren, recht gelungen waren. Dann entwarf sie einen Plan für die Blogposts, in denen Dory davon berichten würde, woran sie gerade arbeitete. Gelegentlich konnten sie ein Gratis-Rezept oder ein Video über eine Kochmethode einstellen. Ihre älteren Titel mussten erwähnt werden, damit der Verkauf weiterging. Benachrichtigungen über neue Posts würden automatisch auf den Kanälen der Cafeteria-Lady in den sozialen Netzwerken auftauchen.

So versunken war sie in ihre Arbeit, dass sie weder Zeit noch emotionale Kraft darauf verwendete, Chellices Blog anzusehen oder *Spun Gold* zu googeln, und erst eine Pause einlegte, als Dory zurückkehrte, um ihr zu helfen, die Pflanzen und Töpfe von der Straßenebene nach oben zu tragen.

»Schluss für heute mit der Arbeit«, erklärte Dory und klappte den Laptop zu, bevor Rosa sich wieder davorsetzen konnte. »Lass uns unsere Terrasse neu gestalten.«

Ein paar vergnügliche Stunden folgten. Der angrenzende Garten war zwar der Familie Bentley vorbehalten, doch seine Palmen teilten am späten Nachmittag ihren von Sonnenflecken durchzogenen Schatten mit ihnen. Sie schaufelten die Blumenerde in die Terrakottatöpfe und lachten über die schwarzen Halbmonde, die sich unter ihren Fingernägeln bildeten. »Es ist, als wäre man wieder ein Kind.« Rosa erinnerte sich an das winzige Stück Land hinter dem Reihenhaus, in dem sie gelebt hatten. »Du hast Bohnen und Erbsen, Zucchini, Salat und Möhren angebaut. Mir wäre lieber gewesen, du hättest sie im Supermarkt gekauft wie die anderen Mums. Ich fand es nicht cool, unser Gemüse selbst zu ziehen, aber natürlich war es preiswert und gesund.«

»Ist irgendwie mein Mantra«, pflichtete Dory ihr bei. »Wo sollen wir diesen großen Kübel hinstellen?«

Sie fegten gerade verschüttete Blumenerde auf, als Marci und Paige die Treppe heraufkamen und auf dem Weg zu ihrer Wohnung stehen blieben.

»Das sieht wunderschön aus«, meinte Marci bewundernd, während Paige ihnen lauthals verkündete, dass sie heute Nachmittag schwimmen gegangen waren. Marci strich Paige zärtlich über das feuchte Haar. »Wir sind ziemlich erledigt, was?« Dann richtete sie die dunklen Augen auf Dory und Rosa. »Mögt ihr mit auf unsere Dachterrasse kommen?«, fragte sie schüchtern. »Ich wette, eure Blumenkübel sehen von dort oben großartig aus, und wahrscheinlich könnten wir alle etwas Kühles zu trinken gebrauchen.«

Rosa freute es, dass Marci offensichtlich das Gefühl hatte, sie jetzt gut genug zu kennen, um diesen Vorschlag zu machen, und Dory brauchte man nicht zweimal einzuladen – obwohl Paige genau das tat und »Ja, ja, ja!« schrie und dazu aufgeregt auf der Stelle hüpfte. Sie räumten den Besen weg und folgten den beiden die Steintreppe hinauf, vorbei an der Wohnungstür der Bentleys und über die letzte Treppe.

»Das ist wunderschön«, hauchte Rosa, als sie oben ankamen. Das Flachdach war von einer Brüstung umgeben und bot auf der Rückseite einen Ausblick über die tiefer liegende Terrasse und den Garten der Bentleys, während man nach vorn eine atemberaubende Aussicht über das Meer hatte. »Ich kann Manoel Island sehen, Valletta, Gżira, einen Teil von Sliema … überwältigend.« Sie betrachtete das Panorama, bis sie Paige rufen hörte. »Heyyyy, Zachary!«

»Heyyy, Paige«, antwortete eine tiefe Stimme, und Rosa drehte sich um und erblickte Zach, der unter einem Gartenpavillon an einem Tisch saß. Vor ihm stand ein aufgeklappter

Laptop. Er trug nur Shorts, und die Sonne beschien seinen nackten Oberkörper. Sein Brustkorb war behaart, aber nicht tätowiert wie sein Rücken und sein Arm.

»Wir wollten dich nicht stören«, entschuldigte sich Rosa. »Wir wollten nur sehen, wie die neuen Pflanzkübel von hier aus ausschauen, aber wir hatten keine Ahnung, dass du heute Nachmittag hier dein Büro aufgeschlagen hast.«

Sein Lächeln wirkte herzlich, und sein Haar war von der Brise zerzaust. »Die Pflanzen sind wunderschön und machen sich ganz hervorragend auf der Terrasse. Ich habe euch bei der Arbeit zugesehen. Ich sitze meistens auf dieser Seite des Dachs, weil sie im Schatten liegt. Normalerweise ist die Aussicht nicht so unterhaltsam. Danke, dass ihr mir etwas Hübsches zum Betrachten geboten habt.«

Etwas daran, wie feierlich er das vorbrachte, ließ bei Rosa die Frage aufkommen, ob er wirklich von den Blumen redete. Ihre Shorts saßen ziemlich knapp, und sie hatte sich immer wieder gebückt, ohne daran zu denken, ob sie jemandem eine schöne Aussicht bot. »Ich hoffe, du hast die Show genossen«, gab sie ironisch zurück und warf ihm einen scharfen Blick zu, als seine Augen amüsiert aufleuchteten.

Paige lief zu ihm und hüpfte, sodass ihr feuchter Pferdeschwanz auf und ab flog. »Dory und Rosa sind hinaufgekommen, um etwas mit uns zu trinken. Sollen wir ihnen von deinem Wein anbieten?«

»Das klingt nach einer guten Idee.« Er schloss seinen Laptop und beugte sich dann vor, um Paige auf die Stirn zu küssen.

Diese beiläufige Zärtlichkeit wärmte Rosa das Herz. »Du arbeitest«, wandte sie trotzdem ein. »Wir können gern zu einer anderen Zeit wiederkommen.«

»Es lief ohnehin nicht gut.« Er steckte den Laptop in die Tasche, die neben ihm auf dem Boden stand. Marci und Paige traten an einen kleinen Anbau, der aussah wie ein Minihaus aus Stein, öffneten die Tür und verschwanden darin.

»Arbeitest du an deinen Berichten?«, erkundigte sie sich mitfühlend. Als er ihr erklärt hatte, womit er sein Geld verdiente, hatte sich das nicht besonders lustig angehört: Daten über Menschen zu sammeln und darüber zu schreiben.

»Ein Nebenprojekt«, antwortete er knapp.

»Er schreibt ein Buch«, erklärte Dory im selben Moment.

Er errötete tatsächlich und warf Rosa rasch einen Blick zu. »Es ist mir ein wenig peinlich, aber ich versuche, einen Roman zu schreiben, der auf der Insel spielt. Ich hatte deiner Mum davon erzählt.«

Dory beugte sich vor und umarmte ihn. »Wir Autoren müssen zusammenhalten.«

»Ich würde mich eher als Möchtegernautor bezeichnen«, gab Zach, an Rosa gerichtet, betreten zurück. »Ich interessiere mich für die Zeit zwischen den 1950ern und den 1980ern. In dieser Zeit haben sich hier meine Großeltern kennengelernt, Grandad war hier stationiert, und Dad und meine Onkel haben hier gelebt. Politisch war das eine sehr wechselhafte Zeit. Mein Roman – alle sechs Kapitel, die ich bisher geschrieben habe – ist ein Action-Abenteuer, und ich habe mehr Spaß am Schreiben als wirklich eine Ahnung, was ich tue.«

»Und er wird einen Agenten finden und großen Erfolg haben«, fügte Dory hinzu.

Zach sah sie stirnrunzelnd an, um sie zu bremsen. »Wahrscheinlicher ist, dass er bis in alle Ewigkeiten halb fertig auf meinem Computer verstaubt.«

Die Rollläden vor dem kleinen Anbau öffneten sich ratternd, und sie sahen Marci und Paige hinter einer Theke stehen. »Bestellungen bitte!«, rief Paige strahlend. Hinter ihr befanden sich zwei Getränkekühlschränke, einer gefüllt mit Wein und Bier und der andere mit Softdrinks. Marci leerte gerade eine Packung Eiswürfel in einen Flaschenkühler.

Bereitwillig trat Dory an die Bar. »Ein Glas Weißwein bitte, Barkeeperin.«

Paige gab die Bestellung an ihr Personal – Marci – weiter und sah Rosa erwartungsvoll an. »Für mich einen Rosé, bitte.«

Paige grinste und verlor auf dem Schemel, auf dem sie stand, um über die Theke schauen zu können, beinahe das Gleichgewicht. »Rosé klingt wie Rosa! Heyyy, Rosé.«

Auch Zach entschied sich für Rosé, und Marci trank Rotwein. Für Paige goss Marci Holunderblütenlimonade in ein Weinglas, damit es aussah wie Dorys Chardonnay, und öffnete zusätzlich eine große Flasche kaltes Wasser, aus der sich alle bedienen konnten. Alle setzten sich.

Als Dorys Handy klingelte, warf sie einen Blick auf das Display. »Oh!«, rief sie leise aus. Dann stand sie auf, entfernte sich von den anderen und sprach im Gehen. »Ja, natürlich erinnere ich mich … Das wäre reizend«, fuhr sie nach einer Pause fort. »Nein, wir können uns dort treffen.« Dann kehrte sie auf ihren Platz zurück. »Ich gehe heute Abend essen«, erklärte sie Rosa. »Das war Lesley vom Ehemaligentreffen. Fragt, ob ich Lust hätte, mich mit ein paar Leuten zu treffen, die extra zu dem Treffen angereist und noch nicht wieder nach Hause gefahren sind. Wir essen am Hafen von Valletta.«

»Das klingt großartig.« Rosa dachte an die Frau, die bei dem Ehemaligentreffen als eine der Gastgeberinnen fungiert hatte. Sie hatte den Eindruck gemacht, als ob sie genauso verrückt nach Malta wäre wie Dory. Die beiden würden jede

Menge Gesprächsstoff haben. Rosa könnte genüsslich allein auf der Terrasse essen, vielleicht zu ihrer Zumba-Playlist tanzen und dann eine DVD ansehen oder lesen. Sie hätte sogar Gelegenheit, über Dorys rührendes Angebot nachzudenken, ihr alles zu finanzieren, was sie aus ihrem Leben machen wollte. Seit ihrer Ankunft hatte sie wahrscheinlich noch keinen entspannten Abend für sich allein gehabt.

An diesem Abend strich Zach in der Wohnung der Bentleys herum und konnte sich auf nichts konzentrieren. Rosas Anwesenheit im Haus, die am Nachmittag zum Anbeißen ausgesehen hatte, trug nichts dazu bei, ihn ruhiger werden zu lassen.

Es war zehn Uhr abends – in England erst neun. Er zog sein Handy hervor und rief seine Mutter Amanda auf FaceTime an. Strahlend lächelnd nahm sie das Gespräch entgegen. Das blonde Haar umrahmte ihr rundliches Gesicht.

»Hallo, Schatz! Wie geht's dir? Gefällt es dir immer noch auf Malta? Bist du mit der letzten Wohnung fertig? Geht es Marci und Paige gut?« Sie bestürmte ihn mit Fragen, und er beantwortete sie grinsend, denn er wusste, sie selbst würde nicht allzu viel beizutragen haben. Ihr Leben spielte sich im Haus ab und drehte sich um Gesundheitsprobleme.

»Habt ihr etwas von Electra gehört?«, erkundigte er sich, als er endlich selbst zum Zuge kam.

»Sie hat mir eine tolle, lange E-Mail geschrieben.« Amanda strahlte, wie so oft. »Angerufen hat sie schon eine ganze Weile nicht mehr. Sie hat viel zu tun, und der Zeitunterschied ist ungünstig.«

»Und wie geht es Dad?« Nicht zu fragen, wäre ungehörig gewesen. Er fragte sich, ob sein Vater sich im selben Zimmer befand. Wenn, dann hatte er nicht einmal einen Gruß gerufen.

»Ist schon im Bett«, antwortete Amanda jedoch. »Er hat morgen früh um neun im Zentrum von Birmingham eine regionale Verkaufstagung und will früh los. Bei ihm ist alles in Ordnung.«

»Sag ihm, dass ich mich nach ihm erkundigt habe«, bat Zach und überspielte den Umstand, dass, wenn Steve zu sprechen gewesen wäre, Zach und er nur schwer ein Gesprächsthema gefunden hätten. Miteinander zu plaudern, gehörte schon lange der Vergangenheit an.

Glücklicherweise galt das nicht für seine Mutter. Sie redete über Marcis bevorstehende Essensverabredung mit Jake, den Marci bei dem Ehemaligentreffen kennengelernt hatte – anscheinend hatte Marci ihr von ihm erzählt –, und dann schwelgten die beiden noch in Erinnerungen an vergangene Familienurlaube auf Malta, als Amanda noch mobiler gewesen war, bevor sie sich verabschiedeten.

Das Gespräch hatte ihn an Electra erinnert, aber in Thailand würde es jetzt fünf Uhr morgens sein. Er schrieb ihr auf seinem Handy eine E-Mail. Wie läuft es denn so? Gefällt es dir noch in Thailand? Wir sollten einen Anruf planen, wenn die Zeitverschiebung es erlaubt. In ein paar Sätzen berichtete er ihr, was er auf Malta so trieb.

Anschließend fühlte er sich wieder rastlos. Vorhin war er Flaviu begegnet, einem Rumänen, der in einer der Bars in einem der Bögen unterhalb der Rampe arbeitete. Sie trafen sich gelegentlich. Zach griff nach seinem Handy und schrieb ihm eine Textnachricht. *Was machst du?*

Bin in dem kleinen Laden an der Brücke nach Manoel Island, antwortete Flaviu. Kommst du?

Rasch schrieb Zach zurück, dass er gleich kommen würde. Marci sah im Wohnzimmer fern und lackierte sich gleichzeitig die Nägel blassrosa – vielleicht für den Kerl, mit dem sie morgen zu Mittag essen würde. Zach freute sich darüber, dass sie ihr Schneckenhaus weit genug verlassen hatte, um zu einem Date zu gehen. Paige lag schon im Bett; zweifellos erschöpft von der enormen Anstrengung, den ganzen Tag lang vier Jahre alt zu sein.

Er war auf dem Weg, sich zu duschen und umzuziehen, als sein Handy klingelte. *Joseph* stand auf dem Display. »Hey«, sagte Zach ins Telefon, ging in sein Zimmer und ließ sich aufs Bett fallen. Die Nächte waren so heiß, dass er nur unter Laken schlief, und sie fühlten sich jetzt unter seinen nackten Armen und Beinen kühl an.

Joseph kam sofort zur Sache. »Jetzt glaubt Axel, dass ihm Geld fehlt. Du kommst doch morgen Nachmittag sowieso ins Zentrum, und ich möchte, dass du etwas über diese Diebstähle sagst, damit die Leute besser aufpassen und um dem Täter klarzumachen, dass seine – oder ihre – Taten aufgefallen sind.« Er klang müde und angespannt. Das Nicholas-Zentrum bedeutete Joseph alles, und solche Probleme taten ihm im Herzen weh.

Zach erklärte sich sofort einverstanden. »Was soll ich tun? Mit meinem Aktenzeichen herumwedeln und mich bitter beklagen, weil ich zur Polizei gehen musste? Erzählen, wie peinlich es war, mir einen Drink zu bestellen und dann festzustellen, dass ich kein Geld dabeihatte? Dass ich für den Rest der Woche blank bin?« Das stimmte zwar nicht, aber der Dieb konnte nicht wissen, dass er Nanna keine Miete zahlte, weil ihre Wohnung allen Familienmitgliedern zur Verfügung stand. Außerdem hatte Tante Giusi ihn für seine Arbeit bezahlt, und das, was er freiberuflich verdiente, bescherte ihm einen gesunden Kontostand. Aber darauf kam es gar nicht an.

»Ja, all das«, sagte Joseph zustimmend. »Bei jedem Verbrechen gibt es ein Opfer, und das müssen wir hervorheben.«

Nach dem Gespräch sprang Zach unter die Dusche und genoss es, wie das Wasser ihm über den Körper lief, und dann schlenderte er in sein Schlafzimmer und trocknete sich dabei ab. Durch das Fenster konnte er Rosa auf der unteren Terrasse sehen, wo sie in der Abendkühle und umgeben von ihren frisch bepflanzten Blumentöpfen im Licht der Terrassenlampen las. Die Shorts waren ihr an den Beinen hochgerutscht.

Verärgert über sich selbst, wandte er sich ab. Schönheit zu bewundern, war eine Sache, Frauen heimlich zu beobachten, eine andere. Normalerweise schaffte er es, Frauen für sich zu interessieren, indem er ihnen seine Absichten offen mitteilte, aber Rosa war bislang für ihn nicht infrage gekommen. Jeder wusste, dass man nichts mit Mitbewohnerinnen oder Kolleginnen anfing – und sich erst recht nicht von der Mieterin seiner Großmutter so faszinieren ließ, dass man ihr nachspionierte.

Zach war gerade fertig angezogen, als er Rosas Schrei hörte.

Das war kein »Huch«, wie es einem vielleicht entfährt, wenn man einen Gecko erblickt. Nein, das war ein vollblütiger Entsetzensschrei aus vollem Halse.

Zach drehte sich um und rannte den Flur entlang.

Marci tauchte mit ihrem Nagellack in der Hand auf. »War das Rosa?«

Zach sparte sich den Atem für eine Antwort und stürmte stattdessen durch die Haustür und die Steintreppe hinunter, wobei er immer drei Stufen auf einmal nahm. Am Rand der unteren Terrasse sah er im Licht der Lampen einen Mann stehen, der keuchend nach Luft rang.

Dann hob der Mann flehend die Hände. »Sorry, sorry. Ich wollte Sie nicht erschrecken.«

Luccio.

Zach sprang die letzten drei Stufen hinunter und blieb mit wild pochendem Herzen stehen. »Was zur Hölle ist passiert?«

Luccio wandte sich ihm zu. Schweiß rann ihn übers Gesicht. »Ich wusste nicht, dass sie hier sein würde.«

Rosa stand neben ihrem Liegestuhl und hatte sich eine Hand auf die Brust gelegt. »Ich habe gelesen, und plötzlich war da ein Mann. Ich habe Luccio nicht erkannt. Tut mir leid, wenn ich alle aufgeschreckt habe.«

»Du brauchst dich für gar nichts zu entschuldigen«, meinte Zach knapp und sah dann Luccio aufgebracht an. In diesem Moment ertönte auf der Straße Geschrei. Grölende, wütende Männerstimmen. Luccio wich schnell von der Treppe zurück und blickte sich um, als suchte er nach einem Versteck. Zach verstand die geschrienen Worte nicht und war sich nicht einmal sicher, um welche Sprache es sich handelte, aber der Ton war unmissverständlich.

Eine Drohung.

»Ist jemand hinter dir her, Luccio?«, fragte er. Ein Teil seines Ärgers verflog.

Luccio stieß ein wenig überzeugendes Lachen aus. »Nein, niemand. Es tut mir leid, Rosa. Ich konnte ja nicht wissen, dass Sie hier draußen sind. Ich wollte nur Zach besuchen.«

Er warf Zach einen flehenden Blick zu, doch der kaufte ihm die Geschichte nicht ab. Er meinte, am Fuß der Steintreppe Schritte und Flüstern zu hören, und ihm stellten sich die Härchen im Nacken auf. Nicht nur Rosa, die immer noch erschrocken und unsicher wirkte, war hier, sondern oben in der Wohnung waren auch seine Schwester und seine Nichte.

Schnell dachte er nach.

Rasch zog er sein Handy hervor, öffnete die Smart-Home-App und schaltete mehrere Lampen in der Wohnung nebenan, in der er noch arbeitete, ein. Bewusst machte er einen Schritt auf die Treppe zu, die zur Straße führte. »Sie können doch die Leute nicht so erschrecken!«, rief er laut. »Ich fürchte, einer der Nachbarn hat mir gerade geschrieben, er hätte die Polizei gerufen, weil er den Schrei gehört hat.«

»Die *Polizei*?«, rief Luccio und klang aufrichtig entsetzt.

Zach hielt die Hände hoch, um Luccio lautlos zu bedeuten, er solle bleiben, wo er war; obwohl er sich ziemlich sicher war, dass Luccio nicht den Wunsch hegte, die Treppe hinunterzurennen und den Typen, die dort unten warteten, in die Arme zu laufen.

Wie gerufen erschien Marci auf der Treppe, die zur oberen Wohnung führte. »Die Polizei? Was ist passiert? Ist bei Rosa alles in Ordnung?«

»Sie hat sich nur erschreckt.« Zach sprach immer noch laut, weil er wollte, dass er auf der Straße gehört wurde. »Einer meiner Freunde aus dem Nicholas-Zentrum ist aufgetaucht und hat ihr einen Schrecken eingejagt. Mach dir keine Sorgen. Bleib oben, und ich kümmere mich um die Polizei.« Letzteres war für die Männer gedacht, die auf der Straße herumlungerten.

»Mir geht's gut.« Auch Rosa sprach laut, obwohl ihre Stimme zitterte.

»Wenn alles gut ist, bleibe ich bei Paige.« Marci lief die Treppe wieder hinauf, und Zach hörte, wie die Tür sich schloss.

Aus dem Haus hinter ihnen, das ein Stück weiter bergauf lag, ließ sich eine Männerstimme vernehmen. »Alles in Ordnung bei Ihnen?«

»Ja, danke!«, rief Zach zurück. Sein Plan war, die Unbekannten auf der Straße dadurch zu vertreiben, dass möglichst viele Leute eine Reaktion auf die Unruhe zeigten. »Einer meiner Freunde hat aus Versehen jemanden erschreckt, nichts weiter.«

»Okay.« Die körperlose Stimme klang erleichtert, und eine Tür knallte zu.

Auf der Straße wurde jetzt nicht mehr herumgebrüllt. Eine lange Minute lauschte Zach, dann entfernte er sich von der Treppe und winkte Luccio zu sich. »Können wir in deine Wohnung gehen?«, fragte er Rosa flüsternd. »Ich will Paige nicht wecken.« Rosas Augen wirkten riesig, aber sie nickte und ging voran.

Sobald sie drinnen waren, schob er die Terrassentür zu und ließ die Jalousien herunter. Dann rief er Marci an. »Die Polizei ist nicht unterwegs. Luccio hat Rosa so erschreckt, dass sie aufgeschrien hat. Sieht aus, als hätte er unerwünschte Aufmerksamkeit auf sich gezogen. Schließ zur Sicherheit die Türen ab.«

Marci stieß ein leises Keuchen aus. »Du mischst dich aber nicht ein, oder?«

»Du brauchst dir keine Sorgen zu machen«, antwortete er beruhigend. Er war dankbar dafür, dass seine Schwester zwar hin und wieder Anflüge von Panik hatte, aber allgemein selten die Beherrschung verlor.

»Tut mir leid, dass ich geschrien habe«, sagte Rosa, als er den Anruf beendet hatte. Sie war blass, öffnete aber vollkommen gefasst den Kühlschrank und nahm kalte Wasserflaschen für alle heraus. Luccio schnappte sich seine, drehte den Deckel ab und kippte den Inhalt hinunter. Sein Atem ging jetzt ruhiger, aber wenn er so schnell gerannt war, wie es ausgesehen hatte, fühlte sich sein Hals wahrscheinlich wie Schmirgelpapier an.

Zach nahm seine Flasche mit einem Wort des Danks entgegen. »Hoffentlich hat mein Amateurtheater bezüglich der Polizei jeden, der dort draußen war, verscheucht.« Er hatte das Licht nebenan noch nicht gelöscht. Wenn ein paar erleuchtete Fenster den Eindruck vermittelten, dort wären Leute so aufgeschreckt worden, dass sie noch nicht wieder im Bett lagen, sollte ihm das nur recht sein. »Wir müssen reden, Luccio.«

Luccio warf einen Blick zur Terrassentür, als überlegte er, ob er eine bessere Option hatte.

»Bitte bleib, wo du bist, und lass mich überlegen, wie ich dir helfen kann«, sagte Zach leise. Er wählte Flavius Nummer und schilderte ihm die Lage. »Ich komme doch nicht«, sagte er, »aber wenn du Lust hast, auf ein paar Bier vorbeizuschauen …«

»Ich komme«, gab Flaviu augenblicklich zurück. »Und bringe ein paar Freunde mit.«

Zach spürte, wie eine Woge der Erleichterung ihn überlief. »Danke, Kumpel.« Dann rief er Axel und Malin vom Nicholas-Zentrum an, und bald waren sie ebenfalls unterwegs, zusammen mit Malins Freund James. Was Zach anging, konnten sie gar nicht genug Besuch bekommen.

Rosa hockte auf der Sofakante. Ihr Blick huschte zu Luccio, während sie von ihrem Wasser trank. Zach bemerkte, dass ihre Hand ein wenig zitterte. Er setzte sich neben sie. »Geht's dir auch gut?«

Sie schenkte ihm ein beinahe überzeugendes Lächeln. »Es sieht mir gar nicht ähnlich, so einen Aufstand zu machen. Es war nur so, dass plötzlich im Dunkel ein Mann aufgetaucht ist und gekeucht hat. Das hat mir Angst gemacht.«

»Verständlicherweise. Nachdem du jetzt weißt, dass es Luccio war, ist es da in Ordnung für dich, dass wir hier sind? Tut mir leid, dass ich Gäste in die Wohnung deiner Mutter eingeladen habe, aber oben liegt Paige im Bett.«

»Absolut in Ordnung. Ich kann mir nicht vorstellen, dass sich irgendwelche unerwünschten Personen länger hier herumdrücken werden, wenn es so aussieht, als wäre hier eine Party im Gange«, entgegnete sie prompt.

Zach wandte sich an Luccio. »Wer war vorhin hinter dir her?«

Luccio zuckte mit den Schultern. »Niemand.«

Zach runzelte die Stirn. Er hatte geglaubt, durch die Arbeit im Nicholas-Zentrum eine Beziehung zu Luccio aufgebaut zu haben, und jetzt enttäuschte ihn seine ausweichende Haltung. »Wer war hinter dir her?«, wiederholte er in gleichmütigem Ton.

Erneut huschte Luccios Blick zur Terrassentür. »Keine Ahnung. Vielleicht haben sie mich mit jemandem verwechselt.«

Zach seufzte. »Ich will dir helfen, Luccio, aber du machst es mir nicht leicht.« Hatte Luccios eigene, von dem unsympathischen Beppe angeführte, Clique Jagd auf ihn gemacht? Oder eine ganz andere Gang? Beide Gedanken gefielen ihm nicht. Er sah zu, wie Luccios Blick panisch umherhuschte, und er empfand tiefes Mitgefühl. Er war erst zwanzig, nicht viel älter, als Zach gewesen war, als er für kurze Zeit unter Fitzmos Einfluss geraten war. Offensichtlich hatten Fitzmo und Beppe denselben Anfängerkurs für Rädelsführer absolviert und gelernt, wie man andere manipulierte. »Ich will dir helfen, Luccio«, sagte er noch einmal und legte dieses Mal eine leichte Betonung auf das Wort »will«, als wäre er sich nicht sicher, ob er in der Lage dazu war.

Luccio sah ihn ängstlich an, doch in dem Blick lag noch etwas anderes. Ein Anflug von Hoffnung? Wünschte sich ein kleiner Teil von ihm, sich Zach anzuvertrauen? Von Joseph hatte Zach gelernt, dass der richtige Mensch manchmal einen kleinen Riss in jemandes Panzer finden und ihn aufbrechen konnte.

Zach wünschte sich aufrichtig, dieser Mensch zu sein, und versuchte, offen und ungezwungen zu lächeln. »Wenn meine Freunde vorbeikommen, trinken wir ein paar Bier und fahren dann alle zusammen los. *Falls* dort draußen jemand herumschleicht, wird unsere Überzahl ihn abschrecken.« Er rückte seinen Stuhl näher an Luccio heran, ohne den Blickkontakt zu unterbrechen. »Viel lieber wäre mir, wenn meine Schwester, meine Nichte und Rosa nicht gestört worden wären, aber ich glaube, dass du verzweifelt warst. Ich begreife, dass du Zuflucht gesucht hast. Ich *verstehe* das, Luccio, weil ich weiß, wie es sich anfühlt, ausgenutzt zu werden und Angst zu haben. Wenn du reden willst, bin ich für dich da. Immer.«

Luccio nickte kaum wahrnehmbar.

Dann trafen die Gäste ein, und Zach stellte fest, dass er zusammen mit Rosa den Gastgeber spielte, als wären sie ein Paar. Axel und Malin kannte sie schon. Malins Freund James war ein lustiger maltesischer Divemaster, der Malin in einer der Taucherbars kennengelernt hatte. Flaviu hängte sich an Rosa, als wäre sie die einzige Person im Raum – raffinierter Bastard, dachte Zach.

Zach holte Bier aus der Bar auf dem Dach und machte einen kurzen Abstecher in die Wohnung, um nach Marci zu sehen. Sie war gerade dabei, ins Bett zu gehen, um auf dem Fernseher in ihrem Zimmer noch einen Film zu schauen. Sie wirkte entspannt und tat seine Entschuldigung dafür, dass die Party ohne sie stattfand, mit einer Handbewegung ab. »Paige ist im Bett, also hätte ich sowieso nicht kommen können«, meinte sie. Das stimmte, aber er vermutete, dass ihre bevorstehende Verabredung mit Jake genug gesellschaftlicher Umgang für ihren Geschmack war. Sie würde wohl nicht über

Nacht zur leidenschaftlichen Partygängerin mutieren. Da ihr Zimmer zur Straße lag, nutzte er die Gelegenheit, um durch ihre Jalousien zu spähen, doch er konnte nichts Besorgniserregendes erkennen.

Eine Stunde später, nachdem sie sich vergewissert hatten, dass es Rosa nichts ausmachte, allein zu bleiben, bis Dory nach Hause kam, polterten Axel, Flaviu, Malin, James, Luccio und Zach die Treppe zur Straße hinunter. Luccio trug eine umgekehrte Baseballkappe, um sein lockiges Haar zu verstecken.

Zach fuhr ihn zu dem kleinen Haus in Sliema, wo er bei seiner Tante wohnte. Einen letzten Rat zum Abschied gab er ihm, bevor er anhielt, damit Luccio zuhören musste. »Such dir andere Gesellschaft, Luccio. Oder geh vielleicht sogar zurück nach Sizilien.« Dann, als Luccio nicht antwortete, seufzte er. »Lass dich von niemandem ausnutzen, mein Freund.«

Luccio starrte mit versteinerter Miene aus dem Beifahrerfenster. Als der Wagen schließlich anhielt, sprang er mit einem unbekümmerten »Danke, Zach« hinaus, als hätte er schon vergessen, was ihn nach Ta' Xbiex geführt und warum er ausgesehen hatte, als wären ihm sämtliche Höllenhunde auf den Fersen.

Beunruhigt fuhr Zach nach Hause.

Sein ungutes Gefühl wegen Luccio lag ihm wie ein Stein im Magen.

8

Rosa erwachte bei Sonnenaufgang, was im Juni und auf Malta hieß, dass es noch vor sieben war. Sie lag da und dachte über den gestrigen Abend nach, erinnerte sich, wie Luccio keuchend und nach Luft ringend die Treppe hinaufgestürmt war. Als er im Halbdunkel stehen geblieben war, hatte ihr Herz einen Satz gemacht, und sie hatte unwillkürlich diesen gellenden Schrei ausgestoßen.

Sie erinnerte sich, wie er »Sorry« und »Alles okay« gebrabbelt und sich dabei fast überschlagen hatte, um sie zu besänftigen. Seine Stimme war heiser gewesen, er hatte die Worte schwer atmend ausgestoßen, und erst, als Zach ihn eindringlich mit »Luccio?« angesprochen hatte, war ihr klar geworden, wer vor ihr stand. Da war ihre Angst verflogen, obwohl das Adrenalin weiter durch ihr Herz und ihre Lungen pulsiert war.

Im Rückblick kam sie sich ein wenig dumm vor, weil sie geschrien hatte, aber sie wollte es auch nicht ungeschehen machen. Der Schrei hatte Zach herbeigerufen, Marci alarmiert und für Aufregung gesorgt. Wäre Luccio über die nächste Treppe zu Zach hinaufgelaufen, dann wären seine unbekannten Verfolger auf der Terrasse aufgetaucht, auf der

Rosa gesessen hatte, oder wären sogar bis zur oberen Wohnung vorgedrungen, wo Paige schlief.

Ein Schauer rieselte ihr über den Rücken, als sie aufstand, um sich Kaffee zu kochen, und sich zur Entschädigung für den Schreck von gestern Abend einen Extralöffel Zucker gönnte. Sie hatte schon erlebt, wie Kids aus dem Blackthorn's in Schwierigkeiten gerieten. Ein paar waren mit achtzehn im Gefängnis gelandet. Warum Zach versuchte, Luccio zu helfen, war natürlich offenkundig – er sah sich selbst in dem jungen Sizilianer und war ohnehin von seinem Wesen her jemand, der andere schützen wollte. Der Wunsch, Stuart zu beschützen, hatte ihn damals in Konflikt mit dem Gesetz gebracht, und sie hätte blind sein müssen, um seine Sorge um Marci und seinen liebevollen Umgang mit Paige nicht zu bemerken.

Sie öffnete die Glastüren, schlenderte auf die Terrasse hinaus und setzte sich an den Tisch, um ihren Kaffee zu trinken und die roten Geranien zu bewundern. Die frühe Morgenluft war frisch und kühl und roch ein wenig salzig. Auf der nahe gelegenen Uferstraße donnerte schon der Verkehr, und ein paar Stimmen in der Ferne riefen einander etwas zu. Mit einem *Zzzz-zirrr* sauste ein Insekt an ihrem Ohr vorbei.

Und dann nahm sie eine Bewegung wahr. Abrupt drehte sie den Kopf und dachte an gestern Abend. Doch dieses Mal war es nur Dory, die in ihrer Kleidung von gestern oben an der Treppe stand, die von der Straße heraufführte. Ihr Haar war auf einer Seite platt gedrückt, und sie setzte die Füße vorsichtig auf die Bodenplatten, als wollte sie nicht gehört werden.

Rosa wartete, bis sie noch vier Schritte gegangen war. »Hallo, Mum.«

Dory zuckte zusammen, griff sich an die Brust und

schnaufte verblüfft. »Rosa!«, rief sie keuchend. »Was machst du denn hier?«

»Kaffee trinken.« Sie wies auf ihre Tasse. »Und du?«

Dory kam näher. »Ich habe woanders übernachtet.« Ihre Augen leuchteten.

Jetzt wurde Rosa alles klar. »Ich will ja nicht neugierig sein, aber wird der Name dieser Person L-E-S-L-E-Y oder L-E-S-L-I-E buchstabiert?«

Ein vergnügtes Grinsen trat auf Dorys Gesicht. »Die männliche Version. Er war bei dem Ehemaligentreffen, wir haben uns gut verstanden, und …« Sie hob die Hände zu einer Geste, die *Warum nicht?* aussagte.

»Ach du meine Güte«, hauchte Rosa. »Meine Mutter treibt es wilder als ich. Was ist mit Andy?«

Dory setzte eine betretene Miene auf und fuhr sich in dem verspäteten Versuch, es zu glätten, mit den Fingern durchs Haar. »Als ich hergekommen bin, meinte er, dass ich die Sache mit der Fernbeziehung übertreibe. Ich habe ihm recht gegeben, und wir haben uns in aller Freundschaft getrennt.«

»Wann war das? Geht es dir gut damit?« Rosa war nicht erstaunt. Dorys Beziehungen verliefen grundsätzlich früher oder später im Sande. Sie ging festen Bindungen aus dem Weg. Kein Zusammenleben, kein gemeinsames Haus, kein gemeinsames Eigentum, keine Versprechungen, und, wie Dory gern betonte, niemand brauchte dem anderen die Wäsche zu waschen. Sie mochte Männer, aber nicht ganztägig.

Dory zog die Nase kraus. »Gestern, und mir geht es gut, weil er recht hatte.«

Rosa stand auf, um ihre Mutter zu umarmen. »Die Ehe mit Dad hat einen nachhaltigen Einfluss auf dich.« Dory und sie hatten das schon häufig ganz offen miteinander besprochen, daher wusste sie, dass sie ihrer Mutter nicht zu nahetrat.

Dory seufzte und erwiderte Rosas Umarmung. »Sie hat mir gezeigt, was ich *nicht* will. Aber es ist ja etwas Gutes dabei herausgekommen.« Sie drückte Rosa einen Schmatzer auf die Wange, um ihr zu bedeuten, dass dieses *Gute* sie war.

Dieses Mal reagierte Rosa zwar mit einem Lächeln, doch mit ihren nächsten Worten gab sie der Unterhaltung eine Richtung, über die sie noch gar nicht richtig nachgedacht hatte. »Bist du deswegen froh darüber, dass es zwischen Marcus und mir aus ist? Wäre es dir lieber, wenn ich nur oberflächliche Beziehungen hätte?«

Dory wich einen Schritt zurück und sah Rosa schockiert in die Augen. »Nein! Ich fand, dass Marcus nicht der Richtige für dich war, und ich glaube, die Ereignisse haben mir recht gegeben. Ich will, dass du glücklich bist. Wenn dazu ein Mann gehört, toll, wenn nicht, dann ist das auch großartig. Mann, Frau, Karriere, Reisen, Hund oder Kanarienvogel – deine Entscheidung, was auch immer gut für dich ist!« Dann breitete sich das übliche Lächeln über ihr Gesicht. »So, und was mich jetzt glücklich machen würde, wäre noch etwas Schlaf. Wir gehen um zwölf mit Zach und Paige essen, also stelle ich meinen Wecker auf elf.« Sie huschte in ihr Zimmer davon, und Rosa blieb zurück und dachte sehr eingehend über alles nach, was ihre Mutter gesagt hatte.

Am Mittag, als Marci an die Terrassentür klopfte, saß Rosa an der Kücheninsel und surfte durch Blogs von Autoren, die im späteren Alter noch einmal ein Studium begonnen hatten. Sie sprang auf und öffnete die Tür. »Du siehst fantastisch aus«, sagte sie und winkte ihre neue Freundin herein.

Marci trug ein eng anliegendes Maxikleid, das auf einer Seite geschnürt war. Der meergrüne Stoff passte wunderbar zu ihrer goldbraunen Haut und ihrem schimmernden dunklen Haar. »Sehe ich okay aus?«, fragte sie zögernd, als fiele es ihr schwer, um Rat zu bitten. »Zach hat ›toll‹ gesagt, ohne richtig aufzublicken, und Paige hat gesagt: ›Schon, aber nicht wie eine Prinzessin.‹«

Rosa grinste. »Das ist aber auch eine sehr hohe Messlatte. Du siehst großartig aus. Jake wird Hören und Sehen vergehen.«

Marci wirkte halb zufrieden und halb nervös. »Dieses Kleid sagt doch nicht ›leicht zu haben‹, oder?« Sie fuhr mit den Fingern über die Schnürung, die winzige Einblicke auf ihre Haut gestattete, und dann am Ausschnitt entlang, der so tief war, dass die Wölbung ihrer Brüste zu sehen war.

»Nein, es sagt: ›Ich bin eine Frau mit Klasse, und du kannst von Glück reden, dass ich dir gestatte, mich zum Mittagessen einzuladen‹«, erwiderte Rosa, die hoffte, dass dieses lockere Gespräch ihre neue Freundschaft befördern würde.

»Während du mit meinem Bruder und meinem kleinen Mädchen aufs Piratenschiff essen gehen darfst.« Marci setzte ein Grinsen auf, das zu einer panischen Miene wurde, als auf ihrem Handy mit einem Pling eine Textnachricht einging. »Jake ist da, er steht draußen.«

Rosa umarmte sie. »Dann wünsche ich dir eine fantastische Zeit.«

»Werd's versuchen«, meinte Marcy und hielt die gedrückten Daumen hoch.

Sobald sie verschwunden war, hörte sie Paiges helle Stimme und Zachs tiefe auf der Außentreppe. Dory kam aus ihrem Zimmer und trug weite Palazzohosen, die rost- und cremefarben gemustert waren. Ihr Haar war frisch geföhnt.

»Wir gehen zum Piratenschiff!«, krähte Paige, sobald sie die untere Terrasse erreicht hatten, und hüpfte an Zachs Hand auf und ab wie ein Jojo. »Es ist ein echtes Piratenschiff, Rosa.«

»Denken wir auch mal an unsere Manieren?«, schlug Zach vor. »Guten Morgen, die Damen.« Er küsste zuerst Dory auf die Wange und dann Rosa. Seine Nähe, seine Lippen, die über ihre Haut streiften, sein duschfrischer Geruch … Verblüfft spürte Rosa, wie ein Schauer sie überlief. Zach sah sie nachdenklich an, als hätte er ihre Gefühlsregung bemerkt.

Paige reckte ebenfalls das Gesicht in die Höhe, um sich Küsse abzuholen, und fühlte sich offensichtlich wohl mit diesem Zeichen einer wachsenden Freundschaft. Dann zog sie Zach an der Hand zur Treppe. »Piratenschiff, Piratenschiff!«

Erstaunt stellte Rosa fest, dass ihr Ziel nur hundert Meter weiter rechts an der Küstenstraße lag, eine Richtung, die sie bis jetzt noch nicht erkundet hatte. Dann bogen sie um eine Ecke und … »Das ist ja *wirklich* ein Piratenschiff!«, rief sie und blieb stehen, um den schwarzen, hölzernen Schiffsrumpf und die Masten zu bewundern, die hoch in den blauen Himmel ragten. Die *Black Pearl* war irgendwie ans Ufer geraten, und um sie herum standen Bänke und Tische, an denen rote Sonnenschirme Schatten spendeten.

»Es hat früher Popeye, dem Matrosen, gehört«, erklärte Paige ihr mit leuchtenden Augen.

Immer noch staunend, folgte Rosa den anderen über eine Holztreppe ins Innere des Schiffs, das zu einem wunderschönen, mit poliertem Holz ausgestatteten Restaurant ausgebaut worden war. Ein Tisch an einem Fenster mit Meerblick erwartete sie.

»Angeblich hat die Jacht einmal dem Filmstar Errol Flynn gehört«, sagte Zach, während Rosa sich weiter umsah. »Dann wurde sie restauriert und, wie Paige schon sagte, bei dem Popeye-Film eingesetzt. Ich bezweifle stark, dass sie heute noch seetüchtig wäre.«

»Das ist großartig.« Rosa tätschelte Paige die Schulter. »Danke, dass du mich an deinen Lieblingsort eingeladen hast.«

Paige strahlte.

Es war ein besonderer Ort, um zu Mittag zu essen, und Rosa hatte Spaß daran, die Jachten zu beobachten, die auf dem verblüffend blauen Meer auf und ab wippten oder majestätisch an- oder ablegten. Sie lauschte Paige, die über die Farben der Segel, große und kleine Jachten und Motorboote plapperte, und hörte gleichzeitig Dory zu, die Zach von ihrer Kindheit auf Malta erzählte. »Ihr Dad war im selben Jahrgang wie meine Schwester Lizzy, und ich habe ein wenig für ihn geschwärmt.«

»Wirklich?« Zach klang ungläubig.

Dory lachte. »Wahrscheinlich habe ich alle Jungs, die zwei Jahre älter als ich waren, für Helden gehalten.«

Zach äußerte sich nicht dazu, ob sein Vater für ihn ein Held war. »Ich habe online einen faszinierenden Bericht über die Truppen aus Australien und Neuseeland entdeckt, die im Zweiten Weltkrieg hier stationiert waren. Ein Australier hat die Stationierungen seines Vaters nachverfolgt und einen Blog darüber geschrieben.«

»Die Anzacs, das australische und neuseeländische Army-Corps«, ergänzte Dory. »In Pembroke gibt es eine Anzac-Hall – heute leider eine Ruine. Dort habe ich in einem Konzert, das über das Radio der Streitkräfte übertragen wurde, Blockflöte gespielt. Wir konnten hören, wie mein Dad ›Jaaa!‹ rief, um uns anzufeuern, als wären wir Leeds United.« Bei der Erinnerung lachte sie.

Rosa wandte den Blick von den Jachten ab. »Ich kann mir vorstellen, dass Grandma versucht hat, ihn zum Schweigen zu bringen. Hat Tante Lizzy auch bei dem Konzert mitgemacht?«

Dory nickte. »Natürlich. Sie hat Melodica gespielt.«

»Was?«, fragten Rosa und Zach wie aus einem Munde.

»Das war ein Blasinstrument, aber es hatte auch Tasten wie ein Klavier – existiert heute wahrscheinlich nur noch im Museum.« Lachend verdrehte Dory die Augen.

»Sprechen Sie denn Maltesisch?«, erkundigte sich Zach als Nächstes.

Dory zuckte mit den Schultern. »Nur eine Handvoll Wörter. *Ja, nein, bitte, danke*, so etwas. Da Englisch Amtssprache ist und wir der britischen Army angehörten, hielt man das nicht für nötig.«

Rosa las Paige die Namen einiger Jachten vor und hörte nur mit halbem Ohr zu, wie ihre Mutter Zach Anekdoten über Malta erzählte. Sein Interesse war offensichtlich echt – er lauschte sogar aufmerksam, als sie schilderte, wie Lizzy einen Gecko in Dorys Haar gesetzt und Dory, um sich zu rächen, schwarze Käfer in einer Blechdose gesammelt und in Lizzys Gartenhütte gekippt hatte. »Das Studio des *British Forces Radio* befand sich auf dem Gelände unseres Camps in Floriana. Für uns war es tabu und deswegen natürlich umso spannender. Einmal bin ich mit einer Freundin hineingegangen, und wir haben uns ein Lied gewünscht. ›Dieses Lied spiele ich für die beiden Mädchen, die gerade auf Rollschuhen hereingekommen sind …‹, hat der Moderator in der Sendung gesagt, und wir haben uns schnell vom Acker gemacht. Zur Strafe bekamen wir Hausarrest und mussten unseren Mums helfen.« Dory hatte sich die Brille auf den Scheitel geschoben. »Dieses Camp, St. Francis Ravelin, beherbergt heute die Planungsbehörde.«

»Kann man es noch anschauen?«, fragte Zach.

Dory wirkte erfreut. »Wenn man den Mann am Tor freundlich bittet.«

Rosas Gewissen versetzte ihr einen Stich, als ihr klar wurde, dass sie mehr Interesse an Dorys Vergangenheit auf dieser Insel hätte zeigen sollen.

Als das Essen gebracht wurde, war Dory zu Geschichten über ihre Schulzeit übergegangen. »Im Sommer hatten wir nur vormittags Unterricht. Ich meine, dass wir um sieben in der Schule waren und um eins nach Hause gingen. Gut möglich, dass wir zweimal zu Mittag gegessen haben, in der Schule und zu Hause. Ich werde in der Internet-Gruppe fragen, ob sich jemand genau erinnert.«

»Ihr könnt doch nicht schon um sieben Schule gehabt haben«, wandte Rosa ein und betrachtete den Quinoa-Salat, den sie bestellt hatte. »Wann in aller Welt hättet ihr denn dann aufstehen müssen?«

Dory zuckte mit den Schultern. »Der Tagesablauf wurde den Temperaturen angepasst. So wird es in allen heißen Ländern gehandhabt. Die Geschäfte schließen auch zwischen Mittag und vier Uhr, um Siesta zu halten.«

Rosa stellte für sich fest, dass viele Läden die Siesta immer noch einhielten, obwohl inzwischen Klimaanlagen Einzug gehalten hatten.

Das Essen verlief angenehm, und das Gespräch wandte sich dem Malta der Gegenwart und der Frage zu, ob der Espresso in Großbritannien genau so gut war wie auf Malta.

»Mummy mag keinen *Expresso*«, erklärte Paige, die einen Anknüpfungspunkt gefunden hatte, um mitzureden. »Sie trinkt Tee. Mummy ist mit einem Freund zum Essen gegangen.«

Zach lächelte ihr zu. »Und ich habe ihr gesagt, sie soll sich nicht zu sehr beeilen, um zurückzukommen, also hast du mich noch eine Weile am Hals.«

Paige strahlte und reckte ihm die Hand zu einem High five entgegen. »Heyyy, Zachary.«

»Heyyy«, erwiderte er und schlug ein. »Seit ihr in eurem Kindergarten einen amerikanischen Betreuer habt, redest du wie ein amerikanischer Teenager und benimmst dich auch so.«

»Er heißt Nathanial«, sagte sie. »Aber im September gehe ich in die richtige Schule.« Dann klatschte sie unter weiteren aufgekratzten »Heyyy«-Rufen Rosa und Dory ab.

Als das Essen vorbei war, war es fast drei Uhr. Zach verhandelte gerade mit Paige darüber, was sie als Nächstes unternehmen könnten, als eine aufgeregt wirkende Marci hereinstürzte. Das meergrüne Kleid bauschte sich um ihre Beine.

»Mummy! Yay!« Paige stürzte auf ihre Mutter zu. Dann trat sie zurück und zog die Verbindung zwischen der Rückkehr ihrer Mutter und einer möglichen Planänderung für den Nachmittag. »Ich wollte mit Onkel Zach schwimmen gehen, und ich will immer noch.«

»Also …«, begann Marci, strich sich das Haar hinter die Ohren zurück und schaute zweifelnd drein.

»Wir könnten alle gehen – du, ich und Mummy«, schlug Zach vor. Er warf seiner Schwester einen fragenden Blick zu. »Aber wenn Mummy auf den Felsen sitzen und lesen will, während wir schwimmen, ist das auch prima.«

»Also …«, sagte Marci noch einmal.

Dory streckte Paige eine Hand entgegen. »Ich glaube, Mummy und Onkel Zach wollen sich kurz unterhalten. Könntest du mir zeigen, wo die Toiletten sind?«

»Ja! Das weiß ich, das weiß ich!« Paige zerrte Dory davon. Rosa wäre ihnen gefolgt, doch Marci ließ sich auf Dorys Platz fallen, sodass Rosa der Weg versperrt war.

»Dieser Vollidiot«, zischte Marci, sobald ihre Tochter außer Hörweite war.

Zach runzelte die Stirn. »Ist er dir zu nahegetreten? Hat er dich verletzt?«, fragte er.

»Nein.« Sie schnappte sich eine Serviette vom Tisch und wischte damit verlaufene Wimperntusche unter ihren Augen weg. »Er war nur ein Idiot. Wir haben uns gut verstanden. Sehr gut sogar. Er hat vorgeschlagen, wir könnten demnächst einmal abends ausgehen.« Sie atmete tief ein und aus. »Dann habe ich erklärt, dass ich zurzeit wegen zu viel Stress nicht arbeite, und er meinte, unsere Großväter hätten mir bestimmt geraten, ›mir etwas mehr Rückgrat zuzulegen‹.« Sie zeichnete Anführungszeichen in die Luft, und ihre Unterlippe zitterte. »Ich habe versucht, ihm zu erklären, was für ein Gefühl mir das vermittelte, aber dann kamen mir die Tränen, also habe ich Geld auf den Tisch geworfen und gesagt, ich würde nach Hause gehen. Er ist mir gefolgt und hat sich entschuldigt, aber dabei habe ich mich nur noch schlechter gefühlt.« Sie wedelte mit den Händen in der Luft herum, als wollte sie einen störenden Jake davonjagen.

»Sehr taktvoll von ihm«, meinte Zach mit leiser, verärgerter Stimme. Er tätschelte seiner Schwester den Arm. »Komm, trink einen Schluck Wasser. Oder vielleicht ein Glas Wein?«

»Oder du bestellst dir ein Dessert?«, warf Rosa ein, die auch einen Beitrag leisten wollte. »Das ist mein bevorzugtes Mittel, wenn ich mich aufrege. Als Marcus und ich uns getrennt haben, da habe ich eine halbe Familienpackung Tiramisu gegessen.«

Marci stieß ein ersticktes Lachen aus und trank einen Schluck Wasser, das ihr Bruder ihr eingeschenkt hatte. »Danke, aber mir ist der Appetit vergangen.«

Als Paige und Dory zurück waren und die Rechnung beglichen war, verließen alle das Restaurant und gingen über die Holztreppe in den Garten. Als sie den Torbogen passierten, der zur Straße führte, stießen sie auf Jake, der sich auf dem Bürgersteig herumdrückte und rot im Gesicht war, als hätte er zu lange in der Sonne gestanden.

»Marci«, begann er vorsichtig. »Es tut mir leid, wenn ich unsensibel geklungen habe. Aber *ich* habe diesen Satz mit dem Rückgrat nicht gesagt. Mein Großvater war genau wie deiner bei der Army, und das war einer seiner Lieblingssprüche. Eigentlich wollte ich zum Ausdruck bringen, dass sich die Zeiten seitdem geändert haben.«

Marci blieb stehen und holte tief Luft, und Zach trat näher an seine Schwester heran. »Danke für die Klarstellung.« Sie klang nicht so, als würde sie ihm die Erklärung abkaufen.

Ihre frostige Reaktion schien Jake zu bestürzen. »Tut mir leid«, murmelte er noch einmal, als Marci an ihm vorbeirauschte.

Zach klopfte seiner Schwester aufmunternd auf die Schulter. Rosa sah, dass Marci vor Aufregung zitterte. Vielleicht lief sie deshalb auf die kleine Straße, die zum Jachthafen Msida führte, ohne nach links und rechts zu sehen. Ein kleines grünes Auto, das von der Hauptstraße abbog, hupte und kam mit kreischenden Bremsen zum Halten.

Der Mann schrie Marci etwas zu, und sie verschränkte die Arme vor der Brust und stammelte eine Entschuldigung.

Dory jedoch reagierte selbstbewusster. »Und wenn Sie vielleicht geblinkt hätten?«, fragte sie den Fahrer mit eisiger Höflichkeit.

Der Mann brüllte etwas, das alles andere als höflich war, und Dory gab in empörtem Ton etwas zurück. Der Mann unterbrach sich mitten in seiner Tirade und starrte sie mit offenem Mund an.

»Was hast du gesagt?«, flüsterte Rosa.

Dory warf den Kopf zurück. »Nur ein maltesisches Wort, das mir noch eingefallen ist.« Dann schritt sie neben Paige und Marci her, die im Begriff waren, die Straße Hand in Hand zu überqueren.

Rosa sah zu, wie ihre Mutter davonmarschierte, und dann fiel ihr auf, dass Zach zu verbergen versuchte, dass er sich vor Lachen ausschüttete. »Oh, ich liebe deine Mutter«, meinte er keuchend. »Ihr maltesischer Grundwortschatz besteht aus *ja*, *nein*, *bitte*, *danke* und *du Drecksau*.«

9

Donnerstag, der neunte Juli, hatte sich auf die furchtbar hinterlistige Art, die Abgabetermine von Freiberuflern an sich haben, an Zach angeschlichen, sodass er den größten Teil der letzten zwei Wochen an seinen Laptop gekettet verbracht hatte. Selbst der Umstand, dass er auf einer luftigen Dachterrasse mit Panoramablick auf Malta schuftete statt in einem stickigen Büro in Bell's Park, Redruth, war kein angemessener Ausgleich für die Qual, Tauglichkeitsberichte für das Management-Informationssystem einer Oberschule zu schreiben und »technischen Rat bezüglich angemessener Datengewinnungs- und Erfassungstechniken zu erarbeiten, die zweckmäßig für ein breit aufgestelltes akademisches Team sind«.

So ungefähr die einzige Pause, die er sich gegönnt hatte, war ein Besuch im Nicholas-Zentrum am letzten Wochenende gewesen. Josephs Strafpredigt wegen des verschwundenen Geldes war gehalten und vernommen worden, und weitere Probleme waren nicht aufgetreten. Zach hatte darauf geachtet, den Kontakt zu Luccio zu halten, noch bevor er zusammen mit ihm eine Gruppe Teenager betreut hatte, die ihre Fußballtechniken verbessern wollten. Oliver, ein junger Engländer, der neu im Nicholas-Zentrum war, hatte einen neuen Zentrumsrekord im Fußballjonglieren aufgestellt, bei dem es darum ging, den Ball möglichst lange mit Beinen, Brust, Schultern oder Kopf in der Luft zu halten. »Einundvierzig!«, hatten alle Kids gejubelt. Weder Luccio noch Zach waren in der Lage gewesen, das zu übertreffen. Als Zach später auf der Dachterrasse geübt hatte, war der Ball über die Brüstung gesprungen und auf der unteren Terrasse neben Dory aufgeprallt, die dort Kräuter pflückte, was ihm eine so gesalzene Bemerkung eintrug, dass er lachen musste.

Er reichte seinen Bericht ein paar Stunden vor der Deadline um Mitternacht ein und war vor Erleichterung ganz überwältigt. Er brauchte einen anderen Job. Die Langeweile und Plackerei zerfraßen ihm das Hirn. Er schickte seine Rechnung über eine ordentliche Geldsumme ab und teilte der Agentur mit, dass er erst wieder Ende August zur Verfügung stehen würde. Tante Giusi hatte sich fast für eine Küche und ein Bad für die Wohnung nebenan entschieden, und er sollte sie einbauen. Abgesehen davon und von seiner Tätigkeit im Nicholas-Zentrum wollte er auch Zeit für sich haben.

Electra hatte eine E-Mail geschrieben. *Schrecklich beschäftigt damit, die Schüler auf ihre Prüfungen vorzubereiten. Thailand ist heiß und wunderschön wie immer. Da ich Englisch unterrichte, kann ich praktisch so lange bleiben, wie ich will.* Sie schrieb von einem Restaurant, das sie mit Schülern und anderen Lehrern besucht hatte, und einem langen Wochenende auf Ko Samui, einer Insel. Sie schloss die Mail mit *Ja, wir müssen mal skypen oder so.* Aber sie schlug keinen konkreten Zeitpunkt vor. Zach grinste. Electra war geradezu freiheitssüchtig.

Er klappte den Laptop fest zu, schaute über die Brüstung und erblickte auf der unteren Terrasse Rosa, die ihre Schlüssel in ihrer Handtasche verstaute.

»Rosa!«, rief er leise.

Lächelnd sah sie zu ihm hoch. »Hey! Ich fahre nach ›Partyville‹.«

Zach fand natürlich nichts verkehrt daran, dass eine Frau sich allein ins Nachtleben stürzte, doch er erkannte augenblicklich, dass ein Ausflug nach Paceville genau das war, was er brauchte, nachdem er so lange krumm über seinem Laptop gehockt hatte. »Gibst du mir zwei Minuten zum Duschen, damit ich mitfahren kann?«

Bald saß er auf dem Beifahrersitz von Dorys kleinem weißem Auto. Rosa fuhr. »Also«, sagte sie munter, als sie auf die Küstenstraße einbogen, »bist du auf der Suche nach einer Frau, mit der du Zeit verbringen kannst?«

»Wer, ich?«, fragte er verwirrt und dachte darüber nach. Er war sich nicht sicher, was die Etikette vorschrieb, wenn man zusammen loszog und dann getrennte Wege ging.

Rosa hatte anscheinend keine Erwartungen an ihn. Er machte sie mit dem *Spirit* bekannt, aber nach einer Weile begann sie ein Gespräch mit einer Frau, die sie zwar offenbar gerade erst kennenglernt hatte, die aber die besten Clubs kannte, wenn man tanzen wollte. Da sie kein Bedürfnis danach zu haben schien, dass er sie begleitete, unterhielt er sich mit einer Gruppe Mädchen, die offen ihr Interesse an ihm bekundeten. Eine hatte ein Tattoo auf dem Oberschenkel – ein Strumpfband, in dem ein Dolch steckte – und lenkte mehrmals seine Aufmerksamkeit darauf.

Dann blickte er auf und sah, dass Rosa auf der anderen Seite der dunklen Bar einen Kerl küsste.

Er hörte dem Mädchen mit dem Tattoo nicht mehr zu und hatte plötzlich das Gefühl, keine Luft mehr zu bekommen. Okay, Rosa hatte ihm erzählt, dass sie an Dates nicht interessiert war, aber a) war ein Kuss kein Date, b) war das vor über drei Wochen gewesen und c) war das vielleicht eine taktvolle Art gewesen, Zach einen Korb zu geben.

Trotzdem trugen ihn seine Füße näher heran, ohne sich vorher mit seinem Hirn abzusprechen. Rosa hatte ein Sommerkleid mit einem tiefen, v-förmigen Rückenausschnitt an, und die Hand des Kerls lag auf ihrer Haut. Zach hätte nicht benennen können, was für ein Gefühl ihn überkam, als er sah, wie der Typ ihre glatte, nackte Haut berührte, doch es verschlug ihm die Sprache.

Noch zwei Schritte, und dann stand er hinter Rosa. In diesem Moment machte sie sich von dem Mann los. »Ich hoffe«, erklärte sie knapp und atemlos, »du genießt den Rest deiner Zeit hier. Eine tolle Insel.«

Der Mann, der groß war und lockiges Haar hatte, wirkte verblüfft. Schließlich verärgert. »Habe ich etwas falsch gemacht, Babe?« Er streckte wieder die Arme nach ihr aus.

Rasch trat sie einen Schritt zur Seite, um seiner Hand auszuweichen, und schüttelte den Kopf. »Ich sollte gehen.«

Er runzelte die Stirn, sodass zwei dicke Furchen über seinen Augen entstanden. »Dann habe ich also meine Zeit verschwendet?«

Rosa lächelte nur und wandte sich von dem Mann, der sie verdrossen anstarrte, ab. Dann blieb sie abrupt stehen, da sie Zach beinahe über den Haufen gerannt hätte. Sie kniff die Augen zusammen. »Du hast doch nicht gedacht, du müsstest mich retten, oder?«, fragte sie fassungslos.

Er setzte seine beste verständnislose Miene auf. »War irgendwas?« Über Rosas Schulter hinweg behielt er den Kerl im Auge, der sich jetzt, nachdem Zach aufgetaucht war, mit einem letzten gekränkten Blick zu Rosa umdrehte und davonging.

Zusammen schlängelten sie sich zwischen den Leuten hindurch. »Es war so lange her, dass ich einen anderen als

Marcus geküsst habe«, erklärte sie mit leicht kampflustigem Unterton, »dass ich es einfach ausprobieren wollte.«

Er zuckte mit den Schultern. »Wenn du es freiwillig getan hast, dann gibt es ja keinen Grund, dich zu retten.« Er verzichtete darauf, auszusprechen, dass er sie auf jeden Fall retten würde, wenn es nötig war. Und wahrscheinlich sogar, wenn es unnötig war. Electra hatte sich einmal beklagt, er habe einen »Pass bloß auf«-Blick, der Männer davon abhalte, sich ihr zu nähern, wenn sie zusammen unterwegs waren.

Sie ließen die überhitzte Bar hinter sich und traten in die kaum weniger warme Luft im Freien. Rosa fächelte sich Luft zu. »Ich überlege, ob ich nach Hause fahre. Kommst du mit, oder nimmst du dir später ein Taxi?«

Das Wetter war inzwischen gewittrig und windig. Malta war zwar in der Regel heiß und trocken, aber Zach hatte hier schon ein paar spektakuläre Unwetter erlebt und war nicht wild darauf, in eines hineinzugeraten. »Ich komme mit.«

Sie stiegen die dicht bevölkerten Stufen der Triq Santa Rita hinunter. »Der Kuss hat mir nicht besonders gefallen«, gestand Rosa. »Er fand offenbar, es wäre supersexy, an meiner Oberlippe zu saugen, aber ich bin mir vorgekommen, als würde ich ein Duckface machen. Hast du jemanden kennengelernt?« Sie wich aus, als ihnen eine Gruppe Frauen in kurzen Röcken und hochhackigen Schuhen entgegenkam. Eine von ihnen hielt einen Cocktail mit einem phosphoreszierenden Rührstäbchen in die Höhe.

»Bin mit ein paar Leuten ins Gespräch gekommen«, gab er beiläufig zurück.

Sie klang genauso zwanglos. »Auch Frauen unter den Leuten?«

»Ausschließlich.« Er wartete, aber sie fragte nicht weiter nach, und nachdem sie zusammen nach Hause gefahren waren, rief sie ihm auf der unteren Terrasse ein »Gute Nacht« zu und verschwand in ihrer Wohnung.

Am nächsten Tag gönnte sich Zach einen faulen Vormittag, aber es war Freitag, und nach dem Mittagessen würde er mit Rosa und Dory zum Nicholas-Zentrum fahren. Seit ein paar Wochen hingen Plakate aus, die die Kochvorführung der Cafeteria-Lady ankündigten. Sie würde voll besetzt mit Freiwilligen und Jugendarbeitern sein. Einige Freunde von Maria und Joseph hatten gespendet, um ebenfalls an der Veranstaltung teilnehmen zu können.

Rosa hatte den Ablauf mit Joseph durchgesprochen und ihm auch vorgeschlagen, das Event in einem größeren Rahmen an einem anderen Ort zu wiederholen, damit sie ihm zeigen konnte, wie sie mit Sponsoren arbeitete. Joseph verstand sich schon jetzt gut darauf, Mittel aufzutreiben, aber er war immer an neuen Tipps interessiert.

Sie nahmen Zachs Wagen und fuhren unter einem ungewöhnlich grauen Himmel durch die Straßen. Zach hoffte, dass das angekündigte Gewitter auch kommen würden, um den Staub fortzuspülen.

Am Nicholas-Zentrum angekommen, amüsierte es ihn, Rosa und Dory durch die unscheinbare grüne Tür in der Mauer an der Triq Bonnard zu führen. Auf ihr prangte eine kleine schwarze Tafel: *Ic-Centru Nicholas* stand darauf, und darunter *Nicholas-Zentrum.* Zach geleitete die beiden über den Hof, die Treppe hinauf zu der zweiflügligen Haustür und dann in eine Halle, von der aus man über Bogengänge in andere Räume gelangte. Er erfreute sich an ihren verblüfften Gesichtern, als sie in das Gebäude traten, das zu Großonkel Nicholas' Zeiten eine prachtvolle Villa gewesen war. Die Räume waren außergewöhnlich hoch und mit Stuck an den Decken und mit schmiedeeisernen Gittern vor den Fenstern verziert. Joseph kam ihm in der Halle entgegen. »Willkommen im Nicholas-Zentrum«, sagte er in seinem akzentuierten, aber fließenden Englisch. »Erlauben Sie mir, Sie zu einem Rundgang einzuladen.«

Sie spähten in sein Büro mit seiner bunt zusammengewürfelten Ansammlung von Stühlen und warfen dann einen Blick in den Spieleraum, der mit Tischtennisplatte und Kickertisch eingerichtet war und auf einer kleinen Fläche einige altersschwache Fitnessgeräte beherbergte. Zach blieb zurück, während Rosa und Joseph über Ausstattungen, Fördergelder, Versicherungen und wieder Finanzen sprachen.

In einem weißen T-Shirt, verwaschenen, abgeschnittenen Jeans und Flipflops wirkte Rosa entspannt. Sie sah Joseph ins Gesicht und nickte konzentriert, wenn er etwas sagte. Peter und ein paar Ehrenamtliche bereiteten die Veranstaltung vor. Zach fiel auf, dass die Männer Rosa musterten. Dann wurde einem der Mädchen im Teenageralter klar, wer Dory war, und sie fragte sie, wie es sei, im Fernsehen aufzutreten. Andere begannen sich um Dory herum zu scharen. Die Reality-TV-Serie, die Dorys Leben verändert hatte, war auf Malta nie gesendet worden, doch Zach war klar, dass die Jugendlichen sie auf YouTube gesehen hatten. Die Führung wurde jetzt im ersten Stock fortgesetzt, begleitet von einem flüsternden, plaudernden Gefolge in Dorys Schlepptau. Wer besser Englisch sprach, übersetzte für die anderen.

Dass Dory früher an einer Schule gearbeitet hatte, wurde an der lockeren Art sichtbar, wie sie mit den Teenagern umging, lächelte und lachte und mit einem »Wow!« auf die verblasste Pracht des großen Saals reagierte. Sie bewunderte Kunstprojekte und zeigte sich angemessen beeindruckt von dem Computerraum, obwohl dessen Inventar aus ausrangierten Geräten bestand.

Schließlich kehrten sie ins Erdgeschoss zurück und betraten die Küche, wo man die Tische aufeinandergestapelt hatte, um Platz für drei Stuhlreihen für die Kids zu schaffen. Dory und Rosa bezogen zwischen Spülbecken und Herd Stellung. Das Stimmengewirr lief zu neuen Höhen auf. Zach holte Dorys Kiste aus seinem Kofferraum, hängte seine Jacke auf und half dann mit, eine weitere Reihe Stühle aufzustellen, damit die vielen Besucher sitzen konnten. Josephs und Marias Freunde, zwei Paare mittleren Alters, setzten sich an die Seite.

Alle genossen Dorys freundliches Geplauder und reckten die Hälse, um zuzusehen, wie sie Schneidebrett, Gemüseschäler und Messer auspackte und erklärte, sie habe vor, in einer Viertelstunde eine gesunde, preiswerte Gemüsepfanne zuzubereiten. »Damit ihr keine Ausrede mehr habt, Junkfood zu essen!« Nachdem sie sich die Hände gewaschen hatte, benutzte sie einen Tisch als Arbeitsplatte. Hinter ihr befand sich das Spülbecken und rechts von ihr der Herd. Rosa hielt sich im Hintergrund, und Maria öffnete die Hintertür, die zur Straße führte, einen Spaltbreit, um Luft hereinzulassen, die ziemlich kühl war, da der erste der angekündigten Schauer eingesetzt hatte.

Dory hatte inzwischen mit ihrem üblichen Vortrag begonnen. »Viele Menschen essen in einem Pfannengericht gern Fleisch, Fisch oder Huhn, aber heute werde ich nur Gemüse verwenden. Und eine einfache Methode, sich gesund zu ernähren, ist es, Gemüse in allen Farben des Regenbogens zu essen.« Beim Sprechen schälte sie die Möhren so schnell, dass ihre Bewegungen zu verschwimmen schienen. »Diese Möhren sind orange. Also brauche ich jetzt etwas Rotes.«

»Tomaten!«, rief jemand.

»Paprikaschoten!«, schrie ein Mädchen.

Dory nickte dem Mädchen, das Paprikaschoten gesagt hatte, beifällig zu. »Tomaten sind schmackhaft und gut fürs Herz – wir nennen sie ›Herzfutter‹ –, aber in einem pfannengerührten Gericht werden sie matschig. Paprika lässt sich gut braten.« Sie hielt zwei rote Schoten hoch, entkernte sie geschickt und schnitt sie in Streifen. Sie hielt inne, als wäre ihr gerade ein Gedanke gekommen. »Was ist mit Blau?«

Schweigen senkte sich über den Raum. Zach lächelte. Er konnte beinahe hören, wie in allen Köpfen die Zahnrädchen ratterten.

»Blaues Gemüse existiert nicht.« Dory lachte, und die Kids fielen ein. »Gehen wir zu Grün über.«

»Kohl!«, schlug jemand vor.

Dory grinste. »Große Geister denken gleich. Ich habe wunderschönen, krausen Wirsing mitgebracht. Um Zeit zu sparen, habe ich die Blätter zu Hause schon gewaschen. Jetzt schneide ich sie mit meinem Messer.« Dory unterbrach sich noch einmal und sah sich um, um sicherzugehen, dass alle ihr zuschauten. »Wenn ihr mit einem Messer arbeitet, müsst ihr auf die Sicherheit achten. Biegt die Finger der Hand, mit der ihr das Gemüse haltet, nach innen.« Sie machte es vor. »Dann ist es viel weniger wahrscheinlich, dass ihr nicht nur in den Kohl, sondern euch auch in die Finger schneidet.« Sie demonstrierte die Technik mit langsamen Bewegungen und arbeitete dann schnell und zielgerichtet weiter. Ihrer Kiste entnahm sie einen großen Wok und einen hohen Topf, den Rosa mit Wasser für die Nudeln füllte. Dory plauderte weiter und brachte die Kids zum Lachen, während Rosa sich leise in den hinteren Teil des Raums schlich, um Fotos zu machen – wie besprochen nur über die Köpfe der Jugendlichen hinweg –, während ihre Mum den sicheren Gebrauch eines Herds erklärte.

Das Telefon, das Rosa in der Hand hielt, piepte zweimal, und Zach sah, wie sie einen Blick auf das Display warf und dann durch die Tür huschte, die ins Foyer führte.

Er wandte sich erneut der Kochvorführung zu. Die Luft begann sich mit einem appetitanregenden Duft zu füllen. Wenn er eine Gemüsepfanne zubereitete, kaufte er eine Tüte vorgeschnittenes Gemüse und kippte es zusammen mit Öl und Sauce in eine Pfanne. Dorys Art war aber viel unterhaltsamer.

In der Halle las Rosa noch einmal die Nachricht von ihrer Freundin und Chefin Georgine, die eben auf ihrem Handy eingegangen war.

Hey, wie geht's dir? Können wir bitte reden? xx

Ihr Magen überschlug sich. Sie hatte das Blackthorn's vermisst, dieses Gefühl aber verdrängt. Mit dieser Nachricht war es schlagartig wieder zurück. Ihre Mum würde sie in den nächsten paar Minuten nicht brauchen, und es wäre schön, mit Georgine zu reden. Sie rief sie an.

»Hi, Rosa!« Georgine ging sofort heran. »Wie läuft das Leben in der Sonne? Du fehlst uns allen.« Sie plauderten ein paar Minuten, und dann kam Georgine zur Sache. »Kiley verlässt das Blackthorn's im Oktober, und sie hat bisher den Großteil deiner Aufgaben übernommen. Ich weiß, du hast gesagt, du würdest bis Oktober fort sein, aber ich wollte dich fragen, ob du eine Möglichkeit siehst, im September zurückzukommen, um einen reibungslosen Übergang zu gewährleisten.«

»Kiley hat gekündigt?«, fragte Rosa, um Zeit zu schinden, und dachte an das lang gestreckte, niedrige Gebäude des Blackthorn's in Liggers Moor – eine englische, modernere und besser finanzierte Version des Zentrums, in dem sie gerade stand. Georgine lebte in Cambridgeshire, pendelte aber regelmäßig zwischen den drei Blackthorn's-Zentren. Als Rosa sie kennenlernte, hatte sie sich gleich großartig mit ihr verstanden, und die beiden gingen häufig zusammen aus, wenn Georgine in Yorkshire war.

»Aber wenn du erst im Oktober zurückkommen kannst, werden wir das schon packen«, fügte Georgine hinzu. »Ich weiß ja, dass deine Mum die Wohnung auf Malta bis dahin gemietet hat, daher könnte ich verstehen, wenn du bei deinem ursprünglichen Plan bleiben willst.«

»Oktober, ja«, wiederholte Rosa. Äußerst merkwürdig, aber es fiel ihr schwer, sich vorzustellen, zurück am Blackthorn's zu sein, sich Events auszudenken, Plakate zu entwerfen, Kalkulationen zu erstellen und Firmen als Sponsoren ins Boot zu holen. Sie musste tatsächlich den Kopf schütteln, um ihre Gedanken zu klären.

Georgine klang mit einem Mal argwöhnisch. »Du kommst doch wieder, oder?«

Da sie direkt gefragt hatte, blieb Rosa nichts anderes übrig, als zu antworten. »Ich weiß es nicht.«

»Oh!«, sagte Georgine. Aber dann klang ihre Stimme mitfühlend. »Hör mal, lass dich von Marcus doch nicht aus einem Job, den du liebst, vertreiben, Rosa. Du hast beschlossen, dich beurlauben zu lassen, bis Twitter sein nächstes Opfer gefunden hat, aber was mich angeht, kannst du morgen wieder anfangen. Heute sogar!«

Rosa drehte sich der Kopf. »Das war nicht nur Marcus' kleiner Streich im Radio. Die Gelegenheit bei Mum bot sich an …« Was war nur mit ihr los? Wieso traf sie nicht einfach eine Entscheidung, sondern ging mit Georgine ihre Optionen durch?

»Nein, ich weiß. Tut mir leid, ich sollte dir keinen Druck machen«, sagte Georgine zerknirscht. »Wir hatten uns darauf geeinigt, dass du im Oktober zurückkommst, und ich nehme dir nicht übel, dass du deinen Sommer in der Sonne verbringen willst. Das ist eine tolle Chance. Ich hatte nur gehofft …« Sie lachte.

Rosa versuchte auch zu lachen, doch es klang unsicher.

Schweigen. »War das dein Ernst, dass du nicht weißt, ob du zurückkommst?«, fragte Georgine dann in schockiertem Ton.

»Ich …«, begann Rosa. Dann verstummte sie, weil sie nicht wirklich eine Ahnung hatte, was ihr über die Lippen schlüpfen würde. Nach ein paar Sekunden kam sie zur Besinnung und erzählte Georgine von Dorys Angebot, sie zu finanzieren, wenn sie ihr Leben verändern wollte.

»Das … ist großartig«, meinte Georgine. Aber sie klang kurzatmig.

»Es ist ja nicht so, als würde ich das Blackthorn's nicht lieben«, versicherte Rosa ihr hastig und lehnte sich mit dem Rücken an die kühle Wand. »Aber nachdem Mum mir dieses Angebot gemacht hat, bin ich es ihr schuldig, darüber nachzudenken. Und mir selbst.«

»Besonders dir selbst«, sagte Georgine langsam. »Aber als ich mich einverstanden erklärt habe, dir über den Sommer freizugeben, habe ich nicht damit gerechnet, dieses Gespräch führen zu müssen«, fuhr sie fort. »Ich dachte, ich hätte hart dafür gearbeitet, dich zu halten, und Erfolg gehabt.« Sie klang verletzt.

»Tut mir leid.« Rosa wurde das Herz schwer. »Damit habe ich auch nicht gerechnet. Ich muss das alles durchdenken.« Lautes Gelächter drang aus der nahe gelegenen Küche und erinnerte sie daran, dass Dory sie vielleicht brauchte.

»Das ist dein gutes Recht«, erwiderte Georgine leise. Sie zögerte. »Klingt, als hätten die Leute dort, wo du gerade bist, viel Spaß.«

»Mum hat eine Kochvorführung«, entgegnete Rosa. »In einem Jugendzentrum«, fügte sie dann hinzu, weil sie nicht lügen wollte, nicht einmal durch Auslassung. »Der Leiter ist ein Verwandter der Familie, die uns die Wohnung vermietet hat. Wir sind ins Gespräch gekommen, und Mum hat zugesagt, eine Vorführung für die Kids zu machen.«

Eine Pause. Rosa verspannte sich, als sie beinahe hörte, wie es in Georgines Kopf ratterte. »Ich weiß, du arbeitest gern mit jungen Menschen«, sagte Georgine in gelassenem Ton, aber Rosa hörte Fragen in ihrer Stimme, die die Arbeit und nicht ihre Freundschaft betrafen.

Rosa hatte das Gefühl, dass das Gespräch ein wenig außer Kontrolle geriet, und antwortete abwehrend. »Ich habe mich mit Joseph über Sponsoring unterhalten, aber ich arbeite für Mum, nicht für das Zentrum.«

»Klar.« Georgine war so leise geworden, dass Rosa sie kaum verstehen konnte. »Rosa ... wenn ich Ersatz für dich suchen muss, ist es besser, wenn ich das früher und nicht später erfahre.«

»Bitte denk nicht, dass ich nicht mehr an Bord bin«, sagte Rosa. Sie war unglücklich über die Enttäuschung, die sie in der Stimme ihrer Freundin wahrnahm. Aber Georgine behauptete, weiterarbeiten zu müssen, und beendete das Gespräch, ohne sich auf ihre übliche freundliche, umgängliche Art zu verabschieden.

Auf Rosas Handy war wieder das Hintergrundbild zu sehen, das ein Blackthorn's-Team beim Rafting zeigte. Sie starrte darauf und hatte das Gefühl, Georgine im Stich gelassen zu haben, obwohl sie auf einer logischen Ebene genau wusste, dass es vollkommen in Ordnung war, den Job zu wechseln. Und da sie unbezahlten Urlaub genommen hatte, war es genauso legitim, ihrer Mutter zu assistieren und ein

Jugendzentrum zu besuchen … Sie hatte Georgine nur nicht aufregen wollen, denn sie mochte sie und die Art, wie sie das Blackthorn's mit Energie und Humor leitete, schrecklich gern.

Sie seufzte unglücklich, steckte ihr Handy wieder in die Tasche und huschte zurück in die weiträumige Küche des Nicholas-Zentrums, wo Dory inmitten einer Dampfwolke Nudeln abgoss. Rosa kam gerade rechtzeitig, um reihenweise kleine Verkostungsteller auf dem Tisch aufzustellen und Nudeln und Gemüsepfanne darauf zu verteilen, damit die Teenager davon probieren konnten.

Doch sie zögerte, denn Luccio erregte ihre Aufmerksamkeit. Er wandte ihr den Rücken zu und schien Dory zu lauschen wie alle anderen, doch seine rechte Hand beschäftigte sich mit einer Jacke, die an einem Haken an der Wand hing.

Zachs Jacke.

Wie vom Donner gerührt sah Rosa zu, wie Luccio die Klappe der Brusttasche aufknöpfte und eine kleine Rolle Euroscheine hineinstopfte. Dann entfernte er sich unauffällig, ohne die Klappe wieder zu schließen.

Rosa wurde der Mund trocken. Versuchte Luccio, gestohlenes Geld zu parken? Beweise loszuwerden? Und dann wurde es ihr voller Erleichterung plötzlich klar. *Vielleicht hatte Luccio ja das Geld, das er Zach gestohlen hatte, zurückgegeben.*

Sie hätte gern geglaubt, dass ihn das Gewissen dazu getrieben hatte. Auf Grundlage ihrer Erfahrung im Blackthorn's beschloss sie, dass sie nur verantwortlich dafür war, Joseph und Zach nach der Vorführung mitzuteilen, was sie gesehen hatte, und es dann den beiden überlassen musste, wie sie mit der Situation umgingen.

Nachdem die Tellerchen zum Probieren bereit waren, bildeten die Jugendlichen eine Schlange. Joseph und Peter gaben Gabeln aus. Und dann brach ein Tohuwabohu aus, als die Teenager die kleinen Portionen herunterschlangen. Dory nahm sich einen Moment Zeit, um mit den Freunden von Joseph und Maria zu plaudern, und Rosa stapelte die Töpfe im Spülbecken.

Und dann übertönte Luccios Stimme den allgemeinen Radau. »Mein Geld ist verschwunden!« Alle wandten die Köpfe in seine Richtung und sahen zu, wie er seine Kleidung abtastete und demonstrativ die Innentasche seiner dünnen grauen Jacke umdrehte. »Man hat mir mein ganzes Geld gestohlen!« Mit finsterer Miene schaute er sich um.

Der Lärm verstummte, und Gabeln blieben auf dem Weg zu erstaunten Gesichtern in der Luft hängen.

»Aber …«, begann Rosa aufgebracht.

Doch Luccio hatte seine Aktion offensichtlich gründlich geplant. Er riss Zachs Jacke vom Haken und warf sie ihm heftig zu. »Du solltest besser auch in deiner nachsehen.« Die Rolle Euroscheine, die er in Zachs Tasche gesteckt hatte, fiel zu Boden.

Luccio sah Zach mit anklagend aufgerissenen Augen an. »Du!«, rief er scheinbar entsetzt. Sogar Joseph fiel die Kinnlade herunter.

Vor Zorn lief Zachs Gesicht rot an. »Das ist meine Jacke, aber ich habe keine Ahnung, wie das Geld dort hineingekommen ist.« Er klang ziemlich gefasst, doch sogar quer durch den Raum konnte Rosa erkennen, dass ihm das Grauen in den Augen stand.

Sie stürzte voran und fasste Joseph am Arm. »Vorhin habe ich beobachtet, wie Luccio das Geld in Zachs Tasche gesteckt hat«, erklärte sie laut und deutlich, denn sie wusste, dass sie sich besser nur auf die Fakten beschränkte. Sie mit einer Meinung oder Spekulationen auszuschmücken, würde nur zu einer Auseinandersetzung führen.

Joseph drehte sich zu ihr um und zog abrupt die Augenbrauen hoch.

Luccio wirkte ein wenig verunsichert. »Das ist eine Lüge. Sie sagt das, weil sie mit ihm befreundet ist. In seiner Heimat hat Zach oft Probleme mit der Polizei.«

»Ich habe dich dabei gesehen, Luccio, und wollte es Joseph und Zach nach der Veranstaltung sagen«, erklärte Rosa unbeirrt und entschied, den Punkt mit der Polizei zu übergehen. Solche Situationen waren ihr nicht fremd. Besitztümer bekamen »Beine«, Gerüchte wurden verbreitet und alte Sünden hervorgekramt.

Zach wich die Farbe aus dem Gesicht, als er Luccio ansah, den jungen Mann, dem zu helfen er versucht hatte und der sich jetzt revanchierte, indem er versuchte, ihm einen Diebstahl in die Schuhe zu schieben. »Ich habe gesehen, wie er es getan hat«, wiederholte Rosa und sah Joseph unverwandt an. Sie hatte weder die Zeit noch die Geistesgegenwart gehabt, Luccios Tat mit ihrem Handy zu filmen, doch das änderte nichts an dem, was sie gesehen hatte.

Entschlossen nickte Joseph. »Wir setzen diese Diskussion in meinem Büro fort. Luccio, Zach, Rosa – würdet ihr so nett sein, mich zu begleiten?«

»Ich sage euch doch, sie ist mit ihm befreundet! Wahrscheinlich sogar mehr als das, keine Ahnung!« Aber Luccios Stimme klang jetzt verzagt und zittrig, und sein Blick huschte zwischen Zach, Joseph und Rosa hin und her und richtete sich dann auf die vielen Augenpaare, die ihn anstarrten.

Dann durchbrach er mit einer abrupten Bewegung die Reihen der Teenager, sprintete zur Hintertür, die immer noch offen stand, und verschwand. Joseph eilte ihm nach. »Bitte, Luccio!«

Stimmengewirr kam im Raum auf, während die Teenager alles, was noch von der Gemüsepfanne übrig war, verputzten. Axel, einer der Jugendarbeiter, trat vor. »Setzen wir uns doch und bitten Dory, uns freundlicherweise ein paar Ernährungsfragen zu beantworten!«, rief er, und in seinem deutschen Akzent klangen seine Worte flüssig, aber präzise. Dory bezog neben ihm Stellung und strahlte ihr Publikum erwartungsvoll an. Rosa beschäftigte sich damit, leere Teller einzusammeln, während die Kids sich wieder auf ihre Plätze setzten.

Die Scheine lagen unberührt auf dem Boden, wo sie hingefallen waren, und warteten auf Josephs Rückkehr.

Zach umklammerte immer noch seine Jacke. Wie erstarrt stand er an einer Seitenwand und richtete den Blick auf die Tür, durch die Luccio geflüchtet war.

Am liebsten wäre Rosa zu ihm gegangen, doch sie zögerte, denn sie wollte Luccios Vorwurf, sie seien »wahrscheinlich mehr als Freunde«, nicht den kleinsten Vorschub leisten. Sie fühlte sich erstaunlich defensiv, obwohl sie nichts getan hatte, wofür sie sich hätte rechtfertigen müssen.

Joseph kehrte ohne Luccio zurück. Er atmete schwer und runzelte die Stirn. So unauffällig wie möglich hob er die Geldscheine mit zwei Fingern vorsichtig auf und bedeutete Zach und Rosa mit einer diskreten Kopfbewegung, mit ihm zu kommen. In seinem Büro setzte sich Rosa auf einen abgewetzten grünen Stuhl, und Joseph schloss die Tür und nahm dann hinter seinem ramponierten Schreibtisch Platz. Zach allerdings blieb stehen, eine Hand in der Hosentasche und seine Jacke über die Schulter geworfen.

Rosa schilderte noch einmal, was sie gesehen hatte, wie Luccio das Geld in Zachs Tasche gesteckt hatte. »Ich hatte gehofft, er wolle das gestohlene Geld zurückgeben, daher habe ich beschlossen, euch nach der Vorführung diskret anzusprechen.«

Zach regte sich. »Als ich meine Jacke aufgehängt habe, waren die Taschen leer.« Er sah Joseph an und schaute nicht in Rosas Richtung. »Ich bin für keinen der Diebstähle verantwortlich. Luccio hat meine Vorstrafen zur Sprache gebracht, aber die hatten nichts mit Stehlen zu tun …«

Joseph trommelte mit den Fingern auf den Schreibtisch. »Ich werfe dir nichts vor, Zach. Du bist offen mit den Problemen umgegangen, die du hattest, und ich vertraue dir voll und ganz, obwohl ich um deinetwillen froh bin, dass Rosa gesehen hat, wie Luccio dir das Geld untergeschoben hat. Und dass Luccio die Nerven verloren hat und weggelaufen ist, spricht leider auch eher dafür, dass er schuldig ist.«

Mit einer zittrigen Kopfbewegung wies Zach auf die Geldscheine, die auf Josephs Schreibtisch lagen. »Wirst du die Polizei rufen?«, fragte er. »Die Scheine auf Fingerabdrücke untersuchen lassen?«

Joseph lächelte freudlos. »Luccios Fingerabdrücke werden darauf sein, aber er wird natürlich behaupten, das Geld gehöre ihm.« Es klopfte an der Bürotür. »Herein!«, rief Joseph.

Einer von Josephs Freunden trat ein und wirkte verlegen. »Ich bin's, Tonio. Ich glaube, das ist mein Geld. Ich habe meine Jacke an einem Stuhl hängen lassen. Das war dumm von mir. Ich hatte fünfundsechzig Euro in der Tasche, und jetzt ist sie leer.«

Mit einem Stift breitete Joseph die Scheine auf dem Schreibtisch aus: zwei Zwanziger, einen Zehner und drei

Fünfer. Er nickte. Zach stieß lange den Atem aus, als hätte er ihn angehalten. Rosa wandte den Kopf, um ihm einen aufmunternden Blick zuzuwerfen, und dieses Mal erwiderte er ihn, wenn auch kurz.

»Möchtest du die Polizei einschalten?«, wandte sich Joseph an Tonio.

Tonio zuckte mit den Schultern. »Eigentlich nicht, außer du hältst es für das Beste.«

Joseph musterte die Geldscheine nachdenklich. »Gegen Luccio liegen nur Indizien vor. Als Leiter kann ich nach eigenem Ermessen entscheiden. Ich werde dem Vorstand von der Situation berichten und erklären, warum ich entschieden habe, an diesem Punkt die Polizei nicht hinzuzuziehen. Luccio schicke ich eine offizielle Aufforderung, sich zu einem Gespräch einzufinden.«

Tonio war es offensichtlich peinlich, dass er junge Menschen mit begrenzten finanziellen Mitteln in Versuchung geführt hatte. »Ich will das Geld nicht zurück, Joseph.« Er wedelte abwehrend mit der Hand. »Behalte es. Wenn es in ein paar Monaten keine bessere Erklärung für den Vorfall gibt, ist es eine Spende an das Nicholas-Zentrum.«

Nachdem sie sich auf diese Vorgehensweise verständigt hatten, verließ Tonio den Raum. Joseph sah Zach unglücklich an. »Wenn Luccio dir einen Diebstahl anhängt, um von seinen eigenen Taten abzulenken, muss er verzweifelt sein.«

Zach sackte in sich zusammen. Seine ganze Haltung drückte Niedergeschlagenheit aus. »Oder ihm war gleichgültig, wen er zum Sündenbock gemacht hat.«

»Manchmal«, gab Rosa vorsichtig zu bedenken, »kann es auch ein Zeichen dafür sein, dass die Person glaubt, die Zuneigung der anderen Person wäre so groß, dass sie bedingungslos ist.«

Joseph stand auf, trat um den Schreibtisch herum und klopfte Zach auf die Schulter. »Verzweifle nicht an unseren jungen Freunden. Wenn sie sich am unmöglichsten benehmen, brauchen sie unsere Hilfe am dringendsten.«

Zach antwortete nichts auf die Bemerkungen der beiden, und seine Miene heiterte sich auch nicht auf.

10

Sonntag. Die Unwetter, die drohend über der Insel gehangen hatten, waren am Samstag ausgebrochen und hatten heftig prasselnden Regen, der vom Boden hochspritzte, und grelle Blitze mitgebracht. Dann waren sie unter Donnergrollen weitergezogen und hatten herrlichen Sonnenschein und achtundzwanzig Grad zurückgelassen. Eine leichte Brise trug den Geruch des Meers zu Zach, der auf der Dachterrasse saß.

Marci und Paige hatten sein Auto genommen, um den Tag im Popeye-Dorf in der Anchor-Bucht am Nordende der Insel zu verbringen, und er faulenzte im Schatten des Sonnendachs und hatte mehrere friedliche Stunden für sich, um an seinem Buch zu schreiben. Bisher hatte er *7. Kapitel* getippt.

Dann hatte er sich immer wieder die Geschichte mit Luccio durch den Kopf gehen lassen und kein einziges Wort mehr geschrieben.

Warum hatte Luccio beschlossen, ihm das gestohlene Geld unterzuschieben? War er wegen irgendetwas sauer auf ihn? Oder war es so, wie Rosa gesagt hatte? Konnte es sein, dass Luccio, nachdem Zach versucht hatte ihm zu helfen und ihm Zuflucht gewährt hatte, als er panisch beim Terrassenhaus in Ta' Xbiex aufgetaucht war, irgendwie auf die Idee gekommen war, dass es Zach nichts ausmachen würde, den Kopf für ihn hinzuhalten?

Was war mit Josephs Theorie von einem Hilferuf? *Schau doch, wie schlecht es mir gehen muss, dass ich dir das antue …*

Der andere Grund, der ihn am Schreiben hinderte – abgesehen davon, dass er nicht die geringste Ahnung hatte, wie seine Geschichte weitergehen sollte –, war Rosa, die sich auf der unteren Terrasse malerisch auf einer Sonnenliege drapiert hatte. Er ging ihr seit Freitagnachmittag aus dem Weg, als er, wie er wusste, schlecht gelaunt oder – wie Marci und Electra das immer genannt hatten – »knurrig« gewesen war. Es war ihm zutiefst peinlich, dass er nicht nur öffentlich des Diebstahls beschuldigt worden war, sondern auch Gott und die Welt von seinen Vorstrafen erfahren hatten, und hatte das Gefühl, sich nie wieder von dieser Demütigung zu erholen.

Jetzt fragte er sich, was Rosa da trieb. Ein großer Block lag aufgeschlagen auf ihren Beinen, und sie schien mehr Erfolg als er damit zu haben, Worte niederzuschreiben. Sie hatte ihre Seite in Spalten aufgeteilt, und soweit er aus dieser Entfernung erkennen konnte, kritzelte sie ganze Absätze hinein. Ab und zu strich sie etwas durch oder zeichnete Pfeile. Doch dann sah er, wie sie den Block mit einer brüsken Bewegung zu Boden warf.

Dabei konnte er feststellen, dass ihre rostroten Shorts kürzer waren als die, die sie normalerweise trug.

Er stand auf, stützte sich mit den Ellbogen auf die Brüstung und rief zu ihr hinunter: »Kannst du ein Bier gebrauchen?«

Sie drehte sich um, beschattete ihre Augen und grinste. »Ich glaube schon.« Sie stand von der Sonnenliege auf und war kurz nicht mehr zu sehen. Ein paar Sekunden später tauchte sie am oberen Ende der Steintreppe auf. Ihre Beine und Füße waren nackt, und ihr sommerliches Top lag eng an. Er hätte sie den ganzen Tag anschauen können. Stattdessen wandte er sich der Bar auf dem Dach zu, die bereits geöffnet war, weil er schon zwei Flaschen Cisk gekillt hatte, während er hier oben gesessen und *nicht* geschrieben hatte.

»Mum ist mit Leslie, dem Mann, den sie bei dem Ehemaligentreffen kennengelernt hat, nach Mosta gefahren, um ein neues Restaurant auszuprobieren.« Rosas Atem ging kaum schneller, nachdem sie die Treppe hinaufgestiegen war. Sie duftete nach Sonnencreme und Shampoo, und ihre Augen leuchteten in verschiedenen Brauntönen.

Er trat hinter die Theke, holte zwei Bierflaschen aus dem Kühlschrank, öffnete sie und schenkte ein. »Marci und Paige sind auch unterwegs. Was hast du denn da unten so fleißig geschrieben? Ich muss zugeben, dass ich neugierig bin.«

Sie ergriff das Bier, das er ihr reichte, und stillte ihren ersten Durst, bevor sie antwortete, wobei ihr Hals beim Schlucken ganz entzückend arbeitete. Dann leckte sie sich die Flüssigkeit von den Lippen. »Ich plane den Rest meines Lebens. Und du, schreibst du?« Mit dem Bier gestikulierte sie in Richtung des Laptops. »Wenn jemand ein Buch über mein bisheriges Leben schreiben würde, wäre das Ergebnis furchtbar langweilig«, fügte sie hinzu.

»Langeweile wird unterbewertet. Zeitweise war mein Leben sehr aufregend, aber nicht im positiven Sinn.« Er nahm zwei Korbstühle von dem Stapel hinter der Bar und stellte sie auf die Vorderseite der Dachterrasse, sodass sie, als sie sich setzten, auf das Meer hinausschauen konnten, dessen unruhige Oberfläche an die kurz zurückliegenden Stürme erinnerte. Manoel Island und seine Ruinen bildeten ein Ufer und das Gebiet aus Bollwerken und Bauwerken namens Sa Maison das andere. Gemeinsam ließen sie den Blick zum Lazaretto-Meeresarm schweifen und nach Valletta. Er liebte Valletta, seine steinernen Befestigungen, die *galleriji*-Balkone, die Kuppel der Karmeliterkirche und den Turm der anglikanischen Kathedrale. Er versuchte sich vorzustellen, wie die Ritter des Johanniterordens durch die schmalen Straßen gegangen waren, britische Soldaten im neunzehnten Jahrhundert von den Bollwerken aus Kanonen abgefeuert hatten und wie während des Zweiten Weltkriegs die Mittelmeerflotte von der unterirdischen Kommandozentrale aus befehligt worden war.

»Das Problem ist, dass ich nicht weiß, was ich will.« Rosa stellte die zarten nackten Füße auf die Brüstung. Ihre Beine waren nicht besonders dunkel – sie wurde offenbar nicht so leicht braun wie er –, aber glatt und wohlgeformt.

Er riss den Blick los und richtete ihn wieder auf Valletta. »Ich nehme an, dass nach dem, was dir mit deinem Ex passiert ist, deine Zukunft nicht ganz so aussieht, wie du erwartet hattest.«

Sie verschränkte die Hände hinter dem Kopf und schaute blinzelnd aufs Meer hinaus, das in der Sonne glitzerte. »Stimmt. Kein Marcus, kein Haus, keine Freundschaft mit Chellice mehr – wenn es überhaupt jemals eine war –, und wenn ich zurückkomme, muss ich mir eine neue Unterkunft suchen. Immerhin ist mein alter Job noch da, falls ich ihn denn will.«

»Willst du nicht?«, fragte er. »Ich dachte, du magst deinen Job.«

Sie runzelte die Stirn. »Schon, aber jetzt sagt Mum, wenn ich studieren will, ein Geschäft aufmachen oder reisen, finanziert sie mich. Ich weiß gar nicht, was ich mit so viel Freiheit anfangen soll.«

Er musterte sie und bemerkte ihre gerunzelte Stirn und die verspannten Schultern. »Hast du es schon einmal mit lösungsorientiertem Coaching versucht? Ich schon, auf der Arbeit. Der Coach hilft einem, mit einer Herausforderung fertigzuwerden. Der Ansatz konzentriert sich eher auf das, was als Nächstes passiert, statt auf die Frage, wie es zu dieser Situation gekommen ist. Das können sogar Kollegen untereinander machen.« Er fand, das Rosa jemanden zum Reden brauchte, und die Vorstellung gefiel ihm, dass er derjenige sein könnte.

Rosa warf ihm einen fragenden Blick zu. »Klingt gesund, nach vorn zu schauen statt zurück. Dann mal los. Sei mein Coach.«

Er lachte. »Auf der Arbeit hatte ich jemanden, der mich gecoacht und mir Hilfsmittel wie ein Rad des Lebens und so an die Hand gegeben hat, aber ich werde mein Bestes tun.« Er schwieg einen Augenblick, um seine Gedanken zu ordnen, bevor er weitersprach. »Das Ziel ist, sich offene Fragen zu stellen. Es ist sinnlos, dich zu fragen, ob du in deinen alten Job zurückkehren willst, weil die Frage wahrscheinlich nicht mit Ja oder Nein zu beantworten ist.«

»Und ich habe mir diese Frage schon ungefähr hundert Mal gestellt und weiß es immer noch nicht«, meinte sie.

»Um dein Ziel festzulegen, musst du deine Optionen untersuchen.«

Sie nickte. »Uni, Reisen, mich selbstständig machen oder zurück in meinen alten Job.«

Oder hierbleiben? hätte er beinahe gefragt, aber davon hatte sie nie gesprochen, daher gab es keinen Grund, diese Möglichkeit den anderen hinzuzufügen. »Wenn du an die Uni gehst, was würdest du studieren wollen? An welcher Universität? Was wäre danach dein Ziel? Würde dein Abschluss dir Türen öffnen, die dir im Moment verschlossen sind?«

Statt zu versuchen, eine dieser Fragen zu beantworten, formulierte sie noch weitere. »Was hält mich zurück? Will ich mehr als eine Sache? Können zwei Optionen gleichzeitig funktionieren? Ich stehe an einem Scheideweg, aber es sieht aus, als würde ich keinen Weg dem anderen vorziehen.«

Er leerte sein Bier. »Und wenn ich mir einen neuen Job suche, sollte ich wahrscheinlich nicht in die Lebensberatung gehen«, witzelte er leichthin. Er stand auf, holte noch zwei Bier und genoss dabei die kühle Luft, die aus dem Kühlschrank strömte, als er ihn öffnete. Der Nachmittag wurde immer heißer, und für morgen war ein Sprung bis auf vierunddreißig Grad vorhergesagt.

»Hast du denn auch vor, deinen Beruf zu wechseln?«, fragte sie, als er zurückkam.

»Meinen Job in England habe ich gehasst«, räumte er ein. »Als ich die Wohnungen renoviert habe, konnte ich die Früchte meiner Arbeit sehen, etwas, das noch jahrelang existieren wird. Wenn ich im Nicholas-Zentrum bin ...« – er unterbrach sich kurz, weil sich ihm der Magen zusammenzog, als er sich an die schreckliche Episode am Freitag erinnerte –, »sehe ich die Freude im Gesicht eines jungen Menschen, der Fußball spielt oder Spaß an einem Handwerksprojekt hat. Beides ist befriedigender als das ständige Sammeln und Interpretieren von Daten.«

Nachdenklich sah sie ihn an. »Dann hat dein Job keinen Beitrag zum Bildungssystem geleistet?«

»Natürlich! Alle brauchen zuverlässige Daten, um gute Arbeit leisten zu können. Und die Schulaufsichtsbehörde sitzt einem umso weniger im Nacken, je mehr Erfolgsbelege man ihr liefert ... Dinge wie Sicherheitsvorkehrungen,

Lernen außerhalb des Klassenraums, Kompetenz quer durch den Lehrplan, extrakurrikulare Aktivitäten wie Ausflüge und Exkursionen.« Er sog den Schaum von seinem Bier. »Es ist schwierig, den ganzen Menschen und nicht nur seinen akademischen Erfolg durch Daten darzustellen. Wie lässt sich zum Beispiel das Gefühl in Zahlen bemessen und niederschreiben, das ein Kind dabei hat, sich mit einem Musikinstrument beschäftigen zu dürfen? Was mir am Nicholas-Zentrum gefällt, ist, dass die Kids tun, was sie tun wollen, und das nur zum Spaß.«

»Hasst du es auch, Freiberufler zu sein?« Jetzt richtete sie den Blick aufmerksam auf ihn statt auf die Aussicht aus Meer, Küste und Booten.

»Ziemlich«, antwortete er ehrlich. »Ich mache das nur, um Geld zu verdienen.«

Darüber dachte sie ein paar Minuten nach. »Dann stehen wir beide an einem Scheideweg, aber der Unterschied ist, dass ich meinen Job gern mache. Warum bist du bei der Datenanalyse gelandet, wenn es dir eigentlich zuwider ist?«

Weil er jung und zornig gewesen war. »Auf der Höhe der Auseinandersetzung nach der ersten Fitzmo-Episode habe ich Dad erklärt, ich wolle nichts mehr von ihm annehmen. Das bedeutete kein dreijähriges Studium, weil ich nicht die Voraussetzungen für einen kompletten Studienkredit erfüllt habe und finanzielle Unterstützung von ihm gebraucht hätte. Also habe ich einen Job angenommen, in dem ich so viel verdient habe, dass ich von zu Hause ausziehen konnte. Die Firma beschäftigte sich mit Softwarelogistik und hat mir einen Abschluss als Diplomkaufmann finanziert. Ins Erziehungswesen bin ich später eingestiegen, aber immer noch im Bereich Datenanalyse.«

»Ich kann mir kaum vorstellen, dass man sich so sehr danach sehnt, von zu Hause auszuziehen.« Mitgefühl lag in ihrem Blick.

Er räusperte sich. »Nachdem ich die Sozialstunden aufgebrummt bekommen hatte – der Beweis dafür, dass ich ein Versager war –, haben Dad und ich nur noch gestritten. Bis dahin hatten wir uns ganz gut verstanden. Er hat mir das Gärtnern und Renovieren beigebracht. Ich war schon früh ziemlich groß und habe es genossen, meine Muskeln spielen zu lassen wie ein Mann und mich nützlich zu fühlen.« Er kniff die Augen zusammen, um sie vor der Sonne zu schützen, und dachte daran, wie sein Leben gewesen war, bevor er seinen Vater enttäuscht hatte. »Viel Lob habe ich nicht bekommen, aber wahrscheinlich ist mir das gar nicht aufgefallen. Manche Lehrer sind auch so, stimmt's? Scheinen auf der Welt zu sein, um ihren Schülern das Leben schwer zu machen. Dad war besonders gut darin.« Ihm entfuhr ein bitteres Lachen.

Die Brise wehte ihr das Haar ins Gesicht, und sie strich es ungeduldig hinter die Ohren zurück. »Der Silberstreif am Horizont für uns beide ist, dass wir wenigstens in der Lage sind, etwas zu verändern.«

Das verblüffte ihn. »Weil ich zum Beispiel keine Beziehung und keine Kinder habe und frei bin?«

Sie lachte, und ihre Augen funkelten. »Nicht jeder sieht es so positiv, keine Beziehung oder Kinder zu haben, aber ja.«

»Auf die Zukunft.« Er hob sein Bier, und sie stießen an. Er war jetzt beim vierten Glas und fühlte sich angenehm entspannt.

»Was ist denn mit deinem Buch?«, erkundigte sie sich. »Vielleicht hast du ja Erfolg wie Mum, und das wird deine neue Karriere. Es hat ihr Leben *komplett* auf den Kopf gestellt.«

»Daraus wird nur etwas, wenn die Leute Bücher mit nur sechs Kapiteln und keiner nennenswerten Geschichte lesen wollen«, erwiderte er. »Ich habe viel zu spät einen Leitfaden zum Verfassen von Romanen gelesen und entdeckt, dass ich an der falschen Stelle angefangen und dann den Schwung verloren habe. Meine Idee ist abgedroschen und banal. Umständliche Sprache, schablonenhafte Charaktere, keine Handlung.«

»Ach du meine Güte«, sagte sie und unterdrückte ein Grinsen. »Wahrscheinlich denkt das jeder Autor«, meinte sie dann munterer.

»Und viele davon werden recht haben.« Seufzend ging er dazu über, auf dem bewegten Meer ein paar Segelschüler in kleinen Booten mit weißen Segeln zu beobachten, und beneidete sie um ihr offensichtliches Zielbewusstsein.

Auch Rosa wandte sich ab, schaute aufs Meer hinaus und wackelte mit den nackten Zehen. »Wir könnten beide eine neue Beziehung eingehen, und das würde die anderen Entscheidungen beeinflussen.«

Er ließ sich tiefer in seinen Stuhl sinken. »Hast du eine in Sicht?«

Sie zog die Nase kraus. »Nein. Als Marcus und ich uns getrennt haben, hat er mir vorgeworfen, ich hätte Probleme damit, zu vertrauen, und hätte die ganze Zeit darauf gewartet, dass er mich enttäuscht.«

»Was er ja auch getan hat.« Inzwischen fühlte er sich mit Rosa ungezwungen genug, um das Kind beim Namen zu nennen.

Sie wedelte mit ihrem Bier. »Stimmt.« Sie sah ihn an und wandte den Blick dann wieder ab. »Wir haben noch nicht über dein Liebesleben gesprochen.«

Er zuckte zusammen. »Das brauchen wir nicht. Ich habe auch Probleme mit dem Vertrauen.«

»Okay.« Sie stellte ihr Glas ab, faltete die Hände über dem Bauch und betrachtete die Aussicht. Ein paar Insekten surrten träge vorbei. Unter ihnen rollte der Verkehr, und von einer nahe gelegenen Baustelle drang ein Rattern heran. »Aber«, fügte sie schließlich hinzu, »ich habe dir von meinem erzählt.«

Er sagte sich, dass er nicht zu antworten brauchte. Warum sollte er ihr seine Fehlschläge präsentieren? »Drei längere Beziehungen«, hörte er sich da sagen. »Mit achtzehn war ich mit Kelly zusammen. Sie war meine Freundin, als ich zum ersten Mal in Schwierigkeiten geriet.« Er gestikulierte mit seinem fast leeren Bierglas. »Als ich zu Sozialstunden verurteilt wurde, war sie darüber nicht glücklicher als Dad. Hat erklärt, ihre Eltern wollten nicht, dass sie mit ›so einem‹ Jungen zu tun hätte.«

Rosa wiegelte seine Worte mit einer Handbewegung ab. »Vielleicht hätten sie dich ja als ›einen Jungen, der seinem Freund das Leben gerettet hat‹ betrachten können.«

Darüber dachte er nach. Seine Mum und seine Schwestern hatten das auch so gesehen, und sein Großvater ebenfalls – »Niemals wissentlich einen Mann zurücklassen!« –, aber ihre Worte waren im Vergleich zu denen seines Vaters und Kellys verblasst. Die Polizei hatte sich auch nicht von seiner Loyalität gegenüber einem Freund beeindrucken lassen. »Jedenfalls hat sie mich fallen gelassen und kam sich dabei noch tugendhaft vor.«

»Und du hast dich verraten gefühlt«, warf Rosa ein. Sie schlug die Beine an den Knöcheln übereinander. Er war sich ziemlich sicher, dass an ihnen kein Gramm Fett zu viel war.

Er konzentrierte sich auf seine Antwort. »Ja. Aber niemand schien das zu begreifen. Mit Anfang zwanzig hatte ich wieder eine Freundin. Mel. Zuerst mochte ich sie wirklich gern, aber – Mann! – sie hatte eine Art, einen zu manipulieren. Ich habe nur eine Weile gebraucht, um das zu merken, weil ich sie körperlich so begehrt habe.« Er spielte mit der Idee, sich noch ein Bier zu holen, entschied jedoch, dass er sich womöglich um Kopf und Kragen reden würde, wenn er sich noch weiter »entspannte«. »Und sie hatte Spaß am Sex.«

Sie schnaubte vor Lachen. »Ein todsicherer Anziehungspunkt für viele Männer.«

Er zuckte mit den Schultern und verzog die Lippen zu einem Grinsen. »Unbestreitbar. Aber dann fing sie an, mich in ein Netz einzuspinnen. Mich zu ihrem Eigentum zu machen. Da beschloss ich, die Beziehung zu beenden. Ich habe versucht, behutsam zu sein, habe aber Tränenströme geerntet. Sie hat mich praktisch gestalkt und angefangen, Lügen über mich zu erzählen. Hat überall verbreitet …« – er suchte nach einem höflichen Ausdruck –, »… dass ich entweder nicht konnte oder der Sex vorbei war, bevor er richtig angefangen hatte.«

»Ein billiger Schlag unter die Gürtellinie«, meinte Rosa, doch ihr Blick war voller Mitgefühl.

»Als Nächstes drohte sie, sich etwas anzutun, wenn ich nicht wieder zu ihr zurückkäme«, fuhr er fort. »Ich habe mich auf den pragmatischen Standpunkt gestellt, dass das nicht meine Verantwortung war.« Er unterbrach sich und verbannte sogar die ironische Belustigung aus seiner Stimme. »Eines Abends kam ich nach Hause in meine schuhschachtelgroße Wohnung und fand sie vor meiner Tür. Sie hatte sich in die Arme geritzt.«

Ein schockierter Ausdruck huschte über Rosas Gesicht. »Was für eine Schweinerei.«

»Allerdings. Das ganze Blut«, sagte er. »Es war überall. Ich hatte ein Flashback und sah wieder Stuarts blutüberströmte Hand vor mir. Ich bin in Panik geraten, sie schrie immer wieder, das sei meine Schuld, und aus den anderen Wohnungen tauchten Nachbarn auf und wollten wissen, was ich getan hätte. Schrecklich war das. Ich hatte ein schlechtes Gewissen, was natürlich genau das war, was sie wollte. Dann wurde es mir klar … sie hat mich taxiert und meine Reaktion beobachtet. Ihr ganzes Geschrei und das Blut, das sie verspritzte, waren reine Berechnung. Das hat mich so schockiert, dass ich wieder normal denken konnte und mir wieder einfiel, was die Frau in der Apotheke bei Stuart getan hatte. Ich habe mein Handy genommen, den Notruf gewählt und einen Krankenwagen gerufen. Dem Mann von der Notaufnahme am Telefon habe ich gesagt, meine Ex hätte sich die Arme aufgeschnitten, die Wunden sähen tief aus, seien aber nicht gefährlich. Das Blut sprudelte nicht – wie bei Stuart –, aber sie sei hysterisch und dass sie vielleicht etwas genommen hätte. Da hörte sie auf zu kreischen und bombardierte mich mit vernichtenden Blicken. Wahrscheinlich hat sie da begriffen, dass es ihr nicht gelingen würde, mich zurückzukriegen.« Angestrengt stieß er den Atem aus, als er sich daran erinnerte, wie in der Situation sein Herz gehämmert hatte.

Rosa saß ganz still da und wartete darauf, dass er weitersprach.

»Ich habe ihren Namen und meine Adresse genannt. Der Krankenwagen kam, und ich habe fürsorglich gewartet, während sie versorgt wurde, und Fragen beantwortet. Schließlich fanden auch die Sanitäter, ich hätte getan, was ich hatte tun können, und haben mich quasi entlassen. Sie haben sie weggetragen, und wenn wir einander später begegnet sind, hat sie so getan, als würde ich nicht existieren, was eine Erleichterung war.«

»Wow. Dann haben Kelly und Mel dir Beziehungen fürs Leben verleidet?« Rosa klang eher mitfühlend als sarkastisch. Erfrischend. Normalerweise waren nur seine Mum und seine Schwestern der Ansicht, dass ihm übel mitgespielt worden war. Dad hatte den Kopf geschüttelt, als hätte Zach sich das ganze Mel-Debakel selbst zuzuschreiben.

»Ich hatte definitiv das Gefühl, Mädchen wären schwierig«, räumte er ein. »Mum hatte mich gelehrt, Frauen anständig zu behandeln, aber ich war nicht überzeugt davon, dass jemand den Frauen beigebracht hatte, mich fair zu behandeln. Ich hatte einige unverbindliche Begegnungen.«

»One-Night-Stands?«

Er nickte. »Dann, vor ein paar Jahren, habe ich Amelia kennengelernt. Ich dachte, daraus könnte etwas werden. Ich lege Wert auf meinen Freiraum, aber das traf auch auf sie zu, daher war das in Ordnung.«

Sie runzelte die Stirn. »Ein Zeichen deiner inneren Reife?«

Er zuckte bescheiden mit den Schultern. »Das dachte ich.« Wenn er scherzte, fiel es ihm leichter, darüber zu reden. Er fragte sich, ob ihr das bewusst war und sie ihm auf die Sprünge helfen wollte. »Wir hatten sogar Sachen von uns in der Wohnung des jeweils anderen. Aber als ich das zweite Mal mit Fitzmo zu tun bekam, war sie ausgesprochen unbeeindruckt davon, dass erwachsene Männer sich prügeln. ›Ich will keinen Freund, für den ich mich entschuldigen muss‹, hat sie gemeint. Ich habe gesagt, dass ich das verstehe und dass es ein Ausrutscher gewesen sei. Fitzmo hat mich zu der Schlägerei angestachelt und dann noch Geld eingestrichen, da die Gerichte bei so einem Vergehen normalerweise ein Schmerzensgeld von siebzig Pfund anordnen. Also ist er sofort zu einem dieser blutsaugenden Anwälte gelaufen, die man nur im Erfolgsfall bezahlen muss – hat ihm schlussendlich aber nichts eingebracht. Vielleicht hätte ich da ja ein winziges bisschen Verständnis und Unterstützung gebrauchen können?«

»Hast du welche gekriegt?« Auch Rosas Bier war jetzt leer.

»Nein«, sagte er. »Wir saßen in einem Restaurant. Ich habe ihr vom Gesicht abgelesen, dass sie schon mit mir und meiner Situation abgeschlossen hatte. Da habe ich den Kellner gerufen, unser Essen abbestellt und genug Geld für die Rechnung auf den Tisch gelegt. ›Lass uns unser Zeug jetzt austauschen, solange es dunkel ist, dann braucht dich niemand mit mir zu sehen‹, habe ich gesagt.«

»Autsch. Hart.« Sie zuckte zusammen.

»Als ich eine Stunde später ihre Wohnung mit der üblichen Beziehungsende-Mülltüte verließ, rief sie mir nach, ich würde mich so verhalten, als hätte sie etwas falsch gemacht. Ich bin einfach weitergegangen. Viele Frauen hätten wie sie gehandelt. Ein vorbestrafter Freund ist nicht karrierefördernd.«

Sie richtete sich auf ihrem Stuhl gerade auf. »Du sagst vorbestraft, als hättest du einen Mord oder einen bewaffneten Überfall begangen. Dabei bist du in eine Prügelei geraten, weil dich jemand provoziert hat.«

Er legte den Kopf in den Nacken und schloss die Augen. Die Sonne sank, und der Baustellenlärm hatte aufgehört, was beides darauf schließen ließ, dass es Abend wurde. »Wenn im Film die Guten so etwas tun, bleiben sie auch die Guten, aber so ist es bei mir noch nie gelaufen. Ich wurde ins Personalbüro zitiert, um mir vermeintlich wohlmeinende Ratschläge anzuhören und mir erklären zu lassen, beim nächsten Vorfall würde man mich hinauswerfen. Dad wurde endgültig traurig und verbittert.« Er ahmte dessen tadelnden Ton nach.

»›Warum führst du diesen Kleinkrieg immer noch, Zachary? Dieses Mal kannst du nicht einmal behaupten, jemand sei in Lebensgefahr gewesen.‹ Mum hatte mehr Verständnis, aber du weißt ja, wie das ist: Gewalt, Polizei, das stößt Menschen ab. Es war nicht so sehr, dass ich erntete, was ich gesät hatte. Vielmehr habe ich die Gärten der Menschen, die mir wichtig sind – zum Beispiel meiner Schwestern –, vergiftet. Die haben sich nämlich auf meine Seite gestellt, wodurch sie wiederum Probleme mit meinem Dad bekommen haben.«

Sie rutschte auf ihrem Stuhl herum. »Aber was hättest du denn tun sollen? Zulassen, dass er Leute mobbt, und nichts dagegen unternehmen?«

»Wahrscheinlich bin ich nicht der Richtige, um diese Frage zu beantworten.« Er seufzte.

Rosa schwieg eine Minute. »Was denkst du über das, was Luccio am Freitag getan hat?«, fragte sie dann.

»Ich sehe da ein Muster.« Er veränderte seine Sitzhaltung. »Ich habe versucht, Stuart zu helfen, und er hat sich gegen mich gestellt. Ich habe versucht, Luccio zu helfen, und das Gleiche ist passiert. Ich nehme an, da du dieses Thema gerade jetzt ansprichst, siehst du es ebenfalls.« Er warf ihr einen Blick zu und sah die Bestätigung in ihren Augen. »Ich bin bestürzt und verletzt. Mache mir Sorgen, was als Nächstes geschehen wird. Joseph hat mir geraten, weiterhin ins Nicholas-Zentrum zu kommen und Luccio ihm zu überlassen, falls er überhaupt wieder auftaucht. Das ist allerdings leichter gesagt als getan.«

»Du hast immer nur versucht, freundlich zu Stuart und Luccio zu sein«, meinte sie zögernd. »Du solltest nicht zulassen, dass die unerwarteten Folgen etwas daran ändern, wer du bist.«

»Ich bin mir nicht sicher, ob es momentan besonders gut damit klappt, zu sein, wer ich bin. Vielleicht wollte ich mir unterbewusst selbst beweisen, dass ich es schaffen würde, Luccio zu helfen, nachdem es mit Stuart schiefgegangen war? Oder dass ich, wenn ich Luccio aus der Klemme helfe, irgendwie meine eigene unselige Geschichte neu schreibe?«

Wollte er der Mensch sein, den er gerade beschrieben hatte? Bis zu diesem Moment hatte er nicht richtig darüber nachgedacht, was hinter seiner Sorge um Luccio steckte, obwohl er schon vor langer Zeit akzeptiert hatte, dass er sein jüngeres Ich verachtete, weil er sich so leicht hatte manipulieren lassen. Im Rückblick war ihm klar, dass er das hätte vermeiden können, indem er einfach seinen Freundeskreis geändert hätte. Außerdem trieb es ihn um, dass er Fitzmo erlaubt hatte, den Spieß einfach umzudrehen. Wahrscheinlich hatte er es verdient, »Idiot« genannt zu werden, wie sein Vater es ihm an den Kopf geworfen hatte. Er atmete scharf ein, als ihm noch ein Gedanke kam. »Vielleicht versuche ich mich ja an Fitzmo zu rächen, indem ich Beppe Luccio wegnehme? Eine Rache, die eher diesem Typ von Rädelsführer im Allgemeinen gilt und nicht Beppe als Person?«

»Oder du bist einfach ein anständiger Kerl, der zu helfen versucht«, meinte sie sanft.

Behäbig bahnten sich Hafenrundfahrts-Boote ihren Weg und schaukelten auf dem bewegten Wasser. Zach wurde sich mehr und mehr der Frau neben sich bewusst. Ihres Haars, das in der Brise wehte. Ihrer nackten Beine. Der Art, wie sie über seine Lage gesprochen hatte, ohne zu urteilen. Stuart und Luccio verblassten in seinem Kopf, und er wechselte vollständig das Thema. »Hast du vor, in näherer Zukunft noch mehr Männer zu küssen?«

Sie lachte. »Keine Ahnung. Die Gelegenheit bot sich an, und ich dachte … du weißt schon. Ich habe keinen Freund. Warum also nicht? Ich war neugierig.«

Er spürte, wie er selbst eine ähnliche Neugier entwickelte. Wie es wohl sein würde, ihren vollkommenen Mund zu küssen? Ihren Körper mit den weiblichen Rundungen an sich zu ziehen? Er versuchte, sich die Gründe dafür, sie lieber aus der Ferne zu bewundern, ins Gedächtnis zu rufen. *Nicht unter Nachbarn. Nannas Mieterin. Potenzielle Peinlichkeit, wenn es bei einer flüchtigen Affäre bleibt. Und wenn nicht, dann wissen wir nicht einmal, ob wir in Zukunft im selben Land leben werden.* Aber das persönliche Gespräch hatte ihm das Gefühl gegeben, mit ihr verbunden zu sein, und er konnte – vielleicht auch wegen der vier Gläser Bier – der Versuchung nicht widerstehen, sanft nachzuhaken. »Immer noch neugierig?«

Sie drehte sich zur Seite, um ihn anzusehen. Mit einem Mal herrschte eine knisternde Atmosphäre zwischen ihnen. »Vielleicht.« Dann nahm er wahr, wie ihr Blick dorthin wanderte, wo sein weites Shirt verrutscht war, sodass der größte Teil seines Brustkorbs enthüllt wurde. Sie errötete, als ihr offenbar klar wurde, dass sie ertappt worden war.

War das nicht interessant? Er schien sie nicht ganz kaltzulassen.

Ihr Lachen klang gezwungen. »Vielleicht sollte ich nach Paceville fahren und mir noch einen Kerl zum Knutschen suchen.«

Sag es nicht, Zach. Sag es nicht … »Oder du könntest es mit mir versuchen«, sagte er und ignorierte die Stimme der Vernunft.

Sie zog die Augenbrauen fast bis zum Haaransatz hoch. Dann blitzten ihre Augen vergnügt auf. »Du hast getrunken. Bist du denn zurechnungsfähig und in der Lage, dein Einverständnis zu geben?«

Ihm wurde der Hals trocken. »Total. Zu allem.«

Diese schönen, funkelnden Augen wurden zusammengekniffen. »Ein Kuss.«

Einstweilen. Er hoffte, dass sie das meinte. »Ja, genau.« Sein Lächeln sollte ihr mitteilen, dass er mit einer Menge mehr einverstanden wäre, wenn sie wollte. Er streichelte ihren Handrücken und genoss, wie seidig sich ihre von der Sonne gewärmte Haut anfühlte.

Langsam, ganz langsam drehte sie die Hand um und nahm seine. Wie von einem Faden hochgezogen stand er auf und half ihr behutsam auf die Füße. Dabei ließ er ihr reichlich Gelegenheit, ihn lachend wegzuschieben, als wäre das Ganze ein Scherz gewesen. Doch stattdessen hob sie ihm das Gesicht entgegen, und in ihren goldfarbenen Augen stand ein fragender Ausdruck. *Was machen wir hier eigentlich?* Der Wind blies ihr das Haar aus dem Gesicht, und er neigte den Kopf und strich mit den Lippen über ihre.

Ihr Mund war weich und warm.

Er drückte winzige Küsse auf ihre Mundwinkel, dann auf ihre Wange und senkte dann den Kopf, um die Lippen an ihrem Hals entlanggleiten zu lassen. Wieder wandte er sich ihrem Mund zu, bedeckte ihn mit seinem und spürte, wie ein Beben sie überlief. Als sie sich an ihn schmiegte, schloss er die Augen. Er legte ihr die Hände an die Taille, intensivierte den Kuss und bekam kaum noch Luft, als sie den Mund öffnete und ein leiser, genüsslicher Laut tief aus ihrer Kehle aufstieg.

Sofort war er erregt.

Sie zog sich nicht vor ihm zurück, daher strich er mit den Handflächen an ihrem Rücken hinab, folgte der Kurve ihrer Hüften. Er hatte ein echtes Faible für schmale Taillen. Mit dem Daumen streifte er über ihre Rippen und presste sich an sie.

Er küsste sie heftiger.

Dann wurde ihm klar, dass ihr Handy klingelte und sie seinen Kuss nicht mehr erwiderte. »Sorry«, sagte er atemlos und ließ sie los. »Ich hab's nicht gleich gemerkt.« Wahrscheinlich, weil ihm das Blut komplett aus dem Kopf gewichen war.

Ihre Wangen waren rosig angelaufen, und ihre Augen waren halb geschlossen. »Nein, mir tut es leid – ich wollte nicht ... aber das Telefon hat mich irgendwie erschreckt ... dieser Klingelton ...«

Ihre Aneinanderreihung von Halbsätzen teilte ihm nicht viel mit, nur dass sie ans Telefon gehen würde. Er versuchte immer noch, über das abrupte Ende des Kusses hinwegzukommen, als er Marcus' Stimme hörte.

»Hallo, Rosa. Ich fühle mich schlecht dabei, aber ich will, dass du es von mir erfährst, weil ...« Marcus' Tonfall schlug um. »Oh! Hast du schon wieder Gesellschaft?«

Verspätet wurde Zach klar, dass dies ein FaceTime-Anruf war und er im Bild sein musste. Ein Anflug von Gereiztheit überkam ihn angesichts von Marcus' ätzendem Tonfall, besonders, da er einen aufregenden Moment zwischen Zach und Rosa unterbrochen hatte. Er schenkte Marcus ein Lächeln, und dessen Augen weiteten sich.

»Meine Gesellschaft geht nur mich etwas an«, erklärte Rosa. Ihr Atem ging unregelmäßig, und ihre Augen glänzten. Zach fragte sich, ob Marcus begreifen würde, dass er etwas unterbrochen hatte, oder davon ausging, dass Rosa sich wegen des Anrufs so verhielt.

Angesichts dessen, wie patzig Marcus reagierte, schloss er auf Ersteres. »Offensichtlich trauerst du mir nicht nach, aber ich dachte, du solltest es von mir hören. Chellice und ich sind zusammen. Und jetzt überlasse ich dich wieder deinen ...

Aktivitäten.« Er brachte es fertig, sowohl herablassend als auch missbilligend zu klingen.

Marcus holte Luft, als wollte er sich verabschieden. »Jetzt sagst du die Wahrheit«, entgegnete Rosa scharf, »nachdem ich dein Formular unterzeichnet habe, das Chellice erlaubt, als sogenannte Untermieterin in unser Haus einzuziehen. Ich kann nicht fassen, wie verlogen es von dir war, das für dich zu behalten, solange die Formalitäten noch nicht abgeschlossen waren, statt mir den Respekt zu erweisen, reinen Tisch zu machen. Ihr beide habt einander verdient.« Mit einer ruckartigen Bewegung beendete sie das Gespräch.

Rosa vergoss keine Träne. Stattdessen starrte sie das Handy ausdruckslos an, als gäbe sie ihm lautlos die Schuld an diesem Verrat. Zach wurde klar, dass sie zitterte.

Er zog sie in seine Arme, aber nicht so begehrlich wie noch vor Minuten. »Tut mir leid«, murmelte er. »Ich habe das Gefühl, zumindest teilweise schuld daran zu sein, wie das gelaufen ist. Als mir klar wurde, dass er mich sehen konnte, habe ich selbstgefällig gegrinst. Da ist er mit seiner schlechten Nachricht herausgerückt. Ich wollte ihn ärgern, weil er dir wehgetan hat, aber er hat dich nur noch stärker verletzt.«

Sie lehnte sich ein wenig an ihn. »Mach dir keine Gedanken. Er ist darauf angesprungen, weil er nicht gern im Unrecht ist. Wahrscheinlich hatte er mir eigentlich gar nicht die Wahrheit sagen wollen.« Nachdenklich schürzte sie die Lippen. »Daher frage ich mich, warum er es getan hat.«

»Weil Chellice das wollte?«, meinte Zach.

»Vielleicht.« Sie löste sich von ihm und öffnete verschiedene Social-Media-Seiten. Bekümmert verzog sie das Gesicht. Sie drehte das Handy so, dass er ein Bild sehen konnte, das Marcus mit zerwühltem Haar und halb geschlossenen Augen neben einer zierlichen Frau mit stacheligem rotem

Haar zeigte, die sich ein Laken bis zu den nackten Schultern hochgezogen hatte. *Sonntagsfreuden mit meinem wunderbaren Mann* lautete die Bildunterschrift, die von Emojis mit Herzaugen begleitet wurde.

»Aha. Ihm war klar, dass du den Post sehen könntest, daher hat er sich dazu durchgerungen.«

»Das könnte gut der Fall sein.« Sie seufzte. »Chellice führt ihr Leben in den sozialen Netzwerken. Wenn sie wollte, dass Marcus mir die Wahrheit sagt, und er sich widersetzt hat, dann wäre das ihre Art, dafür zu sorgen, dass er tut, was sie verlangt.«

»Und sie ist eine Freundin von dir?« Zach schlang erneut die Arme um sie und spürte die mediterrane Brise, die über seine Haut strich, und die Traurigkeit der Frau, die er umarmte.

Sie lachte freudlos. »Sie *war* meine Freundin«, räumte sie ein. »Sie nimmt sich grundsätzlich, was sie will, und ich glaube, sie hat mich benutzt, um an Marcus heranzukommen.« Sie schniefte. »Wenn ich daran denke, dass ich von dir weggesprungen bin, als der Anruf kam, weil ich Marcus' Klingelton erkannt habe und ein schlechtes Gewissen hatte.«

Dann machte sie sich von ihm los.

Rosa löste sich aus Zachs Umarmung, und er machte keine Anstalten, sie aufzuhalten. Er lächelte nur ungezwungen und stellte ihre Stühle in den Schatten. Wahrscheinlich war ihm klar, dass Marcus' FaceTime-Anruf Rosa aufgewühlt hatte und dass dies keine Zeit für Kussexperimente war.

Dieser atemlose Moment, in dem sie sich seines Körpers so überaus deutlich bewusst gewesen war, hatte sie überrumpelt. Begehren hatte sie erfasst, als er sie an sich gedrückt hatte, ihr Puls hatte sich beschleunigt und ihr Herz gerast. Sein Mund hatte sich auf ihrem herrlich angefühlt.

Der Gegensatz zwischen diesem Augenblick und Marcus' Kaltschnäuzigkeit war fast zu viel für sie gewesen. Sie war ein Mensch, der Zeit brauchte, um Dinge zu verarbeiten.

Marcus und Chellice. Verrat. Schmerz.

Zachs Kuss. Was war *das* gewesen?

Als sie den Kerl in Paceville geküsst hatte, da hatte sie nur wenig gespürt. Aber Zachs Kuss war durch sie hindurchgerast wie eine Flipperkugel.

Sie setzten sich, und er erwähnte den Kuss nicht, daher knüpfte sie an ihre vorherige Diskussion darüber an, dass sie beide an einem Scheideweg standen. »Ich habe beschlossen, hier auf Malta Tanzstunden zu nehmen«, erklärte sie. »Zu Hause habe ich oft getanzt, und mir fehlt es. Ich meine, ich hätte im Nicholas-Zentrum einen Aushang gesehen, auf dem ein Kurs angeboten wird.«

Er stieg auf das Thema ein, als wäre nichts gewesen. »Das ist richtig. Ich suche dir schnell die Infos raus.« Er zog sein Handy hervor und scrollte. »Mittwochnachmittags«, sagte er dann. »*Tanzen hot und cool.* Joseph macht es bestimmt nichts aus, wenn du teilnimmst. Wahrscheinlich wären Paige und Marci auch interessiert.«

»Ist das Angebot denn nicht nur für die Kids?« Aber ihr Herz schlug schneller, und sie erkundigte sich nicht einmal, um was für einen Tanzstil es sich wohl handelte. Standardtanz, Streetdance, Latin, alles wäre toll. Vielleicht konnte der Tanzlehrer ihr ja einen Tipp für eine gute Tanzschule geben.

Zach setzte ein jungenhaftes Lächeln auf und blinzelte in die tief stehende Sonne. »Normalerweise hat Joseph nichts einzuwenden, wenn man bereit ist, etwas zu spenden.«

»Hervorragend! Da habe ich ja gleich etwas in meinem Leben geändert.« Sie brachte ein Lächeln zustande, obwohl sie betrübt darüber war, dass die Veränderung in ihrem Leben das Ergebnis einer Zurückweisung war. Sie trank ihren letzten Schluck Bier aus, obwohl es inzwischen säuerlich und schal schmeckte. »Ich glaube, ich werde noch eine Runde schwimmen, bevor die Sonne untergeht.« Sie lud Zach nicht ein, sie zu begleiten, und er machte auch keine Anstalten, mitzukommen, denn er schien zu begreifen, dass sie Zeit für sich brauchte.

»Viel Spaß«, murmelte er. »Ich schreibe Joseph, um zu hören, ob es in Ordnung ist, wenn wir Mittwoch kommen.«

Ihr fiel auf, dass er *wir* und nicht *du* sagte, aber sie fühlte sich immer noch zu niedergeschlagen, um das zu hinterfragen. »Danke.« Sie verabschiedete sich und ging langsam nach unten, um ihren Badeanzug anzuziehen. Bevor sie das Handy in ihrem Zimmer liegen ließ, tat sie etwas, das ihrer Natur fremd war, aber reinigend auf ihre Seele wirkte.

Sie ging noch einmal auf Chellices Instagram-Posting, das sie und Marcus im Bett zeigte. *#Resteverwertung*, schrieb sie in die Kommentare.

Von jetzt an würde sie Chellices Auftritt im Internet komplett ignorieren.

Damit hatte Rosa abgeschlossen.

Sie schnappte sich ihr Strandtuch, lief die Treppe hinunter, überquerte die zwei Straßen bis zu den Felsen und stürzte sich in die salzigen, türkisfarbenen Tiefen. Sie schwamm langsam und sog den Sonnenschein des frühen Abends auf, der auf den Wellen, Booten, goldenen Bauwerken, Kuppeln und Türmen lag, und verglich die Szene innerlich mit der vertrauten, aus gewöhnlichem Backstein erbauten Stadt Liggers Moor. Dies war ein wundervoller Ort, und sie hatte vor, den Rest eines wunderbaren Sommers zu genießen. Es fiel ihr schwer, sich daran zu erinnern, warum sie sich zu Beginn auf der Insel fehl am Platze gefühlt hatte. Jetzt liebte sie das herrliche Wetter, die Landschaft, die Dinge, die sie tat … und sie hatte auch einige der Menschen hier ziemlich lieb gewonnen.

Vielleicht könnte Zach ja mein erster Nach-Beziehungs-Flirt sein, dachte sie, drehte sich um und ließ sich treiben. Sie bewunderte, wie der blaue Himmel blasser wurde, je näher der Abend kam. Bald würde die Sonne untergehen. Hatte sie je bei einem Kuss das Gefühl gehabt, dass die Funken flogen? Bei Marcus hatte sie jedenfalls nie den Eindruck gehabt, dass ihre Füße ein paar Zentimeter über dem Boden schwebten.

Sie drehte sich wieder auf den Bauch, begann, rasch zu kraulen, und schmeckte das kühle Salzwasser. Zach und sie wussten beide, wie es sich anfühlte, zu Unrecht verurteilt zu werden. Zach hat die Erfahrung auch immer noch nicht verarbeitet, dachte sie, während ihr aus allen Richtungen Kindergeschrei an die Ohren drang. Wenn alle Dads so voreingenommen waren wie seiner, dann war sie froh darüber, dass ihrer sich nie mit ihr abgegeben hatte.

Und noch etwas hatten Zach und sie gemeinsam: Sie waren beide Singles. Sie kehrte um, schwamm zurück und spürte, wie in ihrem Bauch ein aufgeregtes Kribbeln aufstieg.

Es war lange her, dass Marcus solche Empfindungen in ihr ausgelöst hatte.

11

Sie waren mitten im Verkosten von Tomatensalaten, als das Handy ihrer Mutter klingelte. Rosa machte Notizen, räumte auf und schoss Fotos für den Blog der Cafeteria-Lady und für Instagram, um das Interesse der Leser an *Die Cafeteria-Lady kocht mediterran* zu wecken. Die Spülmaschine war halb voll, und sie hatten genug gehackte Tomaten und Zwiebeln, um ein ganzes Restaurant zu versorgen.

Dory, die Tomaten in Schüsseln gelöffelt hatte, unterbrach ihr Tun, um ans Telefon zu gehen. »Hallo, Dad!«

Rosa bemerkte, dass in ihrer Stimme die Mischung aus Freude und Besorgnis mitschwang, mit der sie dieser Tage auf unerwartete Anrufe von Grandpa reagierte. Lance hatte sich Anfang des Jahres eine Knieprothese einsetzen lassen müssen. Er hatte die Prozedur verbissen über sich ergehen lassen, aber sie hatte ihn daran erinnert, dass er alt wurde. Außerdem hatte er während seiner Genesung Grandma besonders stark vermisst, obwohl er sich kategorisch geweigert hatte, nach der OP länger als zwei Wochen bei Dory zu leben.

»Rosa ist auch hier«, fuhr Dory fort. »Ich stelle dich auf Lautsprecher.« Sie schob eine Flasche Chili-Öl beiseite und stützte sich mit den Ellbogen auf die Arbeitsplatte.

»Dachte, ich rufe mal an, um zu plaudern«, drang Lances dröhnende Stimme aus dem Handy. »Hier ist alles in Ordnung. Ich schaffe zwei oder drei Spiele die Woche, nur neun Löcher, verstehst du. Rod und ich wechseln uns mit dem Buggy ab, damit wir beide uns zwischendurch ein wenig ausruhen können.«

»Gute Idee«, schaltete sich Rosa ein, klappte ihren Laptop zu und trat so nahe heran, dass er sie hören konnte. »Hi, Grandpa. Schön, dass du Spaß beim Golfen hast.«

»Rosa! Amüsierst du dich gut auf Malta? Wie haben dir das Ehemaligentreffen und die Schulkameraden deiner Mutter gefallen?«

Aber das war vor drei Wochen, und wir haben dir schon davon erzählt. Rosa unterdrückte den Drang, die Worte laut auszusprechen. Inzwischen war es eher Zufall, an welche Gespräche Lance sich erinnerte. Das machte sie traurig, aber anderen Menschen in seinem Alter ging es in dieser Hinsicht deutlich schlechter, zum Beispiel Zachs Grandad Harry. Sie schilderte einfach noch einmal, wie Dory sich kopfüber in das Treffen gestürzt hatte und wie die Gespräche sich um Regimenter, Kasernen und Versetzungen gedreht hatten.

»Hört sich ausgezeichnet an!« Aber Lances Stimme klang wehmütig.

»Du könntest immer noch nachkommen, Dad«, meinte Dory. »Wir hätten auch noch ein Zimmer für dich. Ich könnte dir einen Flug buchen, dir ein Taxi schicken, das dich nach Stansted bringt, und dich hier höchstpersönlich abholen.«

Doch Lance gab seine übliche Antwort. »Ohne deine Mum wäre es nicht dasselbe, Dory. Wir waren dort so glücklich. Ich glaube, die Erinnerungen wären zu viel für mich.«

»Verstehe«, entgegnete Dory munter, doch Rosa fiel auf, dass sie die Stirn runzelte.

Sie sprachen über Malta, darüber, wie blau das Meer war, wie heiß die Sonne und wie angenehm die Klimaanlage in der Wohnung. Lance erzählte ihnen von seinem Nachbarn, der in eine Wohnanlage für Senioren ziehen würde, und sprach dann hastig weiter, als wollte er der eventuellen Frage ausweichen, ob er ebenfalls über einen solchen Schritt nachdächte. Schließlich verabschiedete er sich. »Ich gehe jetzt zum Laden an der Ecke und hole mir eine Zeitung, und dann schaue ich das Kricketspiel im Fernsehen.«

»Bye, Grandpa«, sagte Rosa.

»Ja, bye, Dad. Hab dich lieb«, beendete Dory das Gespräch, doch sie runzelte nur noch stärker die Stirn. »Meinst du, es war gedankenlos von mir, herzukommen und dich auch noch einzuladen? Dadurch ist Dad mehr oder weniger allein zurückgeblieben. Vielleicht fühlt er sich einsam.«

Rosa, die auf dem Rückweg zu ihrem Laptop gewesen war, blieb auf halbem Weg stehen. »Daran hatte ich gar nicht gedacht«, meinte sie bedächtig, »aber ich verstehe schon, was du meinst, besonders, da sein Nachbar auch noch wegzieht. Armer Grandpa. Ich kann schon nachvollziehen, warum er nicht hierher zu uns kommt, aber schade ist es trotzdem.«

Dory wirkte besorgt. Sie spülte eine Handvoll Kräuter ab und begann sie zu hacken. »Könntest du bitte noch mehr Basilikum holen? Ist die große blaue Schüssel gespült?«

»Erledige ich sofort. Wie wäre es, wenn wir diesen Schwung zwischen der blauen und der grünen Schüssel aufteilen, um zu sehen, welche sich besser fotografieren lässt?«

»Guter Plan«, erwiderte Dory zerstreut. Rosa pflückte von dem Basilikum in dem Topf vor der Terrassentür ein paar Blätter ab, wusch sie und legte sie für Dory bereit. Als die

Tomatensalate fertig waren, probierten sie davon, machten Notizen, gaben noch schwarzen Pfeffer hinzu und schmeckten noch einmal ab. Anschließend fotografierte Rosa die fertig angerichteten Schüsseln. Sie hatte eine Onlineschulung über iPhone-Fotografie absolviert und wusste jetzt genau, wie sie damit umzugehen hatte.

Da als Nächstes ein Rezept für ein traditionelles Kaninchen-Schmorgericht auf dem Programm stand, machte Rosa sauber, während ihre Mum ihre E-Mails durchsah. »Oh nein!«, rief Dory dann aus.

Rosa, die dabei gewesen war, das andere Schneidebrett, das nicht dem Gemüse vorbehalten war, hervorzuholen, hielt inne. »Was ist denn?«

»Defne, meine Lektorin, will, dass ich die Arbeit an diesem Buch unterbreche und stattdessen eins mit veganen Rezepten schreibe.«

»Wieso?«, fragte Rosa verständnislos, »Titel und Inhalt von *Die Cafeteria-Lady kocht mediterran* stehen doch schon seit Ewigkeiten fest.«

»Sie schreibt, sie hätte demnächst mehr Informationen für mich, hätte aber das Gefühl, das würde ›die Optionen erheblich vergrößern‹. Nita, meine Agentin, war in CC gesetzt und hat mir gemailt und gefragt, ob ich reden will, bevor wir Defne antworten. Ich werde jetzt antworten, dass ich das verdammt noch mal will, aber dass ich auch mit dem Buch mit veganen Rezepten anfange.« Dorys Stirn war eine Faltenlandschaft. »Sie hat nicht gesagt, ob das andere Buch vollkommen fallen gelassen oder nur verschoben wird. Ich hoffe, das hat keine Auswirkungen auf den nächsten Vertrag.«

»Warum sollte es?« Rosa zog die Augenbrauen zusammen.

Dory zuckte mit den Schultern und begann, auf ihrem Laptop zu tippen. »Wenn der Verlag mich bittet, die Arbeit an dem mediterranen Buch zu unterbrechen, dann ist etwas im Busch. Vielleicht glauben die Leute, es wird sich nicht verkaufen. Heißt das, dass meine anderen Verkaufszahlen zurückgehen?«

Rosa hatte nicht viel Ahnung davon, wie die Verlagswelt funktionierte, und wollte auch nicht irgendwelche Gemeinplätze vom Stapel lassen. Daher sah sie die Tomatensalatbilder noch einmal durch. Sie war so konzentriert, dass ihr nicht einmal auffiel, dass Dory zu tippen aufgehört hatte, bis sie stattdessen aufstöhnte. »Was denn jetzt?«, fragte sie und blickte auf.

»Ich sollte meine Amazon-Bewertungen nicht lesen. Eine ist ganz schrecklich.« Dory ließ die Schultern nach vorn sinken.

Rosa legte ihr Handy weg und schlang tröstend einen Arm um ihre Mutter. »Oh nein! Lass mal sehen.«

Die Ein-Stern-Bewertung bezog sich auf die farbliche Gestaltung der einzelnen Kapitel in einem von Dorys Büchern. *Nichts für Farbenblinde!* begann der Text. Die Verfasserin der Bewertung konnte anscheinend Blau nicht von Grün unterscheiden.

»Aber der Verlag hat entschieden, Fisch und Meeresfrüchte mit blauen Rändern und Gemüse mit grünen zu kennzeichnen«, meinte Dory niedergeschlagen. »Wenn man Probleme mit diesen Farben hat, könnte das irritierend wirken, aber ehrlich? Ein Stern, obwohl sie zugibt, die Rezepte zu lieben? *Wirklich?*« Bedrückt klappte sie den Laptop zu.

»Gin?«, fragte Rosa mitfühlend.

Das entlockte Dory sogar ein Lächeln. »Vielleicht später, wenn ich nicht gerade mit einem Messer hantiere.«

Rosa holte ihnen stattdessen kaltes Wasser und schloss die Tür, damit die Klimaanlage sich einschaltete. »Ich habe früher nie einen Gedanken daran verschwendet, dass Bücher Abgabetermine haben oder schlechte Bewertungen bekommen können. Es ist toll, dass du das Geld hast, um den Sommer auf Malta zu verbringen und …« – sie zwinkerte ihr zu – »deiner Tochter Hilfe anzubieten, aber in diesem Geschäft muss man sich wohl ein dickes Fell zulegen und das Gute sehen.«

»Und es bringt mir so viel mehr Gutes als Schlechtes, dass ich eigentlich kein Recht habe, mich aufzuregen.« Dory seufzte. »Aber jetzt hat es nicht mehr viel Sinn, das Kaninchen zu schmoren, oder? Ist nicht gerade vegan.«

»Oh!« Rosa starrte Dory an, und langsam ging ihr auf, was es bedeutete, dass der Verlag ein anderes Buch haben wollte. Die ganze Arbeit der letzten Wochen war für die Katz gewesen oder zumindest auf Eis gelegt.

Niedergeschlagen trat Dory auf die Terrasse. »Ich rufe Leslie an«, sagte sie, »um darüber zu reden. Eigentlich wollte ich heute den ganzen Tag in der Küche arbeiten, weil er am 16. Juli nach Hause fliegt und ich die letzten zwei Tage mit ihm verbringen wollte. Aber jetzt habe ich das Gefühl, als hätten wir unsere Zeit vergeudet.«

Dory hat Leslie in letzter Zeit echt oft getroffen, dachte Rosa, während sie das Kaninchen aus dem Kühlschrank in die Gefriertruhe verfrachtete. Er war seit Jahren geschieden, und seine Kinder waren erwachsen, aber er hatte zu Hause einen Job, der auf ihn wartete. Sie konnte sich nicht daran erinnern, dass ihre Mum sich in der Vergangenheit in einer Krise zuerst an ihren Partner gewandt hätte.

Hatte Dory sich etwa in Leslie verliebt?

Sie hatte ihn sogar letztes Wochenende zu einem Essen auf Manoel Island mitgebracht.

Bei der Erinnerung musste sie grinsen. Sie waren ins Gespräch mit Engländern gekommen, die am Nachbartisch saßen. »Sind Sie zum ersten Mal auf Malta?«, hatten diese sich erkundigt und zur Antwort erhalten, dass Dory und Leslie ihre Kindheit hier verbracht hatten, weil ihre Väter beim Militär gewesen waren. Die Touristin rümpfte die Nase. »Ich fürchte, ich halte nichts von Leuten, die davon leben, andere Menschen umzubringen«, tat sie Army-Angehörige verächtlich ab.

Dory lachte herzlich. »Wir brauchen aber Menschen, die den Kopf hinhalten, wenn die Zivilisten Fersengeld geben.«

Das Gesicht der Frau lief zu einem hässlichen Ziegelrot an.

Rosa war das peinlich gewesen, aber Leslie hatte Dory lauthals zugestimmt, und die Touristen hatten gezahlt und waren gegangen.

Seit dem Ehemaligentreffen war Rosa Leslie drei Mal begegnet, und sie mochte ihn, weil Dory in seiner Gesellschaft vor Glück nur so strahlte. Na schön, er war laut und neigte dazu, jedes Gespräch zu dominieren, aber seine Augen leuchteten auf, wenn er Dory ansah. Er lebte in Norfolk, und Rosa fragte sich, ob Dory die Beziehung weiterführen würde, wenn sie Ende Oktober nach Hause zurückkehrte, nach Yorkshire.

Dory kam wieder. »Nach Leslie habe ich noch mit Nita geredet. Sie schreibt Defne eine E-Mail, um zu sehen, ob sie ihr noch weitere Informationen entlocken kann. Aber ich glaube, ich fliege für eine Woche nach Hause. Dann kann ich nach Dad sehen, und Nita kann versuchen, ein Treffen mit Defne zu arrangieren, damit ich vor Ort herausfinden kann, was da los ist.«

Rosa war vollkommen verblüfft. »So große Sorgen machst du dir um Grandpa und deinen Auftrag?«

»Beunruhigt bin ich schon«, räumte Dory knapp ein.

Vielleicht war Dory ja auch froh darüber, dass sie einen Grund hatte, Leslie nach England zu folgen. »Ich will mich ja nicht in den Mittelpunkt stellen, aber was mache ich so lange? Soll ich mitkommen?« Rosa dachte darüber nach, wie sie es finden würde, für ein paar Tage nach England zurückzukehren.

»Du hast eine Woche frei«, antwortete Dory großmütig wie immer. »Ich bin bald wieder da, um die Peitsche zu schwingen.«

»Wenn du dir sicher bist …« Aber Rosa sah ein, dass sie Dory bei ihrem Heimaturlaub wenig von Nutzen sein könnte.

An der Tür klopfte es. Dory ging öffnen und strich sich mit dem Handrücken das lockige Haar aus den Augen. »Hallo, Paige! Hallo, Zach.« Rosa erhaschte einen Blick auf Paige, die strahlend lächelnd zu Dory aufschaute, aber Zach ergriff das Wort.

»Paiges Mummy nimmt sich heute eine Auszeit, daher geht Paige mit mir schwimmen. Sie möchte wissen, ob ihr auch mitkommen möchtet.«

»Ja!«, pflichtete Paige ihm bei und hüpfte auf der Stelle.

»Leider nein«, entgegnete Dory bedauernd. »Wenn Rosa und ich in der Küche fertig sind, habe ich schon eine Verabredung.«

»Ohhhh«, jammerte Paige, und ihr Lächeln verblasste.

Rosa trat zu Dory an die Tür und war sich bewusst, dass Zach den Blick ihr zuwandte. »Ich könnte vielleicht in einer Stunde nachkommen, wenn wir die Arbeit beendet haben.«

»Ohhh«, klagte Paige noch einmal, diesmal lauter.

Zach sah die Kleine an. »Wir könnten uns doch für eine Stunde etwas anderes zu tun suchen, bis Rosa so weit ist.«

»Jaaa!« Paige strahlte und zappelte vor Aufregung. »Oder ich bleibe hier und helfe, und du gehst einkaufen.«

»Das ist eine großartige Idee«, meinte Dory, obwohl Zach mit dem Kopf schüttelte. »Rosa kann Onkel Zach holen gehen, wenn wir fertig sind.«

Unsicher machte Zach einen Schritt zurück. »Tja ... ich könnte im Garten auf dieser Ebene arbeiten, wenn ich wieder da bin. Dann wäre ich nicht weit entfernt.« Er zauste Paige das Haar, erinnerte sie daran, zu tun, was Dory und Rosa sagten, und entfernte sich dann.

Paiges Anwesenheit schien Dory aufzuheitern. Sie schaute die Rezepte durch, die sie bisher ausprobiert hatte, um zu entscheiden, welche sich in vegane verwandeln ließen, während Rosa Tomatensalatfotos auf Instagram und Twitter hochlud und Posts über *Die Cafeteria-Lady kocht mediterran* löschte. Währenddessen trocknete Paige eifrig Geschirr aus der Spülmaschine ab und bemerkte anscheinend gar nicht, dass es schon trocken war. Rosa fühlte sich plötzlich stark an ihre eigene Kindheit erinnert. Dory hatte sie immer »helfen« lassen und nie die Geduld verloren.

Nachdem Dory zusammen mit Paige Eis am Stiel eingefroren hatte, das morgen köstlich schmecken würde, schickte sie Rosa los, um Zach zu holen.

Genüsslich stellte Rosa sich vor, in kühles, klares Wasser zu springen, während sie durch das schwarze, eiserne Gartentor trat, das den Garten von der Terrasse trennte. Sie lief durch den Schatten, den die Palmen und Pinien warfen, und wirbelte am Rand des Pfades braune Piniennadeln auf. Sie hatte damit gerechnet, Zach dabei anzutreffen, wie er den trockenen, staubigen Boden mit Steinen belegte, um die

Feuchtigkeit im Boden zu halten – ein Projekt, mit dem er vor ein paar Wochen begonnen hatte. Stattdessen stellte sie fest, dass er mit »Arbeit« seinen Laptop gemeint hatte. Das Gerät stand offen auf einem kleinen Tisch und davor ein Stuhl. Zach war nirgendwo zu entdecken.

Wahrscheinlich war er nach oben gelaufen, um sich etwas zu trinken zu holen. Aber da er ebenso gut aufs Klo gegangen sein konnte und es ihm vielleicht nicht passen würde, wenn sie an die Wohnungstür klopfte, beschloss sie, auf seine Rückkehr zu warten. Sie schlenderte herum, lauschte dem friedlichen Summen der Insekten und schnupperte an den rosa blühenden Oleanderbüschen. Als sie wieder zu dem Laptop kam, sah sie ein Stück Text auf dem Bildschirm.

Ihr Blick blieb an dem Wort *Brüste* hängen.

Sie hatte hoch angesetzte Brüste, las sie, ohne wirklich darüber nachzudenken, dass man nicht in anderer Leute Computer herumschnüffelte. *Ihre Taille war schmal und fest, und er konnte den Blick nicht davon losreißen, wie sie sich bewegte. Sie war wunderschön, und sie lag in seinem Bett. Sein Herz pochte zum Zerspringen. Ihre nackten Beine umschlangen seine, und sie lächelte betörend, während sie die Hand …*

Und dann wurde ihr klar, dass Zach da war. Sie schreckte von dem Computer zurück, als hätte er sie gebissen. »Hmpf, tut mir leid!«, sagte sie.

Er wirkte betreten. »Es ist mir ein bisschen peinlich, aber gleichzeitig bin ich auch fasziniert von deiner Reaktion.«

»Hmpf«, machte sie noch einmal. Ihr Gesicht glühte. Wow. Das war es, was ihm durch den Kopf ging?

Verlegen tat er ein paar Schritte. »Das ist nicht das Buch, an dem ich eigentlich schreibe. Nur eine … eine Szene, die mir eingefallen ist.«

»I…ich hätte nicht hinsehen sollen«, stammelte sie.

Langsam griff er nach dem Laptop und schloss ihn. »Bist du bereit fürs Schwimmen? Dann hole ich Paiges und meine Sachen.«

Rosa flüchtete zurück in die Wohnung, um sich umzuziehen und sich ihre Schnorchelausrüstung zu schnappen. Sie hoffte, dass das Meer kühl sein würde, weil ihre Wangen sich immer noch heiß anfühlten. Doch ein Teil von ihr bedauerte, dass er an diesem Punkt zurückgekommen war. Sie hatte ihre Lektüre in einem äußerst spannenden Moment unterbrochen.

Als Zach auf die untere Terrasse trat, ragten Schwimmflossen aus seinem Rucksack, und in der Hand trug er eine Tasche. Rosa und Paige waren fertig und erwarteten ihn. »Ich hab meinen Badeanzug noch unter meinen Shorts«, krähte Paige strahlend und mit wippendem Pferdeschwanz. »Ich habe Dory schon Tschüss gesagt, als sie duschen gegangen ist. Wir können los.« Sie nahm Rosa an der Hand und ging die Treppe zur Rampe hinunter.

Sie erreichten den Strand und suchten sich einen Platz. Viele andere waren schon da, und Rosa fühlte sich an die Robbenkolonien erinnert, die sie in Naturdokus gesehen hatte: Manche der Strandbesucher aalten sich in der Sonne, andere spielten Beachball, schwammen im Wasser oder riefen einander etwas zu. Paige riss sich eilig T-Shirt und Shorts herunter und durchwühlte Zachs Rucksack nach ihren Schwimmflügeln. Er blies sie auf und lächelte ihr dann zu. »Ich habe dir etwas mitgebracht.«

Paige erstarrte und machte große Augen. »Was denn?«, flüsterte sie.

Zach strich sich übers Kinn. »Zuerst müssen wir Rosa fragen, ob du ein braves Mädchen warst und in der Küche geholfen hast.«

»Ja«, versicherte Paige ihm feierlich. »War ich doch, oder?«, fragte sie dann Rosa und nickte ihr zu, damit sie die richtige Antwort gab.

»Ja.« Rosa grinste. »Sie hat ganz viel geholfen.«

»Wenn das so ist … Taa-daa! Schnorchelsachen, genau wie die von Rosa und mir.« Zach leerte die andere Tasche auf die Felsen, und eine kleine grüne Maske, ein kleiner Schnorchel und passende Schwimmflossen kamen zum Vorschein.

»Snorcheln!« Sie bekam die Aussprache nicht ganz hin. »Ja, ja, danke, danke, Onkel Zach!«, schrie Paige und sprang vor Freude fast aus ihren Sandalen.

Rosa lachte – nicht nur über Paiges offensichtliche Freude, sondern auch über Zachs vergnügten Blick. »Das ist wirklich nett von Onkel Zach.«

»Ja!«, schrie Paige noch einmal. Dann beugte sie sich über Zach, der vor ihren Strandsachen hockte, und gab ihm einen Kuss auf die Wange. Zach strahlte, als hätte sie ihm ein Geschenk gemacht, und dankte ihr mit einer kräftigen Umarmung. Dann zog er sein T-Shirt aus, und Rosas Blick wurde von den Flügeln angezogen, die auf seine Schultern tätowiert waren und sich jetzt über seinen Muskeln bewegten, als er Paige half.

Es dauerte ein paar Minuten, dem kleinen Mädchen ihre neue Schnorchelausrüstung anzulegen und ihr zu erklären, wie man sie benutzte. Doch sobald sie im Wasser waren, erwies Paige sich als furchtlos. Onkel Zach hatte gesagt, man könne durch den Schnorchel atmen, also würde es auch so sein. Bald hüpfte sie auf den Wogen auf und ab, betrachtete die Fische und das Seegras in den türkisfarbenen Tiefen und hob alle paar Sekunden den Kopf, um ihren Schnorchel auszuspucken und eine Bemerkung zu machen oder eine Frage zu stellen. »Ich sehe schwarze, stachlige Kugeln. Die mag ich nicht leiden! Können die mir etwas tun?«

Geduldig nahm Zach ihre Hand, damit der Seegang sie nicht davontrieb. »Das sind Seeigel. Die Stacheln sind da, um sie zu schützen, aber sie kommen nicht zu uns. Sie können sich kaum bewegen.«

»Gut.« Paige steckte das Gesicht wieder ins Wasser, nur um einen Moment später prustend und lachend wieder aufzutauchen. »Ich hatte meinen Snorchel vergessen. Bäh, ist das Wasser salzig.« Sie ließ sich von Zach dabei helfen, den Schnorchel wieder in den Mund zu nehmen, und senkte dann wieder den Kopf.

Rosa schwelgte einmal mehr in der friedlichen Welt jenseits von allem, was sich an Land abspielte. Das Wasser war kühl, aber die Sonne schien ihr warm auf den Rücken. Fische in allen Formen und Größen zogen unter ihr entlang oder huschten vorbei. Manche wirkten auf den ersten Blick langweilig, doch dann legten sie sich auf die Seite und blitzten hell und silbrig auf.

Paige erklärte, sie liebe die Regenbogenfische, aber schließlich wurde sie des Schnorchelns überdrüssig und wollte stattdessen von den Felsen ins Meer springen. Zach brachte ihrer aller Schnorchelausrüstungen zum Trocknen an Land, und dann traten Rosa und er Wasser, um Paige aufzufangen, wenn sie sprang, und sicherzugehen, dass ihre Schwimmflügel sie wieder an die Oberfläche trugen.

Gelegentlich ließ das Kielwasser eines vorüberfahrenden Boots die Wellen höher schlagen. Einmal wurde Rosa gegen Zach geschwemmt, sodass ihre nasse Haut über seine glitt. Das sinnliche Gefühl ließ jeden Zentimeter ihres Körpers prickeln.

»Tut mir leid«, sagte sie keuchend.

Zachs Lächeln wirkte angespannt. »Nicht nötig.«

Mit einem fröhlichen »Fangt mich!« klatschte ein kleiner Körper ins Meer, und das aufschwappende Salzwasser ersparte Rosa eine Antwort.

Es dauerte lange, bis Paige sich ausgetobt hatte, doch schließlich kletterte sie aus dem Wasser und riss sich die Schwimmflügel von den Armen. »Kann ich etwas zu trinken haben?«

Nachdem er sie wie immer an das Wörtchen »Bitte« erinnert hatte, holte Zach eine Isolierflasche, auf der Arielle die Meerjungfrau zu sehen war, aus dem Rucksack und sagte zu Paige, wenn sie noch viel länger im Wasser geblieben wäre, hätte sie sich vielleicht selbst in eine Meerjungfrau verwandelt. Paige blickte zurück auf das schäumende Wasser, als überlegte sie, ob das möglich wäre. Dann warf sie ihrem Onkel einen verschwörerischen Blick zu, der *Schon gut, sehr komisch* besagte, und schlenderte ein paar Meter davon, um ein paar salzverkrustete Risse im Fels zu untersuchen.

Rosa und Zach hatten auch für sich Wasser mitgebracht und tranken davon, während sie zusahen, wie Paige sich so tief bückte, dass ihr Po nach oben ragte, und mit den Fingerspitzen versuchte, etwas von dem Felsen zu lösen. Zach breitete sein Handtuch aus, damit sie sich daraufsetzen konnten. »Ich lasse ihr noch einen Moment Zeit, aber dann kommt der Kampf mit der Sonnencreme.«

Rosa ließ sich neben ihm nieder, um das Meerwasser auf ihrer Haut trocknen zu lassen. »Ich finde, du gehst großartig mit ihr um.«

»Es ist nicht schwer, sich um sie zu kümmern, und Marci brauchte eine Pause.« Er wirkte nicht glücklich.

»Das sollte ein Kompliment sein«, sagte sie verwundert. »Wieso die finstere Miene?«

Statt einer Antwort lächelte er und fuhr sich mit den Fingern durchs Haar, das so dicht und kräftig war, dass es selbst dann voll wirkte, wenn es nass war. »Ich hätte Marci besser unterstützen können. Unsere Schwester Electra und ich, wir haben unser eigenes Leben geführt, während sie sich als Alleinerziehende abgerackert hat, und sie musste beinahe einen Nervenzusammenbruch bekommen, um mich aufzurütteln und realisieren zu lassen, unter welchem Druck sie stand. Sie nimmt nicht viel Hilfe von unseren Eltern an, weil Mum Arthritis hat und Dad während ihrer Schwangerschaft derart den Moralapostel gespielt hat.«

»Aber Paige geht so ungezwungen mit dir um«, meinte Rosa. »Du musst schon früher Teil ihres Lebens gewesen sein.«

»Doch, schon«, räumte er ein. Dann ließ Paige ihre Trinkflasche fallen, damit sie sich ihrer Untersuchung mit beiden Händen widmen konnte. »Paige«, rief er ihr zu, »vielleicht könntest du mir deine Flasche bringen, damit sie nicht verloren geht.«

»Gleich!«, schrie sie zurück. »Da glänzt etwas.«

»Sofort wäre besser«, beharrte er, und Rosa grinste, als Paige einen tiefen, leidgeprüften Seufzer ausstieß, die Flasche brachte und fallen ließ, bevor Zack sie ihr abnehmen konnte. Grinsend hob er sie vom Boden auf. »Sie hätte wahrscheinlich nichts dagegen, sie zu verlieren«, murmelte er Rosa zu. »Sie hat nämlich schon eine mit einer verrückten Superheldin im Auge.«

Offensichtlich hatte Paige das gehört, denn sie wandte den Kopf, damit sie ihn über ihre rundliche Schulter hinweg ansehen konnte. »Das ist Mummy. Sie macht sich verrückt. Nicht ich.«

Zach sah schweigend zu, wie Paige einen Eisstiel fand, um

damit zu graben, und sich wieder völlig auf ihr Tun konzentrierte. »Ich wette, Dad hat das gesagt, und sie hat es aufgeschnappt«, sagte er so leise, dass Paige ihn dieses Mal auf keinen Fall hören konnte.

Es stand Rosa nicht zu, etwas dazu zu bemerken, und sie hatte keine eigenen Kinder, also diesbezüglich auch keine Erfahrung, aber es klang nicht besonders ermutigend. Dieser Steve Bentley schien ja wirklich kein Blatt vor den Mund zu nehmen.

»Sonnencreme!«, rief Zach ein paar Minuten später zu Paige hinüber.

Er hatte das klingen lassen wie ein besonderes Vergnügen, doch Paige ließ sich nicht hinters Licht führen. »Gleich.« Sie schabte weiter an dem Felsriss herum.

»Cremst du mir bitte den Rücken ein?« Zach ließ nicht locker.

Paige zögerte, dann kam sie mit ihrem Eisstiel zu ihm gerannt. »Kann ich die Flügel ausmalen?«, fragte sie, als wäre das ihre Bedingung.

»Das würde ich zu schätzen wissen, denn da bekomme ich leicht Sonnenbrand.« Zach brachte sie dazu, ihm die Hand aufzuhalten, damit er Creme hineingeben konnte.

Das kleine Mädchen begann mit den ausgebreiteten Flügeln, die ihm auf die Schulterblätter tätowiert waren, und verteilte großzügig die weiße Creme auf seinem Rücken. »Fertig!«, erklärte sie dann. Während sie darüber diskutierten, was sie heute zu Abend essen sollten, cremte er ihren kleinen Körper ein, ohne dass sie es zu bemerken schien. Rosa musste seine Technik bewundern: Er hatte zum einen demonstriert, dass er Sonnenschutz für eine gute Sache hielt, sie zum anderen so lange abgelenkt, dass sie sich von ihm einreiben ließ.

Was Rosa daran erinnerte, dass sie selbst ihre Sonnencreme noch nicht erneuert hatte, daher fischte sie die knallgelbe Flasche aus ihrem Rucksack und begann, die Creme auf ihren Armen zu verteilen. Verlegen strich sie ihren Brustansatz ein, der aus ihrem Badeanzug hervorschaute, und ging dann zu ihren Beinen über, wobei sie den Kopf senkte, damit ihr kein Quadratzentimeter entging.

Natürlich kam sie nicht an ihren Rücken heran. Zu Hause hatte Dory sie eingerieben. Rosa hatte helle Haut und wollte sich keinen Sonnenbrand holen. Sie hatte schon den Mund geöffnet, um Paige um Hilfe zu bitten, als dem kleinen Mädchen offensichtlich der Geduldsfaden riss. Sie machte sich von Zach los, nahm ihren Eisstiel und rannte zu dem Fels zurück, der sie zu faszinieren schien.

Zach sah zu, wie Rosa versuchte, ihren Rücken zu erreichen. »Darf ich?«, fragte er mit tiefer, belustigter Stimme. Behutsam nahm er ihr die Flasche ab.

Seine Berührung fühlte sich heißer an als der Sonnenschein. Ihre Schulterblätter schienen auseinanderzudriften, als wären sie aus Gummi. Langsam und sanft ließ er die Hand über ihre Haut gleiten. Er erlaubte sich keinerlei Freiheiten, doch er strich mit der Handfläche, den Fingern oder mit der ganzen Hand über ihren Körper, folgte ihren Konturen und endete dann, indem er langsam an ihrem Rückgrat entlangfuhr, bis er auf den Stoff ihres Badeanzugs traf.

»Danke«, murmelte sie, riskierte einen Blick zu ihm und sah, dass er sie auf eine Art anschaute, bei der ihr innerlich ganz warm wurde.

»Gerne, jederzeit«, sagte er gedehnt.

Er sah Rosa direkt ins Gesicht, als Paige triumphierend aufschrie. »Ich hab's!« Sie warf den Eisstiel weg und kletterte mit vor Siegesfreude strahlender Miene über die Felsen zurück. »Seht doch!«

An seine Onkelpflichten erinnert, streckte Zach die Hand aus. »Was hast du denn für einen Schatz gefunden?« Und Paige legte ihm einen schimmernden Goldring mit einem Diamanten in die Handfläche.

»Oh! Der ist wirklich wertvoll.« Er hob sich den Ring vor die Augen, um ihn zu untersuchen.

Paige drängte sich schwer atmend an ihn heran. »Von einem Piratenschiff? Oder einer Meerjungfrau?«

»Höchstwahrscheinlich von einem Menschen, aber man weiß nie.« Zach setzte Paige auf seinen Schoß, damit sie den Ring zusammen betrachten konnten.

Rosa rückte an die beiden heran. »Kein Modeschmuck?«

Er begutachtete die Innenseite des Rings. »Ist gestempelt.«

»Ist der Stein echt?« Rosa konnte es kaum glauben.

Er zuckte mit den Schultern und gab ihr den Ring, wobei seine Fingerspitzen ihre Handfläche streiften. »Was glaubst du?«

Der Stein war vollkommen klar und leuchtete wie ein Stern. Rosa kippte Wasser aus ihrer Flasche darüber und trocknete ihn mit ihrem Handtuch ab. »Ich bin keine Expertin, und ich hatte auch noch nie einen Diamanten. Aber jedenfalls schreit er mir nicht gleich ›unecht‹ entgegen.«

»Geht mir genauso.«

»Er gehört mir …« Paige riss Rosa den glitzernden Ring aus der Hand, aber Zach nahm ihn ihr behutsam wieder ab.

»Wir sind uns noch nicht sicher, mein Sonnenschein. Er ist wertvoll, und jemand ist bestimmt sehr traurig, weil er oder sie ihn verloren hat. Du hast ihn zwar gefunden …«

Paige brach in Schluchzen aus und versuchte, sich den Ring zurückzuholen. »Er gehört mir! Miiiir, miiir«, kreischte sie.

Der Wind wehte Paiges Geschrei weiter, und sie erregten die Aufmerksamkeit der anderen Badegäste in ihrer Umgebung.

Rosa wartete darauf, dass Zach die Kleine scharf zurechtweisen würde, doch stattdessen zog er sie in eine kräftige Umarmung. »Wow, du benimmst dich ja wie Bilbo Beutlin! Ich weiß, du bist enttäuscht, weil du lange gebraucht hast, um den Ring aus der Felsspalte zu holen. Aber denk bitte auch daran, wie es wäre, wenn du deinen allerliebsten Besitz verloren hättest, und jemand hätte ihn gefunden und wollte ihn nicht zurückgegeben. Da wärest du schrecklich, schrecklich traurig, oder?«

Paige nickte, hörte aber nicht auf zu weinen. Offensichtlich war ihr Herz gebrochen. »Was ist ein Bilbo Beutlin?«

Zach begann ihr die Geschichte des *Hobbit* zu erzählen, doch Paige verlor rasch das Interesse und weinte noch immer. Da sie sich auch weigerte, sich mit dem Angebot einer weiteren Runde Schnorcheln trösten zu lassen, packten sie ihre Sachen. Die Kleine brachte es fertig, sich so weit zu beruhigen, dass sie ein Erdbeereis essen konnte, das Zach ihr im Café kaufte – wobei er gleichzeitig beim Personal nachfragte, ob jemand in den nahe gelegenen Felsen einen Ring verloren hatte –, war dann aber zu traurig, um die Straßen zu überqueren und die Treppe hinaufzugehen. Also nahm Zach sie huckepack, während Rosa die Taschen trug.

Auf der unteren Terrasse trafen sie auf Dory, die sich ausgehfertig gemacht hatte. Das Haar hatte sie elegant geföhnt, und sie trug ein fließendes, cremefarben und grün gemustertes Kleid. Als sie Paiges verweintes Gesicht sah, weiteten sich ihre Augen. »Hast du dir wehgetan?«

Paige hörte gerade lange genug auf, an ihrem Eis zu lecken, um ihren Kummer kundzutun. Dory lauschte mitfühlend, und Zach holte den Ring aus der Tasche, um ihn ihr zu zeigen.

Rosa überließ es Dory, Zach zu fragen, was er mit dem Ring anfangen wollte. Sie entschied, dass sich alle nach einem kalten Getränk besser fühlen würden, und ging in die Küche, sah zu, wie Eis in drei Gläser ratterte, und goss reichlich Limo hinein. Ihr Handy, das sie während des Strandausflugs auf der Arbeitsplatte liegen gelassen hatte, piepte. Sie neigte den Kopf, um einen Blick auf das Display zu werfen. *Dad.*

Dad? Das war die erste Textnachricht von ihm, seit er ihr letztes Weihnachten geschrieben hatte, wahrscheinlich als Reaktion auf ihre Nachricht, mit der sie ihm damals am Tag zuvor *Weihnachtsgrüße!* geschickt hatte. Ihre Beziehung war nicht gerade von Herzenswärme geprägt.

Sie war so neugierig, dass sie vorsichtig die Gläser abstellte und die Nachricht öffnete.

Hallo, Rosa. Kannst du mir die Nummer deiner Mutter geben?

»Herrje, jetzt werd' mal nicht gleich sentimental«, murmelte sie, steckte das Telefon in die Tasche ihrer Shorts und trug die Gläser nach draußen.

Da ihre Mum im Begriff war zu gehen, erzählte Rosa ihr rasch von der Nachricht. Dory zog die Augenbrauen fast bis zum Haaransatz hoch. »Dann gibst du ihm meine Nummer wohl besser. Verdammt typisch, dass er nicht einmal weiß, wie er mich erreichen kann.«

»Manchmal erstaunt es mich, dass er überhaupt meine Nummer hat.« Rosa lud Zach und Paige ein, sich auf Liegestühle zu setzen, und teilte die Getränke aus, dann schickte sie ihrem Dad die Kontaktdaten ihrer Mum. Dann setzte sie sich selbst und versuchte, Paige aufzuheitern.

»Bis später«, sagte Dory und winkte zum Abschied. Doch sie hatte sich kaum abgewandt, als ihr Handy zu klingeln begann. Sie seufzte, musterte das Display und zögerte dann. »Endet die Nummer deines Dads auf drei, drei, sieben? Dann ist er das nämlich schon. Ich kann mir nicht vorstellen, was so dringend sein soll.« Sie nahm den Anruf an. »Hallo, Glenn. Was für ein unerwartetes Vergnügen.« Sie war ausgesucht höflich, aber unüberhörbar distanziert.

Während Paige ihre Limo trank, hörte Rosa dem einseitigen Gespräch zu. »Ja. Ja, stimmt«, begann es. Dann brach Dory in Gelächter aus. Sie hatte ein schallendes, lautes Lachen und klang, als hätte sie den besten Witz aller Zeiten gehört. »Tut mir leid«, sagte sie, als sie sich beruhigt hatte, »aber daraus wird nichts. Tschüss, Glenn.« Dann hörte sie noch einen Moment lang zu. »Besorg dir einen Anwalt und versuch es. Tu dir keinen Zwang an.« Sie beendete den Anruf. »Er will Geld!«, erklärte sie Rosa mit funkelnden Augen. »Nachdem er sich so übel vor der Verantwortung gedrückt hat, was uns beide betrifft, findet er, dass er ein Recht auf einen Anteil hat, nachdem ich jetzt ›groß rausgekommen‹ und ein ›Promi‹ bin und offensichtlich ›im Geld schwimme‹. Er behauptet, Frauen machten das die ganze Zeit: Geld verlangen, wenn der Mann welches verdient hat. Er würde nur das Gleiche tun.«

Rosa klappte die Kinnlade herunter. »Was für eine Frechheit. Ich kann es kaum glauben.« Doch anders als Dory musste sie sich Mühe geben, das Komische an der Situation zu sehen. Stattdessen war ihr fast schlecht, und sie empfand Trauer darüber, dass sie von einem solchen Menschen abstammte.

Dory schloss sie in die Arme. »Schau nicht so trübsinnig drein, Schatz. Ich mache mir keine Sorgen, da brauchst du dir erst recht keine zu machen. Dein Dad wird sich nie ändern. Ihm ist plötzlich aufgegangen, dass er bei mir absahnen könnte, aber ich glaube, ich habe ihm gegenüber keinen Zweifel daran gelassen, was ihm blüht, wenn er so weitermacht. Aber viel wichtiger …«, sagte sie, ließ Rosa los und drehte sich im Kreis, »sehe ich gut aus?«

Die Liebe zu ihrer Mutter, die durch nichts aus der Fassung zu bringen war, erfüllte Rosa. »Hinreißend. Leslie wird nicht wissen, wie ihm geschieht. Amüsier dich wunderbar.«

»Das werde ich.« Dory zwinkerte ihr zu. »Warte nicht auf mich.« Sie tänzelte zur Treppe, die zur Straße führte, und war verschwunden.

Dass ihre Mutter sich so sorglos gab, war Rosa ein Trost, dennoch konnte sie ein Seufzen nicht unterdrücken. Paige hatte Zach, ohne die Nase aus ihrem Glas zu nehmen, den Rücken zugedreht, und er löste ihren Pferdeschwanz mit den Fingern. Aufmunternd lächelte er Rosa zu. »Danke für das Getränk. Es schmeckt gut, nicht wahr, Paige?«

»Mm«, murmelte Paige in das Glas hinein.

Rosa lächelte angesichts dieser zärtlichen Familienszene und stieß dann die Luft aus. »Das Dumme ist, wenn Dad einfach zu Mum gesagt hätte, *Du, ich habe eine Pechsträhne, siehst du eine Möglichkeit, mir zu helfen?*, dann hätte sie das wahrscheinlich getan, obwohl er damals nicht gut für uns gesorgt hat. Aber jetzt jammernd bei ihr anzukommen und zu glauben, er hätte Ansprüche, nachdem er sie mit einem kleinen Baby sitzen gelassen hat, ist ja wohl eine Unverschämtheit.« Rosa schüttelte den Kopf. »Nur mein Dad kann auf die Idee kommen, dass Mum *ihm* etwas schuldig ist.«

Das Gespräch wandte sich weniger ernsten Themen zu, und dann ging Zach mit Paige davon, um sie vor dem Abendessen zu baden, wobei er feierlich versprach, ihr die Haare mit »Spüli« zu kämmen, damit es nicht ziepte.

Rosa lauschte ihren Stimmen, die sich über die Treppe entfernten, und lächelte, als sie hörte, wie Zach seiner Nichte versicherte, er werde, wenn nötig, eine ganze Flasche Spülung verwenden. Er war ein so liebevoller Onkel, dass sie sich ins Gedächtnis rufen musste, dass er auch der Verfasser der erotischen Szene war, von der sie nur so wenig hatte lesen können.

Doch sie erwischte sich bei dem Gedanken, dass sie bedauerte, nicht weitergelesen zu haben.

12

Nachdem Paige noch einmal versucht hatte, Zach zu überreden, sie den gefundenen Ring behalten zu lassen, schlummerte sie jetzt schon ein paar Stunden in ihrem Bett. Jetzt, da sie endlich schlief, lag Zach, der immer noch als Babysitter im Dienst war, vor einem Actionfilm auf dem Sofa, doch innerlich beschäftigte er sich mit Rosa. Heute Nachmittag war ihm der Schreck gewaltig in die Glieder gefahren, als er bei der Rückkehr in den schattigen Garten gesehen hatte, dass sie auf seinen Laptop schaute, denn er hatte gewusst, was dort zu lesen war.

Seine Verlegenheit wäre noch größer gewesen, hätte Rosa nicht so fasziniert von dem gewirkt, was sie las. Er war wie erstarrt gewesen, während er zusah, wie sie die Lippen öffnete, ihre Wangen zartrosa anliefen und ihr Blick über die Zeilen huschte. Und sie war so schuldbewusst gewesen, als ihr klar wurde, dass er sie beobachtete. Er fragte sich, wie weit sie gelesen hatte.

Ach, und wie ihr Körper seinen gestreift hatte, als sie im Meer sanft zusammengestoßen waren …

Er versuchte immer noch, sich auf die Verfolgungsjagd im Fernsehen zu konzentrieren, als seine Schwester nach Hause kam. Er blickte auf. »Hi.«

Marcis Haar, das sie mit einer Klammer auf dem Hinterkopf hochgesteckt hatte, als sie gegangen war, fiel ihr jetzt dunkel und offen über die Schultern. Sie lächelte verhalten. »Hi. Alles in Ordnung mit Paige?« Sie ließ sich in einen Sessel fallen und wandte das Gesicht dem Fernseher zu.

Zach gefiel ihre Lethargie nicht. In letzter Zeit hatte sie ein wenig von ihrer alten Lebhaftigkeit zurückgewonnen, und dass sie sie jetzt offenbar wieder verloren hatte, war nicht gut. Doch statt ihr Fragen zu stellen, erzählte er ihr lieber von dem Ring, den Paige gefunden hatte. »Ich habe deswegen noch nichts unternommen, weil du Paiges Mutter bist, daher bin ich der Ansicht, dass es deine Entscheidung ist.«

»Aber was denkst du?«, fragte sie tonlos.

Für ihn war das sonnenklar. »Wir sollten ihn zur Polizei bringen. Er sieht wertvoll aus, und vielleicht ist jemand todunglücklich darüber, ihn verloren zu haben. Vielleicht könnten wir bei einem Juwelier schätzen lassen, was er wert ist, und uns dann von der Polizei eine Quittung ausstellen lassen. Im Internet habe ich gelesen, dass es gut ist, einen Beweis dafür zu haben, was genau man als Fundstück abgeliefert hat. Flaviu hat mal erzählt, es gebe eine Social-Media-Gruppe für Malta, in der man auch posten kann, wenn man etwas verloren oder gefunden hat. Das könnten wir auch machen.«

»Gut.« Sie nickte. »Danke. Das klingt gut.« Ihr Blick glitt zum Bildschirm. Ein junger Cop schoss mit seiner Pistole auf die Bösen, die viel schwerere Waffen hatten als er und ihn trotzdem jämmerlich verfehlten.

Zach hatte eigentlich nicht vorgehabt, die Verantwortung für den »Schatz« zu übernehmen, aber es machte ihm auch nichts aus. Schließlich war er mit Paige zusammen gewesen, als sie ihn gefunden hatte. »Paige ist wütend, weil sie den Ring nicht behalten darf.« Er wiederholte seine Bemerkung über Bilbo Beutlin. Marci lächelte matt und nickte.

»Und was hast du so gemacht?«, fragte er, besorgt über ihre mangelnde Reaktion.

»Ich hatte Sex«, erwiderte sie beiläufig. »Es war …« Sie vollführte eine Handbewegung, die *So lala* ausdrückte.

Ein kleiner Schock durchlief Zach. Er konnte sich nicht erinnern, jemals mit Marci über ihr Liebesleben gesprochen zu haben, höchstens, als sie ungewollt schwanger gewesen war. Und sie strahlte eindeutig nicht von innen, wie er es nach einer wunderbaren Begegnung erwartet hätte. »Jemand, den du gerade kennengelernt hast?«, fragte er vorsichtig, denn er hatte das Gefühl, es musste einen Grund dafür geben, dass Marci ihm davon erzählte.

»Jake.«

»Von dem Ehemaligentreffen? Der Mann, mit dem du zum Mittagessen gegangen bist und der dich beleidigt hat?«, hakte er verblüfft nach.

Abwehrend zog sie eine Schulter hoch. »Er hat angerufen, um sich noch einmal für seine Bemerkung zu entschuldigen. Da ist mir klar geworden, dass ich überreagiert habe. Er hat mich eingeladen, und ich habe zugesagt.« Sie unterbrach sich, um zuzusehen, wie im Fernsehen ein Auto seitwärts unter einem Laster hindurchschlitterte. »Wir haben uns in seinem Hotel getroffen«, fügte sie dann hinzu.

»Aha.« In Zachs Kopf schrillten Alarmglocken. Schön, Marci hatte den Kopf hängen lassen, seit sie den neuen Chef hatte, der nicht das geringste Verständnis für den Stress einer berufstätigen alleinerziehenden Mutter zeigte, aber diese Teilnahmslosigkeit war besorgniserregend.

»Siehst du ihn wieder?«, fragte er im Plauderton.

»Bezweifle ich«, gab sie mit der gleichen ausdruckslosen Stimme zurück. »Er verlässt die Insel morgen. Er hat hier sechs Monate für eine Bank gearbeitet, weswegen er auch mit seinem Dad zu dem Ehemaligentreffen gekommen ist. Jetzt läuft das System, das er hier eingerichtet hat, und er fliegt zurück nach England.«

»Wie geht's dir damit?«, fragte er.

Sie zuckte mit den Schultern.

Marci sah zu, wie Autos explodierten und die Bösen darin umkamen, während der gute Junge auf seinem Motorrad durch das Gemetzel raste und ihm kaum ein Härchen seiner wunderschönen Locken gekrümmt wurde. Währenddessen dachte Zach fieberhaft nach.

Er hatte einmal gelesen, dass es als ein Zeichen für ein niedriges Selbstwertgefühl gedeutet werden konnte, wenn Frauen Gelegenheitssex hatten, und hatte damals gefunden, dass diese Sichtweise äußerst frauenverachtend war. Erwachsene Frauen hatten doch wohl das gleiche Recht wie Männer, Lust auf Sex zu haben und sich auszuleben, selbst wenn sie keine feste Beziehung hatten, oder? Doch als er jetzt Marcis leere Miene musterte und nachdem er sie während des vergangenen Jahres beobachtet hatte, hätte er heute Abend definitiv der Theorie vom mangelnden Selbstwertgefühl zugestimmt. Am liebsten hätte er sie gefragt, ob sie häufiger mit Fremden ins Bett ging, aber er wusste, dass er an ihrer Stelle die Frage kalt abgeschmettert hätte.

»Wie geht's dir, Marci?«, fragte er stattdessen vorsichtig. »Ich habe das Gefühl, dass mir im Lauf des letzten Jahrs etwas entgangen ist. Hast du irgendeinen Kummer, von dem ich nichts weiß?«

Marci starrte den Fernseher mit aufgerissenen Augen an. Dann, ganz langsam, begannen ihre Züge zu erschlaffen, und ihre Lippen zitterten. Sie schlug sich die Hand vor den Mund, doch das reichte nicht, um ein gewaltiges, herzzerreißendes Schluchzen zu unterdrücken.

»Marci?« Zach sprang vom Sofa auf und hockte sich neben ihren Sessel. »Was ist los? Was kann ich tun?«

»N…nichts!«, schrie sie. »Niemand kann etwas tun. Ich bin nur uuuuun…unglücklich.«

Vor Sorge krampfte sich ihm der Magen zusammen, und er legte ihr einen Arm um die Schultern. »Willst du mir davon erzählen?« Ein schrecklicher Gedanke kam ihm in den Sinn, und ihm wurde klar, dass er ihn aussprechen musste. »Mit Jake – das war doch einvernehmlich, oder?«

Sie nickte, schniefte und durchwühlte ihre Handtasche nach einem Papiertaschentuch. »Natürlich. Es war sogar meine Idee.« Sie weinte jetzt heftiger, und plötzlich sprudelte sie die Geschichte bruchstückhaft und unter Schluchzen hervor. »Letztes Jahr hatte ich eine Affäre mit einem Kollegen. Er war verheiratet, deswegen habe ich niemandem davon erzählt. Ich war so überwältigt, dass ich die Frage der Moral ausgeblendet habe. Ich dachte, wenn seine Frau einen so wunderbaren Mann nicht halten konnte, müsste sie eine abscheuliche Person sein.« Sie schluckte und putzte sich zum ungefähr zehnten Mal die Nase. »Das stimmte natürlich nicht. Sie war absolut nett. An seinem Geburtstag ist sie bei der Arbeit aufgekreuzt, um ihn mit einer Einladung zum Abendessen und Eintrittskarten für eine Show, die er sehen wollte, zu überraschen. Ihr Gesicht! Sie strahlte so vor Liebe zu ihm, während sie davon erzählte, wer auf die Kinder aufpasste, damit sie ihm diese Freude machen konnte.«

Marci schnaufte in ihr Papiertaschentuch und holte tief Luft, die sie zum Weitersprechen brauchte. »Ich konnte sehen, dass er versuchte, sie abzuwimmeln. Da habe ich mich *gehasst.* Wir hatten über eine gemeinsame Zukunft gesprochen. Ich war so lächerlich verschossen in ihn, dass es mir hervorragend gelang, auszublenden, dass er eine Familie hatte.«

Zach drehte sich der Kopf. Er stand auf, holte ihr ein Glas kaltes Wasser aus der Küche und sah zu, wie sie es durstig herunterstürzte. Marci in einer wilden Affäre mit einem verheirateten Mann? Sie hatte noch nie viel Glück mit Männern gehabt, aber er hätte nie gedacht, dass sie, die ruhigere und vernünftigere seiner beiden Schwestern, ein Verhalten an den Tag legte, das nur in einer Katastrophe münden konnte.

Schließlich fasste sie sich. »Es war Niall, mein alter Chef.« Ihr Atem ging gleichmäßiger, als sie von dem Wasser trank, während sie mit der anderen Hand immer noch das nasse Taschentuch umklammerte. »Dann hat er gekündigt, gerade als ich ihm sagen wollte, dass ich schwanger war«, gestand sie dumpf.

Zach hörte, wie ein Laut aus seiner Kehle aufstieg, eine Art schockiertes Keuchen, kombiniert mit einem bestürzten Aufstöhnen.

»Ja.« Sie verzog das Gesicht. »Also habe ich ihm nie davon erzählt. Das war auch nicht nötig, denn ich hatte eine Fehlgeburt. Ich habe unser Kind verloren. Es hat sich an…angefühlt, wie eine Stra…Strafe.« Sie schloss den Mund, um ein neues Aufschluchzen zu unterdrücken. »Ich habe dir oder Electra nie davon erzählt, weil ihr nicht das Gef…fühl haben solltet, meine Ge…Geheimnisse bewahren zu müssen. Natürlich wollte ich nicht, dass Dad davon erfährt. Mich wieder verurteilt. Außerdem habe ich mich geschämt.«

Zach fühlte mit ihr, und er umarmte sie. »Dann hatten die Depression und Panikattacken gar nichts mit dem wenig einfühlsamen Führungsstil deines neuen Chefs zu tun?«

Sie schüttelte den Kopf. »Nein, mit der Treulosigkeit des alten. Nach der Fehlgeburt habe ich mir eine Woche freigenommen und bin zu einer Freundin gefahren. Erinnerst du dich noch an Mallory von der Uni? Sie war gerade in Mutterschaftsurlaub, daher hat sie sich um Paige gekümmert, während ich mich ausgeruht habe.« Sie schniefte. »Jeder konnte sehen, dass ich mich mit meinem neuen Chef nicht verstanden habe, daher gingen alle davon aus, dass er der Grund für meine Nervosität war. Die Personalabteilung war einverstanden damit, mich freizustellen, aber als ich hergekommen bin, musste ich dafür meinen Urlaub nehmen.«

»Urlaub?« Zach rechnete kurz. »Aber du bist schon ungefähr sechs Wochen hier. Wie viele Wochen Jahresurlaub hast du denn?«

»Vier«, gestand sie betrübt. »Als ich nicht wieder zur Arbeit erschienen bin, hat die Personalabteilung angerufen, und ich habe behauptet, ich hätte es einfach nicht geschafft, einen Flug nach Hause zu buchen. Sie haben mich gebeten, hier zum Arzt zu gehen, und der hat mich erneut krankgeschrieben. Jetzt bekomme ich wieder Lohnfortzahlung im Krankheitsfall. Der arbeitsmedizinische Dienst hat mich angerufen, und wir haben darüber geredet, wie sie mir helfen können, und ich habe zugesagt, sie auf dem Laufenden zu halten. Die Frau war schrecklich nett und wollte offenkundig nur mein Bestes, aber ich konnte es nicht abwarten, das Gespräch zu beenden, denn meine Firma kann mich nur unterstützen, indem sie mich weiter für einen Verwaltungsjob bezahlt, den ich nicht mache. Das kann nicht ewig so weitergehen.« Sie stieß ein bitteres, zittriges Lachen aus.

»Es tut mir leid, dass du das alles durchgemacht hast.« Zach wurde das Herz schwer, als er sich daran erinnerte, dass Marci davon geträumt hatte, als Animateurin zu arbeiten, bis sie mit Paige schwanger geworden war. Sie hatte die Routine eines achtstündigen Bürojobs hinter sich lassen wollen, um die Welt zu bereisen, und sich nicht durch die unchristlich langen Arbeitszeiten in der Branche abschrecken lassen. Sobald sie schwanger gewesen war, hatte sie zu ihren schicken Hosenanzügen meist eine besorgte Miene getragen, und nach dem Mutterschutz hatte sie sich für einen sicheren Job entschieden, dessen Arbeitszeiten besser zu ihren Mutterpflichten passten. Vielleicht, weil sie Paige so unübersehbar anbetete, hatte Zach nie darüber nachgedacht, wie es ihr damit ging, ihre Jugendträume geopfert zu haben. Jetzt wünschte er, er hätte mehr an Marci als Person denn an Marci als Mutter gedacht.

Dann sprach sie aus, womit er schon halb gerechnet hatte, seit er erfahren hatte, dass sie sich nach Schulen umsah. »Vielleicht bleibe ich ja hier.«

»Aber wovon würdet ihr leben?«, fragte er so behutsam wie möglich.

»Wenn es für Nanna in Ordnung ist, dass ich hier eine Weile mietfrei wohne, kann ich noch ein wenig von meinen Ersparnissen und vom Unterhalt für Paige leben.« Müde wedelte sie mit der Hand und schloss die Augen. »Dann suche ich mir einen neuen Job und bleibe. So wie du.«

»Klar«, meinte er automatisch, doch er dachte darüber nach, welchen Haken das haben könnte. Ihre Großmutter hatte festgelegt, dass die Wohnung »der Familie« zur Verfügung stehen sollte, aber man konnte nicht von ihr erwarten, dass sie für alle Kosten aufkam, während sie hier mietfrei wohnten. Er hatte bisher die Nebenkosten getragen, ohne von seiner Schwester zu verlangen, dass sie sich beteiligte, und ein bisschen konnte das auch so weitergehen. Doch eine dauerhafte Lösung war das nicht. Er dachte daran, wie Rosa und er darüber gesprochen hatten, dass sie beide an einem Scheideweg in ihrem Leben standen. Seine Perspektive war gerade um einiges unsicherer geworden. »Im Winter gibt es hier nicht viel zu tun.«

»Darüber denke ich nach, wenn es so weit ist.«

Er runzelte die Stirn. »Wer soll sich um Paige kümmern? Ich helfe gern aus, aber ich muss auch arbeiten.« *Und ich möchte frei sein, um fortzugehen, wenn ich will.* Doch das sprach er nicht aus.

»Es muss ja hier auch Tagesmütter und Kindergärten geben wie überall anders.« Müde stützte Marci den Kopf in die Hand. »Ich habe ein paarmal auf *jobsinmalta.com* gesurft, aber ich habe noch keine Entscheidungen getroffen«, sagte sie, als wäre ihre Unsicherheit diesbezüglich nicht schon mehr als klar.

Sie verfielen in Schweigen. »Wie lange bekommst du Krankengeld?«, fragte Zach schließlich.

»Drei Monate in voller Höhe und dann drei Monate die Hälfte.«

»Eine großzügige Regelung.« Er versuchte, sich seine Erleichterung darüber, dass sie einstweilen abgesichert war, nicht anmerken zu lassen. »Paige hat zu Hause schon einen Platz an einer Schule, oder? Wenn du beschließt, sie ab September hier zur Schule zu schicken, wie …«

»Ich habe ihr hier auch einen Platz für den Übergang besorgt«, unterbrach sie ihn. »Sie würde Unterricht auf Maltesisch und Englisch haben, aber Maltesisch würde kein Problem darstellen, wie ich befürchtet hatte. Viele maltesische Kinder lernen zuerst Englisch und bekommen erst ab fünf Jahren Unterricht in Maltesisch.«

»Das hast du alles herausgefunden, ohne jemandem davon zu erzählen?« Er hörte selbst, dass er erstaunt klang.

»Sieht so aus.« Marci machte nicht den Eindruck, als wäre sie stolz darauf, dass sie an alles gedacht hatte. »Komisch, wie wir alle uns treiben lassen, ohne viel zu erreichen«, meinte sie. »Ich bin krankgeschrieben. Du arbeitest freiberuflich in einem Job, den du hasst. Electra hält sich über Wasser, indem sie in Bangkok Englisch unterrichtet.« Sie seufzte. »Ich höre mich schon wie Dad an, aber wir haben alle nicht besonders viel geleistet.«

Zach hatte sich wieder aufs Sofa gesetzt, doch jetzt war er bis zum Rand gerutscht, als wäre er bereit, aufzuspringen und gegen die nächste Schwierigkeit zu kämpfen, die da kommen mochte. »Abgesehen von deiner beruflichen Lage finde ich, dass du dich unter schwierigen Umständen als alleinerziehende Mutter gut geschlagen hast. Paige ist ein glückliches kleines Mädchen – wenn sie nicht gerade einen Diamantring findet und du ihr nicht erlaubst, ihn zu behalten –, und Electra und ich haben es nicht nötig, uns eine Karriereleiter hochzuarbeiten, um ein erfülltes Leben zu führen. Nannas Wände anzustreichen und ihre Küchen und Bäder einzubauen, hat mich viel zufriedener gemacht als alle Zahlen, über denen ich je gebrütet habe. Das Hauptvergnügen in meinem Job ist der Gehaltsscheck.«

»Schon möglich«, meinte Marcy und wirkte etwas weniger unglücklich. »Hast du in letzter Zeit von Electra gehört?«

»Wir haben uns Textnachrichten und E-Mails geschrieben, aber sie behauptet, sie hätte zu wenig Zeit, um einen richtigen Anruf einzuplanen.« Er zog sein Handy hervor und öffnete seine Nachrichten. »Ich mache ihr jetzt noch einmal einen Vorschlag.« Beim Tippen stellte Zach sich seine kleine Schwester mit ihrem kurzen Haar und ihrer unerschöpflichen Energie vor. *Wie sieht's bei dir aus? Marci und ich würden uns gern mit dir zum Telefonieren verabreden.*

Möglichst bald! In Bangkok war es fünf Stunden später als auf Malta, also nach zwei Uhr morgens. Halb rechnete er damit, dass die vitale, freigeistige Electra noch auf sein würde, doch sie antwortete nicht.

»Hat Mum kürzlich mit dir über sie gesprochen?«, fragte er Marci, während er das Handy wegsteckte.

»Nur das Übliche: Sie hat sich gefragt, ob sie jemals nach England zurückkehren wird.« Sie lächelte schwach.

Zach rieb sich übers Kinn. »Vielleicht sollten wir ein schlechtes Gewissen haben, weil keiner von uns Geschwistern momentan in Cornwall lebt, in Mums und Dads Nähe.«

Marci legte müde den Kopf zurück. »Es ist ja nicht, als wollten wir nicht in Mums Nähe sein …«

»Nein.« Zach brauchte nicht daran erinnert zu werden. »Ich glaube, sie versteht, warum wir Dad schwierig finden.« Zach nahm sich vor, seine Mum morgen auf FaceTime anzurufen. Dann reckte er sich gähnend. »Es ist fast zwei Jahre her, seit ich Electra gesehen habe. Vielleicht sollte ich für ein paar Wochen nach Thailand fliegen und mich davon überzeugen, dass in ihrer Welt alles in Ordnung ist. Oder falls du fliegen willst …«, fügte er vorsichtig hinzu, »könnte ich hier bei Paige bleiben. Da hättest du schön Zeit für dich.«

Marci schloss die Augen und stöhnte auf. »Die Reise wäre mir zu anstrengend. Aber danke. Du bist ein guter Bruder.« Sie versuchte zu lächeln. »Vielleicht sollte ich meine Tablettendosis erhöhen. Mein Arzt auf Malta hat mir ein neues Rezept für ein mildes Antidepressivum ausgestellt.«

»Vielleicht«, pflichtete er ihr bei. Ein glücklicheres Leben wäre seiner Meinung nach die bessere Medizin, aber er hatte keine Ahnung, wo man sich das verschreiben lassen konnte.

Nachdem Marci sich ein paarmal die Nase geputzt hatte, die inzwischen ganz rot geworden war, erklärte sie, sie wolle noch nach Paige sehen und dann ins Bett gehen und lesen. Er umarmte sie schnell.

Der Fernsehfilm war zu Ende, und die nächste Sendung war eine englische Sitcom, auf die er gut verzichten konnte. Es war schon nach zehn. Er überlegte, ob er noch in der WhatsApp-Gruppe des Personals des Nicholas-Zentrums fragen sollte, ob jemand Lust auf einen Drink hatte. Oder er könnte Rosa schreiben und sie zu einem Glas Wein einladen. Sie könnten in die Jazzbar unter den Brückenbögen gehen, in der Flaviu arbeitete. Er stellte sich vor, wie er mit ihr lachte und plauderte und der Musik lauschte, die die warme Luft erfüllte. Vielleicht diesen Kuss noch einmal wiederholen, obwohl er potenziell zu Komplikationen führen könnte.

Aber heute Abend war ihm nicht wohl dabei, die Wohnung zu verlassen. Wenn Marci sich wieder aufregte, wäre er lieber in der Nähe. Er legte sich aufs Sofa, starrte an die glatte weiße Decke, die er selbst gestrichen hatte, und dachte nach. Er konnte vollkommen nachvollziehen, warum Marci keine Lust hatte, nach Redruth heimzukehren, nur damit ihr Dad sie ständig auf ihre Defizite hinweisen konnte. Außerdem hatte sie keine beruflichen Aussichten und keinen Partner. Die gleichen Bemerkungen machte ihr Dad auch über ihn.

Paige großzuziehen, war vielleicht der beste und wichtigste Job für Marci, aber er war sich ziemlich sicher, dass sie sich verdammt einsam fühlte. Er wünschte, sie hätte sich nicht in diesen verheirateten Idioten verliebt. Wäre es besser oder schlimmer gewesen, wenn sie das Kind dieses Mannes nicht verloren hätte?

Er hätte inzwischen noch eine Nichte oder einen Neffen haben können. Marci hätte ein zweites Kind gehabt. Kein Wunder, dass sie trauerte.

13

Rosa begann den Mittwochmorgen gut gelaunt, frühstückte in ihren bequemsten Shorts auf der Terrasse und las dabei. Dory war gestern Abend, wie sie schon angedeutet hatte, nicht nach Hause gekommen, und Rosa konnte nicht abstreiten, dass sie es genoss, die Wohnung für sich allein zu haben. Wenn Dory wirklich für eine Woche nach England zurückflog, konnte Rosa sich auf noch mehr Freiheit ohne schlechtes Gewissen freuen, und heute Nachmittag lag die Tanzstunde im Nicholas-Zentrum vor ihr.

Nach dem Frühstück setzte sie ihre Kopfhörer auf und hörte Musik, während sie verwelkte Blüten zupfte und die wippenden roten Geranien auf der Terrasse goss. Während sie arbeitete, wurde »Shape of You« gespielt, und sie begann, um die Terrakottatöpfe herumzutanzen.

Mitgerissen von der sinnlichen Musik, drehte sie sich auf der Stelle und glitt mit den Händen im Zickzack an ihrem Körper hinunter.

Hinter ihr erklang mit einem Mal entzücktes Lachen.

Rosa riss ihren Kopfhörer herunter, wirbelte herum und stand vor Paige, die lachte und applaudierte. »Du hast getanzt! Du warst gut.«

Zach, der hinter Paige stand, trug ein breites Grinsen und ein deutliches Strahlen in den Augen zur Schau. »Äußerst … fesselnd«, bekräftigte er.

»Ich will auch tanzen! Bitte, können wir?« Paige hüpfte auf den Zehenspitzen.

»Ich könnte dir einen einfachen Tanz beibringen, aber vielleicht hat Onkel Zach ja andere Pläne.« Rosa versuchte zu klingen, als wäre sie nicht verlegen, weil man sie dabei erwischt hatte, wie sie zu einem Song von Ed Sheeran die Hüften schwang.

»Mummy hat Kopfschmerzen, und Onkel Zach passt auf mich auf«, erklärte Paige, als wäre die Sache damit entschieden.

Über Paiges Kopf hinweg warf Zach Rosa einen Blick zu. »Vielleicht fünf Minuten? … Wir haben heute Vormittag noch etwas zu erledigen, Sonnenschein«, sagte er dann an seine Nichte gerichtet.

Paige nickte zerstreut und konzentrierte sich auf Rosa, die die Kopfhörer herauszog, sodass die Musik direkt aus ihrem iPad kam.

»Okay«, sagte sie und nahm Paiges Hand. »Wir gehen seitwärts nach rechts – nein, hier entlang – und dann Seite, Seite, links. Und wir klatschen. Seite, Seite, klatschen! Seite, Seite, klatschen! Dann vorwärts, zurück, vorwärts, zusammen, und dazu wackeln wir mit den Schultern. Versuchen wir das mal.«

Mit den Klängen von Streichinstrumenten und Klavier begann der Auftakt zu einer Nummer von Céline Dion. Rosa nickte im Takt und versuchte sich auf ihren Einsatz zu konzentrieren statt auf Zachs interessierten Blick, der ein wenig zurückgewichen war, um zuzusehen. Plötzlich kam ihr eine Idee. »Ich finde, Onkel Zach sollte auch tanzen, meinst du nicht?«

»JAAA!«, schrie Paige und hüpfte auf und ab.

»Ich nicht.« Zach verschränkte die Arme.

»Ach, komm schon, Zachary!«, rief Paige, rannte zu ihm und versuchte, ihn an seinen Gürtelschlaufen mitzuschleppen. »Das wird lustig.«

Zach setzte eine leidgeprüfte Miene auf, ließ die Arme sinken und stellte sich so hin, dass Rosa sich in der Mitte zwischen ihnen befand. Sie startete die Musik erneut. »Fertig?« Sie versuchte, nicht auf Zachs Nähe zu reagieren, aber sie nahm die Wärme, die von ihm ausging, überdeutlich wahr. »Uuund … Schritt, Schritt, Klatschen. Schritt, Schritt – nein, in die andere Richtung –, Schritt, Schritt, klatschen, Schritt, Schritt, klatschen. Ja, du hast es raus! Gut gemacht, Paige.«

»Ich habe es auch raus«, warf Zach ein und tat, als schmollte er, weil er nicht gelobt worden war.

»Gut gemacht, Zachary«, erklärte sie feierlich. Als er zur Seite trat, brachte er es fertig, ihr so nahe zu kommen, dass er ihr einen Arm um die Taille legen konnte, sodass ihre Körper sich zusammen bewegten. Offensichtlich war er nicht mit zwei linken Füßen geboren.

Rosa stockte der Atem, als er sie berührte. »Und jetzt wackeln, wackeln, klatschen, klatschen und vorwärts, zurück, vorwärts, zurück – wackeln, wackeln, klatschen, klatschen und mit dem anderen Fuß vorwärts, zurück, vorwärts, zurück.«

Paige bekam den Richtungswechsel nicht mit, aber Zach schon, obwohl sein Wackeln mehr wie ein Stoßen ausfiel.

»Du machst das verkehrt, Onkel Zach«, meinte Paige von oben herab. »Du musst seitwärts mit dem Popo wackeln und nicht von hinten nach vorn.«

Kichernd und wackelnd führten sie den Tanz noch zweimal auf, dann schaute Zach auf seine Armbanduhr und verneigte sich. »Bedaure, Ladys. Paige und ich müssen hier Schluss machen.«

»Ohhhh …«, sagte Paige, und ihre schmalen, fein gezeichneten Augenbrauen zogen sich über ihrer Stupsnase Unheil verkündend zusammen.

»Leider ja.« Offensichtlich war Zach gegen finstere Mienen von Vierjährigen immun. »Wir sind heruntergekommen, um Rosa um einen Gefallen zu bitten, und dann wollten wir Granny auf Skype anrufen, nicht wahr?«

»Ja!« Paiges Gesicht hellte sich auf. »Rosa, wir wollen auf Zacharys Computer mit Granny reden. Wir werden ihr alles erzählen, was wir hier auf Malta machen.«

Es war so offensichtlich, dass sie wiederholte, was man ihr gesagt hatte. Sogar die Intonation eines Erwachsenen, der einem Kind ein Vergnügen in Aussicht stellt, hatte sie so genau getroffen, dass Rosa Paige am liebsten hochgehoben und umarmt hätte. »Klingt fantastisch«, meinte sie und lächelte. »So, und was ist das für ein Gefallen?«

Zach strich sich das Haar zurück, das vom Tanzen ganz zerzaust war. »Du hast einmal davon gesprochen, dass du Fotos mit deinem iPhone machst. Ich würde gern ein paar Aufnahmen von dem Ring schießen, den Paige gefunden hat, einschließlich des Stempels, bevor ich ihn heute Nachmittag zur Polizei bringe und Bilder in der lokalen Internet-Gruppe poste. Aber ich kriege einfach diese extremen Nahaufnahmen nicht hin, ohne dass alles verschwimmt. Ich habe die Anleitung, die ich im Internet gefunden habe, befolgt, aber es funktioniert nicht.«

»Ich will den Ring nicht zur Polizei bringen.« Paige zog einen Schmollmund.

Zach lächelte ihr zu. »Ich weiß. Aber es gehört sich so.«

Rosa holte ihr Handy hervor. »Lass mich die Bilder machen.« Sie wedelte mit ihrem Telefon. »Meine Profilampe spendet ein gleichmäßiges Licht, das Details großartig hervorhebt.« Sie führte die beiden in die Küche und befestigte die Lampe rasch am Stativ. »Die dunkle Arbeitsplatte bildet einen schönen, schlichten Hintergrund.«

Rosa demonstrierte, wie man das Bild scharf stellte und dann darauf tippte, um die Einstellung zu fixieren. Sie nahmen gute Bilder des Stempels und des Rings selbst auf und steckten die Köpfe zusammen, als sie auf das Display des Handys sahen. Zach roch nach Duschgel und Sonnenschein.

Erfreut vergrößerte er das Bild, um die Einzelheiten zu betrachten. »Ich hatte gehofft, ihn heute Vormittag zu einem Juwelier zu bringen, um ihn schätzen zu lassen, bevor ich ihn der Polizei übergebe. Aber ich bin mir nicht sicher, ob ich Zeit haben werde. Ich hatte nicht damit gerechnet, Paige dabeizuhaben.«

Rosa wollte helfen. »Paige könnte bei mir bleiben, wenn das geht.«

»Nein!«, kreischte Paige nicht sonderlich höflich. »Ich will mit Granny telefonieren!«

»Hey, hey«, sagte Zach sanft, aber missbilligend. »In diesem Ton reden wir aber nicht miteinander, ja?«

Paige sah auf ihre Füße hinunter, und Rosa fiel etwas anderes ein. »Wie wäre es, wenn ich den Ring begutachten lasse? Ich will gleich zum Einkaufen nach Sliema. Da könnte ich auch bei einem Juwelier vorbeigehen.«

Erfreut nickte er. »Das wäre großartig, wenn es dir nichts ausmacht. Und danke auch für das andere Angebot.« Er senkte die Stimme, bis er beinahe flüsterte, und trat so nahe an sie heran, dass sie ihn verstehen konnte. Der frische Duft nach Duschgel rief ein Prickeln in ihrem Nacken hervor. »Marci geht's nicht gut, und ich glaube, das färbt auf Paige ab. Sie hat so traurig ausgesehen, als Marci mich heute Morgen gebeten hat, auf sie aufzupassen. ›Manchmal pritzelt es in meinem Bauch‹, hat Paige zu mir gesagt. Keine Ahnung, wie sich ein pritzelnder Bauch anfühlt, aber ich vermute, es hat etwas mit Nervosität zu tun.« Er wirkte bekümmert. »Tut mir leid, das wolltest du alles gar nicht wissen.«

Instinktiv legte sie ihm eine Hand auf den Arm. »Du brauchst dich nicht zu entschuldigen. Es ist toll, dass du für deine Schwester und Nichte da bist.« Dass sie seinen Unterarm streichelte, wurde ihr erst klar, als er hinsah.

»Warum fasst ihr euch an?«, fragte Paige, bevor sie sich zwischen die beiden drängte. »Küsst ihr euch gleich?«

Zach lachte. »Meinst du, wir sollten?«, fragte er. Seine Augen leuchteten, und der düstere Ausdruck von eben war wie weggeweht.

»Igitt, nein!«, rief Paige. »Können wir jetzt mit Granny reden? Ich will ihr meinen Snorchel zeigen.«

Also gingen Zach und Paige in ihre eigene Wohnung, und Rosa fuhr nach Sliema und trat in ein Juweliergeschäft. In der Bisazza Street befanden sich gleich mehrere, und sie entschied sich einfach für einen, bei dem sie ein gutes Gefühl hatte. Als der Juwelier aus den dunklen Tiefen des kleinen, altmodisch wirkenden Ladens hervorkam, zeigte er sich interessiert an Paiges Fundstück und begutachtete den Ring durch seine Juwelierlupe aufmerksam. Rosa erklärte, er müsse der Polizei übergeben werden und sie brauche eine Einschätzung seines Werts, damit er quittiert werden konnte.

Enttäuscht verzog der Juwelier den Mund. »Für eine richtige Wertbestimmung würde ich den Ring gern behalten und ein paar Recherchen anstellen. Wenn Sie ihn heute wieder mitnehmen, kann ich Ihnen nur eine grobe Einschätzung liefern.«

»Ungefähr ist vollkommen ausreichend«, versicherte Rosa ihm. Doch was der Mann ihr dann erklärte, ließ ihren Atem stocken, und sie steckte den Ring ganz vorsichtig wieder in die Tasche und achtete darauf, dass sie das Reißverschlussfach richtig zuzog, bevor sie zum Supermarkt ging.

Als Rosa wieder zu Hause war, war Dory immer noch nicht zurück. Sie nahm sich gerade genug Zeit, um die Tiefkühlware wegzuräumen, und lief dann gleich die Treppe zur oberen Wohnung hinauf. Die Tür stand offen, um die Brise einzulassen, und sie klopfte dagegen. »Hallo?«, rief sie.

Zach steckte den Kopf in den Flur. »Wir sind in der Küche. Komm doch rein.«

Sie trat ein. Die Wohnung hatte den gleichen Grundriss wie die, die eine Etage tiefer lag, war jedoch mit Marmorplatten ausgelegt und mit verschnörkelten Lampen ausgestattet. Als sie in die Küche kam, sah sie Paige, die am Tisch saß. Sie ließ die Beine baumeln, aß in Streifen geschnittenes Toastbrot und schaute eine Fernsehsendung für Kinder an. »Ich hatte Hunger«, sagte sie, warf Rosa ein flüchtiges Lächeln zu und konzentrierte sich dann wieder auf den Bildschirm.

»Ich wollte dir das sofort zurückgeben.« Rosa fischte den Ring aus ihrer Handtasche und legte ihn rasch in Zachs Handfläche. »Der Juwelier hat gesagt, das sei ein schönes Stück, italienisch, und dass wahrscheinlich jemand unglücklich darüber ist, ihn verloren zu haben. Er ist kaum getragen, und er schätzt, dass er in den letzten zehn Jahren gekauft worden sein müsste.« Sie unterbrach sich, um Luft zu holen. »Er meint, er müsse sieben- bis zehntausend Euro gekostet haben und sollte mit zehn versichert sein.«

Zachs Blick huschte zu ihren Augen, was ihr verriet, dass er zuvor ihren Mund betrachtet hatte. *»Zehntausend Euro?«*, wiederholte er.

»Offenbar. Der Diamant ist ziemlich groß, nicht wahr? Ich kann mir gar nicht vorstellen, dass jemand mit so einem Klunker herumläuft, aber ich bin mir sicher, dass der Juwelier weiß, wovon er redet.«

»Ich bringe ihn nach unserem Besuch im Nicholas-Zentrum heute Nachmittag zur Polizei.« Zach zog seine Geldbörse hervor und steckte den Ring in ein kleines Fach.

Rosa tat einen Schritt in Richtung Tür. »Dann sehen wir uns um zwei, und ihr seid dann fertig für die Tanzveranstaltung im Nicholas-Zentrum?«

»Bis dahin haben wir jede Menge Zeit«, bestätigte er. »Danke für das Einholen der Werteinschätzung, auch wenn die mir fast die Sprache verschlagen hat.« Er berührte ihren Arm, und als sie die Treppe hinunterging, prickelte ihre Haut dort noch immer.

Während sie den Rest der Einkäufe verstaute und sich ein Mittagessen zubereitete, wanderten ihre Gedanken zurück zu Zach. Zu seinem konzentrierten Blick, seinem kantigen Kiefer, seinen weichen Lippen, die sie auf ihren gespürt hatte, als sie sich auf dem Dach geküsst hatten. Suchende, forschende, sinnliche Lippen, die in ihr den Wunsch nach mehr geweckt hatten. Sie war sich sicher, dass er gerade eben darüber nachgedacht hatte, sie noch einmal zu küssen. So begehrlich hatte er den Blick auf sie gerichtet, dass sie hätte schwören können, dass er sich auf sie zubewegte.

Das hatte ein merkwürdiges Gefühl in ihr ausgelöst. Vielleicht »pritzelte« es ja in ihrem Bauch wie bei Paige.

Sie aß auf der Terrasse – sie gewöhnte sich auf Malta eindeutig das Essen im Freien an –, als ihr Handy, das sie in der Küche gelassen hatte, klingelte. Es war der Klingelton, den sie Marcus zugeordnet hatte.

Laut aufstöhnend ging sie hinein und nahm das Gespräch an.

»Hallo!« Marcus klang fröhlicher und freundlicher als die letzten Male. »Wie geht's dir? Wie gefällt es dir auf Malta? Geht's deiner Mum gut? Ich wette, sie hat ihren Spaß.«

»Gut, danke, und es gefällt uns hier«, gab sie höflich zurück und warf einen Blick auf die Uhr am Herd. »Gibt es ein Problem? Ich muss um zwei Uhr los und möchte mich noch fertig machen, daher ist das kein guter Zeitpunkt für ein längeres Gespräch.«

Er lachte, als hätte sie etwas Komisches gesagt, und ihre Alarmglocken schrillten. Manchmal, wenn es ein Problem gab, legte Marcus eine aufgesetzte Jovialität an den Tag, als sollte man mit ihm zusammen über etwas lachen, das zwar seinetwegen absolut schiefgegangen war, wofür er aber dennoch keine Verantwortung übernehmen wollte. »Es dauert nicht lange«, sagte er beschwichtigend und viel zu süßlich.

Rosa wartete schweigend.

Marcus räusperte sich. »Hast du etwas von der Bank gehört?«

Sie war verwirrt. »Was sollte ich denn hören? Die Papiere die Hypothek betreffend sind doch alle in Ordnung, oder? Außer, du meinst die Benachrichtigung, dass der Vorgang abgeschlossen ist und ich nichts mehr mit der Hypothek zu tun habe? Nein, die habe ich nicht bekommen.«

»Nein.« Marcus' Stimme klang jetzt nicht mehr heiter. »Ich fürchte, es gibt eine Verzögerung.«

Ein Seufzen kam über Rosas Lippen. Sie hatte vergessen, wie umständlich Marcus sein konnte, wenn er mit etwas nicht herausrücken wollte – als würde sich das Problem auflösen, wenn er seine Erklärung nur lange genug auswalzte. »Was für eine Verzögerung?«

Schweigen. »Ich habe diesen Monat die Hypothek nicht bezahlt«, erklärte er dann.

Dieses Mal blieb es länger still, während Rosa das verdaute. »Wieso nicht?«, brachte sie schließlich heraus.

Das Schweigen, das jetzt folgte, zog sich derart in die Länge, dass Rosa schon dachte, er hätte den Anruf beendet. Dann sprach er plötzlich weiter, steif und entschuldigend. »Es ist so, wie du neulich vermutet hast.«

Jetzt war sie verwirrt. »Am liebsten würde ich den Arm durchs Handy stecken und die Wahrheit aus dir herausschütteln«, fauchte sie. »Wovon redest du?«

Ein Seufzen. »Ich habe das Geld nicht. Es ist weg.«

Ihr wurde fast übel, als ihr die Bedeutung seiner Worte bewusst wurde. »Du hast schon wieder alles verspielt.« Ihre Stimme klang ausdruckslos und dumpf.

»Ja.«

»Und die Formalitäten für die Hypothek sind nicht abgeschlossen.«

»Nein.«

Als sie Luft holte, tat ihr vor Schreck der ganze Oberkörper weh. »Also können sie sich das Geld von mir holen.«

»Ich dachte, wenn du diese letzte Rate zahlst, kann die Umstellung wahrscheinlich danach vonstattengehen. Wenn nicht …« – er klang, als schluckte er heftig –, »hängen wir beide drin.«

»Du Mistkerl«, sagte sie ruhig. »Frag doch Chellice«, fügte sie dann hinzu, als von ihm nichts kam.

»Sie sagt, sie hat mit der Hypothek nichts zu tun. Sie hat ihre Miete gezahlt, und …« Er verstummte und räusperte sich.

»Die hast du auch verspielt?« Wut stieg in Rosa auf, ein so heißer Zorn, dass sie zitterte. »Ich muss meinen Anwalt kontaktieren und um Rat bitten, dann melde ich mich wieder bei dir.« Mit bebenden Fingern beendete sie das Telefonat. Marcus hätte nach seinem großen Gewinn noch Zehntausende übrig haben müssen. Wie war es möglich, dass er so viel in so kurzer Zeit verloren hatte? Spielte er inzwischen Tag und Nacht? Als ihre Beziehung zu Ende gegangen war, hatte sie sich verletzt gefühlt, aber jetzt war sie froh darüber, nicht mehr mit ihm zusammen zu sein. Er hatte ihr Vorwürfe gemacht, weil sie seiner Meinung nach ein Problem damit hatte, einem anderen Menschen zu vertrauen. Aber jetzt brauchte man sich nur anzusehen, wie verlogen und unglaubwürdig er war.

Sie brauchte eine halbe Stunde, um in der Kanzlei ihres Anwalts jemanden an den Apparat zu bekommen, der nicht beim Mittagessen war und eine Ahnung davon hatte, wovon sie redete. Als sie eine Frau namens Jeanine am Handy hatte, schilderte sie ihr die Situation.

»Hmm«, meinte Jeanine. »Das ist nicht sehr fair von ihm, oder?« Dann klärte sie Rosa über die Lage auf, die sich so darstellte, dass sie die Zahlung würde leisten müssen. Die Haftung war »gesamtschuldnerisch«, was bedeutete, dass beide gleichermaßen für die gesamte Hypothek verantwortlich waren, solange nichts Gegenteiliges vertraglich festgelegt worden war. Die Bank interessierte es nicht, ob Marcus Rosa versprochen hatte, die Raten zu übernehmen. Noch lief die Hypothek nicht allein auf seinen Namen.

»Dann ist auch nicht gesichert, dass er die Zahlung für den nächsten Monat leisten kann?«, fragte Jeanine in einem Ton, der Rosa ein wenig zu lebhaft und tüchtig klang.

»Wahrscheinlich.« Rosa musste sich auf einen der Küchenhocker setzen. Ihre Knie trugen sie nicht mehr.

»Dann lassen Sie mich sehen, ob ich die Formalitäten

die Hypothek betreffend durchbekommen kann, bevor die nächste Zahlung fällig ist«, meinte Jeanine, wodurch sie beträchtlich in Rosas Wertschätzung stieg.

»Oh ja, bitte!«, stieß Rosa hervor und fühlte sich schon besser.

»Überlassen Sie das mir«, sagte Jeanine.

Obwohl es in ihren Augen eine himmelschreiende Ungerechtigkeit war, blieb Rosa wenig anderes übrig, als die Zahlung online anzuweisen. Anschließend hatte sie gerade noch Zeit, in die Dusche zu springen und ein Sommerkleid – enteneiblau und mit einem Volantsaum – überzustreifen, und dann standen Zach und Paige schon vor der Tür. Sobald sie Rosa sah, sprudelte Paige los. »Mummy muss noch mit einer Frau telefonieren, deswegen trifft sie uns dort. Kommt Dory auch mit?«

»Ich glaube, sie ist bei ihrem Freund Leslie«, meinte Rosa und versuchte, ihre Sorgen hinter einem Lächeln zu verstecken.

»Können wir dann mit deinem Auto fahren, damit Mummy das von Zachary nehmen kann, bitte?«, fragte Paige und hüpfte auf und ab, als wäre Rosas Antwort von allerhöchster Wichtigkeit.

Zach lächelte Rosa zu. »Ich unterstütze ihre Bitte.«

»Natürlich. Für deine kleinen Beinchen wäre der Fußmarsch zum Nicholas-Zentrum zu lang.« Rosa griff nach den Autoschlüsseln ihrer Mutter und hoffte, dass Dory nicht auftauchen und sie brauchen würde. Dann gingen sie die Treppe hinunter zur Straße. Zach holte den Kindersitz aus seinem Wagen, befestigte ihn in Dorys Auto und setzte sich dann, als er Paige angeschnallt hatte, auf den Beifahrersitz, wobei er den Kopf einziehen musste, um einsteigen zu können.

Das gab Rosa eine gute Gelegenheit, seine Rückseite zu mustern, die in cremefarbenen Shorts steckte. Sein T-Shirt war graublau. Sie war froh, dass sie gerade noch Zeit zum Duschen gehabt hatte, obwohl der verfluchte Marcus daran schuld war, dass sie sich nicht mehr hatte schminken können.

Entspannt saß Zach jetzt neben ihr und erklärte, dass der schnellste Weg über die Küstenstraße und dann links in das Herz des Wohngebiets von Gżira führte. »Alles in Ordnung bei dir? Du kommst mir angespannt vor«, fragte er dann leise, nachdem sie losgefahren waren.

Sie rang sich ein Lächeln ab. »Ach, ich hatte mal wieder Ärger mit Marcus«, flüsterte sie.

Er nickte und runzelte die Stirn, hakte aber nicht weiter nach.

Sie trafen rechtzeitig ein, um bei der Bestuhlung des großen Saals im ersten Stock des Zentrums mitzuhelfen. Die Hälfte des Bodens blieb frei. Der Tanzlehrer, Victor, war ein kleiner, gepflegter Mann um die dreißig. Er sprach Englisch mit nur leichtem Akzent, ganz ähnlich wie Joseph. Seine schwarzen Hosen hätten nicht enger anliegen können, und sein goldfarbenes Top wirkte fast wie ein Muskelshirt. Er trug auch richtige Tanzschuhe, wie Rosa sie in England besessen hatte.

Paige wollte in der ersten Reihe sitzen, daher nahmen sie dort Platz, genau in der Mitte. Jugendliche strömten in den Saal. Victor plauderte auf Maltesisch und auf Englisch. Rosa bekam den Eindruck, dass einige der Teenager ihn kannten, besonders, als sie ihn baten, ein paar Streetdance-Moves zu demonstrieren. Für sie bestätigten diese paar Schritte, dass er ein richtiger Tänzer war, der seinen Körper vollkommen unter Kontrolle hatte.

Schließlich rief Joseph alle zur Ruhe und stellte Victor vor, der über den Nutzen des Tanzens als Sport, Unterhaltung und gesellschaftliche Aktivität sprach. Er erwähnte seine Erfolge bei Wettbewerben und sein Studio in Msida. Er führte ein paar Schritte in verschiedenen Tanzstilen vor – »aber verlangt bloß kein Ballett von mir!«. Die Teenager lachten, doch er fuhr ernster fort und erklärte, wie muskulös und »wahnsinnig flexibel« Balletttänzer sein mussten.

Dann hob er die Arme zu einer einladenden Bewegung. »Wer kann denn schon tanzen?«

Neben Rosa sprang ein kleines Persönchen von ihrem Platz auf. »Rosa! Rosa kann tanzen!«

Rosa lachte. Sie rechnete damit, dass viele Menschen die Hände in die Luft recken würden und Victor sie alle auf den Tanzboden bitten würde.

Stattdessen wurde ihr mit einem mulmigen Gefühl klar, dass Victor geradewegs auf sie zusteuerte.

Zach sah zu, wie Victor die errötende Rosa zur Mitte des Tanzbodens führte. So, wie er sie ansah, zweifelte Zach nicht daran, dass Victor erfreut über seine »Freiwillige« war. Er witzelte, es sei zum Glück selbst in Zeiten politischer Korrektheit noch akzeptabel, dass beim Tanzen der Mann führte.

»Beim lateinamerikanischen Tanz«, fuhr er fort, »bilden wir einen Rahmen und schaffen Distanz zwischen uns, damit wir uns bewegen können. Die Arme halten wir nach vorn.« Er ließ seinen Worten Taten folgen und klimperte dann mit den Wimpern. »Wir sehen einander in die Augen.«

Das Publikum schüttete sich vor Lachen aus. Rosa wirkte unsicher, ließ aber zu, dass er die Hand unter ihre Schulter und den Arm an ihren legte, während sie auf der anderen Seite die Hände ineinander verschlangen.

Victor sprach das Publikum an, als könnte Rosa ihn nicht hören. »Eine richtige Tänzerin würde mir natürlich ein Bein um die Taille schlingen«, sagte er augenzwinkernd.

Rosa ließ das Bein vorschnellen wie eine Schlange, die zuschlägt, und schlang es ihm um die Hüfte. Der Saum ihres blauen Kleids rutschte hoch.

Victors Kopf ruckte herum, und er starrte sie an. Alles lachte. Paige klatschte und lachte lauter als alle anderen. Zach sah zu und dachte, dass Rosa wahrscheinlich nur Victors etwas anzüglichen Vortrag hatte unterbrechen wollen, indem sie sich einen kleinen Scherz auf seine Kosten erlaubte, aber trotzdem ... wollte er, dass es aufhörte. Zach wünschte sich, dieses Bein läge um seine Hüfte. Beide Beine wären noch besser gewesen.

Stattdessen musste er zuschauen, wie Rosa das Bein wieder auf den Boden stellte und der elegante Victor ein paar einfache lateinamerikanische Schritte vorführte; vorwärts, rückwärts, cha-cha-cha, rückwärts, vorwärts, cha-cha-cha.

Kurz ließ er Rosa los. »Jetzt solltet ihr euch alle einen Partner suchen und es selbst ausprobieren«, meinte er. »Warte hier, Sonnenschein«, flüsterte Zach Paige zu, und eine Sekunde später hatte er sich Rosa geschnappt, die verblüfft quietschte. Victor wirkte verblüfft darüber, seine Tanzpartnerin plötzlich verloren zu haben, doch er stellte die Musik wieder an, und die beiden und weitere Paare vollführten die Schritte zu den sinnlichen lateinamerikanischen Takten. Zach hielt Rosas Hand, die so warm wie die Sonne war, und legte die andere an ihr Schulterblatt. Doch am liebsten hätte er sie an sich gezogen und hätte Wange an Wange auf eine Art mit ihr getanzt, die weit weniger für die Öffentlichkeit geeignet war.

»Hey, Zachary! Was ist mit mir?«, ließ sich neben ihm ein empörtes Stimmchen vernehmen.

Rosa wollte Paige schon ihren Platz abtreten, doch Joseph kam herbei, hob die Vierjährige mit einer fließenden Bewegung hoch und wirbelte mit ihr davon, wobei er ernst »vorwärts, rückwärts, cha-cha-cha, meine Kleine« skandierte. Paige quietschte vor Vergnügen.

Rosa straffte die Schultern, schob Zach dann im Kreis herum und sah ihm tief in die Augen. Offensichtlich hatte sie den Teil darüber, dass beim Tanz der Mann die Führung übernahm, nicht gehört. Aber Zach hätte sich von dieser sexy Frau, die mit beiden Beinen auf der Erde stand, überall hinführen lassen. Sie hatte seine Abwehr überwunden und war, wie er zu argwöhnen begann, dabei, einen Weg in sein Herz zu finden – äußerst beunruhigend angesichts seiner katastrophalen Bilanz bei Frauen.

Als der Tanz zu Ende war, wichen sie auseinander wie die anderen Paare. Zach schaute ihr in die strahlenden Augen. »Du siehst aus, als hättest du Spaß gehabt.«

Rosa leuchtete beinahe von innen. »Hatte ich auch.«

Joseph tauchte leicht außer Atem auf – Paige hing um seinen Hals. »Sie tanzen gut, Rosa! Wir brauchen Victor gar nicht. Ich finde, Sie hätten den Kurs übernehmen können.« Er reichte Paige an Zach zurück und verschwand in der Menge.

»Das würde ich sehr gern, aber ich habe nur als Kind Tanzstunden gehabt. Heutzutage mache ich nur Zumba. Außerdem bin ich ja keine ausgebildete Tanzlehrerin«, entgegnete Rosa und fuhr sich mit den Fingern durchs Haar. Dann trat ein nachdenklicher Ausdruck auf ihr Gesicht, und sie zog leicht die Brauen zusammen. »Aber ich könnte Mum bitten, mir eine Ausbildung zur Tanzlehrerin zu finanzieren, wenn ich wieder in England bin«, sagte sie beinahe zu sich selbst. »Das könnte meine neue Karriere werden. Klingt das verrückt?«, fragte sie, als ihr klar wurde, dass Zach zuhörte.

Etwas in Zach zuckte zusammen, als sie beiläufig erwähnte, dass sie Malta irgendwann verlassen würde. »Nein, ich finde, das wäre großartig«, antwortete er trotzdem.

Freudig verzog sie das Gesicht. In der maltesischen Sonne hatte sie Sommersprossen bekommen, die ihre Wangen übersäten. »Vielleicht könnte ich stundenweise im Blackthorn's arbeiten und nebenbei tanzen.«

Da Paige beharrlich an ihm zerrte, kaufte Zach an einem Stand, der von Maria und zwei Teenagern betrieben wurde, Orangenlimo für alle. Zach vergewisserte sich, dass Paige ihre Plastikflasche gut festhielt, und steckte ihr einen Strohhalm hinein. Während sie lautstark schlürfte, hörte er zu, wie Rosa davon sprach, Tanzlehrerin zu werden, und sich dabei fast überschlug. Angesteckt von ihrer Begeisterung, sehnte er sich danach, einen Plan für sein eigenes Leben zu schmieden, um sich so zu fühlen, wie sie gerade aussah: vor Aufregung überschäumend.

»Es ist so offensichtlich«, sprudelte es aus ihr heraus. »Keine Ahnung, warum ich nicht früher daran gedacht habe! Ich könnte buchstäblich mein ganzes Leben mit Tanzen ausfüllen. Ich könnte Unterricht nehmen und einer Truppe beitreten, die Musicals aufführt. Die Choreografie mit entwickeln und auf der Bühne stehen.«

»Und wo würdest du das alles tun?«, fragte er vorsichtig, denn seine Gefühle für sie waren noch so frisch und zerbrechlich, dass er nicht riskieren konnte, sich direkt zu erkundigen, ob bei diesen Plänen auch Platz für ihn wäre.

Bevor sie antworten konnte, trat Joseph wieder zu ihnen.

»Kannst du mir einen Gefallen tun, Zach?« Joseph wischte sich eine feine Schweißschicht von der Stirn. Das Nicholas-Zentrum besaß keine Klimaanlage. »In meinem Büro stehen zwei Flaschen Wein, ein Dankeschön für Victor. Würde es dir etwas ausmachen, schnell nach unten zu laufen, während ich bei unserem Gast bleibe?«

»Klar.« Als ehrenamtlicher Mitarbeiter des Nicholas-Zentrums war Zach daran gewöhnt, sich nützlich zu machen. Er tätschelte Paige den Kopf. »Bleib du bei Rosa. Ich bin gleich wieder da.«

Paige war nicht überzeugt. »Ich kann mitkommen und nachsehen, ob alles in Ordnung ist.«

Er lachte und bückte sich, um sie auf die Stirn zu küssen. »Aber was ist dann mit Rosa? Wer wird sich um sie kümmern? Hier, halt meine Limo, und Rosa und du, ihr passt aufeinander auf. Allein bin ich schneller.«

Er grinste immer noch, als er die Treppe zu Josephs Büro hinunterlief, wo er die Weinflaschen auf dem Schreibtisch stehen sah.

Doch die meisten der Schreibtischschubladen, die normalerweise geschlossen waren, standen offen.

14

Mit offenem Mund starrte Zach den durchwühlten Schreibtisch an.

»Was zur Hölle …?«, fragte er laut.

Dann stürzte mit einem Mal ein Mann aus dem Spalt zwischen Tür und Wand. »Hey …!«, rief Zach, schluckte jedoch seinen Ausruf hinunter, als der Unbekannte ihn packte und in die Lücke stieß, aus der er hervorgesprungen war.

Zach stöhnte, als die Tür gegen ihn knallte und ihn mit dem Gesicht voran an die Wand presste. Die Klinke grub sich ihm schmerzhaft in die Rippen. Jemand machte sich an dem Reißverschluss der Tasche seiner Shorts zu schaffen. Während Zach mit der Wange an den kühlen Putz gedrückt wurde, versuchte er sich loszureißen, zu treten und sich gegen die Tür zu stemmen, doch der andere schlug ihm mehrmals in den Rücken, sodass ihm die Luft aus den Lungen gepresst wurde. Er keuchte auf, als die Tür ihn ein weiteres Mal traf, und hörte, wie ein Reißverschluss aufgezogen wurde. Dann zerrte der andere etwas aus seiner Tasche.

Der Druck ließ nach.

Benommen versuchte er, einzuatmen, zu schreien, auf dem Absatz herumzufahren und seinen Angreifer zu stellen.

Doch er konnte nur röcheln und taumelte. Dann hörte er, wie die Tür zufiel und der Schlüssel im Schloss umgedreht wurde.

»Verdammt!«, stieß er hervor und massierte sich den Ellbogen, der einen harten Schlag abbekommen hatte. Während sich seine Lungen wieder mit Luft füllten, stellte er fest, dass der Mann, der sich an seiner Tasche zu schaffen gemacht hatte, seine Brieftasche gestohlen, ihm aber das Handy gelassen hatte. Sich mit der Tür anzulegen, erschien ihm sinnlos, aber er rüttelte trotzdem an der Klinke. Dann rief er, immer noch nach Luft ringend, Joseph an.

Nachdem er ein paar Minuten später aus dem Raum befreit worden war, entdeckten sie, dass das gesicherte Schlüsselkästchen, das an der Küchenwand hing und alle Ersatzschlüssel beherbergte, aufgebrochen war, was erklärte, wie der Dieb die Schreibtischschubladen aufschließen konnte. Offensichtlich hatte er gewusst, wo er zu suchen hatte, denn die Handkasse fehlte. Joseph erklärte das Zentrum für den Tag für geschlossen. Zach rief Marci an, damit sie Paige abholte, denn er fand, das kleine Mädchen wäre zu Hause bei seiner Mum besser aufgehoben als bei ihm, wo sie sich anhören müsste, wie er den Angriff in allen Einzelheiten schilderte. Bald traf auch die Polizei ein – dieses Mal hatte Joseph nicht gezögert, sie zu rufen. Hier lag eindeutig ein Verbrechen vor, und das konnte er nicht hinnehmen. Zach fühlte sich angeschlagen und spürte, wie sein Ellbogen genauso pulsierte wie sein Zorn.

Rosas Strahlen von eben war verschwunden, und sie riss besorgt die Augen auf. »Du bist verletzt«, sagte sie.

»Nur ein paar Prellungen«, gab er finster zurück, doch er war froh über den Beutel mit Eiswürfeln, den sie ihm aus der Küche holte, damit er seinen Arm kühlen konnte.

Dann folgte ein Gespräch mit der Polizei. Joseph setzte sich mit düsterer Miene zu ihnen. Maria und Rosa hielten sich im Hintergrund, während die anderen oben unter lautem Knallen und Klappern die Stühle wegräumten. Joseph erzählte von den Diebstählen der letzten Zeit. Zach schilderte den heutigen Angriff. Die Polizeibeamten – beides Männer – erkundigten sich nach dem Inhalt von Zachs Brieftasche.

»Ich hatte gerade erst hundert Euro am Geldautomaten gezogen«, sagte er wütend. »Das ist jetzt nicht mehr witzig.« Joseph und er wechselten einen Blick. Die Polizisten hatten nicht gefragt, ob sie eine bestimmte Person verdächtigten. Zach hatte Angst, es könnte Luccio sein, Angst, dass der junge Mann Probleme mit der Polizei bekommen könnte. Und doch … Wenn er wirklich der Dieb war, wäre es nicht besser, er lernte jetzt eine schmerzhafte Lektion, statt sich immer mehr mit den falschen Freunden zu verstricken? Zach hatte gerade entschieden, dass er diese Entscheidung Joseph überlassen würde, als ihm ein furchtbarer Gedanke kam.

»Mist. Ich hatte einen wertvollen Ring in meiner Brieftasche!« Kurz umriss er, wie der Ring in seinen Besitz gekommen war.

Scharf atmete Joseph ein. »Warum hast du so etwas Wertvolles hierher mitgenommen?«

»Ich wollte ihn nach der Veranstaltung zum Polizeirevier bringen«, gab Zach gereizt zurück. Dann musste er sich die Fragen der Beamten gefallen lassen, die sich erkundigten, ob der Ring versichert gewesen sei. Er fragte sich, ob die beiden den Verdacht hegten, das Ganze könnte ein abgekartetes Spiel sein, um die Versicherung schädigen. Doch da der Ring nicht versichert war, jedenfalls nicht durch ihn, war dieser Punkt rasch abgehakt.

Zach hatte seinen Angreifer nicht gesehen, schloss aber aus Größe, Körperbau und Kraft, dass er männlich war. Damit hatte die Polizei nur wenige Anhaltspunkte. Joseph erwähnte Luccios Namen nicht, daher verzichtete auch Zach darauf. Seine früheren Begegnungen mit der Polizei waren ganz und gar seine eigene Schuld gewesen, aber trotzdem war er froh, als die Beamten gingen.

Joseph war sichtlich besorgt. »Solltest du nicht ins Krankenhaus fahren, Zach?«

Zach schüttelte den Kopf. »Ist nur eine Prellung. Das mit dem Ring tut mir leid«, fügte er hinzu, denn er wusste, dass der Diebstahl des Schmuckstücks alles zusätzlich kompliziert hatte.

Betrübt schüttelte Joseph den Kopf. »Wie hättest du das ahnen können?« Übellaunig steckte er die Hände in die Taschen. Über seiner Nasenwurzel verlief eine tiefe Falte. »Was für eine unangenehme Episode.«

Zach konnte ihm nur beipflichten.

»Als Luccio dir das Geld untergeschoben hat, hat er seine Schuld praktisch gestanden«, fuhr Joseph bedrückt fort. »Wenn du willst, kann ich die Polizei anrufen und erklären, das sei mir gerade wieder eingefallen. Behaupten, ich sei heute so aufgeregt gewesen, dass ich nicht daran gedacht habe.«

Zach rieb sich den Ellbogen. »Wir *wissen* nicht, ob er überhaupt einen der Diebstähle begangen hat.«

»Er ist nicht wieder zur Arbeit erschienen, obwohl ich ihn angeschrieben habe.«

»Er ist noch jung.« Zach wusste, wie es sich anfühlte, in Schwierigkeiten zu stecken, und er wünschte wieder einmal, er könnte Luccio vor dem Feuer, mit dem er spielte, retten.

Sie verabschiedeten sich, und Zach und Rosa gingen hinaus zu Dorys Wagen, der, wie das in den schmalen Straßen üblich war, halb auf dem Bürgersteig parkte.

»Gut, dass Mum das Auto heute nicht gebraucht hat. Sie hat mir geschrieben, dass sie bei Leslie übernachtet. Sie kommt morgen nach Hause, nachdem er nach England zurückgeflogen ist.« Rosa prüfte die Spiegel und fuhr dann vorsichtig aus der Parklücke. Sie schwiegen, während sie sich den Rückweg zur Uferstraße suchte, rechts abbog, vorbei an den akkurat angelegten Blumenbeeten, Pinien und Palmen der Gärten von Gżira, und an dem Schild, auf dem »Ir-Rampa« stand, rechts abfuhr. Sie parkte vor den Garagentoren im Untergeschoss, und sie stiegen die Treppe zur unteren Terrasse hinauf.

Zach hatte es nicht eilig, nach oben zu Marci und Paige zu kommen. Marci würde nervös sein und Paige vor Fragen übersprudeln. Rosa dagegen wirkte beruhigend auf ihn. Als sie einladend ihre Wohnungstür aufhielt, trat er ein.

Sie holte ihm noch einmal Eis für seinen Ellbogen und setzte sich neben ihn aufs Sofa.

Er seufzte. »Ich habe ein furchtbar schlechtes Gewissen wegen des Rings. Der Besitzer hätte sein kostbares Eigentum zurückbekommen können.« Er überlegte, einen Witz zu machen und zu erklären, Rosa hätte ihn besser am Finger getragen, aber andererseits trieb man keine Scherze damit, einer Frau einen Ring anzustecken.

»Du hast Luccio nicht angeschwärzt«, bemerkte sie.

»Ich weiß nicht, wer mich überfallen hat«, gab er zurück. Sie zog die Augenbrauen hoch. »Wirklich nicht«, beharrte er abwehrend.

»Ich habe dein Gespräch mit Joseph mit angehört«, wandte sie ein.

Er nickte langsam. »Dann weißt du ja, dass wir uns nicht sicher sind, ob er es war.«

Sie rückte näher an ihn heran. »Wie viele Chancen bekommt ein junger Mann?«

Trostlos zuckte er mit den Schultern. »Das habe ich mich schon oft gefragt.«

Sie biss sich auf die Lippen. »Das muss geklungen haben, als meinte ich dich. Tut mir leid.«

»Kein Problem.« Sie schwiegen einvernehmlich. Die Klimaanlage surrte, und es war herrlich kühl in der Wohnung. Zerstreut bemerkte er, wie bequem das Sofa war. Es war mit robustem, weichem rostrotem Stoff und schwarzem Leder bezogen, und er hatte es für Nannas Ferienwohnung ausgesucht, ohne zu ahnen, dass er einmal selbst darauf sitzen würde.

Sanft hob sie seinen verletzten Arm an und küsste den roten, angeschwollenen Ellbogen. Es wirkte erstaunlich erotisch, wie ihr Haar dabei nach vorn fiel und sie mit ihren warmen Lippen über seine Haut strich.

Die Härchen auf seinem Unterarm stellten sich auf, und seine Haut prickelte. Der Schmerz trat in den Hintergrund. Er konnte nur noch an ihre Augen denken, ihren halb geöffneten Mund und ihre Zungenspitze, mit der sie sich über die Lippen leckte. Ihren schlanken Körper. Ihre zarten Hände. Er drehte sich zur Seite, um sie anzusehen. »Du bist wunderschön«, sagte er und war verblüfft, weil seine Stimme so heiser klang. »Ich schaue dich gern an. Ich mag es, wenn du im Sonnenschein das Haar offen trägst und deine Augen strahlen. Ich bin gern im selben Raum wie du, und es macht mich glücklich, wenn du lächelst.«

Er sah, wie sie schluckte, doch sie lachte nicht und sagte auch nicht, er möge den Mund halten. »Ich mag deinen Körper. Sehr«, fügte er daher hinzu. Immer noch sagte sie nichts. Das Schweigen machte ihn nervös und ließ ihn an sich zweifeln. Er lachte gezwungen auf. »Tut mir leid. Ich bin zu direkt.«

Er zwang sich, ihre Antwort abzuwarten, obwohl er einen starken Drang verspürte, aufzustehen, zu murmeln, dass sie das wahrscheinlich alles gar nicht hören wollte und dass er besser nach Marci sehen sollte.

»Ohh«, sagte sie dann jedoch. »Ich kann nicht ... das war so ... Marcus ...«

Bedrückt hob er eine Hand und berührte ihre Wange. »Du bist noch nicht über Marcus hinweg. Verstehe. Das hätte mir klar sein sollen. Ich werde nichts mehr sagen.«

»Aber ich *bin* über Marcus hinweg.« Sie legte die Hand auf die von Zach. Auf einmal standen ihr Tränen in den Augen. »Ich bin nur nicht an schöne Worte gewöhnt«, flüsterte sie. »Marcus ... war nicht der Typ dafür.«

Zachs Lebensgeister erwachten mit einem Mal neu. Er beugte sich vor und küsste sie auf die Nasenspitze. »Er hat dir nicht gesagt, dass du wunderhübsch bist? Der Mann ist ein Idiot. Oder blind. Aber du musst doch auch andere Männer gekannt haben.«

Leise lachte sie. »Nicht viele. Und seit Marcus war da niemand.«

Behutsam legte er seinen unverletzten Arm um sie. »Das kann nur deine eigene Entscheidung gewesen sein. Die Männer starren dich ständig an.« Er hoffte, dass sie nicht allzu eingehend über ihre jeweiligen sexuellen Erfahrungen reden würden, denn es hatte den Anschein, dass seine eindeutig umfassender waren. Er glitt mit den Lippen über ihre Halsbeuge, und Rosa erschauerte und stieß ein leises, köstliches Keuchen aus, bei dem eine Hitzewelle in ihm aufstieg. Am liebsten hätte er sie an sich gezogen und sie nach allen

Regeln der Kunst verführt, doch er widerstand dem Drang. Wenn eine Frau einem gerade schüchtern anvertraut hatte, dass sie bei ihren Liebhabern sehr wählerisch gewesen war, ließ man sich Zeit und zügelte sich.

Jedenfalls beim ersten Mal.

»Ich habe ehrlich gesagt keine Ahnung, wie das laufen wird«, flüsterte sie. Doch sie neigte den Kopf zur Seite, damit er ihren Hals besser liebkosen konnte.

»Es gibt keine Regeln.« Er knabberte sich seitlich an ihrem Hals hinauf und atmete den zitronigen Duft ihrer Haut ein. »Ich erwarte nicht, dass du mich nach ein paar Küssen in dein Bett einlädst.«

»Oh.« Mit ihren warmen, weichen Lippen wanderte sie von seinem Kiefer bis zu seinem Ohr, was ihm wohlige Schauer über den Rücken sandte. Ihre Finger fanden den Weg zu seinem Hinterkopf, schoben sich in sein kurzes Haar und streichelten über die empfindsame Mulde in seinem Nacken. Dann strich ihm ihr warmer Atem über die Wange, bevor sie ihre Lippen auf seine legte. Er hatte das Gefühl, dass sie sich langsam vortastete und noch nicht wusste, wie weit sie zu gehen bereit war. Sanft ließ sie ihre Zungenspitze zwischen seine Lippen gleiten, und Begierde erfüllte ihn.

»Aber wenn ich dich doch in mein Bett einlade?«, fragte sie leise, als sie sich voneinander lösten, um Luft zu holen.

»Ja.« Er biss zart in ihr Ohrläppchen. »Ich würde Ja sagen. Ja, bitte. Ja, lass es uns tun. Ohhhh jaaaa.«

Ein heiseres Stöhnen entfuhr ihr, doch dann wich sie zurück, um ihn mit fragendem Blick anzusehen. »Ich will keine der Frauen sein, die ständig über ihre Verflossenen reden, aber Marcus fand immer, er solle derjenige sein, der das Tempo vorgab. Er pflegte zu sagen, der Mann sei der ›Motor‹.«

Er prustete vor Lachen. »Was für ein Schwachkopf.«

Bei seiner Reaktion schien sie sich zu entspannen. »Ich würde gern … die Initiative ergreifen. Eine Frau sein, die die Dinge in die Hand nimmt.«

Mit aller Macht unterdrückte er den Drang, einen Vorschlag dahingehend zu machen, was sie seiner Meinung nach in die Hand nehmen sollte, doch sie musste ihm seine Gedanken an den Augen abgelesen haben, denn sie lachte auf und runzelte schließlich heftig die Stirn. »*So* habe ich das nicht gemeint.«

Er nickte und versuchte, eine Miene aufzusetzen, die besagte: *Ich weiß. Ich lache nicht. Ich höre dir zu.*

Sie kniff die goldbraunen Augen zusammen, als kaufte sie ihm das nicht ab.

Seine Heiterkeit verflog. Sie war wirklich die süßeste, freundlichste und am wenigsten manipulative Frau, der er je begegnet war. Dieser Idiot Marcus hatte sie unglücklich gemacht, daher konnte er verstehen, dass sie Männern misstraute. Er küsste sie auf ein Augenlid. »Ich erwarte nichts, ich unterstelle nichts und habe nicht das Gefühl, einen Anspruch auf etwas zu haben.« Er küsste sie auf das andere Auge und widmete sich dann ihrem himmlisch schmeckenden Mund, damit sie seine noble Ansprache nicht als mangelndes Interesse auslegte.

Auf ihrer Wange erschien ein Grübchen. »Das ist gut. Danke, dass du meine Gefühle respektierst. Lass uns ins Bett gehen.« Dann riss sie die Augen auf, als wäre sie über sich selbst erschrocken.

Sie lachte zittrig und war beinahe versucht, einen Rückzieher zu machen, als sie das Verlangen in Zachs Blick wahrnahm. »Das habe ich jetzt laut ausgesprochen, oder?« Sie hatte sich eigentlich vorgenommen, sich nicht von dem bebenden Begehren, das sie durchlief, mitreißen zu lassen, nichts zu überstürzen, sich nicht verletzbar zu machen. Sie hatte ihre Unerfahrenheit schon zugegeben. Erstaunlich, dass sie nicht gleich mit ihrem ganzen sexuellen Lebenslauf herausgeplatzt war: *Mein erstes Mal hatte ich erst mit achtzehn, weil ich immer Angst hatte, das Kondom könnte platzen. Mein Erster hieß Flynn und war fast so ahnungslos wie ich. Der Nächste war Andert, ein wahnsinnig selbstbewusster Holländer, den ich im Urlaub kennengelernt habe. Er hat mir Angst gemacht, weil er erklärte, er sei für alles zu haben, und sich offenbar vorgenommen hatte, mir zu beweisen, dass die Wörter ›neugierig‹ und ›ausprobieren‹ eine große Rolle in seinem Wortschatz spielten. Dann fing es zwischen mir und Marcus an. Auch in den Zeiten, in denen wir keine feste Zweierbeziehung hatten, hatte ich niemand anderen … obwohl ich schon glaube, dass er andere hatte.*

»Ja, du hast es laut ausgesprochen.« Er klang angespannt. Mit den Händen strich er ihr über den Rücken, aber sie war davon überzeugt, dass er sie niemals zu etwas drängen würde.

Diese Erkenntnis machte sie wagemutig. Sie begehrte diesen Mann. Nach Marcus hatte sie Sex kaum vermisst, aber wenn sie mit Zach zusammen war, war sie sich seiner Anwesenheit übermäßig bewusst. Er war ein anständiger Kerl, der zugleich aufregend sein konnte. Mitfühlend, aber auch selbstbewusst. Fürsorglich. Sie sah ihn an. Ich will dich, schrie ihr Körper. Langsam küsste sie ihn wieder und ließ seine Zunge ein. Mit den Händen strich sie über seine starken Unterarme und seine Oberarmmuskeln, zeichnete mit den Fingerspitzen die harten Linien seiner Schlüsselbeine nach und glitt dann mit den Handflächen an seiner Brust hinunter und dann an seinem Rücken hinauf.

Langsam und behutsam löste sie sich von ihm.

Sie spürte, dass er das bedauerte, doch er ließ sie gewähren. Ließ die Arme sinken.

Rosa stand auf und streckte die Hand aus. Er lächelte vergnügt und verführerisch zugleich, als er erkannte, dass sie ihm nicht Einhalt gebot, sondern ihn zu ihrem Zimmer führen wollte. Sie hatte ihre Flipflops abgestreift, und der gekachelte Boden fühlte sich kühl an, als sie den Flur entlanggingen.

In ihrem Zimmer war die Temperatur angenehm, da sie vorhin die blauen Fensterläden geschlossen hatte. Hätte sie geahnt, dass sie mit Zach herkommen würde, hätte sie vielleicht die edle, glatte weiße Baumwollbettwäsche aufgezogen statt der fröhlichen, mit Sonnenblumen bedruckten Bezüge. Es hätte auch ihr Selbstbewusstsein gefördert, wenn ihr BH und ihr Slip zusammengepasst hätten.

Doch Zach wirkte nicht, als machte ihm das eine oder das andere etwas aus. Seine Augen funkelten vor Begehren, und er schmiegte sich an sie, bis ihre Körper einander ganz berührten.

Er war hart. Sehr. Sie spürte seine Wärme durch ihr Kleid, und die Worte blieben ihr im Hals stecken, als er sie so tief und leidenschaftlich küsste, bis sie sich unwillkürlich an seiner Härte rieb und ihm ein raues Stöhnen entlockte. Dann schien er sich zusammenzunehmen, ging es langsam an und übersäte ihre Haut mit sanften, verführerischen Küssen.

Unter seinem Shirt erkundete sie mit den Händen seinen Körper, ertastete die glatte, feste, warme Haut und spürte seine Rippen unter ihren Fingern. Sie schob den Stoff hoch und zog ihm das T-Shirt über den Kopf, was ihm das Haar zerzauste. Mit glühendem Blick sah er zu, wie sie sich mit dem Verschluss seiner Shorts abmühte. Schwer atmend streichelte er ihre Schulter, die der verrutschte Träger ihres Sommerkleids enthüllt hatte. Mit der anderen Hand umfasste er ihre Brust. *Ich bin vollkommen dabei*, schien er ihr sagen zu wollen. *Ich lasse dich das Tempo angeben, aber ich bin ganz da.* Nachdem sie den Verschluss geöffnet hatte, dauerte es nur noch eine Sekunde, bis ihm die Hose über die Beine rutschte.

Einen Moment lang hielt sie inne und musterte seine einfachen schwarzen Boxershorts, die eng anlagen und erkennen ließen, dass er sie wollte. Dann streckte sie eine Hand aus, und er zog hörbar die Luft durch die Zähne, kaum dass sie ihn berührte.

Er schob ihr das Kleid von den Schultern und über die Oberarme. Eine Welle der Erregung durchbrandete sie. Er streichelte und liebkoste sie und fuhr mit dem Mund über ihr Schlüsselbein, während er den Reißverschluss auf dem Rücken ihres Kleides so zielsicher herunterschob, dass sie das Gefühl hatte, er müsste sich seine Position schon früher eingeprägt haben. Bei dem Gedanken, dass er sich vorgestellt haben könnte, wie er sie auszog, überlief sie ein Prickeln. Langsam streifte er ihr das Kleidungsstück ab.

»Soooo schön«, raunte er, sowie sie in ihrer Unterwäsche vor ihm stand, und hakte ihren BH auf. Die Luft strich über ihre Brüste und ließ die Spitzen hart werden, und tief aus seiner Kehle drang ein genießerischer Laut. Auf der Suche nach dem schnellsten Weg, einander Haut an Haut zu spüren, zogen sie sich gegenseitig die restlichen Kleidungsstücke ohne große Umstände aus und sanken aufs Bett.

Sie hörte ein Stöhnen und begriff nur langsam, dass es aus ihrem eigenen Mund kam, als er an ihren Brustwarzen saugte und ihre Brüste liebkoste, während er mit der Hand …

»Zach«, stieß sie keuchend hervor. Sie hielt die intensiven

Empfindungen kaum noch aus. Gebieterisch drückte sie mit den Händen gegen seine Schultern, und er wälzte sich zuvorkommend auf den Rücken, während sie seinen Oberkörper und die Kreise um seine Brustwarzen erkundete. Sie streckte die Hand aus und griff nach seiner seidigen Härte. »Wage es bloß nicht, mich daran zu erinnern, was ich vorhin darüber gesagt habe, die Dinge selbst in die Hand zu nehmen«, meinte sie.

Er stöhnte und stieß gleichzeitig ein ersticktes Lachen aus. »Aber ich habe bestimmt nicht vor, dich davon abzuhalten.« Er schloss die Augen und ließ sie die Führung übernehmen. Das vermittelte ihr ein Gefühl von Macht. Seufzend lenkte sie seine Hand, denn jetzt war sie bereit für seine Berührung, und ihm schien es nichts auszumachen, ob sie ihn sanft küsste oder leidenschaftlich biss, während er sie liebkoste und sie immer weiter erregte. Als er die Augen öffnete und »Kondom« sagte, nickte sie, denn obwohl sie die Pille nahm, ging es beim Sex nicht nur um Verhütung, sondern auch um die Gesundheit, und dafür waren beide verantwortlich.

Ihre Zaghaftigkeit von eben überkam sie nur noch ein einziges Mal. »Kann ich … Hast du etwas dagegen, wenn ich oben bin?«, flüsterte sie.

»Nur zu«, murmelte er, schob sich ein Kissen in den Rücken und schaute sie aus dunklen, glühenden Augen an. »Ich frage mich, ob jemals ein Mann diese Bitte abgelehnt hat.« Dann keuchte er auf, als sie ihn in sich aufnahm. Er streichelte sie, trieb sie voran und fasste ihre Hüften mit beiden Händen, während sie in einen gemeinsamen Rhythmus fanden, bis Rosa endlich den Höhepunkt erreichte und sich erschöpft auf ihn sinken ließ. Als er sich aufbäumte und kam, glänzten ihre Körper feucht.

Nachdem sie sich beruhigt hatten, lagen sie mit ineinander verschlungenen Gliedern auf der mit Sonnenblumen gemusterten Bettwäsche. »Ich glaube, wir sollten es noch einmal tun«, flüsterte er und liebte sie so heftig, dass sie glaubte, vor Lust vergehen zu müssen. Nachdem er ihr einen letzten Orgasmus beschert hatte, schloss sie die Augen und schmiegte den Kopf an seine Schulter. »Es gefällt mir definitiv auch, wenn du das Tempo vorgibst«, sagte sie.

Sein sanftes Lachen vibrierte an ihrem Körper, und sie schlummerte ein.

15

Als sie sich am nächsten Morgen mit Omeletts und Orangensaft stärkten, entdeckte Rosa, dass etwas, das wie die untere Hälfte einer Conference-Birne aussah, auf halber Höhe von Zachs Arm wuchs – eine Beule von einem schmutzigen Grün.

Entsetzt hielt sie inne. »Oh, Zach, dein Ellbogen!«

Er rieb ein haariges Bein an ihrem und schluckte einen Bissen Omelett hinunter. »Was für ein Ellbogen?« Doch er schien den Arm zu schonen.

Sie schlug sich eine Hand vor den Mund. »Ich hatte ganz vergessen, dass du verletzt bist. Wir waren ganz schön … akrobatisch.«

Seine Augen funkelten belustigt, doch er ließ seine Stimme ernst klingen und setzte eine leidgeprüfte Miene auf. »Was glaubst du, warum ich so einen Lärm gemacht habe? Leidenschaft? Das war unterdrückter Ellbogenschmerz.«

Sie prustete vor Lachen. »Ich wollte eigentlich vorschlagen, dass wir zusammen duschen, aber jetzt habe ich es mir anders überlegt, da ich erkannt habe, dass ich deinem Schmerz gegenüber unsensibel war.«

»Wenn ich dich nackt in den Armen halte, vergeht jeder Schmerz«, versicherte er ihr.

Sie tat, als dächte sie darüber nach. »Mum bringt Leslie gegen elf zum Flughafen und kommt dann nach Hause.« Aber sie grinste. »Ich glaube, wir haben Zeit«, fügte sie hinzu.

Ein verheißungsvolles Lächeln lag auf seinem Gesicht, während er sein Frühstück beendete, und ließ ein Glücksgefühl in ihr aufsteigen. Sie konnte sich nicht erinnern, sich jemals mit einem Mann so ungezwungen gefühlt zu haben. Es machte sie ganz schwindlig, als hätte jemand zusätzlichen Sauerstoff in ihre Lungen gepumpt.

Einige Zeit später kehrte Zach in seine eigene Wohnung zurück. Das Duschen hatte eine Weile gedauert, wahrscheinlich weil Zach sie gebeten hatte, ihm ein Bein um die Hüfte zu schlingen, wie sie es bei Victor, dem Tänzer, getan hatte. Und dann hatte er sich das Bein geschnappt und trotz ihres Lachens und Geschreis nicht wieder losgelassen, während er die interessanten Möglichkeiten erkundete, die diese Stellung bot. Nachdem sie schließlich abgetrocknet und angezogen waren und er sich einen letzten Kuss abgeholt hatte und in das Morgenlicht hinausgetreten war, sah Rosa ihm nach. Er ging über die Terrasse zur Treppe und hielt sich dicht an der Wand, für den Fall, dass seine Schwester aus dem Fenster schaute und ihn aus Rosas Wohnung kommen sah.

Sie fragte sich, was er Marci erzählen würde. Oder vielleicht stellte man keine Fragen, wenn der eigene Bruder die ganze Nacht nicht nach Hause kam? Sie hatte keine Geschwister, aber vorstellen konnte sie sich das.

Sie räumte ihr Zimmer auf und wechselte die Bettwäsche. Zum Arbeiten legte sie Musik auf und tanzte. Was gestern Nacht passiert war, war großartig, erstaunlich und unglaublich gewesen. Vielleicht war es ja eine einmalige Sache gewesen, oder es war mehr – die Sommerromanze, zu der Dory ihr geraten hatte? Wenn Sommerromanzen einem das Gefühl geben, ein Stück über dem Boden zu schweben, dachte Rosa, während sie die Bettwäsche in die Waschmaschine steckte und sie anstellte, dann verstehe ich, warum Dory mir eine gewünscht hat.

Um die Mittagszeit schleppte sich Dory schließlich durch die Tür – ohne ihr gewohntes Lächeln.

Rosa wusch gerade knackigen grünen Salat. Sie unterbrach sich und ließ sich das kalte Wasser über die Finger laufen. Die Augen ihrer Mum waren rot gerändert. Hatte sie wegen des Abschieds von Leslie tatsächlich Tränen vergossen? »Geht's dir gut?«

Dory verzog einen Mundwinkel zu einem schwachen Lächeln. »Ich bin so dumm gewesen.«

Alarmiert trocknete Rosa sich schnell die Hände ab, damit sie einen Arm um die weichen Schultern ihrer Mutter legen und sie zu einem Barhocker in der Nähe führen konnte. »Was? Was ist passiert?«

Kurz bewegten sich Dorys Lippen, ohne dass sie etwas sagte, und dann stieß sie ein Mittelding zwischen einem Schluchzen und einem Schluckauf aus. »Ich habe mich verliebt.«

»Oh!« Erleichterung stieg in Rosa auf. Sie lachte unsicher und umarmte Dory kräftig. »Solltest du da nicht glücklich sein?« Sie dachte daran, welche Empfindungen die Nacht mit Zach in ihr hervorgerufen hatte, obwohl es zu früh war, sich mehr einzugestehen, als dass sie ihn begehrte.

Dory riss sich ein Stück Küchenrolle ab, wischte sich die Augen und putzte sich die Nase. »Ich bin ja glücklich.« Sie schluchzte. »Ich hatte nur vergessen, dass Liebe diesen Effekt hat, einen so dünnhäutig zu machen. Ich habe am Flughafen gestanden und darauf gewartet, dass Leslies Flieger abhebt, um zu winken, obwohl ich genau wusste, dass er mich nicht würde sehen können! An der Security hätte ich am liebsten die Leute zur Seite geschubst und wäre ihm nachgelaufen. Ich komme mir vor wie eine alberne Gans.«

»Wow. Das klingt definitiv nach großen Gefühlen.« Rosa fühlte sich ein wenig erschüttert angesichts dieser Version ihrer Mum, die sie noch nie erlebt hatte. Sie nahm eine Flasche Weißwein aus dem Kühlschrank und schenkte je ein Glas für sie beide ein. Der Wein glitzerte in dem Sonnenschein, der durch das Fenster einfiel.

Dory nahm ihres und bedankte sich. Sie trank einen Schluck, putzte sich die Nase und lachte ab und zu zittrig. »Ich bin wirklich glücklich«, murmelte sie.

Sie aßen draußen unter dem Sonnenschirm. Ihre Mahlzeit bestand aus leuchtend roten Tomaten, goldgelbem Couscous und maltesischem Pfefferkäse, und weil sie Engländerinnen waren und einen Laden gefunden hatten, der so etwas führte, Schweinefleisch-Pastete und Pickles. »Wann fliegst du nach England?«, fragte Rosa, sobald sie den Eindruck hatte, Dory wäre durch Essen und Wein wiederhergestellt.

»Erst Samstag in einer Woche, am 25. Juli.« Dory seufzte betrübt. »Die ersten drei Tage der kommenden Woche fährt Leslie nach Schottland zur Abschlussfeier seiner Tochter. Natürlich wird seine Ex-Frau auch dort sein, und ich will keine Peinlichkeiten riskieren. Stell dir vor, wie seine Tochter sich vorkommen würde! Grandpa ist mit seinem Golfclub auf Reisen – *Captain's Weekend* oder so etwas –, und meine Lektorin hat ab morgen bis kommenden Montag Urlaub. Ich habe für Dienstag einen Termin mit ihr und meiner Agentin vereinbart.«

Rosa wollte sie trösten. »Heute haben wir Donnerstag, es sind also nur noch neun Tage, bis du fliegst …«, begann sie.

Doch Dory leerte ihr Weinglas und setzte sich mit einem plötzlichen Anflug von Lebhaftigkeit auf. »Wir müssen diese Woche ganz viel schaffen, Rosa! Ich habe keine Ahnung, wann der Abgabetermin für dieses neue vegane Buch ist, und weiß nicht einmal, wie viele Rezepte der Verlag will, aber wenn ich mich beschäftige, vergeht die Zeit schneller.«

»Okay, dann legen wir los«, pflichtete Rosa ihr bei und war froh zu sehen, dass ihre Mutter wieder sie selbst war.

Eilig fuhren sie zum Supermarkt. Rosa begann die Nachwirkungen der kurzen Nacht zu spüren, doch Dory platzte fast vor Energie und dachte im Auto laut über ein Rezept mit Butternuss-Kürbis und Salbei nach. Doch ihre Aufgekratztheit fühlte sich irgendwie falsch an, als wollte sie damit nur ihren Kummer überspielen.

Bald saßen sie wieder im Wagen, und ihre Tüten platzten fast aus den Nähten: Butternuss-Kürbisse mit wächserner, apricotfarbener Schale, ein frischer Topf pfeffrig duftender Salbei, bronzefarbene Zwiebeln, Knoblauchknollen in ihren papierartigen Hüllen, vegane Makkaroni und veganer Käse. Auf der Heimfahrt betrachtete Rosa Dorys Profil. »Hast du den Rückflug nach England schon gebucht?«

An einer Kreuzung blickte Dory prüfend in beide Richtungen und schoss dann in den Verkehr hinaus. »Ich weiß noch nicht, wie lange ich bleibe.«

»Hattest du nicht von einer Woche gesprochen?«

Dory ging hart in die Bremsen, weil der Wagen vor ihr angehalten hatte, was ihr ein Hupkonzert von dem Fahrzeug hinter ihr eintrug. »Meine Pläne sind nicht in Stein gemeißelt.«

Rosa verdaute das, während sie zusah, wie die Boote im Meeresarm von Sliema an ihren Anlegestellen zerrten. Inzwischen war ihr der Anblick vertraut, obwohl er ihr, als sie vor ein paar Wochen angekommen war, so fremdartig erschienen war. »Es ist ja zu hoffen, dass du in dieser Zeit die Sache mit deiner Lektorin geklärt hast und beruhigt bist, was Grandpa angeht. Also liegt es daran, dass Leslie in England bleiben wird?« Ihre Mum würde doch nicht ihren sorgfältig geplanten Sommer auf Malta wegen eines Mannes wegwerfen, nachdem sie all diese Jahre emotional unabhängig gewesen war?

Dory parkte das Auto vor den grünen Garagentoren des Terrassenhauses in Ta' Xbiex. »Du kannst die Zeit nutzen, um über deine Zukunft nachzudenken. Wenn du im Herbst zur Uni gehen willst, bist du jetzt schon spät daran.«

Rosa hatte bemerkt, dass Dory ihrer Frage ausgewichen war. Sie stieg aus dem Auto ins Freie, wo sie nach dem klimatisierten Wageninneren die Hitze traf, und sie schleppten ihre Einkäufe über die glühend heiße Steintreppe und über die Terrasse in die Küche. »Ich habe tatsächlich überlegt, ob ich mich zur Tanzlehrerin ausbilden lassen soll. Damit werde ich zwar nicht in Covent Garden die Bühne erobern, aber es würde mir Spaß machen, wenn ich Zumba unterrichten könnte.«

Dory ließ ihre Taschen fallen, um Rosa strahlend zu umarmen. »Das wäre wundervoll! Du hast das Tanzen immer schon geliebt.«

»Die Ausbildung wäre nicht besonders teuer.« Rosa freute sich über die Begeisterung ihrer Mutter, doch sie argwöhnte, dass sie zumindest teilweise dazu diente, von Dorys eigenen Plänen abzulenken. »Die Grundausbildung in Zumba kostet ungefähr zweihundertfünfzig Pfund – aber dazu kommt noch ein jährlicher Mitgliedsbeitrag, und ich müsste mir passende Räume oder ein Studio suchen. Außerdem möchte ich noch eine Alternative anbieten, denn Zumba hat zwar immer noch eine treue Anhängerschaft, aber manche betrachten es als zu hart und das Verletzungsrisiko als zu hoch. Vielleicht FitStep, weil *Let's Dance* beliebt ist und die Leute lateinamerikanische Tänze oder Standardtanz mögen. Bis dahin will ich das Problem mit der Hypothek lösen und wissen, wo ich finanziell stehe.«

Dory wusch sich die Hände und griff nach ihrem Messer, um den ersten Butternuss-Kürbis zu schälen. »Ich habe doch gesagt, ich greife dir finanziell unter die Arme. Du brauchst nicht zu knausern oder zu jobben, denn ich bin mir sicher, dass schon ein bisschen mehr als ein paar Trainingskurse nötig sind, wenn du unterrichten willst, und du wirst auch irgendwo wohnen müssen. Oder wie wäre es vielleicht doch mit einem Hochschulabschluss in Tanz? Könntest du große Töpfe mit Wasser für den Kürbis und die Makkaroni aufsetzen, bitte?«

Während Rosa zusah, wie klares, kaltes Wasser in einen Topf lief, dachte sie über Dorys Anregungen nach, und ihr Herz vollführte merkwürdige kleine Hüpfer. Sie überlegte, wie fantastisch es wäre, drei Jahre lang vollkommen in die Welt des Tanzens einzutauchen. Sollte sie es wagen? »Ich weiß ja nicht einmal, ob ich dafür den richtigen Schulabschluss habe«, meinte sie. Es machte sie schon schwindlig, dieses Gespräch überhaupt zu führen. »Ich habe gar keine Ahnung, wie so etwas heute läuft. Vielleicht muss ich ja zuerst ein Einführungsjahr absolvieren, weil mein Schulabschluss vierzehn Jahre zurückliegt, womit ich bei vier statt drei Jahren wäre. Es ist hat lange her, seit ich meine Goldmedaille im Stepptanz gewonnen habe.«

»Ich sehe nicht, warum vier Jahre ein Problem darstellen sollten. Tu, was dich glücklich macht.« Nachdem Dory den Kürbis in gleich große Stücke geschnitten hatte, wog sie jetzt Makkaroni ab.

Den Rest des Nachmittags huschten Rosas Finger über die Tastatur ihres Laptops, und in ihrem Kopf wirbelten die Gedanken. Einmal beschwor sie ein lebhaftes Bild von einem aufregenden Leben an der Uni herauf, und im nächsten Moment war sie überzeugt davon, dass eine Zweiunddreißigjährige unmöglich als Studienanfängerin angenommen werden würde, und stellte sich den Rest ihrer Kommilitonen als langgliedrige Achtzehnjährige mit Gummigelenken vor.

»Wunderbar«, erklärte Dory später in singendem Tonfall, als sie Schüsseln mit veganen Makkaroni in goldgelber Soße gefüllt hatte – mit und ohne veganem Käse und mit und ohne Basilikum. »Lass uns die Bentleys zum Probieren einladen.«

Rosas Herz machte einen kleinen Satz, als sie ihr imaginäres Studentenleben für den Moment aufgab und ihre Gedanken Zach zuflogen. »Großartige Idee«, sagte sie trotzdem nur. Dory verschwand nach oben, während Rosa die üblichen Bilder für den Blog und die sozialen Netzwerke schoss und dabei das starke natürliche Licht ausnutzte, das durchs Fenster fiel. Dann deckte sie den Terrassentisch mit Servietten, maltesischem Brot und blauen Porzellanschalen.

Dory tauchte wieder auf und hatte Marci und Paige im Schlepptau.

»Onkel Zach zieht sich gerade um«, erklärte Paige Rosa und rannte sofort in die Küche, um sich umzuschauen, wahrscheinlich nach Anzeichen von *pudina* oder anderen Leckereien. »Er hat auf dem Dach gearbeitet und ist verschwitzt und stinkt.«

»Onkel Zach wird es dir nicht danken, dass du das öffentlich verkündest«, meinte Marci, aber Dory und Rosa lachten, und als Zach fünf Minuten später auftauchte, war sein Haar feucht, und er duftete nach Duschgel. Er sah Rosa an. Sie lächelte ihm zu und hoffte, dass man ihre roten Wangen darauf schieben würde, dass sie mit einer Schöpfkelle dampfendes Essen austeilte.

Zach hielt zwei Flaschen Wein in der Hand und folgte ihr damit in die Küche.

»Ich habe roten und weißen mitgebracht«, sagte sein Mund. Doch seine Augen sagten, *Ich will allein mit dir sein*, während seine Hand abwärts wanderte und ihre linke Pobacke drückte, die durch die Kücheninsel vor den Blicken der anderen verborgen war.

»Oh!«, quietschte sie. »Könntest du ein paar Gläser herunterholen?«, fragte sie dann in normalerem Ton. Sie wartete, bis er sich ganz hochgereckt hatte, um ihn kurz in den Po zu kneifen. Sie hörte, wie er erstickt Luft holte. Gelassen ging sie mit einer Handvoll Löffel nach draußen und setzte sich neben Marci. Rosa hatte sie seit Ewigkeiten nicht gesehen, und sie wirkte zwar zuerst reserviert, gab sich dann aber Mühe, sich an dem Gespräch zu beteiligen. Von Zach wusste Rosa schon, dass seine Schwester in einer Krise steckte. Jedes Mal, wenn er darüber sprach, verdüsterte sich sein Blick.

Die stille Nachmittagshitze lag über der Terrasse wie eine Decke, doch niemand beklagte sich darüber, hier draußen eine warme Mahlzeit zu essen. Das Essen war einfach zu köstlich, um es nicht zu genießen. Insekten umschwirrten träge die roten Blüten der Geranien, und der würzige Duft von Dorys Kräutertöpfen hing in der Luft. Die Terrasse, die vom Haus selbst und den Mauern der umliegenden Häuser umschlossen wurde, war eine Oase der Ruhe.

Dory zeigte keinerlei Anzeichen ihres Liebeskummers, und Rosa hatte ihren Laptop geöffnet, um alle Kommentare zum Essen aufzuzeichnen. Am Ende der Mahlzeit erkundigte sich Dory nach der Tanzveranstaltung im Nicholas-

Zentrum, die sie verpasst hatte, und sprach dann darüber, dass Rosa sich vielleicht beruflich dem Tanz widmen würde.

Zach sah Rosa aus seinen dunklen Augen an. »Dann denkst du ernsthaft darüber nach, zur Uni zu gehen?«

Verlegen zuckte sie mit den Schultern. »Vielleicht. Ich weiß nicht, ob das dieses Jahr noch klappen könnte. Wir haben ja schon Ende Juli.« Sie wünschte, ihre Mum hätte nicht mit dem Thema angefangen. Dory wusste nichts von gestern Nacht oder der Aussicht, dass daraus vielleicht etwas werden könnte, die sich verwirrend unter alle anderen Möglichkeiten mischte.

Paige sprang auf. »Ich will noch mal tanzen! Rosa, kannst du Musik anmachen?«

Rosa tat ihr den Gefallen, und sogar Marci lachte und klatschte, als Paige eifrig Rosas Schritte kopierte. Damit Zach aufstand, bedurfte es einiger Überredung, doch schließlich machte er gut gelaunt mit, klatschte, tänzelte seitwärts und wackelte übertrieben mit den Hüften. Paige zog auch Dory und Marci hoch, aber Dory setzte sich bald wieder, lachte und fächelte sich Luft zu. »Nicht bei dieser Hitze!«

Rosa grinste. »Ich habe mich nur aufgewärmt, Mum. Da solltest du mal richtigen Breakdance sehen.«

»Ja, wir wollen es sehen!«, rief Zach und setzte sich neben Dory. »Zeig es uns.«

Rosa protestierte, ließ sich schließlich aber überreden, legte *Firehouse* auf und vergaß bald ihre Befangenheit, als sie sich in die Sprünge und Drehungen stürzte, die Arme überkreuzte und in die Luft boxte, hochsprang oder tief in die Hocke ging. Paige versuchte es ihr nachzumachen, hing aber meist einen oder mehrere Takte hinterher, sodass Rosa fast über sie gestolpert wäre. Schließlich lachte sie atemlos und schwang die quietschende Paige durch die Luft.

»Ich wünschte, ich könnte mich so bewegen«, meinte Marci bewundernd. Sie sah auf die Uhr. »Ich habe mich mit meiner Mum auf Skype verabredet, wir müssen also gehen, Paige. Danke für das wunderbare Essen, Dory.«

Kaum waren sie fort, bekam Dory einen Anruf von Leslie, und sie ging damit schnell in ihr Schlafzimmer. Rosa und Zach waren allein auf der Terrasse … aber nur eine Minute, denn Paige kam zurück zur Treppe gelaufen. »Heyyy, Zachary!«, schrie sie. »Granny will auch mit dir reden.«

Entnervt verdrehte er die Augen. »Eine Minute!«, rief er trotzdem zurück. »Ich komme.« Dann küsste er Rosa lange, tief und lautlos. »Bis bald«, murmelte er dann und lief leichtfüßig die Steintreppe hinauf, um seine Familienpflichten beim Chat zu übernehmen.

Rosas Lippen prickelten immer noch. Sie räumte den Tisch ab und sortierte ihre Notizen zu Dorys Makkaroni. Allen hatte sowohl die Zugabe von Käse als auch von Basilikum geschmeckt. Während sie auf dem Laptop tippte, war sie in Gedanken mehr bei Zach und der Frage, wann *bald* sein mochte, als bei der Arbeit. Dann beschloss sie, Georgine anzurufen, um über ihre Pläne zu sprechen und um sich selbst du beweisen, dass es in ihrem Leben noch viel mehr als einen Mann gab. Wenn sie ihre erste Idee einer Ausbildung zur Zumba-Trainerin verwirklichte, würde sie zwar nur in Teilzeit arbeiten, aber immerhin einige Stunden. Wenn sie dagegen ein Vollzeitstudium begann … dann würde sie höchstens am Wochenende arbeiten können, falls die Uni nicht allzu weit entfernt lag. Trotz Dorys großzügigem Angebot, sie zu unterstützen, war das eine erschreckende Aussicht. Vielleicht würde ein Gespräch mit Georgine sie wieder auf den Boden der Tatsachen bringen. Sie durfte nicht allzu viele Hoffnungen auf den scheinbar unmöglichen Traum von einem Abschluss in Tanz setzen ... oder auf eine einzige Nacht und den Mann, mit dem sie sie verbracht hatte.

Sie tippte auf den Namen ihrer Freundin in ihrer Kontaktliste und hatte Glück: Georgine war sofort am Apparat.

Die Freundin quittierte ihre wunderbaren neuen Pläne mit langem Schweigen.

»Als deine Freundin«, erklärte sie schließlich vorsichtig, »sehe ich, wie großartig und spannend deine Optionen sind. Wenn du nicht fürs Blackthorn's arbeiten würdest, würde ich dir raten, eine davon zu ergreifen. Aber als deine Vorgesetzte ...« Sie stieß den Atem aus. »Ich möchte dich in deinem Wunsch unterstützen, deinen Horizont zu erweitern, und ich will mich den Bedürfnissen meiner Mitarbeiter anpassen. Aber du musst dich schon festlegen, wie viele Stunden genau du pro Woche arbeiten würdest. Als Trainerin, die beispielsweise am Samstagvormittag Zumba-Kurse anbietet, wärest du ja fest verpflichtet, nicht wahr? Dann wärest du ja nicht in der Lage, Wochenend-Veranstaltungen am Blackthorn's zu betreuen. Und wenn du studierst, könntest du ja *nur* an den Wochenenden oder vielleicht sogar nur in den Ferien arbeiten ... Dann würde ich dich nur brauchen, wenn besonders viel los wäre, denn wir hätten ja unser fest angestelltes Personal.« Sie zögerte. »So oder so kann ich mir nichts anderes als einen Null-Stunden-Vertrag vorstellen.«

»Oh«, gab Rosa zurück. Instinktiv scheute sie vor einem Vertrag zurück, der ihr zwar Flexibilität bieten würde, aber keine Sicherheit. Bei Georgine konnte man sich immer darauf verlassen, dass sie unfehlbar herausfand, wo der Haken an einer Sache war. An den Wochenenden war das Blackthorn's besonders gut besucht, denn dann hatten die Kids keine Schule. Das Blackthorn's brauchte zuverlässiges Personal. Logisch. Sie wünschte, sie hätte ihrem Impuls, ihre

Freundin anzurufen, nicht nachgegeben. Georgine stellte Fragen, auf die Rosa keine Antworten wusste.

»Hast du denn wenigstens entschieden, ob du überhaupt aus Malta zurückkommst?«, fuhr Georgine dann auch fort.

Rosa wusste nicht, was sie antworten sollte. Sie dachte immer noch über ihre Optionen nach, einschließlich des attraktiven Mannes, mit dem sie so unerwartet zusammengekommen war. Sie blickte sich auf der sonnigen Terrasse mit ihren Kräuter- und Geranientöpfen um. Es gefiel ihr in diesem Land, in dem sich ein so großer Teil des Lebens im Freien abspielen konnte. Das Meer lag auf der anderen Straßenseite, und sie liebte es, Maske und Schnorchel aufzusetzen und in die Unterwasserwelt einzutauchen, in der alles in Zeitlupe ablief. Soweit sie gehört hatte, waren selbst die kühleren Monate des Jahres deutlich wärmer als in England.

Georgine schien zu spüren, dass Rosa zögerte. »Verstehe ich das richtig, dass du dir noch nicht hundertprozentig sicher bist, ob du nach England zurückkehrst?«

»Hm …« Sobald sie Georgine fest zusicherte, dass sie zurückkommen würde, wäre es schwierig, diese Zusage zurückzunehmen. Damit hätte sie dann bereits eine Entscheidung getroffen.

Sie war so überfordert, dass sie schwieg.

Ja, zuerst hatte ihr das Blackthorn's gefehlt, aber jetzt schienen aus den Schatten des Nachmittags heraus immer neue Möglichkeiten auf sie zuzukommen. Mit einer Ausbildung zur Tanzlehrerin könnte sie überall arbeiten. Sie könnte die Welt bereisen. Oder hierbleiben, auf einer kleinen Felseninsel inmitten des blau glitzernden Mittelmeeres, wo ihre Mum, ihre Tante und ihre Großeltern lange vor ihrer Geburt gelebt hatten. Die Insel hatte sich verändert, aber die alte Zeit war noch deutlich zu spüren. Sie genoss das Leben hier.

Sie versuchte sich vorzustellen, wie sie bei Blackthorn's kündigte und Georgine jemand anderen für ihren Posten einstellte. Eine andere Person, die Firmen beschwatzte, als Sponsoren aufzutreten, und Finanzierungen organisierte. Dann überlegte sie, wie es wäre, wenn sie hierbliebe, nachdem ihre Mum und die meisten Touristen nach Hause geflogen waren. Nichts davon fühlte sich besonders beängstigend an.

Georgine seufzte. »Okay. Wir haben ja noch ein wenig Zeit. Denk weiter darüber nach. Es ist schließlich erst Juli.«

»Richtig. Danke«, murmelte Rosa. Sie war erschüttert darüber, wie leicht es ihr fallen würde, ihr altes Leben hinter sich zu lassen, obwohl sie ihm noch vor wenigen Wochen nachgetrauert hatte. »Tut mir leid, dass ich Dinge sage, die du nicht hören möchtest, Georgine. Es war gedankenlos von mir, dich anzurufen, bevor ich mir nicht selbst darüber im Klaren bin, was ich will.«

»Dass ich sowohl deine Freundin als auch deine Vorgesetzte bin, macht die Sache wirklich schwierig«, räumte Georgine ein und lachte kurz auf.

Als Rosa den Anruf beendete, war sie einer Entscheidung nicht näher gekommen, hatte aber vielleicht einiges über sich selbst gelernt.

Sicherheit war ihr nicht so wichtig, wie sie geglaubt hatte.

Georgine zu enttäuschen, war ihr unangenehm.

Aber sie empfand definitiv den Drang, etwas zu ändern.

Sie warf einen Blick auf ihre Armbanduhr. Auf Malta war es Viertel vor sechs, also musste es in England Viertel vor fünf sein. Sie rief die Durchwahl von Janine in der Kanzlei ihres Anwalts an und erkundigte sich, ob der Prozess, an dessen Ende Marcus allein verantwortlich für ihr altes Haus und die Hypothek sein würde, Fortschritte gemacht hatte.

Als sie feststellte, dass sich nichts getan hatte, legte sie auf. Verschleppten Marcus' Anwälte die Angelegenheit? Warum sollten sie das tun? Obwohl sie beschlossen hatte, das nie wieder zu tun, zog sie den Laptop zu sich heran und sah Chellices Kanäle in den sozialen Netzwerken durch. Falls sie erwartet hatte, etwas zu finden wie *Ratet mal, was passiert ist. Ich kaufe mit meinem Mann ein Haus!*, dann wurde sie enttäuscht. Chellices Instagram-Feed war strikt geschäftlich, und ihr letzter Blogpost befasste sich mit dem Eisenbahnnetz in Großbritannien – vier Sterne für den Service und zwei für das Preis-Leistungs-Verhältnis. Marcus hatte es immer ihr überlassen, in den sozialen Netzwerken für ihr Geschäft zu werben. Aber …

Sie kehrte zu dem Instagram-Feed zurück und analysierte ihn sorgfältiger. Jedes einzelne Bild aus der vergangenen Woche zeigte Chellices Kintsugi-Objekte mit ihren goldenen oder silbernen Adern, die grüne Krüge oder zarte, bunt schimmernde Schalen durchzogen. Sie überprüfte die Website und den Onlineshop von *Spun Gold*. Keine einzige Arbeit von Marcus. Sie runzelte die Stirn. Was hatte das zu bedeuten?

Marcus' Nummer stand immer noch unter ihren »Favoriten«, obwohl das inzwischen eindeutig nicht mehr zutraf. Sie konnte diese Sache nicht einfach laufen lassen. Sie rief ihn an.

»Hallo«, meldete er sich mürrisch.

Sie bemühte sich um Freundlichkeit. »Ich hoffe, du kannst mir ein Update geben. Mein Anwalt hat in letzter Zeit nichts von deinem gehört. Ich habe die letzte Rate der Hypothek gezahlt, also hoffe ich, dass die Formalitäten erledigt sind, bevor die nächste fällig ist.«

»Solche Dinge dauern«, entgegnete er ausdruckslos.

»Vielleicht könntest du ja deinen Anwalt ein bisschen auf Trab bringen, damit es schneller geht?«, schlug sie leichthin vor und dachte darüber nach, warum er so kurz angebunden war.

Er seufzte ungeduldig. »Mach dir deswegen keine Gedanken.«

Rosa spürte, wie ihre Schultern sich verspannten. Wenn Marcus nicht direkt antwortete, verhieß das nie etwas Gutes. Sie suchte nach geeigneten Worten, um ihm eine aufschlussreiche Reaktion zu entlocken. »So, so«, erklärte sie freundlich, »dann habt ihr euch also getrennt, Chellice und du?«

Eine Weile herrschte Schweigen am anderen Ende. Als er weitersprach, klang er verärgert. »Woher zur Hölle hast du das schon wieder? Wenn du es unbedingt wissen musst, ja. Wir gehen sowohl geschäftlich als auch privat getrennte Wege, daher ist momentan alles im Fluss. Ich musste aufhören, an meinen Objekten zu arbeiten, um meine eigene Onlinepräsenz einzurichten. Mir ist klar geworden, dass in ihrer Sprache *zusammen* bedeutet *zusammen, bis das erste kleine Problem auftaucht, und dann bin ich weg*.«

Rosa vermutete, dass er Chellice ganz selbstverständlich sämtliche Arbeit in den sozialen Netzwerken überlassen hatte und sich jetzt ungerecht behandelt fühlte, weil er das nun selbst übernehmen musste. Aber besonders viel Mitleid konnte sie nicht für ihn aufbringen. »Tut mir leid, das zu hören, aber ich hätte dir sagen können, dass Chellice Menschen mag, die ihr nützlich sind. Sich selbst für andere nützlich zu machen, ist dagegen nicht ihr Ding. Wahrscheinlich war sie enttäuscht, als du das ganze Geld verloren hast?«

»Kümmere dich verdammt noch mal um deine eigenen Angelegenheiten«, zischte er.

Vor Besorgnis zog sich ihr der Magen zusammen. Sie versuchte, Ruhe zu bewahren, denn Marcus hatte sich seine Probleme zwar selbst eingebrockt, aber so lange, bis ihm das Haus allein gehörte, war sie noch an ihn gebunden. »Tut mir leid, aber wenn du kein Geld verdienst, ist die Hypothek allerdings meine Angelegenheit. Wenn du einen Onlineshop einrichtest, kostet das doch Geld, oder? Software zum Beispiel?«

»Ich kann über Etsy und auf Handwerkermärkten verkaufen«, erklärte er eingeschnappt.

Sie biss sich auf die Unterlippe und stellte sich vor, wie Chellices Reaktion ausgefallen war, als Marcus alles verspielt hatte, was noch von seinem großen Gewinn vor vier Monaten übrig geblieben war. Ihre Finanzen von seinen zu trennen, musste ihr als das einzig Vernünftige erschienen sein, und darauf war unvermeidlich die emotionale Loslösung erfolgt. Rosa konnte Chellice das nicht einmal übel nehmen, da sie den Prozess selbst durchgemacht hatte. »Chellice zahlt dir also auch keine Miete mehr. Und du warst schon vorher in Schwierigkeiten …« Sie ließ den Gedanken ausklingen.

Marcus schwieg ein paar Sekunden. »Du überlegst, ob wir das Haus verkaufen sollen?«, fragte er dann mürrisch. »Also, ich finde schon.«

Rosa kniff die Augen zusammen, legte den Kopf in den Nacken und betete, dass dieses Gespräch sich nicht so entwickeln möge, wie sie befürchtete. »Nein, daran habe ich nicht gedacht. Wieso glaubst du, dass wir verkaufen sollten? Durch den Bau der neuen Straße so dicht am Haus werden die Preise im Keller sein.«

Er stieß geräuschvoll den Atem aus und klang entnervt. »Du hast gerade selbst gesagt, dass ich finanziell momentan in der Luft hänge.« Auf ihr Argument bezüglich der Verkaufssituation ging er nicht ein.

»Du musst doch irgendwelche Arbeiten auf Lager haben, die Geld einbringen, wenn du sie auf Etsy anbietest, oder?« Rosa war klar, dass sie sich an Strohhalme klammerte.

»Nicht viele. Wir hatten ein paar richtig gute Handwerkermärkte. Die Lagerbestände sind gering.« Sein Ton war eine angespannte Mischung aus Abwehr und Besorgnis.

»Und die Einnahmen von den Märkten hast du auch verspielt«, schloss sie an seiner Stelle entrüstet.

Er gab keine Antwort.

»Wahrscheinlich siehst du jetzt ein, wie sinnvoll es ist, ein regelmäßiges Einkommen zu haben? Und eine Freundin, die ebenfalls eins hat?«, fauchte sie. Ihr Entschluss, ruhig zu bleiben, war verflogen.

»Hör mal, ich kann ebenso gut ehrlich sein«, sagte Marcus dann nach einer langen, unbehaglichen Pause. »Die Übernahme der Hypothek läuft nicht so glatt, wie es mal aussah. Die Hypothekenbank wäre glücklicher gewesen, wenn ich meinen alten Job behalten hätte. Mein selbstständiges Einkommen aus den letzten drei Monaten entsprach nur dem einer Teilzeitstelle, reichte also nicht mal aus, um auch nur eine Hypothek zu bezahlen. Ich habe den Leuten gesagt, Chellice würde als Untermieterin einziehen, weil ich dachte, sie wären froh darüber, dass ich Mieteinnahmen erzielen würde. Stattdessen haben sie alle möglichen kleinlichen Einwände in Bezug auf die Konditionen der Hypothek erhoben und wollten diese schriftliche Zustimmung von dir. Und aus irgendeinem nicht nachvollziehbaren Grund akzeptieren sie Mieteinnahmen sowieso nicht als Einkommen.«

Ihr Herz hätte nicht tiefer rutschen können. »Weil ein Mieter jederzeit ausziehen kann, wie Chellice das vermutlich auch getan hat. Aber wenn wir verkaufen, können wir von Glück reden, wenn unser Haus überhaupt noch etwas wert ist. Durch den Bau einer zweispurigen Straße praktisch hinter unserem Gartenzaun will niemand mehr in der Siedlung wohnen. Außerdem sind da noch die Gebühren. Was bedeutet, dass ich finanziell an das Haus gefesselt bin und die Hypothekenraten zahlen muss, weil du es nicht kannst. Das ist verdammt noch mal ein bisschen zu viel, Marcus!«

»Ich glaube nicht, dass uns viel anderes übrig bleibt ...« Er unterbrach sich, offenbar um die Taktik zu ändern. »Ich sage dir was, lassen wir uns doch noch Bedenkzeit. Wir drehen uns im Kreis. Ich melde mich bald wieder.« Und die Leitung war tot.

Rosa legte das Handy mit zitternder Hand auf den Tisch. Hatte sie Marcus etwa gerade gestattet, dass er in dem Haus wohnen bleiben konnte, während sie die Hypothek abzahlte, da er nicht in der Lage dazu war? »Fantastisch«, sagte sie verbittert, an niemand Speziellen gerichtet.

Sie griff wieder nach ihrem Handy und überprüfte ihre Kontostände. Obwohl es billig war, bei Dory zu wohnen, hatte Rosa aktuell, abgesehen von dem Taschengeld ihrer Mutter, kein richtiges Einkommen, und die Hypothekenzahlungen würden ihre bescheidenen Ersparnisse in weniger als einem Jahr verschlingen.

Die Ellbogen auf den Tisch gestützt, blieb sie dort sitzen, während die Schatten länger wurden und sich ihr der Kopf drehte.

Schließlich nahm sie den Laptop und begann eine Mail an ihren Anwalt zu schreiben, in der sie ihre unangenehme Lage umriss. *Ich denke, vielleicht besteht die beste Lösung für mich darin, den ursprünglichen Plan umzukehren*, schloss sie. *Wenn ich die Raten für die Hypothek zahlen würde und Marcus auszöge, könnte ich das Haus wenigstens vermieten, um die Kosten abzudecken, da ich selbst nicht dort leben will. Oder wir könnten das Objekt verkaufen, wie Marcus vorgeschlagen hat. In vielerlei Hinsicht wäre das das Beste, doch dabei würden wir – d. h. ich! – Verlust machen, je nachdem, welchen Preis es einbringt beziehungsweise welche Gebühren fällig werden. Außerdem muss die Hypothek ja in der Zwischenzeit weiter bezahlt werden. Darf ich um Ihre Meinung dazu bitten?*

Noch während sie tippte, wurde ihr klar, dass sie, wenn sie die Hypothek übernahm, in Vollzeit ans Blackthorn's zurückkehren musste, weil die Banken ein festes Einkommen anbeteten wie einen Gott. Auf keinen Fall würde sie für die Hypothekenraten Hilfe von Dory in Anspruch nehmen, weil das praktisch bedeuten würde, dass Dory Marcus finanzierte.

Die Aussicht, einen akademischen Abschluss in Tanz zu machen, rückte damit irgendwo in die Nachbarschaft des Mondes.

So oder so, dachte sie, muss ich die Verbindung zu Marcus durchtrennen.

16

Am späten Donnerstagabend brach Zach nach Paceville auf. Der Überfall im Nicholas-Zentrum war jetzt fast eine Woche her. Niemand hätte es ihm übel genommen, wenn er sich nicht mehr für Luccio verantwortlich gefühlt hätte, doch Zach mochte den Jüngeren nicht abschreiben. Ja, er ging davon aus, dass Luccio sein Angreifer gewesen war, aber sie waren einmal Freunde gewesen.

Es bedeutete, dass Luccio verzweifelt war.

Er hätte Luccio anrufen können, aber der wäre vermutlich gar nicht erst rangegangen oder hätte ihn sogar blockiert. Dann wäre Luccio gewarnt und würde Ausschau nach Zach halten, wenn er versuchte, ihn aufzuspüren.

Er wartete, bis Marci zu Bett gegangen war, und nahm keinen Kontakt zu Rosa auf, um sich nicht ablenken zu lassen. Bei dem Gedanken an die Lust, die er in ihren Armen empfunden hatte, atmete er scharf ein, während er leise die Treppe hinunterging. Licht aus Rosas und Dorys Wohnung fiel auf die Terrasse, als er sich vorbeischlich, doch er befahl seinen Füßen, ihn nicht zur Tür der beiden zu tragen.

Er fuhr am dunklen Meer entlang und dann die geschäftigen kleinen Straßen nach Paceville hinauf und überlegte, dass das Zusammenwohnen mit seiner Schwester und seiner Nichte es nicht gerade erleichterte, Rosa zu treffen. Dory hatte ihnen vorhin erzählt, sie werde für eine Woche nach England zurückfliegen, also würde Rosa die untere Wohnung wenigstens während dieser Zeit für sich haben.

Doch dann erkannte er schockiert, dass er das zwischen ihnen offenbar nicht unbedingt als vorübergehend betrachtete. Die gestrige Nacht war umwerfend gewesen, und er hatte jede Sekunde davon genossen, sie in den Armen zu halten. Seine Libido hatte schreiend nach mehr verlangt, aber wenn sie sich nichts weiter gewünscht hätte, als zu küssen, hätte er sich damit zufriedengegeben.

Wenn er in der Vergangenheit gehört hatte, wie Freunde von einer Frau sagten, es habe »einfach Klick gemacht«, hatte er das für albern gehalten, aber genau so hatte es sich angefühlt. Zwei Menschen kamen zusammen, weil sie zusammenpassten.

Ein paar Straßen entfernt von den hellen Lichtern der Pjazza von Paceville parkte er und riss sich aus seinen Gedanken. Er ging zu Fuß zur Pjazza, die wie üblich von Hunderten von Menschen bevölkert war, die sich in der heißen Mittelmeernacht unter Neonlichtern versammelten und auf dem Pflaster tranken, lachten und tanzten.

Zach war nicht nach Party zumute. Sehr unwahrscheinlich, dass Luccio den Kopf hängen lassen und sagen würde, *Tut mir leid, es kommt nicht wieder vor*, besonders, wenn Beppe und seine Kumpane in der Nähe waren, so viel war ihm klar. Und er hatte keine Ahnung, was Luccio ihm antun würde, wenn er Rückendeckung hatte, nachdem er schon in Josephs Büro bereit gewesen war, ihn zu verletzen. In seinem Ellbogen pulsierte es, als er sich jetzt einen Weg durch ein Meer warmer Körper auf den Treppenstufen der Triq Santa

Rita bahnte, doch Zachs Bauchgefühl sagte ihm, dass es das Richtige war, Luccio noch nicht aufzugeben.

Auf den Stufen drängten sich die Massen, ein lebender Teppich aus Menschen, die lärmten, lachten und kreischten. Kurze Sommerkleider wetteiferten mit aufwendigen Tattoos um Aufmerksamkeit. Musik dröhnte aus jeder Bar, immer wieder unterbrochen von gelegentlichem Aufkreischen, wenn einer der Touristen – meist eine Frau in hochhackigen Schuhen – zu spüren bekam, dass die Stufen ungleich breit und uneben waren. Ein Mann in einem T-Shirt mit dem Aufdruck *Wenn es hier nicht passiert, passiert es nie mehr!* stolperte und knallte der Länge nach zu Boden, wobei sein Cocktailglas zerbrach und er sein Handy fallen ließ. Fluchend riskierte er, sich zu schneiden, während er versuchte, zwischen Glasscherben und sich ständig bewegenden Füßen nach seinem Handy zu angeln. Musik hämmerte, es wurde gejohlt.

Zach kaufte sich ein Bier und zog dann im Zickzack von Bar zu Bar. Es war ermüdend, in dunkle Ecken zu spähen und unter den Passanten Ausschau nach Luccios schlaksiger Gestalt und seinen dunklen Locken zu halten. Er kam sich vor, als wäre er in ein lebendig gewordenes Wimmelbuch geraten.

Über eine Stunde später hatte er den Fuß der Treppe erreicht, ohne Luccio oder andere Mitglieder von Beppes Truppe entdeckt zu haben. Er unterdrückte einen Seufzer und wollte sich schon damit abfinden, morgen Abend, am Freitag, wiederzukommen, als er noch einen letzten Blick auf die wogende Masse der Feierwütigen warf, die jetzt die Treppe über ihm bevölkerte.

Da sah er es. Einen Tumult innerhalb der brodelnden Menge. Er kniff die Augen zusammen und erblickte durch pulsierendes rosa Neonlicht und über wippende Köpfe hinweg Luccios Profil. Er war von Beppes Kumpanen umgeben. Beppe selbst bildete die Nachhut, und sie bewegten sich wie eine kompakte Masse und teilten das Meer von Menschen. Zach zog sich in die Schatten zurück, während er beobachtete, wie sie vor der Spirit-Bar stehen blieben.

Er hielt sich im Hintergrund und ließ ihnen eine Viertelstunde Zeit, um Getränke zu besorgen und sich einen Platz auf der Treppe zu suchen. Dann ging er langsam wieder hinauf, setzte einen leeren Blick auf und bewegte sich in Schlangenlinien.

Als er ihnen nahe genug gekommen war, machte er eine große Show daraus, Luccio zu bemerken. »Hey, wie geht's?«, rief er und versuchte, beiläufig erfreut darüber zu klingen, den jüngeren Mann zu treffen, und nicht so, als hätte er nach ihm gesucht. Er behielt seine Bierflasche in der Hand, obwohl sie leer war, um den Eindruck zu verstärken, dass er nur zum Feiern nach Paceville gekommen war.

Luccio zuckte zusammen, und seine Augen weiteten sich, als er Zach erkannte. Wahrscheinlich fragte er sich, warum Zach so freundlich klang, obwohl er ihn fälschlicherweise des Diebstahls beschuldigt hatte und womöglich auch er es war, der ihn überfallen hatte.

Zach nickte Beppe und den Jungs, die ihn umringten, zu, und alle erwiderten seinen Blick, ohne zu lächeln. Dann wandte er sich wieder an Luccio. »Hast du einen Moment Zeit?« Unauffällig manövrierte er Luccio auf der Stufe, auf der sie beide standen, ein Stück weiter.

»Was?«, fragte Luccio gereizt.

»Wusstest du, dass ich letzte Woche im Nicholas-Zentrum ausgeraubt worden bin?« Zach sprach leiser, damit Beppe und seine Truppe ihn nicht hören konnte. Als er beiseitetrat, um vier Frauen vorbeizulassen, nutzte er die Gelegenheit, Luccio noch weiter von Beppe und den anderen wegzuschieben. Er schaute Luccio aufmerksam an und war sich ziemlich sicher, Angst in seinem Blick zu sehen, obwohl der Jüngere verächtlich die Lippen verzog.

Luccio zuckte übertrieben mit den Schultern. »Woher sollte ich? Warum erzählst du mir das? Ich habe keine Ahnung.«

Zach vergeudete keine Zeit mit Diskussionen. Er senkte die Stimme. »Lass dich nicht von Beppe ausnutzen, Luccio. Ich kenne solche Typen.«

Luccio sah Zach durchdringend an, und seine Augen glänzten, als stünden Tränen darin. Dann wandte er den Blick ab. »Ich habe keine Ahnung, warum du mir das erzählst«, wiederholte er dumpf. Dann warf er kurz einen Blick über die Schulter. Beppe beobachtete sie, und seine Augen wirkten unter seiner breiten Stirn feindselig.

Zach richtete den größten Teil seiner Aufmerksamkeit auf den jungen Burschen, den er einmal für seinen Freund gehalten hatte. »Dieser Mist, der hier vorgeht, das bist nicht wirklich du, Luccio. Mir Geld unterzuschieben – warum hast du das getan? Und dann davonzulaufen und Josephs Bitte um ein Gespräch zu ignorieren?«

Luccio starrte ausdruckslos ins Leere.

»Na schön.« Zach klopfte ihm auf den Arm. »Aber komm zu mir, wenn du Hilfe brauchst. Oder warum gehst du nicht zurück nach Sizilien? Ich weiß, dass du dort Familie hast. Fang ein neues Leben an.«

Kurz flammte nackte Sehnsucht in Luccios Blick auf, doch dann schlug er Zachs Hand weg und knurrte etwas, das dieser nicht verstand – wahrscheinlich ein markiger Spruch auf Sizilianisch.

Luccio war schon im Begriff, sich zu entfernen, doch Zach versuchte noch ein letztes Mal, an ihn zu appellieren. »Dieser Ring, Luccio … Er hat jemandem gehört, dem er viel bedeutet hat.« Das wusste er zwar nicht mit Gewissheit, aber er war sich ziemlich sicher, dass die meisten Menschen etwas wertschätzen würden, das Tausende Euro gekostet hatte.

Luccio strauchelte und bedachte Zach angesichts der Tatsache, dass dieser ihn mit dem Überfall in Verbindung brachte, mit einem ängstlichen Blick. Dann straffte er die Schultern, stolzierte großspurig zu seiner Clique zurück und ließ eine Bemerkung fallen, die dazu führte, dass die Jungs lachten und Zach unfreundlich musterten.

Müde stieg Zach die Treppe bis zum Ende hinauf und ging zurück zu seinem Wagen. Er hatte versucht, das Richtige für Luccio zu tun, aber wenig erreicht. Jetzt wünschte er, er hätte stattdessen Rosa irgendwohin ausgeführt. Allein beim Gedanken an sie fühlte sein Herz sich schon leichter an. Er sah auf sein Handy, aber es war schon nach ein Uhr früh. Vielleicht könnte er für morgen Abend etwas arrangieren. In Valletta gab es ein Restaurant, das er gern mochte. Es bot eine Aussicht über das Stadttor, und man erreichte es über ein Waffenarsenal innerhalb der Stadtmauern.

Dort könnte er mit seinem Wissen über die Geschichte der Stadt angeben und sie vielleicht ein wenig beeindrucken.

Doch der Freitagmorgen hatte kaum begonnen, als Zach einen Anruf erhielt.

Verblüfft starrte er auf das *Dad* auf dem Display, bevor er annahm. »Ist alles in Ordnung?« Er und der schweigsame Steve tauschten normalerweise nur alle drei oder vier Wochen eine Textnachricht aus und hielten einander ansonsten über Zachs Mum Amanda auf dem Laufenden. Steve beschäftigte sich hauptsächlich mit seiner Frau, seinen Eltern und seinem Job und vermittelte immer den Eindruck, seine Kinder stellten für ihn eher ein Problem dar als eine Freude.

Steve klang ungeduldiger als sonst. »Kommt darauf an, wie du *in Ordnung* interpretierst.«

»Ach?«, gab Zach vorsichtig zurück. Er kam gerade aus der Dusche. Stirnrunzelnd sah er in den Spiegel und fuhr sich mit den Fingerspitzen durch das nasse Haar.

»Ich finde, es ist an der Zeit, dass du nach Cornwall zurückkehrst«, erklärte Steve unverblümt. »Ich versuche hier, mit einer Menge fertigzuwerden. Deine Mum braucht bei allem Hilfe, und Nanna kommt nicht allein mit Grandad zurecht, nachdem er jetzt dement wird. Du hast ja jetzt wohl genug Zeit auf Malta verschwendet.«

Zach ignorierte den abwertenden Ton, so etwas ließ er an sich abprallen. Steve fand immer, dass er recht hatte und Zach im Unrecht war, und nichts, was Zach jemals sagen könnte, würde gut genug sein. Das Beste war, tiefer zu graben und herauszufinden, was hinter den Worten seines Vaters steckte. »Was ist los?« Rasch verbesserte er sich. »Ich meine, ich weiß, was im Allgemeinen los ist, aber gibt es etwas Neues?«

»Nichts Unerwartetes«, räumte Steve widerstrebend ein. »Aber du bist ein Teil dieser Familie, und das bringt Verantwortlichkeiten mit sich. Marci hat alle Hände voll mit Paige zu tun, und Electra vergnügt sich am anderen Ende der verdammten Welt.«

Zach erlaubte sich, nur mit halbem Ohr zuzuhören, während Steve die Liste seiner Klagen abarbeitete: Er hatte nie gedacht, dass Zach so lange fortbleiben würde. Steve arbeitete in Vollzeit. Zachs Mum Amanda brauchte Hilfe. Grandad Harry brauchte Unterstützung, und Nanna Rebekah war auch nicht mehr die Jüngste.

Zach hatte schon ein schlechtes Gewissen. Vielleicht war er eher davongelaufen, als sich fernzuhalten. Wenn Mum und seine Großeltern ihn brauchten …

Steve ging jetzt dazu über, Zachs Unzulänglichkeiten aufzuzählen. »Du bist zweiunddreißig, Zachary. Du hast jede Aussicht auf eine Karriere aufgegeben. Du hast nicht einmal eine feste Beziehung.«

Zach fragte sich, wie sich das wohl anfühlen würde, und ob die Frau an seiner Seite Haare haben würde, die ihr ums Gesicht wehten und im Sonnenschein glänzten. Bis Rosa Hammond in sein Leben spaziert war, hatte er angenommen, er wäre nicht für die Liebe geschaffen. Kelly, Mel und Amelia hatten ihn davon überzeugt, dass man sich auf Frauen nicht verlassen konnte. Aber Rosa neigte auch nicht dazu, Männern zu vertrauen. Könnten sie irgendwie gemeinsam lernen, sich auf einen anderen Menschen zu verlassen?

»Das lässt alles auf mangelnde Reife schließen!«, brachte Steve seinen Vortrag zum Abschluss.

Zach hasste es, als unreif bezeichnet zu werden. »Ich verstehe dich ja, Dad«, meinte er sanft. »Tante Giusis Wohnung ist noch nicht fertig, aber ich denke bestimmt über das nach, was du gesagt hast.«

»Und warum ist Tante Guisis Wohnung nicht fertig? Was hast du denn die ganze Zeit getrieben?«, fragte Steve anklagend.

Zach unterdrückte ein Seufzen und machte sich nicht die Mühe, ein weiteres Mal zu wiederholen, dass Tante Giusi noch nicht entschieden hatte, ob sie selbst einziehen oder die Wohnung an Touristen vermieten wollte. Das wusste Steve alles. Er zog nur vor, es zu vergessen, wenn ihm nach einer Schimpftirade zumute war.

Steve fuhr fort, seine Beschwerden vorzutragen: Seine Kinder waren nicht bei ihm, das Gesundheitssystem war unterfinanziert, sein Chef ein Schwachkopf, sein Gehalt unangemessen. Dazu noch der abscheuliche, verdammte englische Sommer und zu allem anderen der Schmerz darüber, erleben zu müssen, wie sein Dad dement wurde.

All sein Leid war echt. Doch die Art, wie er es zum Ausdruck brachte, rief kein Mitgefühl hervor.

Trotzdem gestand sich Zach ein, dass es einen Grund dafür geben musste, dass sein Dad ihn angerufen hatte, wenn auch in seiner typischen streitlustigen Art. Vielleicht hatte Steve wirklich die Grenze seiner Belastbarkeit erreicht, kannte aber nur eine Art, um Hilfe zu bitten, nämlich durch Befehle und Schuldzuweisungen.

Während er ihm zuhörte, schlenderte Zach zum Fenster und ließ den Blick über die Rampe, die Küstenstraße, den Felsstrand und über den Lazaretto Creek bis nach Valletta schweifen. Blauer Himmel. Blaues Meer. Weiße Jachten. Befestigungen aus goldgelbem Sandstein, vor Jahrhunderten errichtet, um Valletta zu schützen. Türme und Kuppeln und Aussichtspunkte. Der Zauber der Insel umgab ihn. Er wollte nicht fort von hier, absolut nicht.

Dann stieß Steve einen tiefen Seufzer aus. »Ich gehe nicht davon aus, dass du kommst«, erklärte er mit leidgeprüfter Stimme. »Du schaffst es immer wieder, mich zu enttäuschen. Es fing mit dieser Sache an, als du achtzehn warst, und mit dreißig hast du den gleichen Fehler noch einmal gemacht. Du bist jemand, der andere immer nur ausnutzt, Zachary.«

Mühsam wahrte Zach die Selbstbeherrschung. »Ich habe keinen Penny mehr von dir angenommen, seit ich achtzehn war.« Er musste aber einräumen, dass, wenn man einmal von Steves grober Art und seinem Dogmatismus absah, sein

Vater kein leichtes Leben hatte. Ob er Angst vor der Zukunft hatte? »Ich verstehe ja, dass du dich für Mum und Grandad aufopferst«, sagte er. »Aber Nanna hat mich gebeten, nach Malta zu kommen …«

»Und jetzt bitte ich dich, zurückzukommen.«

Zach hätte fast gelacht. »Ich habe keine Bitte gehört, sondern einen Befehl.«

Steve atmete hörbar ein. »Hast du immer noch Probleme damit, deine Aggressionen zu kontrollieren? Als du in diese Prügelei geraten bist …«

»Ein einziger Kontrollverlust in dreißig Jahren rechtfertigt diese Bemerkung nicht«, fiel Zach ihm ins Wort. Er hätte sagen können, dass sein Dad schon aggressiv war, solange er sich erinnern konnte, doch er holte noch einmal Luft und versuchte, den Streit zu deeskalieren. »Ich brauche Zeit zum Nachdenken, Dad. Ich melde mich bei dir.« Doch nachdem er aufgelegt hatte, war er wütend auf sich selbst, weil er so ungeschickt mit seinem Vater umgegangen war. Er würde nie ein Mensch werden, der *Ja, Dad* sagte, aber sie waren aufeinander losgegangen wie zwei Bullen, waren mit den Köpfen zusammengestoßen und hatten sich nur weitere Wunden zugefügt. Zach musste sich eingestehen, dass er hätte berücksichtigen müssen, dass er selbst ein bequemes Leben im sonnigen Malta führte, während Steve für die Pflege von Zachs Mum und seiner Großeltern zuständig war und zusätzlich in Vollzeit arbeitete.

Er holte mehrmals tief Luft und versuchte sich zu erinnern, welcher Tag heute war. Freitag. Er hatte vorgehabt, nach Rosa zu sehen, sich davon zu überzeugen, dass es Marci gut ging, und ein langes Rundschreiben der Agentur zu lesen, die ihn mit Arbeit versorgte.

Ab zwei wurde er im Nicholas-Zentrum erwartet, um

beim Fußballtraining zu helfen. Er hatte auch vor, Joseph von der ergebnislosen Begegnung mit Luccio zu berichten.

Doch nach dem Frühstück würde er seine Mutter anrufen. Bis dahin würde Steve zur Arbeit gegangen sein, und Zach konnte ein realistischeres Gefühl dafür bekommen, ob er zu Hause in Cornwall wirklich gebraucht wurde. Bei Amanda konnte man sich darauf verlassen, dass sie alles gelassen betrachtete. Als er in Richtung Küche und Kaffeemaschine ging, war er froh darüber, dass Marci und Paige im Bad waren, jedenfalls danach zu urteilen, wie Paiges helle Stimme durch die Tür drang. Ihm wurde eine Ironie bewusst: Seine Mutter und seine Großmutter waren die Menschen, denen er vertraute und an die er sich wandte, seine Schwestern und seine Nichte beschützte er – doch keine seiner romantischen Beziehungen zu Frauen war gut ausgegangen.

Er nahm sich Frühstücksflocken und Kaffee mit aufs Dach, und als er gegessen und getrunken hatte, rief er seine Mum an.

»Hi«, sagte er, froh, ihre sanfte Stimme zu hören. »Wie geht's dir heute?«

»Ganz gut«, antwortete Amanda. *Ganz gut* bedeutet wahrscheinlich, dass sie Schmerzen hat, dachte Zach.

Sie plauderten ein paar Minuten, und Zach schilderte ihr die Aussicht, die er im morgendlichen Sonnenschein vom Dach aus hatte. Dann erwähnte er den Anruf seines Dads. Seiner Meinung nach versuchte er sehr diskret, herauszufinden, ob Amanda mehr Hilfe brauchte, als sie von Steve erhielt, doch sie unterbrach ihn.

»Ich hoffe sehr«, sagte sie in stahlhartem Ton, »dass dein Vater nicht versucht hat, dich dazu zu bringen, nach Hause zu kommen, um zu helfen. Er hat es getan, oder? Dabei habe ich ihm gesagt, er soll es nicht tun! Wieso hört er denn nie auf mich? Zach, du darfst auf keinen Fall nach Hause kommen. Ich erkläre ihm immer wieder, dass ich nicht so verhätschelt zu werden brauche, wie er es mir aufzwingt.«

Dieser Ausbruch seiner normalerweise so entspannten Mutter verblüffte Zach. »Wenn du mich zu Hause brauchst, Mum, dann komme ich«, erklärte er.

»Nein!«, rief sie. Sie stand so kurz davor, aus der Haut zu fahren, wie das bei ihrer Sanftmut nur möglich war. »Die Leute sollen doch aufhören, mich zu behandeln wie …« Sie verstummte und holte hörbar Luft. Als sie weitersprach, hatte sie sich beruhigt. »Du bist auf Malta glücklich. Mir geht es nicht schlechter, und ich habe keine Ahnung, was Dad diesen speziellen Floh ins Ohr gesetzt hat. Vergiss das Gespräch einfach, Liebling.«

Aber Zach bekam es nicht aus dem Kopf.

Nach dem Anruf ging er auf der Dachterrasse auf und ab und kämpfte gegen das ungute Gefühl an, dass zu Hause etwas nicht stimmte, dass es schlimmer war, als seine Eltern zugaben. Nach einer Weile rief er seine Großmutter Rebekah an. »Wie geht's Grandad?«, fragte er, nachdem sie sich ein paar Minuten lang hatte erzählen lassen, was er auf Malta tat.

Rebekah seufzte. »Ich fürchte, er baut immer stärker ab.«

»Kommst du zurecht?«, fragte er vorsichtig. Er wollte keinerlei Andeutung machen, dass Steve seinen Vater als Bürde empfand. Er konnte sich vorstellen, wie sehr sie das bestürzt und verletzt hätte.

»Im Moment schon«, entgegnete sie und lenkte dann das Gespräch in eine andere Richtung. »Wie geht's Tante Guisi? Ist sie schon eingezogen? Bewohnen Lance McCoys Tochter und Enkelin noch die untere Wohnung?« Zach telefonierte fast eine Stunde mit ihr. Sie liebte es, sich von Malta erzählen zu lassen, während Harrys Pflege sie in Cornwall festhielt.

Schließlich, nachdem Nanna aufgelegt hatte, um Harry aus dem Bett zu holen und fertig für den Tag zu machen, schrieb Zach an Rosa. *Hallo, Schöne. Wahrscheinlich hast du keine Zeit für einen Morgenspaziergang am Meer, oder? xx*

Ihre Antwort kam sofort. *Auf jeden Fall, aber nur bis gegen halb elf, dann habe ich Küchendienst bei Mum. xx*

Seine Stimmung hellte sich auf.

Als Zach zu ihr hinuntereilte, wartete Rosa schon auf der unteren Terrasse. Er trug kurz abgeschnittene Jeans und dazu ein einfaches, ärmelloses weißes Shirt, das an Brust und Schultern eng anlag. Sein strahlendes Lächeln, als er sie sah, ließ sie für kurze Zeit vergessen, dass sie den größten Teil der Nacht wach gelegen hatte und die Probleme mit Marcus und dem Haus gewälzt hatte. Zach scherte es anscheinend nicht, ob sie gesehen werden konnten, denn er schlang einen Arm um sie und küsste sie sanft auf die Lippen.

Sofort entspannte sie sich. Sie legte ihm eine Hand auf die Brust und hatte das Gefühl, dass die Berührung sie stärker mit dem Leben, das sie auf Malta führte, verband als der Boden unter ihren Füßen. Als der Kuss schließlich endete, nahm er ihre Hand, und sie liefen die Treppe zur Straße hinunter.

»Mum treibt mich in den Wahnsinn«, sagte sie, während sie nach rechts abbogen, zum Jachthafen Msida. Am Ende der Rampe angekommen, überquerten sie die Straße, passierten die *Black Pearl* – das Piratenschiff-Restaurant, das um diese Tageszeit verlassen dalag und aussah, als hätte es jemand auf dem Gehweg vergessen. Im Jachthafen lagen die Boote dicht an dicht an den Pontons und wirkten wie Reihen von Autos auf einem Parkplatz, nur dass sie strahlend weiß auf einem glitzernden Meer tanzten.

Immer noch Hand in Hand, gingen sie einen schmalen Weg entlang, der zwischen den Jachten, den Imbissbuden und den Fischern hindurchführte. »Mum hat alle möglichen Rezept-Tests in diese Woche gequetscht, damit sie meine Notizen zusammenschreiben kann, wenn sie zurück in England ist«, erklärte Rosa. »Ihre Lektorin will auf einmal ein anderes Buch als das, an dem sie gearbeitet hat, und das hat sie in helle Aufregung versetzt. Es ist schwer, sie auch nur zu einer Kaffeepause zu überreden.«

Zach sah sie aus seinen dunklen Augen aufmerksam an und hörte zu. Sie erreichten das Ende des Msida-Meeresarms, wo sich der Gehweg zu einer Promenade verbreiterte. »Ich habe heute Morgen mit meinen Eltern geredet, einzeln. Dad scheint zu wollen, dass ich nach Hause komme, aber Mum sagt, ich soll nicht.«

Rosa wäre fast gestolpert. »Endgültig nach Hause?«

Zach sah nicht aus, als erfüllte der Gedanke ihn mit Freude. Er blieb stehen und sah am Msida-Meeresarm entlang zu den aus goldenem Stein errichteten Befestigungen von Valletta. Rosa folgte seinem Blick und erinnerte sich daran, wie er versprochen hatte, ihr die historische Hauptstadt zu zeigen und mit ihr an einer Führung durch die Tunnel, die darunter verliefen, teilzunehmen. War ihnen jetzt schon die Zeit davongelaufen?

»Endgültig?«, fragte er. »Schätze, das kommt darauf an, was ich dort vorfinde. Dad und ich schätzen Situationen oft unterschiedlich ein, aber ich habe auch überlegt, ob ich meinen Groll nicht als Vorwand benutze, um mich meiner Verantwortung zu entziehen. Mum klang merkwürdig ... nicht richtig verzweifelt, aber auch nicht weit entfernt davon, obwohl sie nichts davon wissen wollte, dass ich nach Hause zurückkehre. Und dann sind da noch Nanna und Grandad.

Nanna behauptet, sie würde zurechtkommen, aber was, wenn das nicht stimmt?« Er blinzelte in den Sonnenschein. »Nur weil Dad immer jammert, heißt das nicht, dass er keinen Grund zum Klagen hat.«

Obwohl es noch keine zehn Uhr war, waren es schon fast dreißig Grad, und dort, wo sie standen, gab es keinen Schatten. Die Hitze schien vom Straßenbelag abzuprallen und dann an ihren nackten Beinen hochzukriechen.

»Ich kann verstehen, warum du dir Sorgen machst.« Ein paar Haare klebten ihr feucht an der Stirn, und sie strich sie zurück. Sie lehnte sich neben ihm gegen das Geländer des Jachthafens. Fast hätte sie ihm erzählt, dass der verflixte Marcus es geschafft hatte, all sein Geld zu verspielen, und sie vielleicht in ihren alten Job zurückkehren musste, um sich die Hypothekenzahlungen leisten zu können, weil er nicht in der Lage dazu war. Aber bei dem Gedanken, dass der Wert des Hauses deutlich unter den ursprünglichen gesunken war – genauso drastisch wie ihr Ex in ihrer Wertschätzung –, machte sich ein bleischweres Gefühl in ihrer Magengrube breit. Sie wurden beide zurück in ihr altes Leben gezogen, und sie hasste die Vorstellung, laut auszusprechen, dass keiner ihrer Träume Wirklichkeit werden würde. Kein Studium. Sogar ein paar Stunden pro Woche als Zumba-Trainerin würden sich vielleicht nur nach und nach einrichten lassen, wenn sie gleichzeitig in Vollzeit am Blackthorn's arbeitete.

Und ihre Beziehung … Ihre Arme berührten sich, ihre Haut, die warm von der Sonne war, und sie stellte fest, dass sie genauso angespannt die Stirn runzelte wie er. Wenn sie beide nach Hause reisten, würden sie wieder im selben Land leben, aber nicht in diesem. Sie hatte auf Google Maps nachgesehen und festgestellt, dass Redruth und Liggers Moor über vierhundert Meilen voneinander entfernt lagen.

Es fühlte sich an, als wäre es zwischen ihnen schon aus, bevor es richtig begonnen hatte.

In Gedanken versunken, gingen sie langsam zurück.

Am Fuß der Treppe zog Zach sie sanft herum, bis sie ihn ansah. »Noch bin ich hier. Irgendeine Aussicht auf einen Schwimmausflug am späten Nachmittag? Paige hat mich gebeten, dich zu fragen.«

Sie brachte ein Lächeln zustande, obwohl sie sich ziemlich sicher war, dass er Letzteres erfunden hatte. »Sag ihr, ich gebe mir Mühe.« Dann ließ sie seine Hand los, um die Treppe zur nächsten Ebene hinaufzusteigen, da sie lieber noch geheim halten wollte, dass zwischen ihnen mehr als Freundschaft war. Ohnehin war das zwischen ihnen wahrscheinlich aussichtslos.

Als sie die Küche betrat und mit den Gedanken noch zu drei Vierteln bei Zach war, traf sie Dory dabei an, wie sie auf einem Stift kaute und stirnrunzelnd eine Einkaufsliste betrachtete.

»Organisieren wir uns«, erklärte sie lebhaft und blickte auf, als Rosa hereinkam. »Heute Vormittag kaufen wir für die nächsten drei Tage ein. Ich möchte an unterschiedlichen Risottos arbeiten, sowohl mit Reis als auch mit Gerste. Sie sind großartig für Veganer, weil man darin so viel unterbringen kann. Wir brauchen auch vegane Butter und veganen Käse.« Sie setzte beides auf die Liste. »Wir fahren zum Supermarkt und auch zu diesem Stand an der Küstenstraße, der vom Lkw herunter Obst und Gemüse verkauft. Wenn es schöne Feigen gibt, will ich versuchen, Desserts auf Basis von Feigen zu entwickeln. Ich denke da an etwas mit Käse und Zitronenmarmelade.« Sie schnappte sich ihre Tasche. »Das Problem wird sein, dass wir viel zu viel Essen haben werden. Wir werden die Bentleys oft zum Probieren einladen müssen.«

Diese Aussicht heiterte Rosa auf. Sie sammelte die Einkaufstaschen ein und folgte Dory nach draußen. Erst als sie mit einem voll beladenen Wagen im Supermarkt standen, wurde ihr klar, dass sie Zach nicht gefragt hatte, wann er nach England zurückkehren würde, falls er flog. In acht Tagen, wenn Dory nach Hause fuhr und Rosa allein in der Wohnung war, könnte Zach womöglich schon fort sein.

Der erste Schwung Risotto aus Gerste – Dory meinte, man müsse in dem Fall eigentlich *orzotto* sagen, aber die meisten Leute würden es *Gersten-Risotto* nennen – enthielt reichlich Kürbis und Spargel. Sie probierte es mit und ohne Weißwein sowie eine Version mit gehackten Pilzen und experimentierte mit unterschiedlichen Mengen an Rosmarin, Knoblauch und Pfeffer. Das Probeessen zum Schluss lieferte das Mittagessen für sie beide und Marci und Paige, denn Zach war zum Nicholas-Zentrum gefahren. Marci erwähnte nichts davon, dass ihr Bruder möglicherweise nach Cornwall zurückkehren würde, daher sprach Rosa sie auch nicht darauf an.

Verkostung von Kürbis- und Spargel-Orzotto (vegan) tippte Rosa oben auf die Seite eines neuen Dokuments und sah zu, wie die Worte auf dem Bildschirm erschienen. Fotos hatte sie schon in der Küche gemacht, wo sie dafür sorgen konnte, dass sie gut ausgeleuchtet waren. Die verschiedenen Varianten befanden sich in Schüsseln von unterschiedlicher Farbe. Sie musterte die auf dem Tisch aufgestellten Schalen. »Ich bin mir nicht sicher, ob das mit den gehackten Pilzen besser in die gelbe Schüssel gepasst hätte. Es wirkt schlammfarben.«

Marci gab etwas davon auf ihren Teller, der weiß war. »Sieht es hier besser aus?«

Dory und Rosa inspizierten es. »Nein«, erklärte Dory. »Es liegt an den gehackten Pilzen.«

Rosa notierte das. »Ich könnte kleine Champignons verwenden, die ich ganz lasse«, überlegte Dory laut. »Geschmack, aber kein Schlamm.«

Paige nahm sich eine frische Brotscheibe, bestrich sie dick mit Butter und gebrauchte sie als essbaren Löffel, um das Orzotto aufzuschaufeln und in ihren Mund zu befördern. »Mir schmecken sie alle am besten«, verkündete sie schließlich, und Rosa notierte ihre Bemerkung ernst in ihrer Datei.

Erst nach dem Mittagessen, als Dory rote Paprikaschoten, grüne Bohnen, Zwiebeln und Brokkoli für ein veganes Risotto mit Reis schnippelte, sah Rosa ihre E-Mails durch und entdeckte eine Nachricht von Janine aus der Kanzlei ihres Anwalts. Sie erwies sich als enttäuschend. Jeanine teilte ihr mit, dass sie sie nur bezüglich der juristischen Seite beraten könne, und schlug vor, Rosa solle einen Immobilienmakler und/oder Finanzberater hinzuziehen. Sie warte auf weitere Instruktionen von ihr.

Rosa legte eine Pause ein, um Bilder des wunderschönen gehackten Gemüses zu schießen, während Dory Schalotten anschwitzte. Dann kehrte sie an den Laptop zurück und suchte nach Immobilienmaklern in Liggers Moor. Sie wählte drei aus und betrachtete ihre Angebote für Doppelhaushälften in der Roman-Way-Siedlung, wo sie mit Marcus gelebt hatte.

Es sah aus, als wollte die halbe Siedlung wegziehen.

Die Preise waren niedriger, als sie gehofft hatte. Rote Fähnchen in den Ecken von Bildern versuchten, potenzielle Käufer anzulocken. Jede Menge Slogans wie *Kürzlich reduziert*, *Das dürfen Sie sich nicht entgehen lassen!*, aber herzlich wenige Angebote waren mit einem zufriedenen VERKAUFT markiert. Reiheneckhäuser in der Kiln Road wie ihres, sah sie mit wachsendem Grausen, wurden dreißigtausend Pfund unter dem Preis angeboten, den Marcus und sie dafür bezahlt hatten.

Dreißigtausend!

Das war viel schlimmer, als sie gedacht hatte. Seit sie im Februar mit dem aufreibenden Ende ihrer Beziehung gekämpft hatte, war ihr offensichtlich entgangen, dass es zu einem krassen Verkaufstrend in der Siedlung gekommen war. Die Arbeiten an der nahe gelegenen doppelspurigen Schnellstraße konnten sich doch nicht so drastisch ausgewirkt haben, oder? Sicher, wenn man an sieben Tagen die Woche um sechs Uhr morgens vom Donnern schwerer Baumaschinen geweckt wurde, war das unangenehm. Aber konnte das die Ursache für den Absturz des Marktwerts sein?

Selbst angenommen, sie konnten verkaufen, wo in aller Welt sollten sie das Geld hernehmen, um diese Lücke zu schließen und auch noch die Gebühren zu zahlen?

Mit zitternden Fingern mailte Rosa zweien ihrer alten Nachbarinnen: Vix, die ein Stück weiter in der Kiln Road lebte, und Angeline, die nicht weit entfernt in der Quarry Close wohnte. Sie begann mit ein paar allgemeinen Sätzen und erklärte dann, wie erschrocken sie sei, weil die Preise so heruntergegangen waren. *Was ist da los? Es wäre toll zu hören, wie ihr das als Anwohner seht, wenn es euch nichts ausmacht*, schloss sie.

Lautlos kämpfte Rosa mit der Versuchung, ihrer Mum zu erzählen, dass ihr Haus einen Teil seines Werts verloren hatte, aber sie konnte sich auch nicht vorstellen, dass Dory anbieten würde, die dreißigtausend zu zahlen. Abgesehen davon ertrug Rosa die Vorstellung nicht. Die Idee, sie um *dreißigtausend Pfund* zu bitten, die sich in Luft auflösen würden, nur um Rosa aus einer unangenehmen Lage zu befreien, war ihr einfach zuwider. Dory war nicht schuld daran, dass Rosa und Marcus sich getrennt hatten, und auch nicht an der Spielsucht von Marcus, diesem Idioten.

Sie beendete ihre Notizen. Ihre Sorgen bereiteten ihr leichte Übelkeit, und als Zach auftauchte, neben dem Paige auf und ab hüpfte, musste sie sich stark beherrschen, um ihm nicht um den Hals zu fallen und eine tröstende Umarmung zu verlangen.

»Ich habe meinen Snorchel!«, schrie Paige und wedelte mit Maske und Schnorchel in Minzgrün. »Komm schon, Rosa, wir gehen im Meer schwimmen.«

Über den Rand ihrer Brille hinweg warf Dory einen Blick auf die Uhr. »So spät schon!«, rief sie aus. »Ich räume auf, Rosa.« Sie strahlte Paige an. »Ich backe Feigentörtchen, die könnt ihr essen, wenn ihr zurück seid. Klingt das gut?«

Paige hatte offensichtlich inzwischen begriffen, dass die Kombination von Dory und Essen eine gute Sache war. »Jaaa!«, krakeelte sie. »Bitte«, fügte sie hinzu, als Zach sie mit hochgezogenen Augenbrauen ansah. »Was sind Feigen?«

Rosa überließ es Dory, Paige die Feigen mit ihrer lila Schale zu zeigen, während sie rasch in ihr Zimmer flitzte, um sich umzuziehen. Damit Zach eine schöne Erinnerung hatte, falls er aus ihrem Leben verschwinden würde, zog sie einen schwarzen Bikini an, dessen Seitenpartien aus dünnen Goldkettchen bestanden. Sie hatte ihn einmal für einen Junggesellinnen-Abschied in einem Wellness-Hotel gekauft, und als sie jetzt in den Spiegel schaute, sah sie zufrieden, dass er genauso knapp saß wie in ihrer Erinnerung. Das Oberteil lag eng an ihren Brüsten an, und die Kettchen an den Hüften verlängerten ihre Beine optisch. Darüber zog sie ein einfaches weißes Strandkleid, das nicht das Geringste von dem knappen, sexy Ensemble ahnen ließ, das sie darunter trug.

Nach der angenehmen Temperatur in der klimatisierten Küche fühlte es sich draußen sogar am späten Nachmittag so an, als würde man in einen Backofen treten. Rosa ging durch den Kopf, dass sie nachvollziehen konnte, wie die Feigentörtchen sich gleich fühlen würden. »Puh, ich kann es kaum abwarten, ins Meer zu springen.« Maske und Schnorchel steckten in ihrem Rucksack, und die Schwimmflossen ließ sie an den Fingern baumeln. Sie lächelte Paige an. »Was meinst du, kannst du noch schwimmen, oder hast du es verlernt?«

Paige stellte sich auf die Zehenspitzen. »Ja! Onkel Zach zieht mir meine Schwimmflügel an, dann gehe ich nicht unter. Wir gehen snorcheln, ja? Fische gucken?«

»Genau.« Zach zwinkerte seiner kleinen Nichte zu. Rosa fand, dass sein Blick müde und besorgt wirkte, doch als sie ihn fragte, ob er seinen Heimflug schon gebucht habe, schüttelte er den Kopf. Dann neckte er Paige wie immer sanft und hielt sie an der Hand, bis sie den steinigen Strand erreicht hatten. Während er sich damit beschäftigte, Paiges Schwimmflügel aufzublasen und ihre kleine grüne Maske zu säubern, holte Rosa ihre eigene Ausrüstung aus dem Rucksack. Dann streifte sie das praktische weiße Frotteekleid ab und wartete.

Als Paige fertig war, richtete Zach sich auf und zog sein T-Shirt aus. Dann warf er Rosa einen Blick zu und stieß einen Laut aus, der klang, als hätte er seine Zunge verschluckt.

Rosa genoss seine verdatterte Miene und lächelte strahlend. »Fertig?«

Er ließ den Blick über sie wandern, über die knappen Stoffdreiecke, verharrte an ihren Brüsten, ihrer geschwungenen

Taille, und räusperte sich. »Ich glaube, ich sollte dringend in dieses kalte Wasser springen.«

Zufrieden mit der Wirkung, folgte Rosa ihm zum Rand der Felsen und bemerkte verlegen, dass auch fremde Männer sie anstarrten, während sie alle drei ihre nackten Füße in die Schwimmflossen quetschten. Hand in Hand sprangen sie anschließend in die herrlich kühlen Wellen, wobei Rosa ihr Bikini-Oberteil festhielt. Sie traten Wasser, während sie ihre Masken ausrichteten und die salzig schmeckenden Schnorchel in den Mund steckten. Dann legten sie die Gesichter ins Wasser, ließen die Beine hinter sich treiben und sahen zu, wie Fischschwärme über den Meeresgrund sausten, innehielten, um an einem Leckerbissen zu knabbern, und dann wieder davonhuschten.

Paige hob immer wieder den Kopf und spuckte ihren Schnorchel aus. »Ich kann silberne Fischchen sehen!«, schrie sie. »Und Regenbogenfische!« Dann nahm sie den Schnorchel wieder in den Mund und steckte erneut den Kopf unter Wasser. Die drei trieben langsam dahin, als wären sie eine kleine Familie. Als Paige wieder etwas verkünden wollte und stattdessen Meerwasser schluckte, legte Zach einen Arm um sie, um sie festzuhalten, während sie hustete und spuckte. Dann schlang er den anderen Arm um Rosa, als wäre es das Selbstverständlichste der Welt, und zog sie an sich. So hüpften sie zusammen an der Wasseroberfläche auf und ab.

»Was machst du später?«, murmelte er und legte die Hand fester um Rosas Taille.

»Feigentörtchen essen!«, schrie Paige, die offensichtlich davon ausging, dass die Frage ihr gegolten hatte.

Zach lächelte. Sein zärtlicher Blick war auch durch die Maske gut zu erkennen. »Ja, nicht wahr? Und danach?«, fragte er Rosa.

»Nicht ins Bett!«, jammerte Paige.

Zach musterte seine Nichte mit hochgezogener Augenbraue. »Gehst du etwa nicht gern ins Bett? Also, ich manchmal sehr.« Er warf Rosa einen Blick zu, der ihr das Blut in die Wangen schießen ließ.

»Ich habe später noch nichts vor … noch nicht«, murmelte sie, und dann schnorchelten sie weiter, bis es Zeit war, das Wasser zu verlassen und sich abzutrocknen.

Als sie zurückkamen, trafen sie Marci bei Dory auf der unteren Terrasse an. Die beiden hatten eine Flasche Wein aufgemacht und ihre Flipflops ausgezogen. »Ich habe in der Army-Kids-Gruppe mit Steve gechattet!«, rief Dory, als Zach in Sicht kam, und wedelte mit ihrem Weinglas.

Zach ließ Paige los, damit sie über die Terrasse rennen, sich auf Marci werfen und von Regenbogenfischen plappern konnte, und davon, dass das Meer schrecklich schmeckte. »Ach ja?«, meinte er in neutralem Ton.

Dorys Wangen waren rosig, was vermuten ließ, dass dies nicht ihr erstes Glas Wein war. »Marci hat gesagt, ich könnte von eurer Dachterrasse aus Fotos machen, und ich habe eins bei den Army-Kids hochgeladen. Er hat sich gemeldet und gefragt, ob uns die Wohnung gefällt und ob seine Kinder sich benehmen.«

Rosa fing einen Blick von Marci auf, die über Paiges Kopf hinweg Zach anschaute.

»Ich habe geantwortet, dass ihr beide reizend seid und er bestimmt stolz auf euch ist!«, fuhr Dory fort.

»Nett von Ihnen«, sagte Zach lächelnd, doch nach allem, was Zach ihr über Steve erzählt hatte, war Rosa klar, dass er nicht die Art Vater war, der sich öffentlich stolz auf seine Kinder zeigte.

Dory lud die Bentleys äußerst herzlich zum Essen ein.

»Wir haben immer noch Tonnen von Risotto – dieses Mal Reis –, und das lässt sich wunderbar aufwärmen.«

Sobald Paige sich davon überzeugt hatte, dass auch die Feigentörtchen noch auf der Speisekarte standen, waren alle einverstanden. Rosa sah Zach nicht an, aber zwischen ihnen herrschte eindeutig eine erwartungsvolle Atmosphäre. Wenn Paige zu Bett ging, würde Marci bei ihr in der Wohnung bleiben. Dory würde wahrscheinlich in ihr Zimmer gehen, um Leslie auf FaceTime anzurufen, und dann würden Rosa und Zach allein sein. Sie konnte es kaum abwarten.

Um neun hatten Paige und Marci sich verabschiedet, und Dory machte Anstalten, es ihnen gleichzutun. Rosa hatte gerade ein Lächeln mit Zach ausgetauscht, als sein Handy klingelte.

»Hi, Joseph«, meldete er sich und lauschte. »Ja«, sagte er dann. »Ja, ich kann kommen ... Ach ja? Kann ich mir vorstellen. Ich fahre gleich los.« Er beendete das Gespräch und sah Rosa betreten an. »Luccios Tante Teresa, bei der er bisher gewohnt hat, hat Kontakt zu Joseph aufgenommen. Sie macht sich Sorgen um Luccio. Sie treffen sich alle zu Hause bei Joseph und Maria, und er hat mich gebeten, dazuzukommen. Er meint, ich hätte vielleicht mehr Einblick als er.«

Enttäuschung stieg in Rosa auf. »Die arme Frau«, sagte sie trotzdem, weil ihr nichts anderes übrig blieb. »Natürlich musst du fahren.«

Zach bedankte sich bei Dory für das Essen, sagte Gute Nacht und ging seine Autoschlüssel holen.

Rosa und Dory räumten die Spülmaschine ein, wuschen die Weingläser von Hand ab und warfen die Essensreste weg, weil sie kein Risotto mehr sehen konnten. »Morgen: Erbsen-Guacamole auf Toast«, verkündete Dory und verschwand in Richtung Schlafzimmer.

Rosa duschte, trocknete sich ab und fragte sich, ob Zach rechtzeitig zurückkommen würde, um einen Schlummertrunk zu nehmen … oder so. Als sie wieder hinausging, um die kühlere Abendluft zu genießen, entdeckte sie, dass Vix und Angeline inzwischen beide auf ihre E-Mails geantwortet hatten.

Beim Lesen sank ihr das Herz. *Das ist sooo ein Mist*, jammerte Angeline. *Schlimm genug, dass sie beschlossen haben, diese verdammte neue Straße gleich nebenan zu bauen, aber jetzt gehen Gerüchte über Bodensenkungen um, und die Leute schieben Panik. Die Preise sind im Keller.*

Vix lieferte zusätzliche Informationen. *Natürlich kennt niemand WIRKLICH eine ECHTE Person, die in ihrem EIGENEN Haus eine RICHTIGE Bodensenkung hat, aber trotzdem kursieren die Gerüchte. Die »Zu verkaufen«-Schilder kann man schon nicht mehr zählen. Jonno und ich werden abwarten und sind froh, dass wir nicht verkaufen müssen.*

Rosa ließ den Kopf stöhnend gegen den Liegestuhl sinken, dessen Holz noch einen Teil der Tageshitze gespeichert hatte. Dann zwang sie sich, wieder an den Laptop zurückzukehren.

Zuerst konsultierte sie eine Finanzberatungsseite, auf der Hilfe für Anbieter schwer zu verkaufender Häuser angeboten wurde. Die Firmen, die garantierten, jedes Haus zu übernehmen, schienen stets fünfundsiebzig bis achtzig Prozent des Marktwerts zu zahlen. Das war Schwachsinn.

Firmen, die Hypotheken aufkauften, brauchten Objekte, die etwas wert waren – und verzweifelte Verkäufer. Das war ebenfalls Unsinn.

Sie saß in der Falle.

Mit bleischwerem Herzen schlug sie noch einmal die Entfernung zwischen Liggers Moor und Redruth, wo Zach lebte, nach. Sechseinhalb Autostunden. Wenn Zach nach Hause zurückkehrte, um seine Familie zu unterstützen, wären sie nicht gerade Nachbarn.

17

Luccio war seit Tagen nicht nach Hause gekommen und ging nicht an sein Handy. Zach erklärte sich einverstanden, sich nach ihm umzuschauen. Er schrieb Rosa eine Nachricht, um ihr das mitzuteilen und sich dafür zu entschuldigen, dass er sich, statt Zeit mit ihr zu verbringen, auf die Suche nach Luccio machen würde. *Er war früher hin und wieder schon mal verschwunden, aber nicht so lange. Seine Tante macht sich Sorgen, und Joseph und ich auch*, fügte er hinzu.

Verstehe. Hoffe, ihm geht's gut. xx, antwortete sie freundlich, aber nicht besonders verbindlich.

Er parkte sein Auto, schlenderte durch jede einzelne Bar an der Triq Santa Rita und zahlte sogar unverschämte Eintrittspreise, um in ein paar Clubs eingelassen zu werden. Doch unter den feiernden Horden entdeckte er keine Spur von Luccio, Beppe oder dessen Kumpanen. Er weitete seine Suche bis in die Triq San Ġorġ und Triq Santu Wistin aus, doch dann kapitulierte er. Hier gab es buchstäblich Hunderte Nachtlokale und Tausende Menschen, die sie besuchten, und Luccio hätte ebenso gut irgendwo mit einem Mädchen im Bett liegen können, ohne sich Gedanken über den Seelenfrieden seiner Tante zu machen.

Es war drei Uhr, als Zach ins Bett kroch und wünschte, er hätte mehr Glück gehabt. Selbst eine so angespannte Begegnung wie ihre letzte wäre besser gewesen, als gar nichts erreicht zu haben. Obwohl er erschöpft war, fand er nur schwer in den Schlaf. Wo steckte Luccio?

Um sechs kam Paige in sein Zimmer gestürmt. »Heyyy, Zachary!«, schrie sie. »Können wir Snorcheln gehen?«

Stöhnend steckte Zach den Kopf unter das Laken, während Marci ihre aufgekratzte Tochter einsammelte, sie ausschalt, weil sie ins Zimmer ihres Onkels geplatzt war, und sich flüsternd bei Zach entschuldigte. In der nächsten Stunde versuchte er, den dringend benötigten Schlaf aufzuholen, doch so oft, wie Marci die Stimme erhob, war offensichtlich entweder Paige in Quengellaune aufgewacht, oder Marci war angespannt. Oder beides.

Schließlich leuchtete das Display seines Handys auf, und er konnte nicht widerstehen und sah nach, ob Rosa ihm geschrieben hatte. Was nicht der Fall war – nur eine Benachrichtigung von einem Podcast, den er abonniert hatte.

Gähnend gab er auf, wälzte sich aus dem Bett und ging duschen, wobei er sich fragte, ob ihre frische Beziehung eine Chance zum Aufblühen haben würde.

Er schrieb Rosa. *Bin heute Morgen in der Küche mit Mum*, antwortete sie.

Zach plauderte einige Zeit mit Marci, während Paige sich mit einem Malbuch beschäftigte, und las eine E-Mail vor, die er von Electra bekommen hatte. Bin froh zu hören, dass es euch auf Malta allen gut geht. Ich wäre gern selbst dort.

»Nicht gerade informativ.« Marci grinste. »Sie scheint ja in Thailand das Leben in vollen Zügen zu genießen.«

Und dann, weil er irgendwie das Gefühl hatte, dass er nach Hause musste, wenigstens für eine oder zwei Wochen, schaute Zach nach Flügen. Für einen Alleinreisenden war es selbst jetzt im Juli kein Problem, einen Flug zu bekommen. Das Geld hatte er. Er musste nur seinen Widerwillen überwinden.

Marci stützte das Kinn in die Hand und las über seine Schulter mit. »Schätze, wenn du fliegst, muss ich auch, oder spätestens dann, wenn meine Krankschreibung ausläuft.«

Er musterte sie. Sie wirkte gerade nicht glücklicher als bei ihrer Ankunft. »Fühlst du dich denn gut genug, um wieder zu arbeiten?«

Sie zuckte mit den Schultern.

»Wenn nicht, musst du noch einmal zum Arzt gehen.« Ihm wurde klar, dass er wie ein typischer großer Bruder klang.

»Oder ein neues Leben anfangen.« Sie seufzte.

»Bei mir hat das in vielerlei Hinsicht funktioniert«, meinte er. Er liebte sein Leben auf Malta. Selbst im Winter wurde es nicht richtig kalt. Sie bekamen Wind und Stürme, aber keinen Schnee und Frost, und an milden Tagen stieg das Thermometer manchmal bis auf achtzehn oder zwanzig Grad.

Dann klingelte sein Handy, und auf dem Display stand *Mum*. Normalerweise freute er sich, von ihr zu hören, aber sie hatte sich offensichtlich aufgeregt, weil Zachs Dad ihn nach Hause beordert hatte, und Besorgnis stieg in ihm auf. Trotzdem begrüßte er sie freundlich. »Wie sieht's aus?«

»Ich stehe unten«, erklärte sie. »Der Taxifahrer ist sehr nett, aber er sagt, er kann meine Koffer nicht die ganzen Treppen hinauftragen, weil er es im Rücken hat. Bist du in der Wohnung? Kannst du herunterkommen und mir helfen?«

Zach fiel es schwer, ihre Worte zu verarbeiten. »Du bist auf Malta?«, fragte er begriffsstutzig.

Sie lachte unsicher auf. »Überraaa…schung!«

Er sprang auf die Füße. Marci, die offensichtlich seinen Beitrag zum Gespräch mitgehört hatte, tat es ihm mit aufgerissenen Augen nach. »Was ist passiert?«, schrie Paige. »Wo gehen wir hin?« Sie hasteten die zwei Treppen, die zur Straße führten, hinunter – wo sie ihre Mutter antrafen, die sich auf zwei Stöcke stützte. Koffer und ein Rucksack standen zu ihren Füßen, und ein weißes Taxi fuhr davon.

Amandas blondes, flaumiges Haar hob sich in der Brise, von der Hitze waren ihre Wangen rosig, und sie trug ein weites Baumwollkleid. Durch ihre Medikamente und ihre erzwungene Inaktivität war sie mollig geworden. Ihre blauen Augen blickten sowohl müde als auch beklommen drein, und die Art, wie sie von einem Fuß auf den anderen trat, verriet Zach, dass ihre Arthritis ihr Schmerzen bereitete. Doch in dem Moment, in dem sie ihre Kinder und ihre Enkelin erblickte, begann sie strahlend zu lächeln.

»Wie wundervoll, euch zu sehen!«, rief sie und nahm beide Stöcke in eine Hand, damit sie Paige umarmen konnte, die sie als Erste erreichte. »Paige, ich glaube, du bist in den letzten Wochen schon wieder gewachsen. Amüsierst du dich gut hier?«

Während Marci Amanda ebenfalls in die Arme schloss, plapperte Paige laut über das Meer, das Piratenschiff, über die große Hitze und über Eis.

Zach ließ sich als Letzter von seiner Mutter umarmen. Seine Gedanken überschlugen sich. Was hatte das zu bedeuten? Warum war Amanda ohne jede Ankündigung gekommen? Vor allem, nachdem sein Vater darauf beharrt hatte, sie sei nicht in der Verfassung, um zu reisen? Doch es hatte auch keinen Sinn, sie auf der Straße stehen zu lassen und ins Verhör zu nehmen. »Wie wäre es, wenn ich dich nach oben bringe und Marci hier unten beim Gepäck wartet?«, schlug er daher vor. »Ich gehe es dann später holen.«

»Was soll ich machen?«, fragte Paige.

»Du gehst vor, um dafür zu sorgen, dass nichts auf der Treppe liegt, worüber Granny stolpern könnte«, entgegnete er, denn er vermutete, dass es nur zu Gequengel und Gejammer führen würde, wenn sie Paige dazu verdonnerten, zusammen mit Marci die Koffer zu bewachen. Er lächelte seine Mutter an und sorgte dafür, dass seine Miene nicht verriet, was er dachte. *Wie in aller Welt willst du diese Treppen bewältigen?* »Soll ich einen deiner Stöcke nehmen?«, fragte er stattdessen laut. Amandas bevorzugte Methode, Treppen zu bewältigen, war, ihr Gewicht teils auf einen Stock und teils auf den Handlauf zu verlagern. Hinauf zu gehen fiel ihr leichter als hinunter, und er mochte nicht einmal daran denken, wie das klappen sollte. Andererseits kannte sie das Haus und die Treppe und war trotzdem gekommen, und sie konnte sich auch nicht erhofft haben, dass inzwischen wie durch ein Wunder ein Treppenlift eingebaut worden wäre. Er konnte sich nicht einmal vorstellen, dass Außentreppen für Treppenlifte geeignet waren, selbst wenn man die Planungsbehörde davon überzeugen könnte, ihre Notwendigkeit in einem »Gebäude von kultureller Bedeutung«, wie diese Steinhäuser oft genannt wurden, zu akzeptieren.

Der Aufstieg verlief quälend langsam und unter scharfem Keuchen von Amanda. Zach legte ihr eine Hand unter den Arm, um sie zu stützen, doch nach ihrem schmerzhaft verzogenen Gesicht zu urteilen, war er ihr keine große Hilfe. Er wünschte, sie hätte zu den Arthritis-Patienten gehört, die durch die Krankheit abnahmen, denn dann hätte er sie tragen können.

»Mach hier eine Pause, Mum«, sagte er, als sie die untere Terrasse erreicht hatten. »Paige, du wartest hier bei Granny.« Als sich Amanda erleichtert auf einen Stuhl sinken ließ und Paige sich auf einen Liegestuhl setzte, warf er einen Blick in die Küche und sah Dory und Rosa. Er klopfte an die Scheibe und öffnete die Tür. »Sorry für die Störung. Ich hoffe, es ist in Ordnung, wenn Mum sich auf eurer Terrasse ein wenig ausruht. Sie ist nicht besonders gut zu Fuß.«

»Deine Mum ist hier?«, rief Dory. Ohne zu zögern, schaltete sie die Herdplatte unter dem Topf, in dem sie gerührt hatte, ab und kam heraus, um sich vorzustellen. »Das wissen Sie ja wahrscheinlich schon, aber ich bin auf Malta mit Ihrem Mann zur Schule gegangen.« Dann bot sie Amanda ein kaltes Getränk an, während Rosa den Sonnenschirm versetzte, damit er ihr Schatten spendete.

Er beobachtete, wie seine Mum angesichts dieser kleinen Freundlichkeiten dankbar lächelte, und dann rannte er wieder hinunter, schnappte sich die Koffer und trug sie nach oben. »Ich dachte, sie wäre zu krank, um zu reisen«, zischte Marci hinter ihm, »und schon gar nicht allein!«

»Dachte ich auch«, entgegnete er keuchend und wuchtete die Koffer herum, die sich so schwer anfühlten, als hätte ihre Mutter den ganzen Hausrat eingepackt. Er schleppte sie bis zu dem flachen Areal vor der Haustür der oberen Wohnung und eilte dann hinunter zur unteren Terrasse, wo alle anderen saßen und in der Vormittagshitze schwitzten.

Amanda trank ein Glas Limettenlimonade mit Eis und plauderte mit Dory und Rosa, die die übrig gebliebenen Feigentörtchen herumreichten, als hätten sie damit gerechnet, ihre Aktivitäten in der Küche zu unterbrechen und Gäste zu bewirten. Amanda fragte, wie ihnen ihr Sommer auf Malta bisher gefallen habe, und sie schwärmten begeistert. »Ich muss allerdings nächste Woche zurückfliegen«, fügte Dory hinzu.

Zach versuchte, seine Ungeduld zu beherrschen, während Dory sich nach Amandas Reise erkundigte und diese ihr erklärte, welche Hilfe sie auf beiden Flughäfen gehabt hatte. Er freute sich darüber, dass seine Mutter auf den Flughäfen unterstützt worden war, aber warum war sie überhaupt hergekommen? Warum war sie einfach aufgetaucht? Wieso hatte sie ihn nicht gebeten, sie am Flughafen abzuholen?

Schließlich erklärte Amanda, sie sei bereit für den Rest des Aufstiegs. Zach half ihr hinauf zur oberen Wohnung und verzog zusammen mit ihr angesichts des Schmerzes, den es ihr offenkundig bereitete, die Treppen hinaufzusteigen, das Gesicht. Während er sie zum Sofa führte und zusah, wie sie sichtlich erleichtert darauf niedersank, zerrte Marci die Koffer in den Flur und setzte Paige dann in ihrem Schlafzimmer vor den Fernseher, um Kinderprogramme anzuschauen.

Dann nahmen sie beide Platz und sahen ihre Mutter an.

Sie stieß ein leises Lachen aus. »Tut mir leid, dass ich mich euch aufdränge.«

Zach tätschelte ihr den dicklichen Arm. »Du hast das gleiche Recht, hier zu sein, wie alle anderen Familienmitglieder.« Er versuchte, nicht daran zu denken, dass die Wohnung, die er einmal als sein Junggesellenquartier betrachtet hatte, inzwischen ernstlich überfüllt war. »Aber du hast uns überrumpelt. Wir hätten unterwegs sein können, und dann hättest du mit deinem Gepäck auf der Straße gestanden und dich nicht einmal irgendwo hinsetzen können.«

»Ich weiß«, gestand sie. »Das habe ich riskiert. Ich war mir ziemlich sicher, dass ihr versucht hättet, mich von meinem Plan abzubringen, wenn ich euch davon erzählt hätte.«

»Wahrscheinlich hätten wir das«, pflichtete Marci ihr sanft bei. »Es liegt an der Treppe, Mum. Die wird sich nicht einfach in Luft auflösen.«

»Ja, leider, das stimmt. Sie ist ein Problem.« Amanda seufzte. Dann nahm sie die Hände ihrer Kinder. »Ich muss euch etwas sagen ... ich fürchte, ich habe Dad verlassen. Ich muss irgendwo darüber nachdenken, was ich als Nächstes anfange.«

Schweigen. Sogar der Verkehrslärm auf der Uferstraße unterhalb der Rampe schien leiser geworden zu sein, als Amandas Kinder sie mit offenem Mund anstarrten. Zach erholte sich als Erster so weit, dass er sprechen konnte. »Und ich dachte immer, du wärest die Einzige ...« Er hielt inne und war sich nicht sicher, ob es hilfreich wäre zu sagen, dass Amanda der einzige Mensch war, dem sein Vater Liebe zeigen konnte. Außerdem wäre das unfair gewesen, denn Steve verhielt sich auch seinen Eltern gegenüber liebevoll.

Marcis Reaktion war durchdachter. Sie drückte Amanda die Hand. »Kannst du uns erzählen, was passiert ist?«

Amanda wischte sich den Schweiß von der Stirn, und Zach stand auf, um die Klimaanlage höher zu stellen. »Tut mir leid, euch zu erschrecken«, sagte sie mit belegter Stimme. »Dad ist so ... Es frustriert mich, ständig zu hören, wie er allen erzählt, wie viel er für mich tun muss. Wenn ich genug Zeit habe, schaffe ich mehr, als er zugibt. Ich bin in eine Arthritis-Selbsthilfegruppe gegangen, und die hat mir geholfen, zu erkennen, dass es mich nur voranbringt, wenn ich Unterstützung dabei bekomme, mich selbst zu versorgen. Nicht wie Dad, der mir meinen Tagesablauf diktiert, damit er zu seinen Arbeitszeiten passt. Ich weiß, dass Nanna Rebekah sich auch von Dad überfahren fühlt.« Eine Träne löste sich aus einem Auge, und sie wischte sie weg. »Dass wir nicht zum Ehemaligentreffen der Army-Kids gekommen sind, war typisch. Er hat die Entscheidung getroffen. Als ich sagte, ich wollte fliegen, hat er nur gesagt, es würde ein Albtraum werden, mich durch die Flughäfen zu transportieren.«

Auch Marci schien den Tränen nah zu sein. »Es tut mir so leid, dass es so weit gekommen ist, Mum.«

»Ja«, meinte Zach hilflos. Aus den ziemlich vorsichtigen Ausführungen seiner Mum hörte er heraus, dass Steve kontrollsüchtig war. Ja, doch, Steve war kontrollsüchtig.

»Alles hat sich zugespitzt, als er versucht hat, dir, Zach, ein schlechtes Gewissen einzureden, damit du nach Hause kommst, obwohl ich ihn gebeten hatte, es nicht zu tun.« Amanda schniefte. »Ich habe ihn darauf angesprochen, und er hat gereizt reagiert. ›Wenn ihr alles mir überlasst, dann müsst ihr euch auch damit abfinden, wie ich es mache‹, hat er gefaucht. Also habe ich gesagt, dass ich ihn verlasse.« Sie zog ein Taschentuch aus der Tasche ihres Kleids und putzte sich die Nase.

»Wie hat er es aufgenommen?« Zach versuchte, sich die Situation auszumalen. Seine für gewöhnlich sanfte Mutter konnte für sich einstehen, aber sein Dad begegnete einer Herausforderung oft, indem er explodierte.

Amanda rieb sich über die Augen. »Er hat sich voller Hohn über die Vorstellung lustig gemacht, ich könnte in der Lage sein, allein zu leben. Dann ist er davongestapft und hat die Nacht im Gästezimmer verbracht. Er war nicht bereit, darüber zu reden, daher habe ich angefangen zu packen. Gestern ist er ohne ein Wort zur Arbeit gegangen, also habe ich ein Hotelzimmer in Gatwick reserviert und bin mit dem Taxi, dann mit dem Zug und schließlich wieder mit dem Taxi hingefahren. Ich habe kaum geschlafen, weil ich den Flug um sechs Uhr zwanzig heute Morgen erreichen musste. Es tut mir leid …« – sie unterbrach sich und wischte sich noch mehr Tränen ab, die ihr über die Wangen liefen –, »aber ich musste weg. Doch jetzt bin ich hier, und ihr schaut beide vollkommen entgeistert drein.«

Zach kniete nieder und schlang die Arme um seine Mutter. Ihm war klar, wie sehr sie sich gewünscht haben musste, nach Malta zu kommen, um ihrem armen, schmerzenden Körper die anstrengende Reise von Cornwall bis hierher zuzumuten. »Es ist fantastisch, dich zu sehen. Wir sind nur schockiert darüber, was passiert ist.« Aber was war mit dieser verflixten Treppe? Ohne eine ebenerdige Unterbringung würde Amanda sich nicht frei bewegen können, wenn Zach nicht da war, um ihr zu helfen. Marci wäre auch bereit dazu, das wusste er, aber Amanda war schwer, und Marci hatte Paige. Paige flitzte über die Treppe wie eine Gazelle, doch Vierjährige brauchten nun einmal Aufsicht.

Amanda hatte offensichtlich vor, die Zähne zusammenzubeißen und zu kämpfen, aber Zach war nicht überzeugt davon, dass Zähneknirschen ein probates Gegenmittel gegen kaputte Knie und rasende Schmerzen war.

»Ich finde, das Wichtigste ist erst einmal, dass du ein Zimmer bekommst«, sagte er und dachte schnell nach. »Vielleicht kann Marci dir eine Tasse Tee machen, während ich das Bett frisch beziehe.« Er sagte nicht, dass es sein Zimmer sein würde, da es ein Doppelbett und eine eigene Dusche mit Haltestange hatte. Vielleicht konnte Paige mit in Marcis Zimmer schlafen, und er könnte Paiges Zimmer nehmen, aber darüber würde er sich später Gedanken machen. Er ließ Marci bei Amanda zurück, während er die Bettwäsche wechselte, im Kleiderschrank Platz machte, blitzschnell durchs Bad putzte und sich einen Stapel saubere Shorts, T-Shirts und Unterwäsche sowie Toilettenartikel schnappte.

Er kehrte zu seiner Mutter und seiner Schwester zurück. Paige begann, nach dem Mittagessen zu fragen und sich zu erkundigen, was sie heute unternehmen würden. Er überließ es Marci, sich mit ihrer Tochter auseinanderzusetzen, nahm Amandas Gepäck und zeigte ihr das Zimmer, das jetzt ihr gehörte. Dann stand sie auf ihre Stöcke gestützt mitten im Raum, balancierte von einem Fuß auf den anderen und brach in Tränen aus. Bestürzt drehte er sie zentimeterweise herum, bis sie sich auf die Bettkante setzen konnte, und umarmte sie, während sie langsam schluchzte.

»Es ist gut«, murmelte er – unsinnigerweise, da offenbar nicht alles gut daran war, seine Ehe zu beenden und vollkommen erschöpft zu sein. »Hier wird alles gut.« Abgesehen davon, dass Amanda zweiunddreißig Treppenstufen überwinden musste, wenn sie irgendwo hinwollte. Er hatte keine Ahnung, wie das funktionieren sollte. Aber wenn seine Mum so dringend einen Zufluchtsort brauchte, dass sie diese mühselige Reise auf sich genommen hatte, dann würde er sie nicht entmutigen.

18

Rosa las die Nachricht ihres Dads und seufzte. *Deine Mum antwortet nicht auf meine Nachrichten. Kannst du sie bitten, sich zu melden?* In der Nähe begutachtete Dory das Test-Rezept des Montagnachmittags: Schokoladen-Haselnuss-Brownies mit milchfreier dunkler Schokolade und gemahlenem, eingeweichtem Leinsamen statt Ei. »Okay«, sagte Dory. »Sie sind fertig.«

»Lass uns ein paar Bilder machen, bevor du sie in Quadrate schneidest, und danach«, schlug Rosa vor. Das Handy wartete schon auf dem Stativ. »Sie duften wundervoll. Auf diese Verkostung freue ich mich.«

Sie wartete, bis die Fotos geschossen und Notizen angelegt waren, und beschloss dann, Dory Glenns Textnachricht vorzulesen.

Dory steckte sich ein Stück Brownie in den Mund und schnaubte verächtlich. »Er bekommt kein Geld von mir. Ich habe ihm gesagt, er soll mich mit dem Thema in Ruhe lassen. Also ja, ich ignoriere seine Nachrichten, bis er sich etwas Neues einfallen lässt.«

Ihre Reaktion war nicht überraschend und durchaus nachvollziehbar, doch Rosa hatte ein unangenehmes Gefühl dabei; nicht, weil Glenn ihr leidtat, sondern weil er ihr Vater war. Er hatte sie gezeugt, das stimmte. Aber er hatte auch dafür gesorgt, dass sie Männern misstraute. Das hatte sie bei Marcus zu vorschnellen Schlüssen verleitet, was das Ende der Beziehung beschleunigt hatte, obwohl sie inzwischen froh über diese Entwicklung war. Jetzt fühlte sie sich nur noch verärgert und verletzt, weil Marcus sie in diese unangenehme Lage gebracht hatte.

Bei Zach dagegen spürte sie eine Verbindung. Sie kannten einander erst seit ein paar Wochen und hatten nur diese eine Nacht miteinander verbracht, und doch hatte sie das Gefühl, dass er sie nie enttäuschen würde.

Sie fragte sich, was er gerade tat. Seit Amandas Eintreffen vor zwei Tagen hatte sie ihn kaum gesehen. Sie hatten spätabends telefoniert, daher kannte sie die Geschichte, die hinter Amandas unerwartetem Auftauchen steckte. Sie hatten sich nicht allein treffen können, weil Zach viel Zeit mit seiner Familie verbrachte. Nachdem Amanda trotz ihrer eingeschränkten Mobilität Steve verlassen hatte, um nach Malta zu kommen, war sie erleichtert, eine Zuflucht gefunden zu haben, aber aufgewühlt und besorgt.

»Gestern habe ich ihr die ganzen Stufen hinuntergeholfen, um mit ihr eine Ausfahrt zu machen, und später wieder hinauf, aber die Anstrengung und der Schmerz waren fast zu viel für sie«, hatte er am Telefon gesagt und sorgenvoll geklungen. »Ich kann es nicht ertragen, wenn sie Schmerzen hat, und ich habe Angst, dass sie stolpert. Was immer ihre Selbsthilfegruppe sagt, ich glaube, mit ihren körperlichen Einschränkungen wird es hart für sie werden, allein ein neues Leben anzufangen. Marci macht sich auch Sorgen um sie, und je mehr Marci sich sorgt, umso mehr sorgt unsere Mutter sich, wenn du verstehst, was ich meine.«

»Ja«, hatte Rosa ihm versichert, aber sie hatte ihm nichts Nützlicheres bieten können als ein aufmerksames Ohr. Sie hatte schon vorschlagen wollen, sich zu einem Mondscheinspaziergang auf der Rampe zu verabreden, doch da war Paige aus einem Albtraum erwacht, und Zach war zu ihr gegangen, um sie zu beruhigen.

Heute hatte Rosa ihn noch gar nicht gesehen, aber andererseits war sie mit Dory in der Küche so beschäftigt gewesen, dass sie es wahrscheinlich nicht einmal bemerkt hätte, wenn eine ganze Army über die Terrasse marschiert wäre. Dory quetschte die Arbeit mehrerer Wochen in eine einzige hinein und ließ sich nicht davon abbringen, jeden Tag zu kochen. »Wenn ich weg bin, kannst du eine herrliche Woche Urlaub machen«, versprach sie.

»Abgesehen davon, den Blog der Cafeteria-Lady upzudaten, Posts zu planen, Fotos hochzuladen und Bildunterschriften dafür zu finden?«, gab Rosa ironisch zurück. Doch sie zwinkerte Dory zu, um ihr zu bedeuten, dass sie scherzte. Dory machte sich Sorgen wegen des Treffens mit ihrer Lektorin nächste Woche und befürchtete, dass hinter dem abrupten Stopp des Mittelmeerbuchs finstere Motive steckten. Sie wollte wenigstens berichten können, dass sie mit aller Kraft an dem veganen Buch arbeitete.

Dory quittierte den Witz nur mit einem schwachen Lächeln, daher umarmte Rosa sie. »Machst du dir immer noch Sorgen um Grandpa?« Sie hatte ihn selbst ein paarmal angerufen, doch ihr war er jedes Mal vorgekommen wie immer.

Dory seufzte. »Er wird seinen Freund vermissen, der wegzieht. Und jetzt haben zwei seiner Freunde aus dem Golfclub Operationen, nach denen sie mehrere Monate nicht spielen dürfen. Ich mache mir Gedanken, er könnte sich einsamer fühlen, als er sich anmerken lässt.«

»Er wird sich freuen, dich zu sehen«, meinte Rosa tröstend. »Und du freust dich sicher auf das Wiedersehen mit Leslie.«

Wenigstens da hellte sich Dorys Miene auf. »Kann es kaum abwarten!« Sie warf einen Blick auf ihre Armbanduhr. »Ich bin sogar jetzt auf FaceTime mit ihm verabredet. Du bleibst hier und entspannst dich schön.«

Zusammen mit ihren freundlichen Worten hatte Dory ihr das Aufräumen hinterlassen, sodass das »schöne Entspannen« noch warten musste, aber es machte Rosa nichts aus, die Spülmaschine einzuräumen. Doch je besorgter Dory war, umso mehr widerstrebte es Rosa, ihr von den Problemen mit Marcus und dem Haus zu erzählen, um sie nicht noch mehr zu beunruhigen.

Schließlich trat sie mit einem Becher Kaffee auf die Terrasse, genoss den Duft der Pinien und beschloss, dass sie, wenn sie schon keine Antwort auf ihre eigenen Probleme wusste, vielleicht eines ihrer Mum lösen konnte. Sie zog ihr Handy hervor und rief Glenn an.

»Bist du das, Rosa?«, fragte Glenn vorsichtig.

Es war mehrere Jahre her, seit sie richtig miteinander gesprochen hatten, statt nur gelegentliche Textnachrichten auszutauschen. »Ja. Ich habe deine Nachricht bekommen.« Vergeblich wartete sie darauf, dass seine Stimme in ihr ein Gefühl von Zuneigung auslöste … oder überhaupt eine Empfindung.

»Sie hat nicht reagiert.« Glenn klang unzufrieden.

»Hat sie nicht?«, gab sie neutral zurück. »Kannst du mir erklären, warum du das Gefühl hast, sie wäre dir etwas schuldig?«, fuhr sie dann so diplomatisch, wie sie konnte, fort.

»Sie ist meine Frau«, protestierte er. »Wenn der Mann eine finanzielle Glückssträhne hat, muss er teilen, oder? Dann streckt die Frau sofort die Hand aus. Ich sehe da keinen Unterschied. Ich habe keinen Job, und man sollte meinen, sie könnte etwas Mitgefühl zeigen.«

Rosa zog sie Augenbrauen hoch. *Frau? Ha!* hätte sie am liebsten hervorgestoßen. »Ihr habt euch getrennt, als ich noch ein Baby war«, sagte sie stattdessen. »Findest du es wirklich in Ordnung, nach all der Zeit Geld von ihr zu verlangen?«

»Sie hat auch Unterhalt für euch gefordert«, entgegnete er stur. »Deswegen ist das nur fair.«

»Aber du hast den Unterhalt für sie und mich meistens gar nicht bezahlt, oder?«, hielt sie bestimmt dagegen. »Du hattest kaum jemals einen Job. Ich weiß noch, wie Mum uns mit allen möglichen Heimarbeiten über Wasser gehalten hat, vom Adressieren von Umschlägen bis zum Zusammensetzen von Spielzeugteilen. Als ich älter war, haben wir in den Schulferien und an den Wochenenden zusammen Prospekte ausgetragen.«

»Sie ist ja zurechtgekommen«, meinte er spöttisch.

»Ja, weil sie das alles zusätzlich zu ihrer Arbeit in der Schulkantine bewältigt hat. Um ehrlich zu sein, bin ich schockiert, dass du glaubst, irgendein Anrecht zu haben.« Sie lehnte sich in dem Liegestuhl zurück, in den Schatten des Sonnenschirms. Warum gab sie sich überhaupt die Mühe, mit ihrem Dad vernünftig reden zu wollen? Es war, als versuchte man, eine Rauchwolke festzuhalten.

»Deine Mutter wollte unbedingt ein Baby«, erklärte Glenn verbittert. »Warum soll ich den Rest meines Lebens für ihre Entscheidung bezahlen?«

Sie versuchte, angesichts dieser Worte nicht die Beherrschung zu verlieren. »*Deine* Entscheidungen waren egoistisch und keine Hilfe, also warum sollte sie dafür bezahlen? Ich glaube wirklich, wenn du diese Sache weiterverfolgst, stehst du am Ende bloß mit einer Anwaltsrechnung da. Ach, und danke für die Erinnerung daran, dass du mich nie gewollt hast, Dad. Das hat mir jetzt richtig gutgetan.«

Er murmelte etwas, vielleicht eine Entschuldigung, doch Rosa hatte die Geduld verloren. Dory tat recht daran, Glenns groteske Forderungen zu ignorieren, und Rosas Vermittlungsversuch war sinnlos gewesen. »Schick Mum oder mir keine Nachrichten mehr deswegen«, sagte sie. »Du verschwendest nur unser aller Zeit.« Rosa beendete das Gespräch und fühlte sich ganz leer. Sie bedauerte, dass sie wahrscheinlich das letzte Band zwischen ihnen zerschnitten hatte, so schwach es auch gewesen war. Falls sie je Kinder bekam, würde sie definitiv versuchen, so wie Dory zu sein und nicht wie Glenn. Dory mochte Rosa ja vielleicht manchmal herumkommandieren, doch sie hatte ein großes Herz und wollte immer nur das Beste. Rosa gelobte sich, dass es ihr diese Woche nichts ausmachen würde, an die Küche gefesselt zu sein. Dory hatte ihr eine fabelhafte Chance gegeben, als sie sie eingeladen hatte, herzukommen, und wenn man das mit Glenn verglich, der ihr nie irgendetwas gegeben hatte …

Sie rückte ihre Liege in die Sonne und fragte sich, wie es wohl wäre, wenn Dory sich tatsächlich dauerhaft mit jemandem zusammentat. Mit Leslie. Nachdem Rosa so lange der Dreh- und Angelpunkt von Dorys Liebe gewesen war, würde sie sich umgewöhnen müssen, aber sie war Anfang dreißig, um Himmels willen, und Dory hatte das absolut verdient.

Als mit einem Piepen eine Nachricht auf ihrem Handy einging, verdrehte sie die Augen bei dem Gedanken, es könnte wieder ihr Vater sein. Doch sie kam von Zach. *Gehst du inzwischen auf Dates? xx*

Wenn der richtige Mann fragt. xx, schrieb sie leise lachend zurück.

Hättest du bis dahin Lust, mit mir auszugehen? Wir könnten heute Abend einen Spaziergang zu einer netten Bar machen. xx

Ihr Lächeln wurde breiter. *Klingt großartig*, antwortete sie.

Wir treffen uns um neun, schloss er.

Auf der Rampe, schrieb sie zurück. Sie hielten ihre Beziehung nicht geheim, doch in stillschweigender Übereinkunft hatte keiner von ihnen Reklame dafür gemacht, was zwischen ihnen war. Angesichts so vieler Unsicherheiten in ihrem Leben fühlte es sich besser an, diskret zu sein.

Als es auf neun Uhr zuging, verriet Dorys leise Stimme, die aus ihrem Zimmer drang, dass sie beschäftigt war. Rosa verließ die Wohnung und wartete am Fuß der Treppe, bis Zach auftauchte.

»Hey, Schöne«, murmelte er und küsste sie langsam und ausführlich. Seine zärtliche Zunge löste ein Prickeln in ihrem ganzen Körper aus. Er drückte sie an sich, als brauchte er die Umarmung dringend, und sie spürte ihn, die Luft, die er ein- und ausatmete, seinen Herzschlag. Sie war sich seiner mit allem, was ihn ausmachte, vollkommen bewusst.

Dann gingen sie zur Uferstraße und sahen zu, wie auf dem dunklen Wasser zwischen den Jachten goldene Lichter glitzerten. Auf Manoel Island erhoben sich blass gewaltige, lange verlassene Gebäude. Dory hatte ihr erzählt, dass eines davon im siebzehnten Jahrhundert ein Hospital für Infektionskrankheiten gewesen war. Jetzt wirkten seine leeren Fenster schwarz wie die Nacht und der Stein, aus dem es erbaut war, blass wie der Mondschein.

Zach hatte ihre Hand genommen. Es ging nicht der Hauch einer Brise, und die warme Luft, durch die sie spazierten, schien zu stehen. »Endlich geflüchtet«, witzelte sie sanft. »Hat sich deine Mum eingelebt?«

Tief seufzte er. »Ein wenig. Heute hat sie mit Paige durch das Fenster der Wohnung ›Ich sehe was, was du nicht siehst‹ gespielt, aber sie fühlt sich bestimmt eingesperrt. Diese Treppe ist ein Albtraum für sie. Es ist schon so weit, dass ich ein schlechtes Gewissen entwickle, weil es mir so leichtfällt, sie zu bewältigen.«

Mitfühlend drückte sie ihm die Finger. »Etwas Neues von deinem Dad?«

»Die beiden haben mehrmals telefoniert. Sie geht nicht ins Detail, aber ich habe den Eindruck, dass er immer ärgerlich wird und sie dann auflegt. Wie immer schneidet er sich ins eigene Fleisch. Wenn er sich mit ihr versöhnen will, sollte er den Mund halten und ihr zuhören. Ihr Beachtung schenken.« Er lachte kurz und freudlos auf.

Sie gingen zum Jachthafen von Ta' Xbiex und dann in den Gżira-Park, wo die Palmen und Pinien sich jetzt im Licht der Lampen als elegante Silhouetten vom Himmel abhoben. Aus einer nahe gelegenen Bar drangen Stimmen und Gelächter, doch die Gärten gehörten den schemenhaften Umrissen schlendernder Paare und einer Gruppe Teenager, die auf der Rücklehne einer Bank hockten.

Rosa und Zach fanden eine einsame Bank unter einer knorrigen Pinie, deren Nadeln unter ihren Füßen knisterten. Zach schloss Rosa in die Arme und küsste sie auf die Stirn. Sie schmiegte sich an ihn. »Familie, was?«, sagte sie. »Du machst dir offensichtlich Sorgen um deine.«

»Ich finde es momentan schwierig. Mum braucht meine Unterstützung, und wer zum Teufel weiß schon, was Dad braucht?« Er lachte. »Ich dachte, ich hätte es gut gemeistert, Rücksicht auf meine Schwester und meine Nichte zu nehmen, aber jetzt lebe ich auch noch mit meiner Mum zusammen.«

Sie lachte ebenfalls. Zum Kuscheln war es zu warm, aber sie hatte keine Lust, sich weit von seinem festen Körper wegzubewegen. »Ich wohne auch bei meiner Mum.«

Er wurde ernst. »Ich möchte nicht, dass du glaubst, ich hätte mich nach unserer gemeinsamen Nacht verdrückt. Das war keine Absicht. Ich möchte mehr Zeit mit dir verbringen, aber andererseits ist es komisch. Ich bin mir nicht einmal sicher, ob ich deine Hand halten soll, wenn jemand dabei ist. Wir hatten noch keine Gelegenheit, herauszufinden, was das eigentlich ist mit uns.«

»Es ist eine ungewöhnliche Lage, weil wir beide nur vorübergehend hier sind«, pflichtete sie ihm leise bei. Sie zwang sich, die nächsten Worte auszusprechen, obwohl sie sie traurig stimmten. »Diese Scheidewege, an denen wir beide gestanden haben … einige Wege scheinen inzwischen unzugänglicher zu sein.«

Er nickte.

Sein Shirt war ärmellos, und sie legte die Wange an seine nackte Schulter. »Lass uns unsere Rucksäcke packen und aufbrechen, bevor einige dieser Wege gänzlich unpassierbar sind«, murmelte sie. Als er auf ihre Bemerkung hin schwieg, blickte sie ihn an. »Das war ein Scherz. Ich weiß, dass es unmöglich ist. Deine Mum ist jetzt von dir abhängig. Ich habe ja gesehen, wie viel Hilfe sie auf der Treppe braucht.« Und Rosa konnte es sich jetzt nicht mehr leisten, auf Reisen zu gehen, nachdem Marcus die Hypothek doch nicht zahlte. Sie hatte Zach noch nicht erzählt, dass es so aussah, als müsste sie nach Hause fliegen und in ihren Job zurückkehren. Stattdessen hatte sie sich an Strohhalme geklammert, E-Mails an zwei der ortsansässigen Immobilienmakler geschrieben und sie um ihre Meinung dazu gebeten, ob Marcus' und ihr Haus sich verkaufen oder vielleicht vermieten lasse. Bisher hatte keiner der beiden geantwortet. So lange, wie sie sich nicht absolut sicher war, dass ihr nichts anderes übrig blieb, als ihren Sommer auf Malta abzubrechen, wollte sie sich die verbleibende Zeit nicht durch die unangenehme Realität verderben lassen.

Ironisch, wenn sie daran zurückdachte, wie unsicher sie sich bei ihrer Ankunft auf dieser Insel gefühlt hatte, die unter glühender Sonne im Mittelmeer lag. Jetzt wünschte sie sich nichts mehr, als hierzubleiben.

Sie ließen die Bank hinter sich und gingen in eine Bar, wo sie unter den Touristen einen Tisch im Freien fanden und Wein tranken und redeten, bis das Lokal um Mitternacht schloss. Wie bei einem richtigen Date. Dann schlenderten sie durch die jetzt stillen Straßen nach Hause. Am samtig schwarzen Himmel leuchteten Millionen von Sternen umso heller, je mehr Lichter in den Häusern gelöscht wurden.

Auf der ersten Treppe blieben sie unterhalb der Terrasse stehen und küssten sich lange und ohne Hast. Rosa spürte Zachs Erregung. »Ich will dich«, murmelte er, »aber nicht wie Teenager an der Wand, während ihre Eltern darauf warten, dass sie nach Hause kommen. Freiwillig wäre das heiß, aber wenn es zur Notwendigkeit wird, finde ich es eher abturnend.«

Sie ließ die Hände unter sein Shirt gleiten und streichelte seinen Rücken. »Es muss doch auf der Insel Hotelzimmer geben. Aber Mum fliegt am Samstag …«

Er küsste sie wieder und legte ihr eine Hand in den Nacken, als fürchtete er, sie könnte davonschweben, wenn er sich nicht so dicht an sie schmiegte, wie er konnte. »Klingt, als wäre es das wert, darauf zu warten.«

Wieder und wieder küsste er sie, und es wurde an der Wand doch noch ziemlich heiß.

»Ich glaube, meine Seifenblase ist geplatzt«, erklärte Dory am nächsten Morgen dramatisch.

Sie hatten Canellini-Bohnen gekauft, weil Dory eine vegane italienische *ribollita* zubereiten wollte. Das Gericht war eine Mischung aus Schmorgericht und Suppe und diente traditionell der Resteverwertung, aber ohne die Bohnen wäre eine Ribollita keine. Rosa hatte Dory schon von ihrem unbefriedigenden Telefonat mit Glenn berichtet, was Dory mit verärgertem Kopfschütteln quittiert hatte, und jetzt starrte Dory wütend auf ihr Handy, während Rosa fuhr. »Noch eine E-Mail von Defne. Sie bittet darum, das Treffen nächste Woche auf Mittwoch zu verschieben, weil sie ›noch ein paar Dinge regeln muss‹.«

Rosa, die inzwischen festgestellt hatte, dass manche maltesischen Autofahrer grundsätzlich darauf bestanden, schneller von A nach B zu kommen als sie, hielt den Blick fest auf die Kreuzung gerichtet, die sie gerade überquerte. »Das klingt doch nicht allzu schlimm«, meinte sie und blinzelte in die Sonne. Jedenfalls hoffte sie, dass es nichts weiter zu bedeuten hatte. Momentan hatte das Leben mehr Überraschungen auf Lager, als einem lieb sei konnte.

»Klingt aber auch nicht ermutigend«, sagte ihre Mutter ein wenig scharf. »Die Leute behalten Neuigkeiten nur für sich, wenn sie wissen, dass sie sie einem schonend beibringen müssen. Ich bin mir sicher, dass Defne mir etwas verheimlicht. Ich wette, der Verlag bietet mir keinen neuen Vertrag an. *Die Cafeteria-Lady kocht vegan* wird wohl mein letztes Buch bei ihnen sein.«

»Wirst du Nita fragen, was sie dazu meint?« Normalerweise wandte sich Dory in beruflichen Angelegenheiten direkt an ihre Agentin.

»Jetzt gleich.« Auf dem Rest des Heimwegs tippte Dory

auf ihrem Handy. Sie war noch dabei, als Zach an der Küchentür auftauchte, und blickte nur zerstreut lächelnd auf, als Rosa ihn hereinließ. Bei seinem Anblick – er hatte sich das Haar diagonal zurückgekämmt und trug frische Shorts und ein sauberes Shirt, und er war barfuß – überschlug sich ihr Herz.

Sie begrüßte ihn und hoffte, dass sie nicht allzu glücklich wirkte, ihn zu sehen.

Er schenkte ihr ein langes, warmes Lächeln. »Würde es euch stören, wenn ich einen Stuhl für Mum an den Rand der Terrasse stelle? Es hilft, wenn sie auf halbem Weg eine Pause einlegen kann.«

»Natürlich nicht!«, riefen Rosa und Dory im Chor. »Sie brauchen keinen Stuhl mit herunterzubringen«, fügte Dory hinzu. »Dort draußen stehen genug.«

Er dankte ihr erfreut. »Außerdem – habt ihr Lust, zum Mittagessen nach oben zu kommen? Mum möchte euch gern besser kennenlernen. Sie sagt, es gibt Salat, damit sie nicht mit einer berühmten Köchin zu konkurrieren braucht.«

Dory tat diese Beschreibung lachend ab, nahm die Einladung aber an. Doch sobald Zach gegangen war, war sie wieder sichtlich niedergeschlagen. »Wir fangen nach dem Essen mit der Arbeit an«, meinte sie.

Nach dem Tempo, dass sie in den letzten paar Tagen vorgelegt hatten, war Rosa verblüfft. »Was soll ich jetzt machen?«

»Entspann dich«, sagte Dory über die Schulter und war schon unterwegs in ihr Zimmer.

Also schnappte sich Rosa einen Schokoladenbrownie und setzte sich mit einem Buch unter den Sonnenschirm auf die Terrasse, bis es Mittag war und Dory wieder aus ihrem Zimmer kam.

Über die Steintreppe stiegen sie zur oberen Wohnung hinauf und gerieten in der Mittagshitze – um die 35 Grad – ins Keuchen. Marci, neben der Paige auf und ab hüpfte, empfing sie an der Tür. »Hallo, hallo!«, rief Paige. »Wir essen alle zusammen. Granny ist hier! Wir haben Hühnchen und Sardinen gekocht.«

»Nicht in einem Topf«, warf Marci ein. Ihre dunklen Augen blickten freundlich. Rosa hatte sie mehrere Tage lang nicht gesehen, und Zach hatte mehrmals erwähnt, dass es ihr nicht allzu gut ging, daher freute sie sich, sie ruhig und gelassen zu sehen. Vielleicht, dachte sie, während sie ihr in den Flur und dann in einen offenen Koch- und Essbereich folgten, wirkt sich die Nähe ihrer Mutter ja positiv auf Marci aus, ganz gleich, wie sehr sich Zach durch die aktuellen Wohnverhältnisse eingeschränkt fühlt.

Als sie jetzt Gelegenheit hatte, Amanda besser kennenzulernen, erwies sie sich als sehr nette Frau mit einer etwas nervösen Art, die ihren schweren Körper langsam und atemlos von einer Aufgabe zur anderen bewegte. »Danke, dass Sie gekommen sind«, sagte sie. »Die Treppe macht es mir schwer, die Wohnung zu verlassen. Ab und zu muss ich mich allerdings zwingen, mich der Herausforderung zu stellen.« Sie trug ein Brett aus Olivenholz mit knusprigem Brot zum Tisch. »Ich muss mich bewegen, um so gesund wie möglich zu bleiben.«

Rosa tat sie leid. Sie machte so einen netten Eindruck, und Zach, Marci und Paige hielten offensichtlich große Stücke auf sie. Wenn sie zusammenzuckte, weil sie etwas anhob, das zu schwer für ihre geschwollenen Handgelenke war, legten Zach oder Marci automatisch eine Hand unter ihre, um ihr einen Teil des Gewichts abzunehmen. So würde ich in einer ähnlichen Lage auch behandelt werden wollen, überlegte

Rosa: Sie unterstützten sie, statt einfach das Kommando zu übernehmen.

Sie versammelten sich um den Tisch, und Rosa war sich Zachs Anwesenheit bewusst und spürte seinen Blick wie eine Liebkosung. Ein- oder zweimal streifte er mit der Hand unter dem Tisch ihr nacktes Bein, was … nun ja, herrlich war. Sie bedauerte es, als Dory nach dem Essen seufzte und erklärte, sie sei zwar nicht in der Stimmung, aber sie sollten besser wieder an die Arbeit gehen. Rosa willigte jedoch ein, am späten Nachmittag mit Paige und Zach schnorcheln zu gehen. Darauf konnte sie sich freuen, während sie ihrer Mutter nach unten folgte und sich auf einen weiteren Nachmittag einstellte, an dem sie für sie Notizen machen und ihr hinterherräumen würde.

Dory wirkte ungewöhnlich düster, während sie Sellerie, Zwiebeln, Möhren, Grünkohl und Knoblauch herauslegte. »Verschwende ich vielleicht meine Zeit, indem ich an diesem verdammten Buch arbeite?«

»Du hast einen Vertrag dafür«, wandte Rosa ein.

»Ich habe einen Vertrag für *ein* Buch«, gab Dory zurück. »Möglich, dass sie es sich noch einmal anders überlegen.«

Dory war so niedergeschlagen, dass Rosa die Mail von einem der Immobilienmakler, die sie zwischen Gemüsewaschen und Notizen entdeckte, für sich behielt, obwohl sie die Nachricht mit wachsendem Schrecken gelesen hatte. Die Marktlage in der Roman-Way-Siedlung, hieß es, sei »extrem schwierig«. Er *könne* den Wert der Immobilie für sie schätzen, wenn sie das Haus auf den Markt bringen wolle, aber vielleicht wäre es sinnvoller, wenn sie zuerst die Angebote für ähnliche Objekte miteinander vergleichen würde, um zu entscheiden, ob sie ihr Haus noch verkaufen wolle. Er nannte ihr auch grob geschätzt die Höhe der Miete, die man für ähnliche Häuser verlangen konnte, immer vorausgesetzt, man fand Mieter.

Bestürzt starrte sie die Zahl an. Mit diesen Mieteinnahmen konnte man die Hypothek finanzieren, doch dann blieb wenig für Wartungsarbeiten übrig oder für Zeiten, in denen das Haus leer stehen würde. Ein Link führte zu Informationen auf der Website des Maklers, denen sie entnahm, dass nur die allerdümmsten Vermieter sich bei finanziellen Entscheidungen darauf verließen, dass es nie zu Leerständen kommen würde. Und falls der dumme Vermieter davon ausging, dann würde die Hypothekenbank es gewiss nicht tun.

Ihr Mittagessen lag ihr im Magen wie ein Bleiklumpen.

Dann stieß Dory einen Aufschrei aus, der Rosa aus ihrem Elend riss. »Dieser Arsch!«, schrie Dory und starrte aufgebracht ihr Handy an. »Dieser *Arsch*! Am liebsten würde ich ihm in die Eier treten.«

Rosa keuchte schockiert auf, denn sie konnte sich nicht erinnern, dass ihre Mum schon einmal jemandem Gewalt angedroht hatte, nicht einmal im Spaß. »Was ist denn jetzt wieder?«

Bevor Dory antwortete, schnappte sie sich eine Weinflasche aus dem Kühlschrank, schenkte zwei Gläser ein, drückte Rosa eins in die Hand und kippte die Hälfte des anderen hinunter. »Dein Vater!«, schnaubte sie. »Er hat doch tatsächlich die blanke, unverschämte Dreistigkeit, mir einen Anwalt auf den Hals zu hetzen! Ein John Hector von ›Hector, Charles & Charles‹ fordert von mir detaillierte Angaben über meine Einkünfte seit dem Datum unserer Trennung, da sein Klient ›seit Langem erwerbslos‹ sei und meine finanziellen Verhältnisse sich beträchtlich verbessert hätten.«

»Nein!«, sagte Rosa fassungslos und reckte den Hals, um mitlesen zu können. Bei den Worten »bezüglich einer Anzahl von Faktoren, einschließlich zur Aufteilung stehender Vermögenswerte« platzte Dory beinahe.

»Das sind meine Vermögenswerte, und es steht überhaupt nicht zur Debatte, dass die aufgeteilt werden!«, schimpfte sie. »Kein Wort davon, dass Glenn nie seinen Unterhaltsverpflichtungen für uns beide nachgekommen und unsere Trennung über dreißig Jahre her ist.« Und dann erging sie sich in einem so langen Strom von Flüchen, dass Rosa insgeheim beeindruckt war.

»Ich rufe ihn an«, erklärte sie und griff nach ihrem Handy.

Dory hielt ihre Hand fest. »Mach die Sache nicht noch schlimmer, als sie ist. Wenn ich nächste Woche in England bin, treffe ich mich mit einem Anwalt. Das ist bloß ein verzweifelter Versuch, etwas herauszuschlagen.«

Rosa ließ sich auf einen Barhocker sinken und nippte nachdenklich an ihrem Wein. »Das ergibt keinen Sinn, Mum. Man kann doch nach einer Scheidung keine Ansprüche mehr erheben, oder? Ihr müsst doch damals eine Regelung getroffen haben – falls ihr etwas aufzuteilen hattet, als ihr euch getrennt habt.«

»Doch, doch, wir haben alles aufgeteilt«, meinte Dory wegwerfend und kippte ihren Wein hinunter wie Wasser. »Zum Beispiel hat er das Auto mitgenommen und mir den *Kredit* für das Auto gelassen.« Dann stöhnte sie auf und stellte das leere Glas ab, um sich an den Kopf zu fassen. »Verflixt, verflucht und ewige Verdammnis. Wir haben uns nie richtig scheiden lassen.«

»Waaas?« In Rosas Ohren begann es zu summen. »*Ihr seid nicht geschieden*, du und Dad? Natürlich habt ihr euch scheiden lassen, als ich ein Baby war. *Oder?*«

Dory schenkte ihnen noch einmal nach und ließ sich dann mit unglücklicher, schuldbewusster Miene auf den Barhocker neben Rosa fallen. »Tut mir leid. Ich hätte dir das früher erzählen sollen.«

»Allerdings.« Rosa fiel auf, dass ihre Hand zitterte, als sie ihr Weinglas anhob. Im Kopf durchwühlte sie einen nahezu undurchdringlichen Haufen von Erinnerungen und versuchte, sich Gelegenheiten ins Gedächtnis zu rufen, bei denen Dory das Wort *geschieden* hätte gebrauchen können. Nein, es hatte immer geheißen »Ich bin Single« oder »Als wir uns getrennt haben«.

»Aber du hast mich nie verbessert, wenn ich gesagt habe, dass ihr geschieden seid«, meinte Rosa.

Dory wischte sich Tränen von beiden Wangen. »Tut mir leid, aber das erschien mir nie wichtig. Ich habe mich geschieden *gefühlt*. Als wir damals auseinandergegangen sind, hat man mir geraten, ›die Aufhebung der ehelichen Gemeinschaft mit einer einklagbaren Regelung von Ehegatten- und Kindesunterhalt‹ anzustreben. Glenn hat darauf reagiert, indem er von Jobs lebte, bei denen es das Geld bar auf die Hand gab, und irgendwo inoffiziell als Untermieter untergekrochen ist. Er war eben ein freier Geist. Statt *freier Geist* kannst du auch *zwielichtiger Charakter* einsetzen.« Sie seufzte bitter.

Rosa traute ihren Ohren kaum. »Aber du hast nie den logischen nächsten Schritt getan und dich scheiden lassen?«, hakte Rosa ungläubig nach.

»Logisch?« Dory griff nach ihrem Glas und stellte es wieder ab, als wüsste sie nicht, was sie damit tun sollte. »Damals erschien es sogar *unlogisch*. Hätte ich mir einen Anwalt genommen, hätte ich ihn bezahlen müssen, oder ich hätte Zeit, die ich nicht hatte, aufwenden müssen, um mich selbst zu vertreten. Dazu hatte ich zu viel damit zu kämpfen, uns über Wasser zu halten. Ganz am Anfang bot es auch einen

Schutz, verheiratet zu sein, gegen andere Männer, die was von mir wollten, und später habe ich es verdrängt. Es hat mich auch nicht verwundert, dass Glenn die Scheidung nicht eingereicht hat. Er wollte genauso wenig wieder heiraten wie ich. Eine feste Bindung war nicht seine Sache. Aber ich hätte mir im Traum nicht einfallen lassen, dass ich irgendwann zu Geld kommen und er die Frechheit haben würde, einen Anteil zu verlangen.«

Rosa seufzte und las die E-Mail von John Hector von »Hector, Charles & Charles« zu Ende. »Hier steht, englische Gerichte hätten die Option, dem finanziell schwächer gestellten Ehegatten kontinuierliche Unterhaltszahlungen zuzusprechen. Sie schlagen vor, einen klaren Schlussstrich zu ziehen und jetzt einen einmaligen Betrag zu zahlen.«

»Eher verschenke ich mein ganzes Geld an einen Gnadenhof für Esel«, gelobte Dory.

Nachdem Dory nach draußen gegangen war, um »Dampf abzulassen«, wie sie sagte, obwohl sie das wahrscheinlich nicht erreichte, indem sie in die Nachmittagshitze hinausstürmte, verstaute Rosa unbenutzte Zutaten im Kühlschrank und dachte eingehend nach.

Ihre Mum steckte in solch einer Klemme, dass Rosa entschlossener denn je war, sie nicht mit den schlechten Nachrichten bezüglich des Hauses in der Roman-Way-Siedlung zu belasten. *Wie wäre es, mir eine große Geldsumme zu schenken, damit ich sie in das schwarze Loch werfe, das durch den Wertverlust des Hauses entstanden ist?* – das konnte sie ihr nicht zumuten. Und wenn das, was Hector, Charles & Charles behaupteten, zutraf, dann würde Dory ihr Geld noch gut gebrauchen können.

Wie in aller Welt war das alles passiert? Vor zwei Wochen hatte sie noch zusammen mit Dory, die auf dem Höhepunkt ihrer Karriere stand, Malta genossen, und Marcus war schnell in den Hintergrund ihrer Gedanken gerückt. Sie beschloss, sich auf die Woche – oder die unbestimmte Zeit, die Dory fortbleiben würde – zu konzentrieren, in der sie Zeit mit Zach verbringen konnte. Einmal tief durchatmen.

Danach … nun, danach musste sie Entscheidungen treffen.

Einstweilen würde sie sich mit einem Tanz aufheitern. Ihr Handy war bereits mit dem Smart-TV der Küche verbunden, und sie fand ihre YouTube-Playlist und scrollte abwärts, bis sie Taylor Swifts *Shake it off* fand. Wie der Titel sagte, schüttelte sie beim Tanzen in ihrer Fantasie Marcus ab, das Haus, die Hypothek, den Wertverlust, die Schweine, die beschlossen hatten, dass direkt neben der Siedlung ein guter Platz war, um eine zweispurige Schnellstraße zu bauen, und das zunehmend eigenartige Verhalten ihrer Eltern.

Dann flog die Tür auf, und Paige stürzte herein. »Können wir mit dir tanzen?« Zach folgte ihr auf dem Fuß, und bald wedelten alle zu Taylor Swifts Musik mit den Armen, schmetterten inbrünstig den Text mit und machten sich nichts daraus, wenn sie die Schritte durcheinanderbrachten. Rosa warf den Kopf in den Nacken, um über Zach zu lachen, der die Arme flattern ließ wie ein Orang-Utan. Marcus hätte nie so herumgealbert. Bald begann sie sich tatsächlich besser zu fühlen.

Nach dem Tanz und nachdem sich Rosa zum Schnorcheln umgezogen hatte, kam Dory zurück. »Ich habe einen Anwalt in Liggers Moor gefunden und einen Termin für Montag gemacht«, verkündete sie finster, wischte sich Schweiß von der Stirn und holte sich aus dem Kühlschrank eine Flasche kaltes Wasser.

Zach zog sich zur Tür zurück. »Wenn ihr beide etwas zu

besprechen habt, können Paige und ich auch allein schwimmen gehen.«

»Ahhhhhhh, neeeeein«, protestierte Paige und schien vor Enttäuschung in sich zusammenzusinken.

»Es ist kein Geheimnis.« Dory erzählte Zach von Glenns dreistem Verhalten und der E-Mail des Anwalts.

Er lauschte stirnrunzelnd. Sie schilderte ihm rasch die Ereignisse des Nachmittags. »Aber woher hatte der Anwalt Ihre E-Mail-Adresse?«

Dory zuckte mit den Schultern. »Glenn hat sie, also hat er sie wahrscheinlich weitergegeben.«

Zachs Augenbrauen standen auf seiner Stirn wie dicke, dunkle Balken. »Ich bin da kein Fachmann, aber glauben Sie, ein Anwalt würde Ihre E-Mail-Adresse benutzen, ohne dafür Ihre Erlaubnis einzuholen?«

»Tja, hat er aber.« Dory öffnete die E-Mail, um sie Zach zu zeigen.

Zach las sie. »Lassen Sie mir einen Moment Zeit«, murmelte er dann. Er begann, auf seinem Handy zu tippen und zu swipen. Nach ungefähr zehn Sekunden gab er Dory ihr Telefon zurück. »Ich finde keine Kanzlei namens Hector, Charles & Charles.«

Dorys Augen weiteten sich, als sie das Handy zurücknahm. »Diese miese, kleine Ratte. Er hat das erfunden, um mir Angst zu machen, damit ich ihm Geld gebe, oder?«

»Davon würde ich ausgehen.« Zach grinste. »Das Logo und so hat er vielleicht mit Canva erstellt und sich dann die Sätze, die nach Juristenjargon klingen, auf Websites von Anwälten zusammengesucht. Wenn man sich gut genug mit Computern auskennen würde, um die E-Mail-Adresse zurückzuverfolgen, würde die wohl zu ihm führen. Wahrscheinlich können Sie die Sache vergessen.«

»Vergessen?« Dory knurrte beinahe. »*Wohl kaum*. Ich habe am Montag einen Termin mit einem Anwalt, und ich werde dafür sorgen, dass das Glenn noch leidtut.« Dann fiel ihr offensichtlich ein, dass Rosa zuhörte. »Tut mir leid«, sagte sie zerknirscht. »Ich wollte dir keine Angst einjagen. Was meinst du?«

Rosa hievte sich ihre Schnorchelausrüstung auf die Schulter und dachte sehnsüchtig an den kühlen Ozean, der weniger als hundert Meter entfernt lag. »Ich finde, du solltest dich scheiden lassen.«

19

Zach war im Bad, als er seine Mutter schreien hörte.

Er hatte darüber nachgedacht, ob er noch einmal versuchen sollte, Luccio zu finden, doch jetzt stieß er die Tür der Duschkabine auf, schnappte sich ein Handtuch, rannte klatschnass in die Diele und schlug sich an dem Tisch im Flur den Zeh an, als er auf den Fliesen ausrutschte.

Dann lachte Amanda. »Ich kann es einfach nicht glauben!«, rief sie. »Ich traue meinen Augen nicht! Wieso, in aller Welt, hast du uns nichts gesagt?«

Daraus schloss Zach, dass Amanda nicht in Gefahr schwebte, was immer ihren Aufschrei ausgelöst haben mochte. Er ging langsamer, humpelte in den Koch- und Essbereich und sah, wie Amanda jemanden unbeholfen umarmte und gleichzeitig nach unten sah. »Ist er nicht ein Süßer?«, sagte sie. »Ach du meine Güte, ich muss mich hinsetzen.«

Zach hielt sein Handtuch mit einer Hand fest und schob einen Barhocker auf Amandas Rückseite zu. »Bitte schön.« Dann fiel sein Blick auf eine zierliche Frau mit schwarzem Stachelhaar, die ihn angrinste. Sie trug einen riesigen Rucksack auf dem Rücken, der höher reichte als ihr Kopf.

Und vor dem Bauch ein Baby in einem Tragetuch.

»Electra?«, fragte er verblüfft.

»Hey«, gab sie zurück, als wäre nichts weiter geschehen. »Ich hatte ja keine Ahnung, dass Mum hier ist.« Sie hob die Hand und legte sie schützend um den Hinterkopf des Babys. »Das ist Huxley. Dein Neffe. Ich rufe ihn Hux.«

»Heilige Scheiße«, meinte Zach. Dann blickte er sich um, um sich zu vergewissern, dass Paige nicht in Hörweite war. Er nahm Electras misstrauische Abwehrhaltung und die Müdigkeit wahr, die ihr deutlich anzusehen war. Dann trat er auf sie zu, schlang einen Arm um sie und inspizierte gleichzeitig den kleinen Jungen, der in dem Tragetuch fest schlief. Er war kein Neugeborenes – Zach schätzte ihn auf ungefähr ein Jahr – und hatte einen genauso dichten schwarzen Haarschopf wie Zach selbst. »Er ist wunderschön, aber er muss schwer sein«, sagte er und ließ sich nichts von seiner Überraschung darüber anmerken, dass Electra nicht nur hier, sondern anscheinend auch Mutter geworden war, ohne diese Tatsache ihrer Familie gegenüber auch nur mit einem Wort erwähnt zu haben, was sogar für einen freiheitsliebenden Menschen wie sie ein krasses Verhalten darstellte. »Lass mir ein paar Minuten Zeit, um mich anzuziehen, und ich helfe dir mit deinem Gepäck.«

Als er zurückkam, waren auch Marci und Paige aufgetaucht, und Electra wirkte mit jeder Sekunde erschöpfter. Zach beschloss, die Initiative zu ergreifen. »Marci, kannst du Huxley halten? Paige, setz dich doch zu Mummy und Huxley, ja? Electra, lass dir den Rucksack abnehmen. Es sieht aus, als könnte er dich umreißen.«

Als Electra das Babytragetuch und den Rucksack los war, fiel sie beinahe in einen Sessel. Ihre Arme und Beine, die aus den abgeschnittenen Jeans und dem T-Shirt ragten, wirkten dünner als in seiner Erinnerung. Dieser abgestandene Geruch, den man von langen Reisen mitbringt, umschwebte sie.

Sie trug das Haar immer noch in Stacheln, aber ihre Haut, die normalerweise heller war als die von Zach und Marci, hatte einen dunklen Ton angenommen, wahrscheinlich durch die thailändische Sonne.

Amanda brachte ihr etwas zu trinken und ein Sandwich, doch sie knabberte nur daran. »Soll ich euch eine Menge Fragen ersparen und euch einfach die wichtigsten Punkte erzählen?«, sagte sie unverblümt. »Ich habe beschlossen, aus Thailand wegzugehen, weil dort für Ausländer alles doppelt so teuer ist wie für Einheimische, und ich dachte, ich schaue bei Zach und Marci vorbei. Hux' Dad ist Thai, und es war nur eine Zufallsbegegnung. Er weiß nichts von diesem Kind, weil ich überhaupt erst gemerkt habe, dass ich schwanger war, nachdem ich von Krabi nach Bangkok gezogen war, und ich hätte nicht einmal gewusst, wie ich ihn erreichen kann.« Matt lächelnd sah sie in die erstaunten Gesichter ihrer Familie. »Tut mir leid, dass ich euch nichts gesagt habe, aber …« Dann verblasste ihr Lächeln. »Wo ist eigentlich Dad?«

Sofort begriff Zach. Steve würde sich wegen Huxley genauso aufregen wie damals wegen Paige. Seiner Ansicht nach hatten Babys zwei Elternteile zu haben, die miteinander verheiratet waren; vorzugsweise noch vor der Geburt des Kindes in einer Kirche getraut. »In Cornwall«, sagte er nur. Sie konnten sie später über den prekären Zustand der Ehe ihrer Eltern aufklären.

Electra stieß einen Seufzer der Erleichterung aus. »Huxley ist großartig, aber es ist auch sehr anstrengend.« Ihre Lippen zitterten, und Huxley zappelte auf Marcis Schoß und stieß im Schlaf einen lang gezogenen Heulton aus, als fühlte er mit ihr. »Ich bin völlig fertig«, flüsterte Electra.

Amanda, die bekümmert wirkte, stand mühsam auf und legte Electra die Hände auf die Schultern. »Jetzt bist du ja hier, Liebling. Mach dir keine Sorgen.« Ihre Stimme klang tröstlich, aber in ihren Augen schimmerten Tränen, und ihre Lippen bebten.

Zach beschloss, der Angelegenheit erst einmal ganz pragmatisch zu begegnen. Darin war er schließlich besonders gut. »Ich beziehe dir ein Bett und so, dann kannst du dich hinlegen.« Er überließ es Marci, sich um Huxley zu kümmern, der gerade aufwachte, und ihm die Windel zu wechseln und ihn zu füttern. Er verschwand in das Zimmer, das zuerst Paige und dann ihm gehört hatte – und das jetzt Electra und Huxley bewohnen würden. Er suchte seine Sachen zusammen, bezog dann das Bett, das er benutzt hatte, frisch und legte anschließend die Matratze des anderen Bettes für Huxley auf den Boden. Er wusste, Huxley war zu klein für ein normales Bett, aber er hatte nun einmal kein Gitterbettchen in der hinteren Hosentasche.

Innerhalb von fünf Minuten schlief seine jüngste Schwester tief und fest, während die anderen Familienmitglieder Huxley bespaßten, der frisch gewickelt und mit Rührei im Bauch lachend umhertapste. Seine schwarzen Augen strahlten, und immer, wenn er etwas sah, was er haben wollte, streckte er die Hand danach aus und öffnete und schloss sie. »Atts!«, rief er dann. Sie vermuteten, dass er »Hux« sagte und hoffte, man würde ihm den fraglichen Gegenstand geben.

»Herrje, ein Enkel«, sagte Amanda immer wieder staunend, musterte den unerwarteten, lebhaften Familienzuwachs und versuchte, Huxley daran zu hindern, gegen ihre Beine zu laufen. »Ich hoffe, Electra geht es gut«, sagte sie dann, und ihr Blick verdüsterte sich.

Es war bereits Abend, als Electra aus ihrem Zimmer kam, um diese Frage zu beantworten. Ausgeruht, geduscht und in sauberen Sachen sah sie, als sie sich zum Abendessen an den Tisch setzte, der quirligen kleinen Schwester, die Zach immer gekannt hatte, viel ähnlicher. »Die Geburt war ziemlich schwierig, und die Krankenhausrechnungen haben mich einen großen Teil meiner Reserven gekostet«, erzählte sie beim Essen. »Auch die Betreuung von Hux war teuer. Die Kindergärten sind großartig, aber nicht umsonst.«

Zach hielt sich nicht zurück und fragte, was er wissen wollte. »Hat dir jemand wehgetan, Electra?«

Sie verdrehte die Augen. »Steck dein Beschützerschwert wieder weg, großer Bruder. Natürlich nicht.«

»Warum dann die Geheimnistuerei?«

Seufzend lehnte sie sich zurück, und ihr Blick huschte zu ihrer Mutter, wobei sie anscheinend mit sich zurate ging, was sie preisgeben sollte. »Ich wollte den Stress mit Dad vermeiden. Du weißt doch, wie er sich bei Paige aufgeführt hat.«

»Ach du meine Güte.« Tränen traten Amanda in die Augen. »Deshalb bist du hergekommen und nicht nach Hause gefahren, nach Cornwall.«

Electra warf ihrer Mutter einen entschuldigenden Blick zu und schnitt gleichzeitig Butterbrot für Huxley klein, der seine Mahlzeit in sich hineinschaufelte wie ein menschlicher Müllschlucker. In der Familienwohnung gab es keinen Hochstuhl, doch der in Tante Giusis Ferienwohnung nebenan wurde ja gerade nicht gebraucht, daher hatte Zach ihn ausgeliehen. »Wenn ich es dir erzählt hätte, aber Dad nicht, hätte ich dich in eine Zwickmühle gebracht, Mum. Aber jetzt habe ich mich entschieden und bin auf dem Weg nach England, weil ich glaube, dass es dort leichter sein wird, Arbeit und Kinderbetreuung unter einen Hut zu kriegen. Ich muss meinen Sohn ernähren und möchte ihm eine behütete Kindheit bieten.« Sie griff nach Amandas Hand und streichelte sie sanft. »Ich freue mich schrecklich, dich zu sehen. Lass mir nur eine Weile Zeit, damit ich den Mut zusammenkratzen kann, es Dad zu sagen, okay? Die Welt zu bereisen und alleinerziehend zu sein, war ein wenig zu viel für mich. Ich muss meine Kraft zusammennehmen, bevor ich mich ihm stelle.«

Marci umarmte sie mitfühlend. »Keine Sorge. Dad ist in Cornwall, und du bist hier bei uns. Sammle so viel Kraft, wie du willst.«

Doch Zach war anderer Meinung. »Warum bringst du nicht Dads schlimmste Tirade am Telefon hinter dich, bevor er Huxley kennenlernt? Er ist schwierig, aber kein Ungeheuer. Irgendwann musst du es ihm doch sagen.«

Achselzuckend wechselte Electra das Thema. »Die Wohnung hat nur drei Zimmer. Wie soll das gehen? Hast du etwa Hux und mir dein Zimmer gegeben, Zach? Das ist doch nicht in Ordnung.«

»Ich kann auf dem Sofa schlafen«, erwiderte er und weigerte sich zuzugeben, dass die Wohnung mit vier Erwachsenen und zwei kleinen Kindern gefühlt aus allen Nähten platzte. Die Treppe war nicht nur für Amanda ein Problem, sondern auch für Electra, wenn sie Huxley trug. Die Außenfläche bestand aus der Dachterrasse und dem Garten ein Stockwerk tiefer. Huxley sprudelte offensichtlich vor Energie und hatte, wie Zach schon herausgefunden hatte, als Electra schlief, kein Problem damit, seinem Unmut Luft zu machen, wenn ihm etwas nicht passte.

Als wollte er Zachs Überlegungen unterstreichen, wurde Huxley seiner Mahlzeit überdrüssig und begann zu brüllen und sich gegen die Gurte des Hochstuhls zu stemmen. Als Electra ihn befreite und auf den Boden stellte, tapste er davon, um die Küchenschränke zu erforschen. Im Lauf des

Nachmittags hatte Marci schon alles, was ihn verletzen oder was zerbrechen könnte, in Schränke verräumt, die er nicht erreichen konnte.

Jetzt beschäftigte sich Huxley damit, Töpfe aus einem Regal zu zerren und fallen zu lassen. Hastig stand Zach auf, um einzuschreiten, bevor die Fliesen Sprünge bekamen. »Morgen bringe ich kindersichere Riegel an den Schränken an«, versprach er, während Huxley vor Wut zu kreischen begann, weil man ihm seine Töpfe weggenommen hatte.

Paige fühlte sich vielleicht angesteckt von Huxleys Laune, denn sie verlangte, vom Tisch aufstehen zu dürfen, um mit »dem Baby« zu spielen. Marci konnte sie nicht überreden, Huxley zu zeigen, wie schön sie essen konnte, und gab auf, obwohl sie dann klagte, dass Paige immer in aller Herrgottsfrühe wach wurde, wenn sie am Tag zuvor nicht genug zu Abend gegessen hatte.

Zach wusste, was das für ihn bedeuten würde, wenn er auf dem Sofa schlief. Er überlegte schon, sich eine Campingliege und ein Moskitonetz zu besorgen und auf der Dachterrasse zu nächtigen.

Erst als die Kinder sich verausgabt hatten und beide schliefen, konnten die Erwachsenen in Ruhe reden. Amanda erklärte Electra behutsam, dass sie sich von Steve getrennt hatte. Electra lauschte mit aufgerissenen Augen und fiel ihrer Mum spontan um den Hals. »Ich hätte nie dachte, dass es einmal so weit kommen würde, aber du musst tun, was das Beste für dich ist!«, rief sie.

Abgesehen davon war Amanda ungewöhnlich still.

Während Electra und Marci sich über ihre Zukunft unterhielten, schrieb Zach eine Textnachricht an Rosa. Sie war bereit, sich mit ihm auf der unteren Terrasse zu treffen, und er verließ mit einem beiläufigen Abschiedsgruß die Familienwohnung und trat in die weiche Luft des Sommerabends hinaus.

Es war so, als würde er den ganzen Stress hinter sich zurücklassen.

Eine schattenhafte Gestalt sprang die Steintreppe herunter und kam rasch auf Rosa zu. Dann wurde sie hochgehoben, sodass ihre Füße sich vom Boden lösten, und an Zachs festen Körper gedrückt und geküsst. Es fühlte sich richtig an, sich ihm vollkommen hinzugeben, ihm die Arme um die Schultern und die Beine um die Hüften zu schlingen, während sie einander leidenschaftlich umklammerten.

Die Nacht war schwülwarm, und Rosa liefen Schweißperlen über den Rücken, aber an einem Tag voll schlechter Nachrichten war wenigstens das gut. So gut.

Schließlich stellte Zach sie schwer atmend wieder auf die Füße. Er nahm ihre Hand, und sie gingen zu einer kleinen Bar in Msida, die Zach kannte. Auf mehreren Booten im Jachthafen, die sie passierten, brannte Licht. »Manche Leute leben dauerhaft an Bord«, sagte Zach. »Stell dir vor, Wochen auf einem Schiff zu verbringen und von Land zu Land zu segeln. Malta, Zypern, Griechenland …«

»Du klingst, als hättest du Lust, es auszuprobieren.«

Er lachte und zog sie im Gehen näher an sich. »Jetzt gerade kommt es mir sehr verlockend vor.« Dann, nachdem sie einen Tisch vor der Bar gefunden und Getränke bestellt hatten, erzählte er ihr, dass seine andere Schwester Electra aufgetaucht war. »Mit einem Kind im Schlepptau, von dem niemand von uns etwas geahnt hat, einem kleinen Jungen namens Huxley.«

Rosa starrte ihn an. Sein Haar war nicht so ordentlich gekämmt wie sonst, sondern fiel ihm in die Stirn, als würde es in der Hitze dahinwelken. »Wieso hat sie euch nichts von dem Kleinen erzählt?«

Er schüttelte den Kopf. »Sie sagt, weil sie wusste, dass Dad sich aufregen wird. Sie übertreibt es wirklich mit ihrer Freiheitsliebe.« Er nahm einen Schluck von seinem Bier. »Sie hat Mums Gefühle verletzt«, fügte er dann betreten hinzu. »Hat gesagt, sie konnte es Mum nicht sagen, weil das bedeutet hätte, dass sie es Dad gegenüber hätte geheim halten müssen, aber ich finde die Erklärung schwach. Sie skypen regelmäßig. Am liebsten hätte ich ihr gesagt, sie soll erwachsen werden. Vielleicht habe ich ja mehr von meinem Dad, als ich mir eingestehen mag.« Er verdrehte die Augen und lachte.

Dann erkundigte er sich, ob Dory sich wieder beruhigt habe, nachdem Glenn versucht hatte, ihr Geld aus der Tasche zu ziehen, und das Gespräch wandte sich anderen Themen zu.

Rosa hatte vorgehabt, ihm zu erzählen, dass sie wahrscheinlich bald nach Hause zurückkehren musste. Der zweite Immobilienmakler hatte mit einer kurzen Nachricht geantwortet und bedauert, dass seine Agentur derzeit ihr Haus nicht in ihr Angebot aufnehmen konnte. Er schrieb nicht, ob es damit zusammenhing, dass es sich in der Roman-Way-Siedlung befand und die Objekte, die sie aus der Siedlung bereits gelistet hatten, unverkäuflich waren, aber es lag nahe, davon auszugehen.

Mit einem Gefühl, als klammerte sie sich an einen Strohhalm, hatte sie Chellice angerufen und versucht, einen neutralen Ton anzuschlagen, als die andere argwöhnisch darauf reagierte, nach so vielen Monaten aus heiterem Himmel von ihr zu hören. »Ich wollte dich fragen, ob du Marcus etwas von mir ausrichten kannst.« Sie hoffte, dass sie, indem sie so tat, als wüsste sie nicht, dass Marcus und Chellice sich in jeder Hinsicht getrennt hatten, noch irgendetwas herausfinden konnte, das ihr in ihrer misslichen Lage weiterhalf.

Chellice seufzte genervt. »Wir haben uns getrennt und arbeiten auch nicht mehr zusammen«, zischte sie ohne eine Spur von Verlegenheit, die andere Menschen unter diesen Umständen vielleicht empfunden hätten. Schließlich hatte sie in Rosas Revier gewildert, nur um weiterzuziehen, als sie festgestellt hatte, dass es dort doch nichts für sie zu holen gab.

Was hatte Rosa hören wollen? Dass Marcus gelogen hatte, dass Chellice noch mit ihm zusammenlebte und man die beiden irgendwie zwingen könnte, die Hypothek zu zahlen?

Ich muss mich den Tatsachen stellen und darf nicht länger den Kopf in den Sand stecken, sagte sie sich jetzt. Außer, Zach kehrte nicht nur nach England zurück, sondern zöge auch noch irgendwie in die Nähe von Liggers Moor, würden sie immer nur eine Fernbeziehung haben können – und zwar eine, die keine große Chance hatte. Seine Familie. Ihre Familie. Die Dummheit ihres Ex. Sie hatte Zach nichts davon erzählt, dass ihr Haus an Wert verloren hatte und sie in der Falle saß. Es wäre so viel schöner, so zu tun, als wäre dieser ganze Mist nicht geschehen, während Dory fort war und Zach und sie in der Wohnung allein sein würden. Das, sagte sie sich energisch, werde ich mir auf keinen Fall nehmen lassen.

Also bestellte sie noch ein Glas Wein und ließ sich von Zach erzählen, wohin seine imaginäre Segeltour durch das Mittelmeer unter sonnigem Himmel und durch sternenerfüllte Nächte führen würde, tat so, als würde sie ihn begleiten, und diskutierte, welche griechischen Inseln sie besuchen würden, als würde das tatsächlich passieren. Eines Tages.

20

Falls es etwas Anstrengenderes und Aufreibenderes gab, als eine Erwachsene mit eingeschränkter Mobilität, ein Kleinkind im Buggy, ein kleines Mädchen und zwei zankende Schwestern zweiunddreißig Stufen hinunterzubugsieren, dann hatte Zach es noch nicht erlebt. Und wollte es auch nicht. Er biss sich stoisch auf die Lippen, als Paige vorschlug, er solle »Granny doch einfach tragen«, oder sich wenig hilfreich darüber beklagte, wie glühend heiß es war und dass das Baby schrie.

Amandas Lächeln drohte ständig zu einer schmerzverzerrten Grimasse zu verrutschen, obwohl Zach sie so gut wie möglich stützte. Denn es war Freitag, und sie hatte seit ihrer Ankunft am letzten Samstag fast durchgehend in der Wohnung festgesessen. Da nicht alle in sein Auto passten, hatte Zach ein Taxi mit sieben Sitzplätzen bestellt, das sie zur Pjazza von Tigné bringen sollte, wo man auf ebenem Untergrund spazieren gehen konnte.

Sobald die gefürchtete Treppe bewältigt war, verlief alles nach Plan. Alle genossen die Fahrt, die sich über ein paar Meilen erstreckte und zuerst am Lazaretto Creek und dann am Sliema Creek entlangführte. Es machte auch nichts, dass es im zähen Verkehr nur langsam voranging, weil man Jachten, Fischerboote und SUP-Boards anschauen konnte – auf einem stand sogar ein Labrador majestätisch an der Spitze. An der Pjazza angekommen, konnte Amanda, die unter ihrem weißen Sonnenhut strahlte, an ihren Stöcken zwischen den Apartment-Blocks hindurchgehen, um die Felsen an der Landspitze Tigné Point und die wunderbare Aussicht über den Marsamxett-Hafen, Valletta und Fort Manoel zu genießen. Auf dem herrlich blauen Meer schipperten geschäftig die Boote hin und her, während Amanda glücklich zuschaute. Zach entspannte sich und begann zu überlegen, welche anderen Ausflugsziele gut erreichbar wären.

Seine Schwestern gingen mit ihren Kindern den Weg entlang, der im Bogen zurück zur Pjazza führte. Doch Zach wusste, dass sich in dieser Richtung Treppen befanden, und begleitete seine Mum auf dem Weg, den sie gekommen waren, zurück. Es war angenehm, sie ausnahmsweise für sich zu haben. Sie schlenderten am Rand der Pjazza entlang und sahen auf die alten Militärgebäude hinunter: Überreste der Kaserne von Tigné. Er konnte ihr zeigen, wo die Flugabwehrgeschütze gestanden hatten, die die Landspitze vor den gnadenlosen Bombern geschützt hatten, und welche Bürogebäude Teil der Schule der Kaserne von Tigné gewesen waren, die Dory, ihre Schwester Lizzy und sein Dad besucht hatten. »Ich kann mich noch daran erinnern, wie alle Gebäude der Kaserne noch standen«, sagte sie leise.

»Das war doch noch so, als ihr mit mir vor der Geburt der Mädchen hergekommen seid, oder?« Zach war vertraut mit diesem Teil der Familiengeschichte.

»Richtig. Aber bis wir es uns leisten konnten, mit euch dreien noch einmal herzukommen, war das alles hier eine riesige Baustelle.« Amanda drehte sich um. »Da kommen deine Schwestern und die Kinder. Von mir aus können wir zu Mittag essen.«

Sie aßen im Schatten, und den Kindern konnte nichts geschehen, da die Pjazza Fußgängerzone war. Huxley hatte in seinem Buggy geschlummert und war mit strahlender Laune aufgewacht, besonders, da es etwas zu essen gab. Amanda streichelte seinen Fuß, der aus dem Hochstuhl baumelte, und wurde mit einem Lächeln, bei dem er alle vier Zähne zeigte, belohnt.

Zachs Schwestern und seine Mum redeten über die Kinder, und Zach dachte an Dorys bevorstehende – und von seiner Seite sehnsüchtig erwartete – Abreise und an den Luxus, mit Rosa allein zu sein. Gestern Abend hatte Electra ihn gebeten, sie nach Paceville zu begleiten, und Marci hatte sich als Babysitterin für Hux angeboten. Zach hatte Ja gesagt, da er das Gefühl hatte, Electra könnte einen freien Abend gut gebrauchen. Er hatte Rosa zwar eingeladen mitzukommen, doch die hatte erklärt, nach einem Tag in der Küche sei sie erledigt und würde es ihm überlassen, seiner Schwester das Nachtleben zu zeigen.

Bei dem Gedanken an Paceville verspürte Zach einen Anflug von schlechtem Gewissen. Ihm war klar geworden, dass er zuletzt in den frühen Morgenstunden des letzten Samstags versucht hatte, mit Luccio zu sprechen. Rasch schrieb er an Joseph und erkundigte sich, ob er etwas von Luccio oder seiner Tante gehört habe. Joseph berichtete, Teresa habe ihn immer noch nicht gesehen, aber eine Textnachricht von ihm erhalten, ihm gehe es gut und er sei bei einem Freund. *Da bin ich erleichtert!*, antwortete Zach.

Doch er war nicht naiv genug, um zu glauben, dass eine vage Textnachricht wirklich bedeutete, dass in Luccios Leben alles in Ordnung war, und er hatte in Paceville aufmerksam Ausschau nach ihm gehalten. Erfolglos.

Nach dem Mittagessen suchte Zachs Familie das angenehm klimatisierte Einkaufszentrum »The Point« auf, das sich von der Eingangsebene aus mehrere Stockwerke nach unten erstreckte. Wieder teilte sich die Gruppe auf, und Zach war zufrieden damit, bei seiner Mum zu bleiben, Sitzplätze zu finden, auf denen sie sich ausruhen konnte, und ihr beim Betreten und Verlassen von Aufzügen zu helfen. Am späten Nachmittag war Amanda so müde, dass sie zurück in die Wohnung wollte, und Paige wollte »snorcheln«, daher riefen sie wieder ein Taxi.

Der Aufstieg über die Treppe geriet zu einem weiteren Abenteuer in der sengenden Sonne. Electra und Marci folgten Zach, der Amanda seinen Arm bot. Lieber wäre ihm gewesen, sie wären vorausgegangen, aber sie schienen zu glauben, etwas Hilfreiches zu tun, indem sie ihnen an den Fersen klebten. So waren es Zach und Amanda, die – endlich – als Erste die Wohnung erreichten.

Alarmiert hörte Zach Schritte, obwohl die Wohnung hätte leer sein sollen. »Wer ist da?«, rief er scharf.

Ein Mann trat aus dem Wohnbereich in den Flur. Er hatte die Ärmel aufgekrempelt und die Hände trotzig in die Hosentaschen gesteckt.

»Dad?«, fragte Zach ungläubig.

»Steve?«, stieß Amanda gleichzeitig hervor.

Steve setzte eine finstere Miene auf. »Wie zum Teufel kommst du diese Treppe hinunter und herauf?«, fragte er donnernd.

»Mit Mühe – aber ich schaffe es.« Amanda ging mit dem zögerlichen, schaukelnden Gang, der Zach verriet, dass ihre Knie sie umbrachten, an Steve vorbei und ließ sich langsam auf das Sofa sinken. Das Lächeln, das den ganzen Nachmittag auf ihrem Gesicht gelegen hatte, war verschwunden. Gelassen erwiderte sie Steves grimmigen Blick. »Ich hätte nicht damit gerechnet, dich hier zu sehen.«

»Ich habe ein Recht, hier zu sein. Diese Wohnung gehört meiner Mutter.« Steves Blick huschte zu den anderen, die sich von ihrer Überraschung erholten und Amanda in den Wohnbereich folgten.

Electra, die argwöhnisch und defensiv wirkte, kam als Letzte.

Steves Augenbrauen schossen in die Höhe, als sein Blick auf Huxley fiel. »Wer ist *das* denn?«

Huxley verzog den Mund zu einem kindlichen Grinsen und machte sich anscheinend nichts aus Steves scharfem Ton. Electra küsste ihn auf den Kopf. »Huxley. Mein Sohn. Dein Enkelkind.« Mit kalter Stimme spulte sie ab, wie Huxley entstanden war. Dann erklärte sie, Huxley müsse gewickelt werden, und ging in ihr Zimmer, ohne die Reaktion ihres Vaters abzuwarten.

»Lauf ihr nicht nach«, sagte Amanda warnend, und Steve, der wie vom Donner gerührt wirkte, blieb nichts anderes übrig, als in die Richtung zu starren, in die Electra verschwunden war.

»Grampy, möchtest du mein Zimmer sehen?«, fragte Paige, die anscheinend die angespannte Stimmung nicht mitbekam. »Ich schlafe jetzt bei Mummy, und Tante Electra und Hux schlafen in meinem Zimmer.«

»Vielleicht später«, antwortete Steve und bemühte sich ihretwegen um ein Lächeln. »Ich muss mit Granny reden.«

»Hi, Dad«, sagte Zach, dem aufgefallen war, dass Steve eigentlich keinen von ihnen richtig begrüßt hatte, und setzte sich dann neben Amanda. »Wie möchtest du, dass es jetzt weitergeht?«, fragte er seine Mutter und ignorierte Steve.

Amanda schüttelte ungläubig den Kopf. »Ich habe keine Ahnung.« Tränen ließen ihre Stimme erstickt klingen.

»Wenn du jetzt nicht hierbleiben willst, besorge ich dir ein Hotelzimmer.« Es wäre besser gewesen, Steve hätte sich ein Zimmer genommen. Doch Zach war klar, dass Steve, wenn er das vorschlug, wieder darauf hinweisen würde, dass die Wohnung *seiner* Mutter gehörte. Zach tätschelte seiner Mutter die Hand, und Zorn auf seinen Vater stieg in ihm auf.

Doch Steve hörte nicht auf, sich zu beschweren. »Um Himmels willen, was denn noch? Ich muss meiner Frau quer durch Europa nachjagen, und jetzt versuchst du sie zu überreden, in ein Hotel zu gehen?«

Zach konzentrierte sich weiter auf seine Mutter. »Deine Entscheidung«, erklärte er und sah aus dem Augenwinkel, dass Marci Paige an der Hand genommen hatte, um sich mit ihr in das Zimmer zurückzuziehen, das sie jetzt zusammen bewohnten.

Amanda seufzte. »Ein Hotel wäre Geldverschwendung, und vor die Tür setzen kann ich ihn nicht. Wahrscheinlich muss ich mit ihm reden. Aber würdest du dabeibleiben?«, bat sie.

Es klang albtraumhaft, doch Zach nickte. »Warum setzt du dich nicht?«, sagte er dann zu seinem Vater. »Möchtest du etwas trinken?«

»Vielen herzlichen Dank«, erwiderte Steve mit vor Sarkasmus triefender Stimme. Das war eine seiner üblichen Taktiken: patzig werden und die anderen raten lassen, warum. Zach hatte schon vor langer Zeit entschieden, nicht darauf anzuspringen. Er beschäftigte sich in der Küche, öffnete gekühlte Flaschen Cisk-Bier und gab Plätzchen auf einen Teller für den Fall, dass sein Vater noch nichts gegessen hatte. Dass Amanda auch ein Plätzchen nahm, obwohl sie wegen ihres Gewichts sonst raffinierten Zucker mied, verriet ihre Gemütsverfassung.

»Ich bin erstaunt, dich zu sehen«, begann sie mit leicht feindseligem Unterton. »Als Zach uns eingeladen hat, um das Ehemaligentreffen zu besuchen und Urlaub zu machen, hast du – abgesehen davon, dass *du* beschlossen hast, *ich* könnte nicht reisen – behauptet, du wärest auf der Arbeit unabkömmlich und deine Mum bräuchte Hilfe mit deinem Dad.«

»Diese Treppe ist zu viel für dich«, sagte Steve, ohne auf ihre Worte einzugehen.

Amanda ließ sich nicht beirren. »Antworte mir.«

Zach schaute kurz über die Schulter und wurde mit dem Anblick eines verdatterten Steves belohnt. »Natürlich habe ich auf der Arbeit erzählt, dass du mich verlassen hast, und sie haben mir freigegeben«, erklärte er steif. »Und Mum hat sich eine andere Hilfe für sich und Dad gesucht. Sie sagt, durch die Mieteinnahmen aus der unteren Wohnung hätte sie das Geld, und wir beide könnten seine Pflege nicht mehr bewältigen.«

Zach war sich nicht sicher, ob Harry oder Steve zu anstrengend für Rebekah geworden war.

»Also bin ich hergekommen, um alles in Ordnung zu bringen«, verkündete Steve in dem gebieterischen Tonfall, den seine Familie so gut kannte.

»Du schläfst nicht mit mir in einem Bett«, murrte Amanda verärgert. »Da übernachte ich lieber auf dem Boden.«

»Du brauchst nicht auf dem Boden zu schlafen«, meinte Zach sanft, bevor sein Vater etwas sagen konnte.

»Und wo soll er hin?«, fragte Amanda und sah Zach an. Tränen standen ihr in den Augen, und ihre Wangen waren gerötet.

»Er sollte das Sofa nehmen.« Zach versuchte, beruhigend zu klingen.

»Aber wo wirst du schlafen?« Amanda schniefte.

»Ich bin auch noch da!«, unterbrach Steve sie eisig.

»Ja, und genau das ist das Problem.« Amanda rappelte sich auf die Füße und stolperte blindlings in ihr Zimmer.

Schweigen folgte auf ihren Abgang. Zach schaute auf die Uhr und sah, dass es kurz vor sechs war. Heute Abend sollte die Familie auf der unteren Terrasse zu Abend essen, um Dorys neuestes Rezeptexperiment zu probieren. Wenn das so weiterging, würde er vielleicht absagen müssen.

»Ich verstehe nicht, was ich falsch gemacht haben soll«, sagte Steve verbittert. Zach hielt es für das Klügste, nicht darauf zu reagieren, doch er versuchte sich an die Stelle seines Vaters zu versetzen. Zuerst hatte Amanda seine Fürsorge zurückgewiesen und erklärt, der größte Teil davon sei unnötig gewesen, und jetzt hatte Rebekah Harrys Pflege anders organisiert. Fühlte sich sein Dad vielleicht übergangen? Nicht gebraucht?

Steve meldete sich mit harter Stimme zu Wort. »Ich habe keine Ahnung, was für ein Spielchen deine Schwester treibt.«

»Welche?« Zach ließ sich auf einen Stuhl fallen und musterte die Zornesfalten auf der Stirn seines Dads, die dort eingegraben zu sein schienen, und sein einst dunkles Haar, das durch Alter und Sorgen ergraut war.

»Electra! Als hätten wir nicht schon genug mit Paige …«

»Paige ist ein wunderbares Kind und liebt dich«, fiel Zach ihm ins Wort.

Steve hatte den Anstand, verlegen dreinzuschauen, und blickte sich sogar um, als wollte er sich vergewissern, dass seine Enkelin sich nicht mehr im Zimmer befand. Dann kehrte sein kritischer Blick zu Zach zurück. »Ich sehe, du hast ein neues Tattoo.«

Zach sah auf seinen Unterarm hinunter, auf den offenen Käfig, der ihm so bedeutsam erschienen war, als er damals auf die Insel gekommen war. Seine Haut, seine Tinte, seine Angelegenheit.

Als er nicht antwortete, fuhr Steve mit seiner Tirade von eben fort. »Ich habe keinen blassen Schimmer, was ich falsch gemacht haben soll.«

Mit einem fast hörbaren Schnappen riss Zachs Geduldsfaden. »Wenn du es wirklich wissen willst, kann ich dir eine Liste schreiben.«

Steves Augen blitzen. »Dann nur zu«, sagte er, wieder in seinem unangenehm kalten Ton.

Zach dagegen versuchte, höflich zu bleiben. »Ich fürchte, deine Einstellung ist zu negativ. Nehmen wir die gegenwärtige Situation. Du hättest Mum fragen können, wie es ihr geht, statt ihr zu erklären, sie könne die Treppe nicht steigen, obwohl sie das offensichtlich gerade getan hatte. Du hättest weniger zornig sein können. Deine Kinder und Paige begrüßen und ein paar Umarmungen verteilen. Du hast Electra seit zwei Jahren nicht gesehen, doch du hast dich gleich auf etwas gestürzt, das in deinen Augen falsch ist – dass sie Huxley bekommen hat. Du hättest dich nach seinem Namen erkundigen und sagen können, dass er ein hübsches Kind ist. Du hättest …« – er unterbrach sich, um zu überlegen, ob das klug war, sprach es dann aber trotzdem aus – »Mums Wünsche respektieren und ihr nicht nachjagen sollen.«

Steve zog eine Gewittermiene und sprang auf. »Wie kannst du es wagen!«

Auch Zach stand auf. »Ganz einfach. Sie ist meine Mutter, und ich liebe sie. Sie braucht jemanden, der sie schützt.«

»V…vor mir?«, stotterte Steve.

»Vor dir«, bekräftigte Zach.

Mehrere Sekunden lang starrte Steve Zach aufgebracht und mit wutentbranntem Blick an. Dann drehte er sich um, stürmte aus der Wohnung und knallte krachend die Tür zu.

Zach war allein. »Das lief ja toll«, sagte er in den leeren Raum hinein. »Gut gemacht, Zach.« Und dann teilte er seiner Mutter und seinen Schwestern mit, dass er die Todsünde begangen hatte, Dad zu kritisieren, was bei dem nicht gut angekommen war.

Amanda und Marci seufzten, schüttelten den Kopf und taten diesen nicht ungewöhnlichen Zustand dann schulterzuckend ab.

Electra dagegen schien eine nicht nachvollziehbare Befriedigung daraus zu ziehen, wie Steve auf seine erste Begegnung mit Huxley reagiert hatte. »Genau damit hatte ich gerechnet«, sagte sie. »Es geht immer nur um ihn. Mach dir keine Gedanken, weil du ihn aufgeregt hast, Zach, denn er macht sich auch nie welche darum, was er uns an den Kopf wirft.«

Zach stellte fest, dass er in scharfem Ton antwortete, vielleicht, weil er bedauerte, so direkt gewesen zu sein. »Ich vermute, er war verletzt, weil du ihm nicht von Hux erzählt hast. Um ehrlich zu sein, sind wir das irgendwie alle.«

Electra schwieg und wirkte bedrückt. »Wenn du dich auch noch gegen mich stellst, bin ich wieder weg.«

Erschöpft von den Spannungen in seiner Familie, ließ sich Zach auf die Bettkante sinken. Mit einem entzückten Aufschrei tappte Huxley herbei und versuchte, an seinen Beinen hochzuklettern wie ein Bärenjunges an einem Baum. Zach fasste den Kleinen und schwang ihn durch die Luft. »Wie wär's, wenn du bleibst, damit deine Familie deinen Sohn kennenlernt und umgekehrt?«, sagte er zu Electra. »Glaubst du, Mum kann im Moment noch mehr Stress gebrauchen?«

Electras Miene wurde noch finsterer. »Du klingst genau wie Dad!«

»Mir ist auch aufgefallen, dass ich ihn in meinem Spiegelbild schon gesehen habe«, räumte er ein. »Aber du benimmst dich genau wie er – alles geht nur um dich.«

»Ach, verschwinde!«, schrie Electra und reckte die Hände in die Luft.

Zach kitzelte ein letztes Mal Huxleys dickes Bäuchlein und schickte sich an, genau das zu tun, wozu seine Schwester ihn aufgefordert hatte. Doch er nahm sich Zeit für eine letzte Bemerkung. »Wir sind momentan alle in einer schwierigen Lage, Electra«, sagte er leise. »Versuchen wir, uns nicht zu streiten.«

Die Terrasse lag schon im Schatten, als Rosa und Dory endlich nach Hause kamen. Nach einem Nachmittag, an dem die Temperatur, wenn man ihren Handys glauben wollte, auf 37 Grad gestiegen war, waren sie erschöpft. Dory hatte entschieden, dass sie sich am Tag vor ihrem Rückflug nach England einen entspannten Nachmittag verdient hatten und auf dem Wochenmarkt in Ta' Qali fotografieren würden, aber die Sonne hatte gnadenlos heruntergebrannt. »Wir hätten es uns hier im Schatten gemütlich machen sollen«, erklärte Dory, während sie den Schlüssel im Schloss drehte und die Tür aufstieß.

Rosa folgte ihr hinein und fühlte sich ganz matt von der Hitze. »Schalten wir die Klimaanlage an. Ich muss aufs Klo.« Sie durchquerte die Küche.

Kaum hatte sie einen Fuß in den Flur gesetzt, nahm sie eine hastige Bewegung am Rand ihres Blickfelds wahr. »Was … ?«, rief sie und wirbelte herum. Ihr Herz raste, so schockierte sie die Erkenntnis, dass jemand in der Wohnung war. Dann krachte ein schwerer Körper gegen sie und riss sie von den Beinen, sodass sie mit der Schulter kräftig gegen die Wand prallte. »Uff!« Sie stürzte zu Boden, und dann liefen Füße in Sportschuhen unangenehm nahe an ihrem Gesicht vorbei. Sie lag auf den kalten Bodenfliesen und versuchte, Luft in die Lungen zu bekommen.

Was war da gerade passiert?

Endlich gelang es ihr einzuatmen. Im selben Moment schrie in der Küche Dory auf.

Der Schrei riss sie aus ihrer Erstarrung. Ohne Rücksicht darauf zu nehmen, dass es ihr wehtat, wälzte sie sich auf die Seite und rappelte sich auf die Füße. »Mum?«

»Wer war das?«, rief Dory. Sie klang panisch. »Ein junger Mann ist gerade hier durchgerannt. Alles in Ordnung bei dir? Rosa? *Rosa?*«

»Einigermaßen«, brachte Rosa heraus und rang immer noch nach Luft. Sie stolperten aufeinander zu und fielen sich dort, wo der Flur in die Küche überging, in die Arme. Rosa erzählte ihrer Mum, wie der Unbekannte sie umgeworfen hatte wie einen Kegel. Sie verspürte einen brennenden Schmerz in der Schulter und wusste, dass sich auf ihrem Hinterkopf eine Beule entwickeln würde.

»Ach, Liebling!« Dory übersäte Rosas Stirn mit Küssen und drückte sie noch enger an sich.

Misstrauisch blickten sie sich um. »Was, wenn noch jemand hier ist?«, fragte Rosa, der es kalt über den Rücken lief.

Dory holte aus der Küche eine Pfanne und hob sie wie eine Keule.

Rosa sah schon vor sich, wie sie jemanden verkrüppelte. »Ich rufe Zach an«, sagte sie hastig, »und frage, ob er runterkommen kann, falls er oben ist. Vielleicht kann er mit uns durch die Wohnung gehen.«

Sie zogen sich auf die Terrasse zurück, wo sie sich sicherer fühlten als in der Wohnung. Rosa rief an und stellte schockiert fest, dass ihre Finger zitterten. »Als wir nach Hause gekommen sind, war jemand in der Wohnung«, erklärte sie atemlos, als Zach am Apparat war. »Wir haben keine große Lust, allein in die anderen Zimmer zu sehen, ob da noch jemand ist. Daher wollte ich …«

Zach unterbrach sie mit einem Fluch. »Bin unterwegs.«

Innerhalb von Sekunden hörten sie eilige Schritte, und dann stand er schwer atmend vor ihnen. Mit besorgtem Blick musterte er Rosa. »Geht's dir auch gut?«

»Diese Ratte hat sie umgerannt!«, rief Dory und umarmte Rosa noch einmal, worauf diese zusammenzuckte, als ihre Mutter die angeschlagene Schulter drückte.

»Aber mir geht's gut«, warf Rosa hastig ein, als sie sah, dass Zachs Blick sich verdüsterte.

Sobald Zach sich zu seiner Zufriedenheit davon überzeugt hatte, dass Rosa nicht schwer verletzt war, verschwand er in der Wohnung. Rosa eilte ihm mit klopfendem Herzen nach. »Du kannst nicht allein hineingehen. Was, wenn der Kerl eine Waffe hat?«

Dann blieb sie abrupt stehen. »Oh!«

Zach hatte Rosas Zimmertür aufgerissen, und darin sah es aus, als hätte eine Riesenfaust den Raum gepackt und gründlich durchgeschüttelt. Schubladen lagen auf dem Boden, und aus dem offenen Schrank quollen Kleidungsstücke hervor. Bestürzt schaute sie sich um. »Bin ich froh, dass ich meinen Laptop mitgenommen habe.« Sie hob eine kleine Schachtel auf. »Darin war ein bisschen Modeschmuck. Sie ist leer, aber von meinem Klimperkram wird er nicht reich werden.«

Zach wirkte angespannt, und seine Augenbrauen bildeten dunkle Striche über seinen zornigen Augen. Dorys Tür war angelehnt, und mit ihrem Einverständnis öffnete Zach sie ganz. »Sieht aus, als hättet ihr den Eindringling überrascht, als er sich hier drin zu schaffen gemacht hat.« Die Hälfte des Raums war genauso durchwühlt wie Rosas Zimmer, doch der Rest schien unberührt zu sein.

»Da müssen wir wohl die Polizei rufen«, meinte Dory unglücklich.

»Hast du den Typ gesehen?« Zach sah Rosa fragend an.

»Kaum.« Sie rieb sich wieder die Schulter, die jetzt richtig zu brennen begann. »Ich hatte den Eindruck, dass es ein Mann war.«

Ihre Mum konnte mehr beitragen. »Ich habe ihn besser gesehen, als er vorbeigerannt ist. Anfang zwanzig, mediterranes Äußeres, dunkles, lockiges Haar, Dreitagebart, ein wenig schlaksig.«

»Mist«, sagte Zach.

Rosa brauchte seine bestürzte Miene nicht zu sehen, um zu wissen, was er dachte. »Luccio?«, fragte sie leise.

»Ich hoffe nicht.« Er griff in seine Tasche, zog sein Handy hervor und öffnete ein Bild, das im Nicholas-Zentrum aufgenommen worden war, um es Dory zu zeigen. Luccio lachte und balancierte einen weißen Fußball auf der Hand.

Dory zuckte mit den Schultern. »Er könnte es gewesen sein, aber ich habe ihn nur ganz kurz gesehen. Der Mann auf Ihrem Foto ist glatt rasiert, und sein Haar ist kürzer, da ist es schwer, sich ganz sicher zu sein.«

Zach steckte das Handy wieder in die Hosentasche. »Ich fragte mich, ob ich das ausgelöst habe«, murmelte er, halb an sich selbst gerichtet.

»Wie denn das?« Rosa konnte sich das nicht vorstellen.

Er seufzte. »Als ich nach Luccio gesucht habe, nachdem man mir im Nicholas-Zentrum die Brieftasche gestohlen hatte, habe ich versucht, an sein Gewissen zu appellieren. Ich habe etwas in dem Sinne gesagt, dass jemand sehr an diesem Ring gehangen haben musste. *Falls* er derjenige war, der mich überfallen hat, hätte er auf die Idee kommen können, der Ring hätte einer von euch gehört, und vielleicht ist er gekommen, um herauszufinden, ob ihr noch mehr teuren Schmuck habt.«

»*Falls* und *vielleicht*«, versuchte Rosa ihn zu trösten. »Es könnte aber ebenso gut ein Gelegenheitsdiebstahl gewesen sein. Es muss Massen an Menschen geben, auf die die Beschreibung passt.«

Dory rief die Polizei an und meldete den Einbruch. Man wollte einen Beamten vorbeischicken, daher konnten sie die durchwühlten Zimmer noch nicht aufräumen und nicht einmal das Glas im Bad wegfegen, das von dem zerbrochenen Badezimmerfenster stammte, durch das der Mann wahrscheinlich eingedrungen war.

Eine gute Gelegenheit für Zach, Kontakt zu Joseph aufzunehmen. Er erklärte kurz, was passiert war. »Ich nehme an, du hast Luccio nicht gesehen? Kannst du dich bei seiner Tante Teresa melden?«

Das tat Joseph. »Joseph sagt, Teresa hat seit dieser einen Textnachricht, in der stand, dass er bei einem Freund sei, nichts mehr von Luccio gehört«, berichtete Zach dann bedrückt.

Rosa wollte schon wiederholen, dass jeder der Eindringling gewesen sein könnte. Doch da kamen Marci und Paige, riefen an der offenen Küchentür »Klopf, klopf« und traten ein. In dem ganzen Tumult hatte Rosa praktisch vergessen, dass Zachs Familie zum Abendessen eingeladen war, um ein paar gebackene Reisgerichte, die Dory heute Morgen ausprobiert hatte, aufzuessen.

Augenblicklich trat Dory in Aktion und weigerte sich, ihre Pläne zu ändern. »Was, weil irgendein Tunichtgut sich danebenbenimmt? Wir haben einen Kühlschrank voll Essen, das vernichtet werden muss.«

Zach ging, um Amanda herunter auf die untere Terrasse zu helfen, und Rosa reichte trotz brennender Schulter und schmerzendem Kopf Getränke, während Dory Salat wusch. Zach kehrte mit Amanda zurück und brachte auch seine jüngere Schwester Electra und deren entzückenden kleinen Jungen Huxley mit. Der Abend verlief ein wenig chaotisch, aber angesichts der zurückliegenden Ereignisse waren alle erstaunlich gut gelaunt. Ein paarmal versuchte Zach, Rosa etwas zu sagen, aber jedes Mal kam jemand zu ihnen in die Küche und suchte nach einer sauberen Gabel oder wollte sich etwas zu trinken nachschenken.

Zach strahlte eine besondere Anspannung aus, und sie war gerührt bei dem Gedanken, dass er sich Sorgen machte, weil der Eindringling sie erschreckt hatte. Drei Mal begann er mit »Ich muss dir etwas sagen …« und wurde drei Mal unterbrochen. »Lass uns später reden«, schlug Rosa leise vor, und Zach nickte.

Die Zusammenkunft auf der Terrasse verlief zwanglos. Dory und Rosa lernten Electra und Huxley kennen, und Paige rannte umher und fragte ständig, wann das Essen fertig sei. Rosa stellte Salat und Brot heraus, und Dory brachte vier verschiedene Gerichte mit gebackenem Reis. Rosa holte ihren Laptop, damit sie sich das Feedback notieren konnte, doch sie tippte immer weniger zielsicher, je weiter der Weinpegel in ihrem Glas sank. Marci hatte still dagesessen, aber irgendwann schnalzte sie missbilligend mit der Zunge, übernahm sowohl den Laptop als auch die Notizen und erwies sich als schnell und kompetent. »Übst du für deine Rückkehr zur Arbeit?«, fragte Rosa, als sie den Computer mit einem Dank wegräumte.

Marci erwiderte betreten ihr Lächeln. »Wahrscheinlich sollte ich genau das tun.« Mehr sagte sie allerdings nicht, daher bedrängte Rosa sie auch nicht.

Alle waren entsetzt darüber, dass ein Dieb in die untere Wohnung eingebrochen war, und wenn sie nicht übers Essen redeten, drehte sich das Gespräch um den Vorfall.

Zwei Polizisten trafen ein, und Dory ging mit ihnen hinein. »Wer möchte Mousse au Chocolat?«, fragte Rosa währenddessen die anderen. »Davon haben wir zwei Sorten zum Vergleich.«

Die Verkostung der Mousse war in vollem Gange, als Dory Rosa ins Wohnzimmer rief, um den Polizeibeamten ihre Version der Geschichte zu erzählen. »Es war im Bruchteil einer Sekunde vorbei«, erklärte sie, »daher könnte ich niemanden identifizieren.« Auch Dory war sich nicht sicher, ob sie dazu in der Lage wäre. Sie hatten sich bereits darauf geeinigt, dass die Ähnlichkeit mit Luccio so zweifelhaft war, dass es nicht richtig gewesen wäre, seinen Namen ins Spiel zu bringen. Ihre Aussagen waren kurz, und bald standen sie wieder auf der Terrasse und schüttelten den Polizisten die Hände, als ein Mann auf der Treppe, die von der Straße heraufführte, auftauchte.

Rosa, deren Erlebnis mit dem Eindringling noch frisch war, sprang auf und fasste sich an die Brust.

Zachs Familie verstummte.

Der Blick des Mannes fiel auf die Polizeibeamten, und seine Miene wurde noch finsterer. »Was hat das zu bedeuten?«

Rosa öffnete den Mund, um zu fragen, wer der Mann sei und was er hier zu suchen habe, doch Zach berührte ihre

Hand. »Das ist mein Dad. Er ist heute angekommen. *Das* habe ich dir in der Küche zu sagen versucht.«

Perplex klappte Rosa den Mund wieder zu.

»Steve!«, rief Dory mit erfreuter Stimme. »Ich hatte ja keine Ahnung! Warum hat mir denn niemand erzählt, dass du hier bist? Wie großartig, dich wiederzusehen. Es ist ja erst fünfzig Jahre her, seit wir zusammen zur Schule gegangen sind, was? Wenigstens bin ich froh, dass wir uns bei den Army-Kids wiedergetroffen haben. Wir lieben die Wohnung und wären nie auf sie gekommen, wenn du sie in der Internet-Gruppe nicht erwähnt hättest.« Während die Polizisten ihnen einen schönen Abend wünschten und gingen, führte Dory Steve zu den anderen hinüber.

Rosa drehte sich zu Zach um. »Dein Dad ist hier?«, flüsterte sie und wurde sich der eigenartigen Atmosphäre bewusst.

»Er ist gekommen, um mit Mum zu reden«, gab er genauso leise zurück.

»Aber Mum hat recht, kein einziges Mitglied deiner Familie hat ihn erwähnt!« Sie blickte sich um. Huxley war in Electras Armen eingeschlafen, und sie betrachtete ihn liebevoll. Amanda machte einen distanzierten Eindruck, und Marci zeigte Paige etwas auf ihrem Handy. Niemand lächelte, abgesehen von Dory, die locker mit Steve plauderte und keine Sekunde verlegen wirkte, obwohl sie ganz genau wusste, dass Amanda sich vor ihm in das Terrassenhaus in Ta' Xbiex geflüchtet hatte. Rosa bewunderte ihre Souveränität.

»Die Stimmung ist merkwürdig.« Seine Stimme klang ausdruckslos.

Dort, wo die anderen sie nicht sehen konnte, fand Rosa Zachs Hand und streichelte das Innere seines Handgelenks.

»Rosa!«, rief Dory. »Komm her, um Steve kennenzulernen.«

Rosa musste sich von Zach lösen und ein paar Schritte auf ihn zugehen, um ihm die Hand zu schütteln. Steves Mutter war Malteserin, daher war er ein dunklerer Typ. Sein Haar war von breiten, silbrigen Strähnen durchzogen, und er war kleiner als Zach. Er lächelte nicht. »Sehr erfreut, Sie kennenzulernen«, sagte er höflich.

»Ich hatte gerade erklärt, warum die Polizei hier war«, sagte Dory. Dann schlug sie sich die Hand vor den Mund. »Rosa! Mir ist gerade klar geworden, dass du hier allein sein wirst, wenn ich morgen nach Hause fliege. Was ist mit dem Fenster, Zach? Ach du meine Güte, Rosa, vielleicht sollte ich absagen. Wirst du dich fürchten?«

Zach lächelte Dory zu. »Ich lasse nicht zu, dass sie Angst hat. Morgen bringe ich das Fenster in Ordnung, und dann bleibe ich bei ihr, solange Sie fort sind.«

»Ach ja?« Dory legte eine winzige Pause ein. »Na ja, wir haben schon ein Gästezimmer, und die obere Wohnung muss ja überbelegt sein. Wenn Sie sicher sind, dass es Ihnen nichts ausmacht, würde mich das sehr beruhigen«, fuhr sie fort.

Rosa errötete, als sie Begreifen und Belustigung im Blick ihrer Mutter aufflammen sah. Wenigstens eine Person schien darauf gekommen zu sein, wie es zwischen ihr und Zach stand.

Die Party begann sich aufzulösen. Die Kinder mussten ins Bett, und Amanda gähnte ebenfalls. Zach half ihr die Treppe hinauf, und Steve folgte ihnen schweigend. Rosa wurde klar, dass sie sich keine Notizen über die Schokoladenmousses gemacht hatte, aber die Schüsseln waren leer, daher hatten wahrscheinlich beide Varianten geschmeckt.

Als ihre Gäste gegangen waren, schloss Rosa die Türen der Wohnung. »Steve war nicht besonders gesprächig, oder?«, meinte sie zu Dory. »Er macht natürlich gerade eine schwere Zeit durch, aber ich fand ihn Furcht einflößend.«

Dory lachte schnaubend. »Versuch nicht, mich mit Steve abzulenken! Ich glaube, du bist viel stärker an seinem Sohn interessiert. Hat sich das alles direkt vor meiner Nase entwickelt? Als er gesagt hat, er würde hierbleiben, solange ich fort bin, hast du ausgesehen wie ein Kind, das mit beiden Händen in der Keksdose erwischt wurde. Rosa mit den rosigen Wangen!«

Rosa kicherte und wurde gleich wieder rot. »Wir sind zusammen«, gestand sie. »Wir waren uns einig, es erst einmal niemandem zu sagen, weil …« Sie unterbrach sich, und ein Schauer überlief sie, der nichts mit der Klimaanlage zu tun hatte. In einer oder zwei Wochen musste sie wahrscheinlich zurück ins richtige Leben, doch das wollte sie Dory aus einer Menge guter Gründe nicht erzählen. »Weil er vielleicht nach Hause fliegen muss, um in Cornwall bei seiner Familie zu sein«, endete sie.

Dory musterte sie nachdenklich. »Deine Angelegenheiten gehen nur dich etwas an. Aber hatte ich nicht recht mit der Sommerromanze?«, sagte sie dann mit vergnügt funkelnden Augen. »Genau das, was du brauchtest.«

Es kostete die beiden ungefähr eine Stunde, ihre Zimmer aufzuräumen, und dann kam Zach zurück und fegte das Glas im Bad auf. Stirnrunzelnd betrachtete er den leeren Fensterrahmen. »Ich habe in der Garage nachgesehen, aber ich habe kein passendes Brett, um es für heute Nacht davor zu befestigen. Ich schaue mich online nach jemandem um, der herkommen und das erledigen kann.«

Dory schenkte ihm ein strahlendes Lächeln. »Warum übernachten Sie heute nicht hier und beschützen uns? Ich habe noch nicht gepackt, und mein Flug geht morgen gegen elf, also muss ich mich sputen. Gute Nacht!« Sie schwebte in Richtung ihres Zimmers davon.

Sobald sie außer Hörweite war, drehte Zach sich langsam zu Rosa um und zog eine Augenbraue hoch. »Hat deine Mum mir gerade vorgeschlagen, über Nacht zu bleiben?«

Ein Glücksgefühl stieg in ihr auf. »Ich glaube, das war eher ein Befehl.« Sie schloss die Badezimmertür, ließ sich in seine Arme fallen und küsste ihn auf den Hals, denn ihr war aufgefallen, dass er dann immer die Augen zumachte. »Dann ist dein Dad also einfach aufgetaucht?«, fragte sie, und ihr warmer Atem strich ihm über die Haut.

Er zog sie noch ein wenig näher. »Mum weiß nicht, was sie davon halten soll. Sie hat nicht genug Geld für ein Hotel, und die Wohnung gehört seiner Mutter, was die Sache knifflig macht. Sie müssen sich wahrscheinlich irgendwie einigen, was immer dabei herauskommen mag. Er ist nicht gerade gut gelaunt, und alle gehen wie auf Eiern.« Seine Augen strahlten. »Es wird eine Erleichterung sein, hier unten zu wohnen.«

»Wenn du lieber Zeit mit deinem Dad verbringen möchtest, wäre das für mich auch in Ordnung«, zog sie ihn sanft auf.

Stöhnend barg er das Gesicht in ihrem Haar. »Ich möchte mit niemandem lieber zusammen sein als mit dir.«

21

Am Samstag wachte Rosa mit dem angenehmen Gefühl auf, dass ein männlicher Körper sie von hinten umschlungen hielt. Sie musste sich überwinden, um sich aus Zachs zärtlicher Umarmung zu lösen, als der Wecker klingelte. »Ich muss Mum zum Flughafen fahren.«

»Oooooh«, jammerte Zach wie ein enttäuschter Teenager.

Sie unterdrückte ein Lachen und war sich bewusst, dass ihre Mutter sich auf der anderen Seite der Schlafzimmerwand befand. »Später«, versprach sie.

Tüchtig wie immer hatte Dory bereits fertig gepackt und stand, mit dem Koffer zu ihren Füßen und der Laptoptasche über der Schulter, bereit, die Wohnung zu verlassen, um ihren Flug zum Leeds Bradford Airport um 11.05 zu erreichen. Strahlend wedelte sie mit dem Handy. »Leslie hat geschrieben. Da heute der letzte Samstag im Juli ist, regnet es in England natürlich. Er holt mich am Flughafen ab und fährt mich nach Hause.«

Rosa, die bei der Aussicht auf eine herrliche Woche oder so mit Zach innerlich vor Aufregung brodelte, umarmte ihre Mum kräftig. »Wo wohnt er noch? Norfolk? Das liegt nicht gerade in der Nachbarschaft von Leeds Bradford.«

Dory quittierte den Scherz ganz ungeniert. »Deswegen muss er ja auch den Rest des Wochenendes bleiben, nicht wahr?«

Nachdem Rosa am Flughafen ihrer Mum leichten Herzens nachgewinkt hatte, fuhr sie nach Hause, vorbei an neuen Straßen und im Bau befindlichen Überführungen. Die Gebäude mit den flachen Dächern waren ihr inzwischen vertraut, die Kaktusfeigen, die in weniger zugebauten Gebieten über Mauern hingen, und die Kapern, die wild an den staubigen Straßen wuchsen. »Puh!«, stieß sie hervor, als sie vor dem Terrassenhaus in Ta' Xbiex aus dem angenehm klimatisierten kleinen weißen Kombi ihrer Mutter stieg und in die Mittagshitze trat. Doch das hinderte sie nicht daran, die Steintreppe zur Wohnung hinaufzurennen. Zach, der bei seiner Familie gewesen war, kam innerhalb von Minuten herunter und strahlte breit und verführerisch.

»Ich habe dein Auto gehört.« Er umarmte sie und zog sie an sich, um sie lange und leidenschaftlich zu küssen. Als sie sich atemlos voneinander lösten, spürte Rosa, wie sein Herz an ihrer Brust klopfte. *Buum, bah-buum.* Sie war praktisch davon ausgegangen, dass sie den Nachmittag im Bett verbringen würden, doch Zach hatte andere Pläne.

»Ich habe einen Glaser gefunden, der das Badezimmerfenster provisorisch repariert hat. Joseph hat sich gemeldet«, berichtete er. »Im Nicholas-Zentrum findet ein Mittagessen für die Kids statt, und er hat uns alle eingeladen. Ich hatte diese Woche zu viel zu tun, um auszuhelfen, und er möchte gern Dad, Mum, Electra und Hux Hallo sagen. Macht es dir etwas aus, wenn wir mitgehen?«

»Ganz und gar nicht.« Rosa fuhr Amanda, Electra und Huxley in Dorys Auto hin – Marci hatte Electra gezeigt, wo sie einen Kindersitz mieten konnte –, und Zach nahm

Steve, Marci und Paige mit. Wie immer war das Parken in der schmalen Straße neben dem Zentrum schwierig. Dann traten sie durch die in die Mauer eingelassene Tür.

Auf dem Hof kickten junge Burschen einen Fußball umher, und ein blonder Junge trat auf Zach zu, sobald er ihn entdeckt hatte. »Machst du mit beim Jonglieren?«

»Vielleicht später, Oliver. Ich bin mit meiner Familie zu dem Essen eingeladen, und außerdem besiegst du mich immer.« Zach fing den Ball ab, den Oliver ihm zuschoss, und spielte ihn geschickt zurück. Dann wandte er sich ab und bot Amanda seinen Arm, um zwei Stufen zu überwinden, und bald traten sie in die Kühle des alten Gebäudes. Im großen Saal im ersten Stock würde das Essen bald beginnen, und während Zach bei seiner Familie blieb, half Rosa Maria und anderen, Platten mit Essen zu dem großen Tisch zu tragen, auf dem das Büfett aufgebaut war.

Es gab Brot mit Öl und Dips oder mit einer Thunfischcreme, die man dick daraufstrich, sowie mit Käse oder Erbsen gefüllte *pastizzi* – köstliche Blätterteigtaschen, die Rosa schon zu lieben gelernt hatte. Maria versuchte ihr beizubringen, wie man *qagħaq* aussprach, das maltesische Wort für Honigringe, doch nach ein paar Versuchen entschied sie, lieber beim Englischen zu bleiben. Besser schlug sie sich bei *imquaret*, frittiertem, mit Datteln gefülltem Teig. Rosa vermutete, dass diese leckeren Gebäckstücke und Süßigkeiten schneller verspeist sein würden als die mundgerecht zerkleinerten Salate und rohen Gemüse.

Rasch füllten sich alle die Teller mit herrlich duftenden Köstlichkeiten und trugen sie vergnügt zu den überall im Raum verteilten Tischen. Fröhliche junge Stimmen erfüllten den Saal, und die offenen Fenster ließen den Straßenlärm von unten ein. Zachs Familie hatte an einem runden Tisch Platz genommen, doch Steve und Amanda saßen auf entgegengesetzten Seiten. Aber nicht einmal Steve konnte mürrisch bleiben, als Joseph, der über das ganze Gesicht strahlte, ihm fast die Hand zerquetschte und ihn dann in eine Umarmung zog. »Steve!«, rief er. »Ich dachte schon, Malta würde dich nie wiedersehen.«

Trotz der geöffneten Fenster wirkte Amanda überhitzt und müde, und Rosa fiel auf, dass alle Bentley-Kinder irgendwann nach ihr sahen. Ganz im Gegensatz zu der Gleichgültigkeit, die alle gegenüber ihrem Vater an den Tag zu legen schienen. Steves Blick huschte oft zu Amanda, doch diese sah selten in seine Richtung.

Rosa, die sich für junge Menschen interessierte, mischte sich unter die Leute, plauderte, holte oder trug Dinge und schoss Fotos für die sozialen Netzwerke, damit Joseph den Sponsor taggen konnte, eine Firma, die Medizinbedarf herstellte. Nostalgisch dachte sie an das Blackthorn's zurück, doch sie schob den Gedanken beiseite. Sie würde schon schnell genug wieder dort sein. Bald musste sie Georgine zusagen, dass sie in Vollzeit auf ihre alte Stelle zurückkehren würde.

Um kurz vor fünf war die Veranstaltung vorbei. Für Amanda hatten sie einen ruhigen Platz in der Küche gefunden, wo sie bei einer Tasse Tee warten konnte. Alle anderen halfen, Stühle zu tragen oder Tische zu stapeln, obwohl Huxleys Beitrag hauptsächlich darin bestand, dass er die Arme nach allem ausstreckte, was er haben wollte, und »Atts!« schrie. Zach schaffte es, für ein paar der eingeforderten Runden Fußball-Jonglieren auf den Hof zu gehen, und Steve, dessen düsteres Gesicht zu dem strengen Ausdruck verzogen war, der seine Standardmiene darzustellen schien, half dabei, den Büfetttisch auseinanderzunehmen, der aus sechs kleineren Tischen bestand.

Rosa und er ergriffen je ein Ende eines Tischs, um ihn aufzustapeln, und Rosa versuchte, ein freundliches Gespräch zu beginnen. »Wie fühlt es sich an, wieder auf Malta zu sein, Steve? Lieben Sie die Insel auch so wie Mum? Sie ist regelrecht Malta-phil, falls ein solches Wort existiert.«

Steve zuckte mit den Schultern. »Ich hatte noch keine Zeit, darüber nachzudenken, um ehrlich zu sein. Zu viele Familienprobleme.« Kurz überlegte er. »Aber großartig, Joseph zu sehen. Es war Jahre her«, fügte er dann noch hinzu.

»Was wollen Sie unternehmen, während Sie hier sind?«, fragte sie weiter und hoffte, er würde ein wenig auftauen, während sie weiter die Tische wegräumten. »Orte von früher besuchen? Schwimmen? Gute Restaurants suchen?«

Steve brummte etwas. »Keine Ahnung.«

»Sie sind so ganz anders als Zach«, platzte sie heraus. Es war unklug, ihre Gedanken laut auszusprechen, aber sie konnte nicht umhin, den freundlichen, humorvollen Zach mit diesem finsteren, kurz angebundenen Mann zu vergleichen.

Sein Auflachen klang verbittert. Am nächsten Tisch blieb er stehen und sah sie durchdringend an. »Wahrscheinlich hat er Ihnen ja von seiner Vergangenheit erzählt, oder? Dem Ärger, den er hatte?«

Bei seinen Worten stieg heißer Zorn in Rosa auf. Sie ließ ihr Ende des Tischs los und hoffte beinahe, er werde ihm auf die Füße fallen. »Und das war gut so, denn sonst hätten Sie jetzt die Katze aus dem Sack gelassen, stimmt's?« Es beruhigte sie ein wenig, dass sie ihn offenbar verunsichert hatte. Rosa verabschiedete sich und ließ ihn die Tische allein weiter aufstapeln. Hatte ihm nie jemand erklärt, dass Eltern dazu da waren, auf der Seite ihrer Kinder zu stehen? Er hatte beinahe ausgesehen, als hätte er sich über die Gelegenheit gefreut, seinen Sohn herunterzuputzen.

Sie ging zu Zach in den Hof und meldete sich freiwillig, um bei einem erbitterten Turnier im Fußball-Jonglieren, bei dem Axel den Schiedsrichter gab, mitzuzählen. Der ummauerte Innenhof lag inzwischen im Schatten, aber trotzdem kamen die Spieler, die je drei Mal versuchen durften, den Ball mit einem beliebigen Körperteil so lange in der Luft zu halten wie möglich, vor Hitze fast um. Zach wurde mit siebenundzwanzig Kicks Zweiter, und Oliver gewann mit vierzig. Er strahlte und schoss den Ball triumphierend hoch in die Luft.

Rosa umarmte Zach tröstend.

»Ich bin verschwitzt«, protestierte er lachend.

»Macht nichts.« Sie stellte sich auf die Zehenspitzen, um ihm ins Ohr zu flüstern. »Ich weiß, wo es eine schöne große Dusche gibt.« Sie wurde belohnt, indem er sofort seine Familie zusammentrieb, um nach Hause zu fahren.

Dort angekommen, half Zach Amanda langsam und unter Schmerzen über die Treppe zur oberen Wohnung. Steve wollte etwas sagen, doch Amanda starrte ihn wutentbrannt an. »Ich *weiß*, Steve, ja? Ich weiß, dass das Treppensteigen mir schwerfällt, aber *ich tue es trotzdem*. Okay?«

Steve verstummte. Als Rosa in ihre Wohnung trat, piepte ihr Handy. Eine Textnachricht von ihrer Mum.

Sicher zu Hause angekommen! Habe unterwegs bei Grandpa vorbeigeschaut, und er hat sich rührend gefreut, mich zu sehen. Ich glaube, er hat mich vermisst, obwohl er es nicht zugeben wollte. Gehe morgen Abend nach seinem Golfspiel mit ihm essen. Geht's dir gut? Ist das Fenster repariert?

Dorys Nachricht beruhigte sie. Sie hielt das Telefon noch in der Hand, als es klingelte und *Marcus* über das Display lief. In diesem Moment stürzte Zach von der Terrasse aus herein. Seine Augen strahlten, obwohl er tat, als knurrte er. »Ich hoffe, du machst dein Versprechen mit der Dusche wahr, Liebling. Oh – oder musst du telefonieren?«

»Nööö.« Energisch drückte Rosa auf *Ablehnen*. »Lass uns dein Duschgel ausprobieren.« Sie würde Marcus nicht erlauben, ihr die Zeit mit Zach zu verderben. Am Ende würde das Haus sie zwingen, nach Liggers Moor zurückzukehren. Aber noch nicht.

Zach hob sie hoch und trug sie durch den Flur zum Bad, und sie ließ den Kopf zurücksinken und lachte vor Freude.

Rosa war sich ziemlich sicher, dass die Woche, die sie mit Zach verbrachte, die glücklichste ihres Lebens war.

Am Sonntag spazierten sie nach Sliema, um die Marsamxett-Fähre nach Valletta zu nehmen, weil Zach ihr das Museum für Militärarchitektur zeigen wollten, das die Geschichte der befestigten Stadt erzählte. Besonders beeindruckten Rosa die Modelle der versunkenen Festungen. »Ich kann dir zwei in Sliema zeigen«, bot er an. »Fort Tigné und Fort Cambridge.« Sichtlich entspannt und glücklich verflocht er die Finger mit ihren. »Sollen wir in einem Restaurant zu Mittag essen, das buchstäblich im Inneren der Befestigungsmauern liegt? Letztes Mal war ich allein dort, aber ich würde es dir sehr gern zeigen.«

Sie lehnte sich an seinen warmen Körper. »Das ist wie ein Rundgang durch das geheime Malta.« Das Restaurant erwies sich als faszinierend. Es lag in einem schräg abfallenden Tunnel und hatte eine Gewölbedecke, doch Rosa zog die Terrasse vor, einen großen Balkon mit Aussicht auf das Stadttor von Valletta. Ein cremefarbener Schirm schützte sie vor der Mittagssonne. Rosa fragte ihn, wie es bei seiner Familie gewesen war, als er heute Morgen der oberen Wohnung einen Besuch abgestattet hatte.

Zachs Blick umwölkte sich. »Dad schläft auf dem Sofa. Mum hat ihn gebeten, nach Hause zu fliegen, aber er ist zu stur.«

Kurz stieg ein Schuldgefühl in Rosa auf, weil sie hier in dieser wunderschönen Umgebung saß, vor Glück schwebte und Zachs Hand hielt. »Solltest du nicht bei ihnen sein?«

Er schüttelte den Kopf. »Sie hat Nein gesagt, und sie muss selbst wissen, was sie als Nächstes unternehmen will. Dad wird es ihr offensichtlich nicht leicht machen, ihn zu verlassen.«

»Und wie geht es Marci?«, fragte Rosa.

Zachs Blick ging in die Ferne. »Nicht so gut. Sie weiß, dass sie sich entscheiden muss, ob sie nach Hause und in ihren Job zurückkehrt. Ich glaube, dass zuerst Electra und dann Dad aufgetaucht sind, hat sie aus dem Gleichgewicht gebracht, und dass sie mit der Frage hadert, was sie für eine Chance hat, wenn selbst willensstarke Menschen wie die beiden mit dem Leben zu kämpfen haben. Paige sagt, sie kann Malta nicht mehr leiden, und ich bin mir sicher, das liegt daran, dass es in der Wohnung so eng ist und sie Marcis Unwohlsein spürt.«

»Wir könnten später mit ihr Schnorcheln gehen«, schlug Rosa vor. Es tat ihr leid, dass die sonst so fröhliche kleine Paige unglücklich war.

»Das machen wir.« Über den Tisch hinweg drückte er ihr die Hand und schenkte ihr dieses gemächliche, erotische Lächeln, das ihr direkt unter die Haut kroch.

Den Montagvormittag verbrachten sie damit, sich langsam zu lieben und zu genießen, dass sie die Wohnung für sich hatten. Nach einer Dusche und einem Brunch auf der Terrasse, wo Rosas Haar sich beim Trocknen um ihr Gesicht lockte, holte Zach seine Mum oben ab und half ihr, die

Treppe hinunterzugehen. Auf der Terrasse hielten sie an, um mit Rosa zu plaudern, während Amanda Kraft für die zweite Treppe sammelte. »Es ist nett von Zach, mit mir auszufahren«, schnaufte sie, als die beiden sie auf einen Stuhl bugsiert hatten. »Ich hoffe, es macht Ihnen nichts aus, wenn ich ihn entführe.« Ihre Augen blitzten, als wäre sie sich wohl bewusst, dass Zach mehr in der Wohnung hielt als die Aufgabe, Rosa Gesellschaft zu leisten.

Rosa wurde klar, dass ihre Beziehung umso offensichtlicher wurde, je mehr Zeit sie mit Zach verbrachte. Daher lächelte sie nur und wies auf ihren Laptop, der im Schatten auf einem Tisch stand. »Ich habe Arbeit für Mum zu erledigen, und es ist doch klar, dass er mit Ihnen zusammen sein will.« Zach hatte allerdings nicht verlauten lassen, dass er Zeit mit Steve verbringen wollte, doch das sagte sie nicht. Sie versuchte, Steve zugutezuhalten, dass es ihn verletzt hatte, von seiner Frau verlassen worden zu sein, doch soweit sie das beurteilen konnte, war er hier der Störfaktor. Wenn Zach Kontakt zu ihm gehabt hatte, war er anschließend oft still und nachdenklich.

Ihr eigener Vater stellte auch keine Bereicherung dar. Sie fragte sich, wie es Dory heute ergehen würde, wenn sie mit ihrem Anwalt über Glenns betrügerische Geldforderung sprach.

Nachdem Zach und Amanda gegangen waren, leisteten ihr nur noch die Insekten Gesellschaft, die um die Kräuter- und Geranientöpfe summten. Obwohl Rosa unwillkürlich an den Eindringling dachte und die Treppe zur Terrasse im Auge behielt, plante sie weiter die Posts für den Blog der Cafeteria-Lady.

Ein paar Stunden vergingen, und sie war bereit, zur nächsten Social-Media-Seite überzugehen, als Dory anrief und ohne lange Vorrede loslegte. »Wie er auf die Idee gekommen ist, ich würde nach all dieser Zeit auf seinen Mist hereinfallen …«

»Wer? Dad?« Rosa musste sich mit Gewalt von »Die zehn besten Tipps, um frisches Obst einzukaufen« losreißen, um sich auf ihre Mutter zu konzentrieren.

»Wer sonst?« Dory legte eine Pause ein und holte hörbar Luft. »Zach hatte recht. Diese Kanzlei, die mich angeschrieben hat, existiert nicht. Mein Anwalt sagt, nach so langer Zeit bestehe keine Chance mehr, dass ein Gericht eine neue Verfügung trifft. Ich reiche sofort die Scheidung ein. Glenn kann froh sein, wenn ich ihn nicht wegen Betrugs anzeige.«

»Wow«, sagte Rosa langsam und war schockiert darüber, wie sich ihr bei dieser Nachricht der Magen umdrehte. »Wahrscheinlich hat ein Teil von mir gehofft, Dad würde nicht so tief sinken. Es war besser, fast nichts über ihn zu wissen, als den Beweis dafür zu haben, wie skrupellos er ist.«

Dory klang jetzt zerknirscht. »Tut mir leid. Es war schrecklich von mir, dich mit meiner Siegesrede zu überfallen. Manchmal vergesse ich beinahe, dass er dein Vater ist.«

Doch Rosa seufzte und rief sich ihren Entschluss ins Gedächtnis, diese Woche ausschließlich glücklich zu sein. »Keine Sorge«, sagte sie. »Ich bin nur froh, dass er damit nicht durchkommt.« Als sie auflegte, war Zach wieder da, und sie konnte sich in seine Arme fallen und fest drücken lassen.

»Hey, hey«, murmelte er und zog sie beruhigend an sich. »Was ist los?«

Rosa schmiegte das Gesicht an seine Brust und erklärte es ihm. »Es ist nicht wirklich eine Überraschung«, meinte sie dann. »Eher hat die Sache ein Schlaglicht auf die Wahrheit geworfen. Mein Vater ist ein skrupelloser Mistkerl, der lügen und betrügen würde, um einer Frau, die er immer nur im Stich gelassen hat, Geld abzunehmen.«

Er tröstete sie mit Küssen und zog sie dann nach drinnen, wo er sie so zärtlich liebte, dass sie die ganze unangenehme Episode für einen Moment vergaß. Später aßen sie auf dem Dach, nachdem sie beschlossen hatten, dass dies ein guter Zeitpunkt war, aus ihrer Beziehung kein Geheimnis mehr zu machen. Sie sahen über den Lazaretto-Meeresarm, wo unter dem mit Sternen übersäten Himmel die Lichter auf dem dunklen Wasser zwischen den Booten tanzten. Zach trank Wein und erzählte ihr von der Großen Belagerung im sechzehnten Jahrhundert, als die Malteser die Köpfe türkischer Gefangener als Kanonenkugeln verschossen hatten.

Rosa sah zu, wie seine Augen leuchteten, als er von osmanischen Invasoren, Korsaren, Galeeren und Landstreitkräften sprach, und dachte, wie glücklich sie sich schätzen konnte, diese gemeinsame Zeit zu erleben. Morgens mit ihm aufzuwachen und abends mit ihm einzuschlafen.

Der Dienstag verlief geruhsam. Sie gingen mit Zachs Familie – sogar Steve schloss sich an – an den Felsstrand auf der anderen Straßenseite. Paige schien gar nicht aufzufallen, dass ihre Großeltern kaum miteinander redeten, als sie ihnen von dem Ring erzählte, den sie gefunden hatte, und ihnen die Felsspalte zeigte. Zach war betrübt darüber, dazu beigetragen zu haben, dass er nie zu seinem rechtmäßigen Besitzer zurückgekehrt war.

Der Dienstag verflog nur so, und am Mittwoch wachte Rosa früh auf. Sie hatte sich diese Woche keine Sorgen wegen ihrer Rückkehr nach England machen wollen, doch leider hatten die Sorgen diese Information nicht erhalten und überwältigten sie jetzt fast, sodass sie nicht wieder einschlafen konnte. Zach schlummerte. Seine Brust hob und senkte sich sanft, Bartschatten zeigten sich auf seinem Kinn, und seine Miene war so friedlich wie die eines Kindes. *Ich glaube, ich liebe dich*, sagte sie ihm lautlos, *aber ich habe keine Ahnung, wie eine Beziehung zwischen uns funktionieren könnte. Würdest du Malta gegen Yorkshire eintauschen? Oder müsstest du, wenn du überhaupt nach Großbritannien zurückkehrst, nach Cornwall ziehen, um deine Mum zu unterstützen? Würdest du dir wünschen, dass ich in Liggers Moor alle Zelte abbreche und zu dir komme ...?*

Heute war der Tag, an dem Dory nach London fahren sollte, um ihre Lektorin zu treffen, daher schickte sie ihr eine Nachricht. *Ich hoffe, alles läuft gut. Sag Bescheid! xx*

Und weil sie eine praktisch denkende Frau war und nicht wusste, wie viel länger sie diesen Mann in ihrem Bett haben würde, begann sie Zach zu streicheln, der aus dem Schlaf hochfuhr, sie an sich zog und dafür sorgte, dass ihre sorgenvollen Gedanken glücklichen Platz machten.

Später aß Zach mit seiner Familie zu Mittag, während Rosa Cafeteria-Lady-Fotos für Instagram bearbeitete. Gerade lief eine Werbeaktion für *Die Cafeteria-Lady kocht klammheimlich gesund*, daher plante sie eine Reihe von Postings darüber und verlinkte ein paar Internet-Videos mit der Social-Media-Seite. Dann klappte sie mit einem hörbaren Schnappen ihren Laptop zu. Dory hatte ihr schließlich befohlen, sich diese Woche viel freie Zeit zu gönnen. Also setzte sie sich mit ihrem E-Reader auf die Terrasse, um auf Zachs Rückkehr zu warten.

Als er schließlich kam, hatte der Reader sich abgeschaltet, und sie schlief. Zach beugte sich vor, um sie auf den Mund zu küssen, und warf sich dann auf die Liege neben ihrer. »Familie!«, sagte er und stöhnte tief empfunden. »Meine Schwestern sind klugerweise ausgegangen, aber ich würde es nicht wagen, oben ein Streichholz anzuzünden, damit die Luft zwischen meinen Eltern nicht explodiert.« Er rieb sich mit den Händen das Gesicht. »Mum sagt, Dad soll nach Hause fahren und sich daran gewöhnen, Single zu sein. Dad sagt, ohne Mum fliegt er nicht. Ich wünschte, er würde ihr Freiraum lassen. Wahrscheinlich muss ich wieder mit ihm reden. Und das geht nie gut aus«, fügte er bedrückt hinzu.

Mitfühlend nahm Rosa seine Hand, doch sie brauchte nicht zu überlegen, was sie sagen sollte, denn ein FaceTime-Anruf von Dory rettete sie. Das rosige und vor Aufregung leuchtende Gesicht ihrer Mutter war auf dem Display zu sehen.

»Rosa! Oh, hallo, Zach, wie geht's?«, rief Dory aufgekratzt. Offensichtlich hatte sie ihn gesehen, doch sie sprudelte weiter, ohne eine Antwort abzuwarten. »Das Gespräch war gar nicht schlecht! Meine Lektorin wollte mit mir über eine *Fernsehsendung* reden! Juuuhuuu! Die Produktionsfirma hätte gern vegan, daher der plötzliche Themenwechsel. Aber sie wollte abwarten, bis alles in trockenen Tüchern war, bevor sie mit mir spricht. Und Grandpa ist auch hier, um Hallo zu sagen, schau!«

Das Bild rutschte zur Seite, bis Rosa ein liebes, vertrautes Gesicht voller Alters- und Lachfältchen erblickte. »Hallo, Liebling«, sagte ihr Großvater Lance mit seiner knarrenden Stimme. »Ich fürchte, deine Mutter hat gefeiert. Sie hat mit ihrer Lektorin lange und feuchtfröhlich zu Mittag gegessen, und dann ist sie mit einer Flasche Champagner bei mir aufgetaucht.«

»Grandpa!«, rief Rosa fröhlich. »Wie geht's dir?«

»Prächtig«, erklärte er lächelnd und erzählte ihr von seiner letzten Golfpartie. Dann huschte das Bild schwindelerregend schnell zu Dory zurück.

»Ich bin beschwipst, Rosy-Posy«, plapperte sie, »aber der liebe, liebe Leslie, die Liebe meines Lebens, ist gekommen, um mich zum Abendessen auszuführen und den Alkohol zu neutralisieren. Aber sind das nicht fantastische Neuigkeiten? Ich kann es kaum glauben. Ich bin wieder im Fernsehen, und mit meiner eigenen Sendung. Puuh, was? Und meine Lektorin ist ganz begeistert von dem ganzen superschicken, edlen Zeugs, das du im Netz veranstaltet hast. Ach, übrigens, geht's dir auch gut? Ja? Hurra! Ich bleibe noch ein wenig länger in England, weil ich ein Video für YouTube drehen muss und wegen Leslie. Bis bald! Bye!«

Der Anruf endete, und Rosa lachte. »Ich glaube, meine Mutter ist ziemlich angeheitert! Aber was für großartige Neuigkeiten für sie.«

Zach grinste. »Rosy-Posy, ja?«

Sie verdrehte die Augen. »So hat sie mich als Kind immer genannt. Ich wünschte, sie hätte es nicht vor dir ausgeplaudert.« Aber nur der hartherzigste aller Menschen wäre immun gegenüber Dorys Überschwang gewesen und hätte sich beschwert, weil ihr ein kindlicher Kosename herausgerutscht war.

Er nahm ihre Hand und hob sie an seine Lippen. »Ich verrate es auch niemandem, ehrlich, Rosy-Posy.« Dann klingelte sein Handy. Er kramte in seiner Tasche danach und lachte immer noch, als er das Gespräch annahm. »Hey, Joseph.« Dann wich sein Lächeln einer besorgten Miene. »Weißt du, was passiert ist? Nein? Natürlich rufe ich ihn zurück. Kannst du mir die Nummer schicken?«

Stirnrunzelnd beendete er das Gespräch. »Luccio hat im Nicholas-Zentrum angerufen. Anscheinend liegt er auf der Orthopädie im Mater-Dei-Krankenhaus. Er hat irgendwie sein Handy verloren, aber ein Bettnachbar hat angeboten, ich könnte ihn auf seinem Telefon anrufen.« Als Zachs Telefon piepte, biss er sichtlich die Zähne zusammen. »Joseph hat mir gerade die Nummer geschickt.« Er tippte auf das Display und stellte das Handy dann laut, damit Rosa mithören konnte.

»Ja?«, meldete sich Luccio.

»Hey, Luccio«, sagte Zach ungezwungen und freundlich. »Geht es dir gut? Was machst du im Krankenhaus?«

»Du hast gesagt, ich kann dich anrufen, wenn ich Hilfe brauche.« Luccios Stimme schwankte.

Zach runzelte die Stirn und nickte. »Ja. Was ist passiert?«

»Beppe«, flüsterte Luccio, als wollte er nicht, dass irgendjemand den Namen hörte. Er begann schnell zu sprechen, doch er war so aufgewühlt, dass sein Englisch ins Stocken geriet. »Er bricht mir den Knöchel. Er nimmt mir Handy und Pass ab. Ich gebe ihm Dinge, Zach, aber er verlangt immer mehr.«

Entsetzt hörte Rosa zu, wie Luccio erklärte, dass Beppe, der Anführer von Luccios Clique, ihn mit einer Mischung aus Drohungen und falscher Freundschaft gezwungen hatte, für ihn zu stehlen. Luccio hatte versucht, vor ihm zu fliehen, und dafür hatte Beppe ihn als Strafe die Stufen der Triq Santa Rita hinuntergestoßen. Daraufhin hatte Beppe es vollkommen aufgegeben, ihm Freundschaft vorzuspielen. »Er hat mein Handy und meinen Pass«, berichtete Luccio unglücklich. »Ich musste am Knöchel operiert werden, und ich habe eine Schraube bekommen. Beppe, er sagt, er holt mich Freitag aus dem Krankenhaus ab.«

Zachs Gesicht war vor Zorn verzerrt, doch er ließ seine Stimme weiter freundlich und ruhig klingen. »Sollst du Freitag entlassen werden? Was ist mit deiner Tante Teresa?«

»Zieh sie nicht mit hinein«, bat Luccio hastig. »Beppe, er ist nicht gut zu Frauen.«

»Verstehe.« Zachs tiefe Stimme klang unbefangen, und Rosa konnte nachvollziehen, warum Luccio das Gefühl gehabt hatte, sich an ihn wenden zu können. Er weckte Vertrauen und verschwendete keine Zeit damit, seine Meinung zu äußern oder zu fluchen. Luccio hatte Zach bestohlen, versucht, ihm einen Diebstahl in die Schuhe zu schieben, und ihn sogar verletzt, doch Zach wusste, wie einschüchternd und manipulativ solche Rädelsführer sein konnten. Einst hatte er in der gleichen Klemme gesteckt.

Rosa fand Zachs Geschichte überhaupt nicht schlimm, sie empfand sogar noch mehr Respekt für ihn, während sie zuhörte, wie er Luccio Fragen stellte. Es kam heraus, dass Luccio elendig auf Beppes Fußboden genächtigt hatte, weil Beppe gedroht hatte, alle Fenster von Tante Teresas Haus einzuschlagen, wenn Luccio nach Hause gehen würde.

»Lass mich überlegen, was wir tun können«, beendete Zach das Gespräch. »Heute haben wir erst Mittwoch, da können wir wahrscheinlich sicher sein, dass wir noch einen Tag Ruhe vor dem Kerl haben. Und keine Sorge, Luccio. Es war richtig, dich bei mir zu melden. Morgen besorge ich dir ein neues Handy.« Er beruhigte ihn weiter, doch als er auflegte, presste er die Lippen zusammen und hatte einen finsteren Gesichtsausdruck.

»Luccio sind definitiv die Schuppen von den Augen gefallen«, sagte er und steckte das Telefon weg. »Wenigstens sieht er Beppe jetzt so, wie er ist: ein kleiner Tyrann.«

Vorsichtig ergriff sie seine Hand. »Ich weiß, du willst ihm helfen, aber was kannst du schon ausrichten?«

Er starrte ihre Hand an, als sähe er sie nicht wirklich. »Luccio schwebt in größerer Gefahr als ich jemals. Sein

Anführer ist bösartiger. Luccio ist in der schwächeren Position.« Nachdenklich runzelte er die Stirn. »Ich fahre heute Abend nach Paceville und sehe, was ich herausfinden kann.«

Augenblicklich wurde Rosas Bewunderung für Zach von Besorgnis überschattet. »Kannst du nicht zur Polizei gehen? Lass dich da in nichts hineinziehen!«

Langsam sah Zach zu ihr auf. Sekunden vergingen. »Die Art von Mut, den es braucht, um auszupacken, obwohl man Vergeltung riskiert …«, sagte er bewusst bedächtig, »… ich glaube nicht, dass Luccio den aufbringt. Wenn ich zur Polizei gehe, gerät er in Schwierigkeiten. Und Typen wie Beppe wissen, wie man sich in Luft auflöst, wenn die Polizei auftaucht. Luccio braucht meine Hilfe.«

Er stand auf und wischte sich die Handflächen an seinen Shorts ab. Immer noch sah er Rosa an, obwohl er sie gar nicht richtig wahrzunehmen schien. Die kurze maltesische Abenddämmerung setzte ein und tauchte sein Gesicht in Schatten.

Als er in die Wohnung trat, schoss Rosa von der Liege hoch. »Ich wollte nicht klingen, als ob …«

Er blieb stehen, um sie sanft zu unterbrechen. »Ich hänge bereits in der Sache drin, weil ich Luccio nicht im Stich lassen kann.« Er wirkte beinahe wie ein Fremder. »Aber dich werde ich aus der Sache raushalten.«

22

Er war nicht fair zu Rosa gewesen. Dieses Wissen ballte sich wie ein Klumpen in ihm zusammen. Bedrückt hatte sie ihn beobachtet, als er saubere Kleidung angezogen hatte. Wahrscheinlich hatte sie nicht gewusst, wie sie auf sein Verhalten reagieren sollte.

Instinktiv schreckte sie vor Luccios Lage zurück. Er nahm ihr das nicht übel, aber es war nicht seine Art, in der glücklichen Blase, in der er während der letzten paar Tage geschwelgt hatte, zu schweben und Luccio seinem Elend zu überlassen. Er versuchte, sie zu beruhigen. »Ich sehe zuerst nach Mum. Ich bleibe nicht lange weg. Mach dir keine Sorgen.« Er gab ihr einen kurzen Abschiedskuss und lief dann mit einer Munterkeit, die er nicht empfand, die Treppe hinauf, immer zwei Stufen auf einmal.

Steve saß auf dem Sofa und sah fern. Er warf Zach einen seiner kühlen Blicke zu. Zach sagte Hallo und klopfte dann an die Zimmertür seiner Mutter. Er traf sie auf dem Bett liegend an, ebenfalls beim Fernsehen. Zach fand es eine bittere Bilanz ihrer Ehe, dass sie in verschiedenen Zimmern dieselbe Sendung ansahen. »Wie geht's dir?«, fragte er leise.

Amanda brachte ein Lächeln zustande. »Ich lebe noch.«

»Ich gehe aus. Vermutlich sind Electra und Marci bald wieder da, aber brauchst du vorher noch etwas?«

»Nein, danke. Geh du nur und hab eine wunderschöne Zeit.« Amandas Lächeln wurde breiter, und Zach konnte sich vorstellen, dass sie vor sich sah, wie Rosa und er einen romantischen Abend verlebten. Er hatte nicht vor, dieses Bild mit der Wahrheit zu besudeln. Weder sein Vater noch seine Mutter hätten etwas von der Mission gehalten, die ihn aus dem Haus lockte.

Zach schlenderte zurück in den Wohnbereich und setzte sich neben seinen Vater. Er konnte ebenso gut alle unangenehmen Gespräche auf einmal hinter sich bringen. »Geht es deiner Mutter gut?«, fragte Steve, ohne den Blick vom Bildschirm zu nehmen.

Zach wusste nicht, was er darauf antworten sollte. »Ich bin mir nicht sicher, ob die Situation ihren Zustand verbessert«, gab er schließlich zurück.

»Die verdammte Treppe!«, sagte Steve. »Ich habe ja versucht, ihr klarzumachen …«

»Aber sie wollte nicht hören«, beendete Zach den Satz müde für ihn. »Das liegt daran, dass sie das Recht hat, ihre eigenen Entscheidungen zu treffen.« Er zögerte. »Ich habe immer geglaubt, du könntest Mum gegenüber Liebe zeigen, aber momentan scheint sie dafür nicht empfänglich zu sein. Du hast hier die Möglichkeit, Brücken zu deiner Frau und deinen Kindern zu schlagen. Du hast dir freigenommen. Nanna hat eine Pflege für Grandad gefunden. Warum nutzt du die Chance nicht?«

Steve drehte sich zu ihm um und riss schockiert Mund und Augen auf. »Brücken schlagen? Ich habe immer das Beste für meine Familie getan.«

»Wirklich?«, entgegnete Zach seufzend. »Das, was du als

›dein Bestes tun‹ betrachtest, empfinden wir so, dass du den starken Mann markierst, Dad. Entweder verprellst du damit deine Familie, oder wir sind ein durchweg undankbarer Haufen, stimmt's? Frag dich doch einmal, warum Electra so viel reist oder warum Marci und ich hier sind? Wieso ist Mum gekommen, obwohl die Wohnung für sie so unpraktisch ist?«

Steve schwieg mehrere Sekunden lang. »Jetzt hast du es mir aber gegeben, was?«, sagte er dann.

Zach seufzte noch einmal. Dabei hatte der Tag so wunderbar begonnen, als Rosa ihn auf eine Art geweckt hatte, die jeder heterosexuelle Mann zu schätzen gewusst hätte, aber von da an war es rasch bergab gegangen. »Ich sage das nicht, um dir wehzutun. Aber ich finde, es ist Zeit für klare Worte. Ob du es glaubst oder nicht, ich habe dich lieb.«

»Dann hast du aber eine merkwürdige Art, das zu zeigen!«

»Scheint in der Familie zu liegen«, meinte Zach leise. Steve wandte das Gesicht wieder dem Fernsehbildschirm zu, und Zach stand auf und ging. Er hatte es bei seinem Vater versucht. Viel mehr konnte er nicht tun.

Er lief die Treppen hinunter und zwang sich, nicht an der unteren Wohnung stehen zu bleiben, um mit Rosa zu reden. Ihr war nicht wohl dabei, dass er sich Beppe vorknöpfen wollte, und er konnte ihr das weder übel nehmen noch sie deswegen beruhigen. Und er wollte nicht noch mehr Skepsis in ihrem Blick sehen.

Er fuhr nach Paceville, parkte und stürzte sich dann zu Fuß in das Getümmel aus Touristen. Die Luft war erfüllt von Musik, Gelächter und Geplauder. In Anbetracht dessen, wie viel Zeit er in seinen achtzehn Monaten auf der Insel hier verbracht hatte, spürte er eine merkwürdige Distanz zu den

Frauen in ihren kurzen, knappen Kleidern und den Männern in den schmal geschnittenen Shorts. Herumgestoßen zwischen erhitzten Körpern und halb erstickt vom Alkoholdunst und dem Gestank von allem, was hier geraucht wurde, machte er sich auf den Weg zum Knotenpunkt des Ganzen, der vertrauten Triq Santa Rita.

Darauf folgte ein langer, ermüdender Abend. Ohne einen Plan bis auf den, dass er improvisieren würde, wenn er Beppe entdeckte, wanderte Zach die Treppe hinauf und hinunter und versuchte, an Luccio zu denken statt an Rosa.

Endlich erspähte er den größten und breitesten von Beppes Kumpanen, und ein paar Minuten später trat Beppe selbst aus einer dunklen Bar und stützte die Arme auf einen Stehtisch. Er hielt ein Schnapsglas in der Hand, und danach zu urteilen, wie blutunterlaufen seine Augen waren, war es auch nicht der erste Schnaps des Abends.

Zach hielt direkt auf ihn zu, damit er nicht wieder verschwand. »Hey!«, rief er, als er näher kam. »Hast du eine Ahnung, wo Luccio steckt? Seine Tante ruft mich ständig an. Sagt, er wäre nicht nach Hause gekommen.« Er nahm einen tiefen Schluck von dem Bier, das er bislang kaum angerührt hatte, und hoffte, harmlos und beschwipst zu wirken.

Beppe schaute auf verschlagene Art erfreut drein. »Kann schon sein.«

Zach blickte sich um. »Wo ist er? Seine Tante macht mich noch komplett irre.«

Ein paar von Beppes Kameraden grinsten spöttisch. Beppe kippte seinen Schnaps hinunter. »Sag Tantchen, dass Luccio noch eine Weile nicht nach Hause kommt.« Sie grölten vor Lachen.

Zach setzte eine streitlustige Miene auf. »Nein, ihr sagt ihm, er soll sich bei ihr melden, okay?«

Beppes finsterer Gesichtsausdruck machte deutlich, dass er nichts davon hielt, sich herumkommandieren zu lassen. »Er kann nicht«, zischte er.

Zach reckte das Kinn und setzte darauf, dass ein Rädelsführer es hasste, wenn man ihm Paroli bot oder an ihm zweifelte. »Sag es ihm einfach. Oder weißt du etwa gar nicht, wo er ist?«, fügte er spontan hinzu. »Ich wette, er ist abgehauen. Du weißt bloß nichts davon.«

Ein höhnischer Ausdruck trat auf Beppes Gesicht. »Versucht hat er es.«

Zach trank von seinem Bier, tat, als dächte er darüber nach, und legte noch einen kleinen theatralischen Schlenker hin, als wäre er betrunken. »Woher willst du das wissen?«, fragte er dann. »Ich wette, Luccio hat sich mit einem Mädchen zusammengetan und eure kleine Gang und die Insel verlassen.«

Gereizt fluchend griff Beppe in seine Tasche. »Und ob ich das weiß!«, stieß er knurrend hervor. Und hielt ein Handy und einen Pass in die Höhe.

»Gehören die Luccio?« Zach schüttelte den Kopf, als müsste er ihn vom Alkohol freibekommen. »Woher hast du die Sachen?«

Als Beppe den höhnisch verzogenen Mund öffnete, um zu antworten, wich Zach einen Schritt zurück und ließ sich dann schnell nach vorn fallen, sodass er direkt gegen Beppe torkelte.

»Hey!«, protestierte Beppe und schwankte auf dem Rand einer Stufe.

Zach schnappte sich Handy und Pass, versetzte Beppe mit aller Kraft einen Stoß, wandte sich ab und nahm die Beine in die Hand. Er hielt nur an, um einen Blick auf Beppe und seine Truppe zu erhaschen, die die Treppe hinunterpolterten wie Dominosteine. Er ignorierte das Gebrüll, die Schreie und das Klirren zerbrechender Gläser hinter sich und nutzte die bei früheren kurzen Affären erworbene Erfahrung, um in das Hotel am oberen Ende der Straße zu sprinten und sich in einen Aufzug zu retten. Im fünften Stock stieg er aus und versteckte sich. Er nutzte die Zeit, um leise mit Luccio zu telefonieren, der nun, da er wusste, dass Zach seinen Pass hatte, den Tränen nahe zu sein schien. Nach einer halben Stunde bestellte Zach ein Taxi und fuhr dann mit einem anderen Lift unverfroren zur Rezeption hinunter. Dann sprang er auf die Rückbank des schwarzen Fahrzeugs, verriegelte die Tür und bat den Fahrer, ihn in die Straße zu bringen, in der er geparkt hatte.

Sein Herz schlug heftig. Heute Abend hatte er zwar nicht seinen persönlichen Dämon Fitzmo besiegt, aber er verspürte ein episches Gefühl von Befriedigung.

Zach bezahlte das Taxi, stieg in sein Auto und fuhr zum Krankenhaus. Da es mitten in der Nacht war, konnte er dicht am Haupteingang parken. Als er sich näherte, glitten die Türen zischend auseinander, und er lief durch die Gänge. Krankenhäuser kannte er nur von Besuchen bei Freunden, Eltern oder Großeltern, aber er war zu der Ansicht gelangt, dass einem niemand Fragen stellte, wenn man aussah, als hätte man eine Aufgabe. Als er in einer Nische eine ordentlich ausgerichtete Reihe Rollstühle erblickte, schnappte er sich einen davon und parkte ihn vor der Orthopädie. Dann rief er die Nummer des Handys an, das Luccio benutzen durfte. Sie hatten vorher abgesprochen, dass es stumm oder auf Vibrationsalarm gestellt sein würde.

Dreißig Sekunden später tauchte Luccio auf, der sich vorsichtig an Krücken vorwärts bewegte. Sein Haar war völlig zerzaust, und er sah aus, als hätte er sich seit Tagen nicht rasiert. »Ich entlasse mich selbst«, murmelte er und ließ sich in den Rollstuhl fallen. Nur die Räder flüsterten leise, als sie sich schweigend auf den Weg zurück zum Fahrstuhl machten und ins Erdgeschoss fuhren.

Hinter der niedrigen Rezeptionstheke stand eine korpulente Frau auf. »Kann ich Ihnen *helfen*?«, fragte sie in dem Ton, den Menschen anschlagen, wenn sie meinen: *Was haben Sie hier zu suchen?*

Zach lief weiter. »Ich bringe den Rollstuhl in zwei Minuten zurück!«, rief er über die Schulter. Am Auto angekommen, half er Luccio, sich auf den Rücksitz zu schwingen, und reichte ihm die Krücken. Dann ließ er den Rollstuhl am Haupteingang stehen und rannte zurück zum Wagen.

Nachdem er an der Rampe geparkt hatte, ging er dicht hinter Luccio die erste Treppe hinauf, da der Jüngere sich auf seinen Krücken unsicher bewegte und er ihn so notfalls auffangen konnte. Erst, als sie oben ankamen, stellte er fest, dass eine Sonnenliege ihnen den Weg versperrte … Darauf lag Rosa, deren Gesicht vom Display ihres E-Readers beleuchtet wurde. Offensichtlich hatte sie nicht vor, ihn das Terrassenhaus in Ta' Xbiex betreten zu lassen, ohne dass sie es mitbekam. Er fragte sich, was das zu bedeuten hatte, und sah, wie ihre Miene sich entspannte, als sie ihn erblickte. Doch dann zog sie abrupt die Augenbrauen hoch, als sie Luccio entdeckte.

Sie setzte die nackten Füße zu beiden Seiten der Liege auf den Boden und stand auf. »Geht's dir gut?«, flüsterte sie und ging vorsichtig an der Liege vorbei, um keine Geräusche zu verursachen. In der oberen Wohnung brannte kein Licht. Er hatte eine Weile nicht mehr nach der Uhrzeit gesehen, aber er war sich sicher, dass inzwischen früher Morgen war.

»Alles ist gut.« Er führte Luccio in ihre Wohnung, und als Rosa eintrat, schloss er die Tür. Jetzt erst dachte er an die möglichen Konsequenzen des spontanen Stoßes, mit dem er Beppe die Treppe von Santa Rita hinunterbefördert hatte. »Tut mir leid, dass ich ihn herbringe, aber ich muss ihm etwas zum Anziehen besorgen und meinen Pass holen. Wir haben Plätze auf der Fähre nach Sizilien um halb sieben.«

Sie starrte ihn ein paar Sekunden lang an. »Erzähl mir, was passiert ist«, bat sie dann.

Ein Blick auf die Küchenuhr verriet ihm, dass sie noch über zwei Stunden Zeit hatten, bis die Fähre ablegte, daher nickte er. Er versuchte, das Zusammentreffen mit Beppe mehr wie eine Szene aus einer Sitcom zu schildern statt wie eine Rangelei mitten auf Maltas berüchtigter Amüsiermeile. »Du darfst nicht vergessen«, schloss er, »dass ich einige Jahre mehr Lebenserfahrung habe als Beppe und er nicht so schlau ist, wie er glaubt.«

Er meinte zu sehen, wie bei dieser geistreichen Erklärung die Anspannung aus ihrem Körper wich. »Ich könnte euch zur Fähre fahren. Es könnte schwierig werden, einen Parkplatz zu finden.«

Zach wollte schon ablehnen, als ihm Beppes Drohung, Tante Teresas Fenster einzuschlagen, in den Sinn kam. »Weiß Beppe, wo ich wohne?«, fragte er Luccio beunruhigt.

Luccio zuckte mit den Schultern. »Keine Ahnung. Kann sein.«

Zach warf Rosa einen Blick zu und überdachte die Nachteile, die es hätte, sie allein zurückzulassen. »Vielleicht solltest du mitkommen.«

»Ich werde seekrank.« Sie wirkte betreten.

»Na schön, dann fahr uns zur Fähre und geh dann irgendwo frühstücken, bis Dad aufgestanden ist, für den unwahrscheinlichen Fall, dass Beppe kommt und Ärger macht. Ich bin am späten Nachmittag zurück.«

»Okay«, sagte sie bedächtig. Aber sie wandte den Blick ab und verschwand in ihrem Zimmer, nachdem sie ein paar Worte mit Luccio gewechselt hatte.

Zach holte Luccio ein paar Shorts und zwei T-Shirts und schob ihn dann ins Bad, damit er sich wusch und so gut ankleidete, wie es mit einem Gipsfuß möglich war. Dann ging Zach Rosa nach. Er traf sie dabei an, wie sie sich anzog. Auf dem Bett stand ein Rucksack. Behutsam nahm er sie in die Arme. »Es tut mir wirklich, wirklich leid. Ich habe gesagt, ich würde dich nicht mit hineinziehen, aber ich habe einfach nicht an meinen Pass gedacht, und ich will nicht, das Luccio allein fahren muss. Dafür ist er zu verängstigt. Ich glaube nicht, dass Beppe auftauchen wird, aber ich rufe von der Fähre aus Joseph an. Er soll herkommen und Präsenz zeigen. Wenn Menschen in der Nähe sind, wird Beppe keine Fenster einwerfen.«

»Es ist gut«, sagte sie, doch ihr Lächeln erreichte ihre Augen nicht.

Er fühlte sich immer unbehaglicher. »Hast du überhaupt geschlafen?«

»Ein bisschen«, antwortete sie ausweichend.

Er seufzte und lehnte die Stirn an ihre. »Ich habe dich in diese miese kleine Geschichte hineingezogen. Aber ich konnte doch nicht einfach zulassen, dass Beppe Luccio ins Unglück stürzt.«

»Ich weiß.« Sie drückte ihn. »Und ich weiß, warum, keine Sorge.«

Sie wirkte definitiv fröhlich, als sie die beiden zum Terminal der Virtu-Fähre fuhr, der in Marsa, im inneren Teil des Grand Harbour, lag. Nachdem Luccio sich von Rosa verabschiedet und Zachs Angebot abgelehnt hatte, einen Rollstuhl zu besorgen, schwang er sich auf seinen Krücken davon. Es war noch dunkel, aber Zach konnte erkennen, dass Rosas Augen vor Müdigkeit gerötet waren.

»Tut mir leid«, flüsterte er noch einmal. »Er wird bei seinem Cousin in einem ruhigen Teil von Sizilien leben, bis er auf eigenen Füßen stehen kann – in jeder Hinsicht. Er kommt nicht wieder nach Malta zurück.« Dann folgte er Luccio.

Als sie im Wartesaal saßen und die Minuten bis zum Einsteigen langsam verstrichen, sah Luccio Zach an. »Danke. Ohne dich hätte ich das nicht geschafft.«

Aus seinen Gedanken gerissen, lächelte Zach dem jungen Mann in seiner geliehenen Kleidung zu. »Wahrscheinlich hättest du es irgendwann gekonnt, aber ich weiß, wie es ist, wenn man das Gefühl hat, nicht in der Lage dazu zu sein. Als deine Eltern gestorben sind, warst du jung und unerfahren und wusstest nicht, wie man Verantwortung für sein Leben übernimmt.«

Luccio nickte bedrückt. »Ich habe für Beppe gestohlen, weil er mir gedroht hat.«

»Ja«, sagte Zach behutsam.

»Und ich habe dich bestohlen. In Josephs Büro habe ich dich verletzt.« Eine Träne quoll aus seinem Augenwinkel.

»Ich weiß.« Zach bedeutete Luccio, ihn anzusehen. »Ich *weiß Bescheid*, Luccio. Ich habe dir doch davon erzählt. In meinem Leben gab es auch einmal jemanden wie Beppe. Aber jetzt bist du frei von ihm, und ich weiß, dass du solche Sachen in Zukunft nicht mehr tun wirst.«

»Beppe kann doch einfach die Fähre nehmen …«

Zach klopfte ihm auf die Schulter. »Ich bezweifle, dass er sich die Mühe macht, nach Sizilien zu fahren, auf die unwahrscheinliche Chance hin, dass du zurückgekehrt bist und er dich aufspüren kann. Aber trotzdem«, sagte er, »werde ich tun, was ich kann, um ihn davon abzuhalten.«

23

Rosa fand ein Café, in dem sie frühstücken konnte. Zach schrieb ihr, dass sie an Bord waren. Die nächste Nachricht ein paar Stunden später besagte, sie hätten in Pozzallo angelegt, und Luccios Cousin – ein älterer Cousin, der hoffentlich dafür sorgen würde, dass er auf dem rechten Weg blieb – habe ihn abgeholt.

Gegen zehn konnte sie die Augen kaum noch aufhalten und fuhr nach Hause, wo sie sich vergewisserte, dass die Türen abgeschlossen waren, und dann aufs Bett fiel. Sie schlief unruhig, wachte immer wieder mit rasendem Herzen auf und träumte dann erneut davon, dass Zach in Schwierigkeiten steckte. Nach ein paar quälenden Stunden war sie froh, das Bett zu verlassen.

Als sie auf die Straße hinunterging, stellte sie fest, dass draußen, auf der Rampe, Joseph und Axel Recycling-Material in Kartons sortierten. Joseph hatte behauptet, sie bräuchten dazu einen ruhigen Ort, und hatte sich bei Steve vergewissert, dass es ihm recht war, wenn sie den Vorplatz der Garagen dazu benutzten. Beppe hatte sich noch nicht blicken lassen.

Marci und Paige besuchten sie auf der unteren Terrasse, und Rosa bewirtete sie mit kalten Getränken und Keksen.

»Wo steckt Onkel Zachary?«, fragte Paige und hüpfte an einem Riss im Bodenbelag entlang.

»Er ist weggefahren.« Rosa hielt es für besser, nicht ins Detail zu gehen, und bot Paige stattdessen ein Plätzchen an. Sie war noch nie in etwas wie diese Situation mit Luccio und Beppe verwickelt gewesen, und es fühlte sich irreal und verwirrend an.

Schließlich war es Zeit, Zach vom Terminal der Fähre abzuholen. Er wirkte benommen vor Müdigkeit, rang sich aber ein Lächeln ab, als er sie sah. Dann ließ er sich auf den Beifahrersitz fallen, schloss die Augen, tastete nach ihrer Hand und hob sie an seine Lippen. »Es ist fast vorbei.«

»Nur fast?«

Sie hatte das als Scherz gemeint, doch sie wusste, dass ihre Vorbehalte durchgeklungen waren, als er seufzte, sich aufsetzte und ihr keine direkte Antwort gab. »Ich muss mein Auto holen.« Weitere Details seiner Pläne teilte er ihr nicht mit, und in dem Moment, in dem Rosa vom Parkplatz abfuhr, schien er bereits eingeschlafen zu sein. Sie sprach ihn ein paarmal leise an, doch er atmete langsam und regelmäßig weiter.

Aber in dem Moment, in dem sie vor dem Haus hielt, wachte er auf, sprach leise mit Joseph, gab der verblüfften Rosa einen Abschiedskuss und sprang in seinen Wagen. Für Fragen nach seinem Ziel schien er taub zu sein.

Er kehrte erst drei Stunden später zurück.

Joseph und Axel sortierten immer noch grimmig Recycling-Material, das sie schon zwölf Mal durchgesehen haben mussten. Rosa hatte ihnen zwei Mal erklärt, sie komme allein zurecht, doch sie hatten nur gelächelt und weitergemacht. Als sie Zachs Auto sah, flog Rosa die Treppe hinunter und erreichte ihn gerade, als er den beiden Männern die Hände schüttelte, die zusammenpackten, um zu fahren.

Langsam stieg er, eine Hand um ihre Taille gelegt, die Treppe zur unteren Terrasse hinauf. »Ich muss unbedingt schlafen«, erklärte er, hielt aber ihre Hand fest und zog sie mit zum Bett. Dort streifte er die Shorts ab, schleuderte seine Flipflops davon und fiel auf die Bettdecke wie ein gefällter Baum.

»Was hast du gemacht?« Sie kroch neben ihm aufs Bett.

Er lachte grimmig. »Ich habe der Polizei Informationen über Beppe gegeben. Beppe hat Luccio benutzt, um für ihn die Kastanien aus dem Feuer zu holen. Wenn bei seinen krummen Machenschaften etwas schiefgegangen wäre, hätte Luccio den Kopf hinhalten müssen und nicht er. Weißt du noch den Abend, als jemand ihn bis hier oben auf deine Terrasse gejagt hat? Beppe hatte versucht, ein paar Leute zu betrügen und Luccio als Boten geschickt. Und der Ring, den Paige gefunden hat und den ich verloren habe, als ich überfallen wurde? Luccio hat ihn gestohlen. Er hat den Ring an Beppe weitergegeben, und die Fotos, die wir davon gemacht haben, sind so gut, dass die Polizei losgefahren ist, um ihn festzunehmen. Sie hoffen, den Ring in seiner Wohnung zu finden. Ich muss morgen eine offizielle Aussage machen, aber die Polizei ist hocherfreut. Sie wussten bereits, dass eine kriminelle Gang seit geraumer Zeit ihr Unwesen treibt, aber nicht, wer dahintersteckt. Luccio hat mir so viel verraten, dass Beppe endgültig erledigt sein sollte.«

Er hatte die Augen geschlossen und bewegte die Lippen beim Sprechen kaum. Rosa stieß ihn an. »Aber Luccio war darin verwickelt, oder? Wie soll er es schaffen, nicht wieder in Schwierigkeiten zu geraten?«

Zach lächelte schwach. »Er wird in Sizilien bleiben. Von der Fähre aus hat er seine Tante Teresa angerufen, und sie schickt ihm seine Sachen nach. Ich glaube nicht, dass die

Polizei sich die Mühe macht, ihn zu verfolgen. Das Risiko ist es aber auf jeden Fall wert, wenn wir Beppe aus dem Verkehr ziehen können.«

Dann schlief er ein. Rosa lag neben ihm, ordnete ihre Gedanken und erkannte mit wachsender Erleichterung, dass diese unangenehme Episode so gut wie hinter ihnen lag. Schließlich schlummerte sie ebenfalls ein.

Als Rosa duschte, hörte sie, wie die Tür zur Duschkabine geöffnet und wieder geschlossen wurde. »Hey, du hast mich vergessen?«, beklagte sich eine verschlafene Männerstimme.

Sie blinzelte sich Shampoo aus den Augen, und als sie sie öffnete, schlang Zach gerade die Arme fest um sie. »Du warst k. o.«, sagt sie, und ihre Laune verbesserte sich schlagartig, weil der herzliche, zum Lächeln aufgelegte Zach, den sie kannte, wieder da war.

»Jetzt aber nicht«, gab er zurück und rieb sich an ihr, um ihr mitzuteilen, dass er in der Tat äußerst wach war. Er ließ die Hände über ihren Körper gleiten, zog prickelnde Lustpfade über ihre Brüste hinunter zu ihrem Bauch und noch tiefer, sodass sie aufkeuchte. »Du bist wunderschön«, flüsterte er ihr ins Ohr.

Rosa antwortete mit einem leisen »Mmmm«, denn komplette Sätze wären zu anstrengend gewesen.

Es dauerte einige Zeit, bis sie es schafften, die Dusche zu verlassen, und inzwischen fühlten sich Rosas Beine an wie gekochte Spaghetti. Glücklicherweise waren sowohl sie als auch Zach angezogen, als jemand laut an die Glastüren, die zur Terrasse führten, polterte.

»Zachary!«, brüllte eine Männerstimme.

Zach drehte abrupt den Kopf und runzelte die Stirn. »Das ist Dad. Was zum Teufel hat er denn jetzt wieder?«

Hastig öffneten sie die Tür und standen vor Steve, der mit wutverzerrtem Gesicht zusammen mit zwei Polizeibeamten in Uniform wartete, einem Mann und einer Frau. »Musst du dich denn immer mit dem Gesetz anlegen?«, brüllte er.

Die Beamten sahen ihn an, und ihre Verblüffung war ihnen deutlich vom Gesicht abzulesen. Nach kurzem Schweigen sprach die Polizistin Zach an. »Mr. Zachary Bentley?«

Zach bejahte, nachdem er Steve einen vernichtenden Blick zugeworfen hatte. »Geht es um die Anzeige, die ich gestern Abend erstattet habe?«

»Vielleicht können wir uns privat unterhalten?«, schaltete sich der männliche Polizist ein und warf Steve, der in verstocktes Schweigen verfallen war, einen argwöhnischen Blick zu.

Zach bat die Beamten in die Wohnung. Rosa sah auf die Terrasse hinaus und starrte Steve aufgebracht an. »Was zum Teufel haben Sie für ein Problem?«

Steve erwiderte ihren Blick genauso grimmig. »Immer bekommt Zach es mit der verdammten Polizei zu tun.«

Der Zorn überwältigte sie. »Er hilft der Polizei, ein paar wirklich üble Kriminelle zu fangen. Er hat einen jüngeren Mann aus einer verfahrenen Lage befreit. Er arbeitet mit der Polizei *zusammen*!«, schrie sie ihn an. Als Steve verdattert schwieg, trat Rosa einen Schritt auf ihn zu. »Sie haben automatisch das Schlimmste vermutet.«

»Wer mit den Krähen fliegt, muss damit rechnen, dass auf ihn geschossen wird«, murrte Steve, wirkte aber viel weniger selbstsicher.

Rosa schnaubte verächtlich. »Ja, von Leuten, die zuerst schießen und dann Fragen stellen.«

Dann hörte sie, wie die Glastüren wieder geöffnet wurden, und drehte sich um. Zach und die Polizisten traten heraus.

Zach richtete das Wort an Rosa, doch er hatte jetzt wieder diese verschlossene, distanzierte Miene aufgesetzt. »Sie haben Beppe gestern Nacht festgenommen, daher brauchen sie jetzt schnell meine Aussage. Der Mist mit Dad tut mir leid.« Er wandte sich an Steve. »Bedaure, dass du behelligt wurdest. Die Polizei hat nach meiner Adresse auf Malta gefragt, da habe ich ihnen offensichtlich die von Nannas Wohnung gegeben und nicht die von der, die Rosa und Dory bewohnen.« Dann marschierte er zur Treppe, und die Polizeibeamten folgten ihm.

Rosa brauchte einen Moment, um sich zu sammeln, doch dann lief sie hinter ihnen die Treppe hinunter. Am Straßenrand wartete das blau-silber lackierte Auto mit dem Schriftzug *Pulizija* auf der Seite. »Soll ich mitkommen?«, rief sie.

Ein unbehaglicher Ausdruck huschte über Zachs Gesicht. Dann schüttelte er den Kopf und stieg hinten in den Wagen.

Rosa sah ihm nach. Mehrmals holte sie tief Luft und sah über die Treppenbrüstung, die Uferstraße und über die Felsen hinaus und nahm sich eine Minute Zeit, sich von dem tiefen Blau des Meeres und des Himmels beruhigen zu lassen.

Als sie auf die Terrasse zurückkehrte, war Steve verschwunden.

Gut. Sie hätte sich nicht zugetraut, höflich mit ihm zu sprechen, und außerdem sollte Zach die Befriedigung haben, ihm selbst die ganze Geschichte zu erzählen, wie es zu seiner Zusammenarbeit mit der Polizei gekommen war.

Sie aß ein Croissant und bedauerte, dass Zach nicht hier war, um das Frühstück mit ihr zu genießen. Dann beschäftigte sie sich mit Hausarbeit, während sie auf seine Rückkehr wartete. Die Spülmaschine lief, und die Waschmaschine schleuderte, als sie einen FaceTime-Anruf von Dory bekam. Sie ging mit ihrem Handy nach draußen und setzte sich in den Schatten des Sonnenschirms, der auf der Terrasse stand. »Bist du wieder nüchtern?«, witzelte sie.

Dory, die weniger rosig im Gesicht war als bei ihrem letzten Gespräch, lachte leise. »Vollkommen! Jetzt muss ich hören, wie bei dir alles läuft.«

»Prima«, antwortete Rosa.

»Schön, und jetzt sag mir die Wahrheit.«

Rosa fühlte sich auf dem falschen Fuß erwischt und zögerte.

Auf dem Display zog Dory tadelnd die Augenbrauen hoch. »Ich bin zufällig Marcus über den Weg gelaufen, Rosa. Er schien davon auszugehen, dass ich Bescheid darüber wüsste, dass du die Hypothekenraten übernehmen musst. Du hättest seine Ausreden hören sollen! Anscheinend ist nichts von alldem seine Schuld. Wie wäre es jetzt, wenn du reinen Tisch machst und mir alles erzählst?«

Rosa fühlte sich ertappt und seufzte. »Nicht alles ist seine Schuld. Zumindest nicht das Überangebot an Häusern auf dem Markt. Der Rest allerdings ...« Während der nächsten Viertelstunde erklärte sie, wie Marcus sein Geld verspielt hatte und mit seinem Geschäft gescheitert war. »Also sitze ich jetzt in der Falle, weil das Haus weniger wert ist, als wir dafür bezahlt haben«, schloss sie seufzend. »Eigentlich wir beide, aber ich bin die Einzige, die überhaupt Geld hat.«

Dory hatte schweigend zugehört. »Und wie läuft es mit Zach?«, fragte sie jetzt.

»Ziemlich gut.« Rosa spürte, wie sich bei der Erinnerung an das frühmorgendliche Abenteuer in der Dusche ein Lächeln auf ihr Gesicht schlich. Dann verschwand es wieder. »Aber ich glaube, ich muss nach Hause fahren. Aus dieser prekären finanziellen Situation komme ich nur heraus, wenn ich wieder Vollzeit in meinem Job arbeite. Alles andere hat keinen Sinn.«

Dory schnaubte empört. »Und welchen Teil von ›Lass dir von mir helfen‹ hast du nicht verstanden, als wir letztes Mal darüber gesprochen haben?«

Aber Rosa schnitt ihr das Wort ab. »Selbst wenn wir das Haus verkaufen können, kann ich nicht zulassen, dass du mir in der Angelegenheit hilfst, Mum. Das wäre ja, als würde man das Geld ins Klo werfen und abziehen. Das ist etwas ganz anderes, als mich bei einem Studium zu unterstützen.«

Dory schloss die Augen und stöhnte. »Rosa, für diese Fernsehserie kriege ich *richtig* Geld. *Richtig*. Ich kaufe das verflixte Haus für die Summe, die ihr der Bank schuldet, und vermiete es.«

Rosa hielt inne und fragte sich, wie viel Geld *richtiges* Geld genau war, aber sie konnte nicht glauben, dass das Problem so einfach zu lösen war. »Das ist eine nette Idee, aber nach dem, was ich von Immobilienmaklern gehört habe, kann man sich nicht darauf verlassen, immer Mieter zu finden.«

»Man findet immer Mieter, wenn die Miete niedrig genug ist. In ein paar Jahren ist die Straße fertig, und Leute, die nach bezahlbarem Wohnraum suchen, haben vergessen, dass es dort einmal eine schöne Aussicht gab. Die Preise werden wieder steigen, und dann verkaufe ich es. Dein nächstes Problem?«

Rosa drehte sich der Kopf. Stammelnd bedankte sie sich, und Tränen brannten ihr in den Augen. »Ich glaube, ich habe kein anderes Problem«, sagte sie schniefend. »Bist du dir sicher …? Du bist die beste Mum der Welt! Wann kommst du zurück nach Malta? Ich bin dir ein feudales Dinner mit Champagner schuldig, um deine Fernsehshow zu feiern.«

Dory setzte einen koketten Blick auf. »Ich bleibe noch eine Weile bei Leslie. Er hat hier noch einen Beratervertrag für einen Monat, dann kommen wir vielleicht wieder. Du kannst auf dieser reizenden sonnigen Insel bleiben und dir eine wunderschöne Zeit mit deinem netten Mann machen, okay? Du kannst mir auch hervorragend aus der Ferne helfen«, fügte sie rasch hinzu, als Rosa den Mund aufmachte, um zu protestieren. »Also hör auf, nach einem Haar in der Suppe zu suchen, genieße deinen Sommer und lass dir Zeit bei der Entscheidung, was du als Nächstes tun willst, so wie wir das besprochen hatten.«

»Das mache ich«, versprach Rosa und schob noch ein paar Dankesworte hinterher, bevor sie das Gespräch beendete. Bester Laune goss sie die Pflanzen auf der Terrasse und bemerkte schuldbewusst, dass die Kräuter ohne Dorys zärtliche Pflege zu vertrocknen drohten. Sie wischte den Tisch für das Mittagessen ab, fragte sich, wann Zach zurück sein würde, und vollführte ein paar glückliche Tanzschritte. Ohne das Hausproblem, das ihr schwer auf den Schultern gelastet hatte, fühlte sie sich federleicht. Sie war sich ziemlich sicher, was sie als Nächstes anfangen wollte. Doch sie musste zuerst mit Zach darüber sprechen.

Ein Prickeln lief ihr über den Nacken, und sie wirbelte herum und sah ihn oben an der Treppe stehen. Er sah ihr zu. Sie lachte leise und spürte, wie ihr Gesicht rot anlief, aber er hatte sie schließlich nicht zum ersten Mal tanzen gesehen. Sie begann, ihre guten Neuigkeiten herauszusprudeln. »Rate mal, was passiert ist.« Doch er schaute so eigenartig drein, dass sie das Thema wechselte. »Alles erledigt bei der Polizei? Ist alles gut gelaufen?«

»Einigermaßen«, sagte er. »Du weißt ja, wie das ist. Viel Gerede. Alles muss man wiederholen. Formulare müssen ausgefüllt werden.«

»Nein, weiß ich eigentlich nicht«, sagte sie, zog die Nase kraus und grinste. »Was ist los?«, fragte sie dann, als er stehen blieb, wo er war.

Dann trat Zach langsam auf sie zu. Sein Blick wirkte todtraurig. Er ergriff ihre Hand und zog sie nach drinnen.

»Was ist los?«, fragte sie. Mit einem Mal bekam sie Angst.

Er führte sie zum Sofa. »Ich habe ein ernstes Wort mit mir selbst geredet. Habe alles realistisch betrachtet. Rosa …« – er nahm ihre beiden Hände und sah ihr direkt in die Augen –, »ich beende das.«

Sie starrte ihn an, seinen sinnlichen Mund und sein zerzaustes Haar, und konnte nicht glauben, dass er meinte, was sie zu verstehen glaubte.

»Das zwischen uns«, erklärte er mit schmerzlichem Blick. »Ich ziehe Ärger magisch an, und ich will dich nicht wieder in Dinge wie die Sache mit Luccio hineinziehen.«

Sie protestierte. »Du hast Luccio geholfen. Gutes getan.«

»Kann schon sein«, räumte er ein. »Aber ich habe genau gesehen, wie sehr dich die ganze Sache beunruhigt hat, wie solche Probleme mich zu verfolgen scheinen. Und du bist …« – er unterbrach sich und suchte nach Worten – »… so freundlich.«

»Du warst enttäuscht, als ich dich gebeten habe, dich nicht einzumischen«, sagte sie mit verzagter Stimme und überging die Bemerkung, sie sei »freundlich«. »Das war falsch von mir. Luccio hatte dich um Hilfe gebeten.«

Behutsam drückte er ihr die Finger. »Ich bin nicht enttäuscht. Ich kann verstehen, dass du nach dem, was du mit Marcus erlebt hast, das Bedürfnis hast, klar zwischen Richtig und Falsch zu unterscheiden. Aber ich sehe es nicht immer so.«

Langsam schloss er die Augen. Als er sie wieder öffnete, stand in ihnen derselbe distanzierte, trostlose Ausdruck, der sie schon vorhin erschüttert hatte. »Heute Morgen – Rosa, ich wäre am liebsten gestorben, als du mich Dad gegenüber in Schutz genommen hast. Ich kam mir vor wie schleimiger Abschaum, weil *ich* dich in diese Lage gebracht hatte. Ich habe es gehasst … Mich zu verteidigen … das ist so nahe daran, dich für mich entschuldigen zu müssen.« Er schluckte. »Wenn wir zusammenbleiben würden, würdest du vielleicht wieder und wieder in diese Lage geraten. Verstehst du, als ich gehört habe, was Luccio passiert ist, da habe ich nicht an dich gedacht oder an uns beide. Ich habe einfach gehandelt. Vielleicht geschieht so etwas auch nicht noch einmal, aber garantieren kann ich das nicht.«

»Aber das war, weil du jemanden – ein Opfer – schützen wolltest«, protestierte sie. Kalte Angst machte sich in ihrer Magengrube breit.

Er sagte nichts. Stattdessen hob er eine Hand und legte ihr eine Fingerspitze an die Lippen. »Das ist mein Ernst.«

Er hielt ihre Hände noch ein wenig, und dann sah Rosa schockiert zu, wie er seine Sachen packte und wieder nach oben zog.

24

Zach schleppte sich, den Rucksack über die Schulter gehängt, in die Familienwohnung. Seine Schnorchelausrüstung baumelte an seiner Hand.

Amanda saß mit einem Buch auf dem Sofa, schlug es jedoch sofort zu, als sie ihn sah. »Dad hat mir erzählt, was passiert ist. Ich glaube, er hat ein schlechtes Gewissen.« Sie zögerte. »Aber, Liebling, muss du dich ständig in anderer Leute Probleme einmischen? Es scheint immer auf dich zurückzufallen.«

Falls er noch eine Bestätigung dafür gebraucht hätte, in Bezug auf Rosa richtig entschieden zu haben, dann hatte seine Mutter dies gerade erledigt. Schwärzester Selbsthass brodelte in ihm wie kochender Teer, und ausnahmsweise war es ihm gleichgültig, ob seine Mutter sich aufregte. »Ich kaufe mir eine Luftmatratze und kampiere auf dem Dach. Wenn du Dad siehst, sag ihm, er soll sich von mir fernhalten, ja?«

Sorgenfalten durchzogen ihr Gesicht. Sie rutschte an den Rand des Sofas. »Habt ihr euch gestritten, Rosa und du? Wenn es hilft, kann Dad ihr vielleicht erklären, warum er voreilige Schlüsse gezogen hat …«

Er hörte selbst, wie verbittert sein Lachen klang. »Ich brauche seine Art von Hilfe nicht, vielen Dank.« Dann unterbrach er sich und spürte, wie ein kalter, harter Klumpen sich in seinem Hals festsetzte. »Mit Rosa ist alles aus«, murmelte er. »Lasst mich bloß in Ruhe.«

Er warf seine Sachen in die Ecke und verließ dann die Wohnung. Als er die untere Terrasse passierte, wandte er den Kopf ab, für den Fall, dass Rosa dort war. Heute Morgen, als er von der Polizeiwache aus zu Fuß nach Hause gegangen war, hatte er sich selbst verabscheut. Er hatte Rosa in die Sache verwickelt, indem er sie gebeten hatte, Luccio und ihn zur Fähre zu fahren. Dabei war Luccio in ihre Wohnung eingebrochen, verdammt! Er hatte Rosa verletzt, war in ihre Privatsphäre eingedrungen und hatte sie in Angst und Schrecken versetzt. Zach hatte nicht daran gedacht, dass seine Handlungen später Auswirkungen auf Rosa haben könnten, und Beppe bei der Polizei angezeigt. Beppe würde vielleicht im Gefängnis landen, aber bis dahin würde er vielleicht Ärger machen. Was, wenn er Rosa Probleme bereitete? Luccio hatte gesagt, dass Beppe Frauen nicht gut behandelte. Was, wenn er Rosa gegenüber gewalttätig wurde? Oder Schlimmeres …?

Und dass Rosa ihn gegenüber seinem Dad verteidigt hatte, war demütigend gewesen. Heute hatte sie auf seiner Seite gestanden, aber was, wenn sie ihn eines Tages mit anderen Augen sah? Was war noch das Wort gewesen, mit dem sie ihren eigenen Dad beschrieben hatte? *Mistkerl?* Ihm stockte der Atem. Er könnte es nicht ertragen, wenn sie so von ihm dächte. Er erinnerte sich, wie er sich, als er seine Sozialstunden abgeleistet hatte, des Klatsches der Leute bewusst gewesen war. Geflüster, das ihm folgte wie der Wind, der durch Laub weht. Er konnte es nicht riskieren, sie zu beschämen.

Würde es nicht tun.

Seit seinem ersten Vergehen mit achtzehn hatte er sich nur an der Oberfläche des Lebens bewegt.

Doch jetzt … empfand er alles tief. Alles …

Mit zusammengebissenen Zähnen kaufte er eine Luftmatratze und eine Luftpumpe und trug beides nach Hause. Er brachte seine Einkäufe auf die Dachterrasse und ging wieder aus, um Bier zu trinken und sich selbst zu hassen.

Als er nach Hause kam, war es nach Mitternacht, und er musste sich an dem steinernen Handlauf festklammern, um nicht zu stolpern. Auf dem Dach angekommen, stellte er zu seinem Erstaunen fest, dass die Luftmatratze aufgeblasen war und unter dem Pavillon lag. Mit einem Kissen und ein paar Laken war darauf ein Bett gemacht worden. Daneben standen Wasser, Chips und Sandwiches. Wasser ist eine gute Idee, dachte er. Wenn er eine der Flaschen austrank, hätte er etwas, in das er pinkeln könnte.

Glücklicherweise hatte er sich hingelegt, ohne letzteren Plan ausgeführt zu haben, als er Schritte hörte und seine Schwestern auftauchten. Sie setzten sich im Schneidersitz neben seinem Bett auf den Boden. »Ich bin sturzbetrunken«, warnte er sie.

»Das dachte ich mir.« Electra tätschelte ihm die Hand.

Marci tat es ihr nach.

»Was?«, fragte er gereizt und stützte sich – unter Schwierigkeiten – auf einen Ellbogen, um die beiden wütend anzustarren.

»Nichts«, gaben sie im Chor zurück.

Er ließ sich wieder auf das Kissen sinken. »Wer immer das Bett gemacht hat … danke«, sagte er verdrießlich.

»Wir haben gewartet, bis die Kinder eingeschlafen waren, sonst hättest du sie wahrscheinlich darin vorgefunden.«

Electra lachte. Dann wurde sie ernst. »Mum hat uns … das mit Rosa erzählt.«

»Ja.« Er schloss die Augen.

Sie schwiegen. Doch als Zach den ersten Anflug von betrunkenem Schlummer spürte, hörte er Marci seufzen. »Du hast dich immer für uns starkgemacht, Zach. Wir wünschten, wir könnten etwas tun. Dad tut es leid, falls er etwas falsch gemacht hat. Wir könnten mit Rosa reden …«

»Ich habe es mit Rosa verpatzt. So wie ich alles vermassle. Sie ist ohne mich besser dran.« Er öffnete nicht die Augen. »Lasst mich schlafen.« Es klang mürrisch, doch er wusste, dass seine Schwestern nicht beleidigt sein würden.

»Du bist einer von den Guten«, protestierte Marci. »Du warst großartig, während ich hier war, und hast es ausgehalten, wenn ich Trübsal geblasen habe. Hast dich um Paige gekümmert.«

»Und ich bin zu dir gekommen statt zu Mum und Dad«, sagte Electra leise. »Es gibt einen Grund dafür, Zach. Ich brauchte Zeit zum Nachdenken und jemanden zum Reden, und ich wusste, dass du der Richtige sein würdest.«

Er wälzte sich auf die Seite. »Wir hatten ja kaum Gelegenheit, um zu reden.« Aber er öffnete die Augen wieder. »Nachdem ihr jetzt verhindert habt, dass ich einschlafe, warum erzählt ihr mir nicht beide, was ihr als Nächstes vorhabt?«

Schweigen. Die beiden wechselten Blicke. »Dafür sorgen, dass unsere Kinder ein gutes Zuhause haben?«, sagte Electra nach einigem Nachdenken.

Marci nickte. »Jetzt müssen wir nur noch entscheiden, wie wir das anstellen.«

»So glücklich sein, wie ihr könnt?«, schlug Zach vor.

Das schien beiden Schwestern einzuleuchten, und sie redeten eine Weile darüber und teilten sich die Chipstüte, die eigentlich für Zach gedacht gewesen war. Nur mit Mühe gelang es ihm, nicht einzuschlafen, und das Dach schien sich besorgniserregend zu neigen. Sein Körper bestrafte ihn dafür, dass er zu viel getrunken hatte.

Schließlich tätschelte Marci ihm den Ellbogen. »Lass dir von Dad nicht alles verderben.« Electra zauste ihm das Haar, und dann standen sie auf und überließen ihn seinen alkoholisierten Träumen.

Am Morgen musste er sich im Bad erbrechen. Das war ihm seit Jahren nicht passiert und förderte sein Selbstwertgefühl nicht eben. Er putzte sich die Zähne, worauf er sich ein winziges bisschen besser fühlte, und wünschte, er wäre eine Million Jahre weit von seinem Kater fort.

Als er herauskam, traf er auf Steve, der sich sichtlich unwohl fühlte. »Deine Mutter sagt, ich muss mich entschuldigen«, erklärte er unwirsch.

»Wenn du es nur deswegen tust, kannst du dir die Mühe sparen.« Zach trat an die Küchenspüle, ließ Wasser in ein großes Glas laufen und trank es. Er wartete, um festzustellen, ob es ihm wieder hochkommen würde. Erst dann drehte er sich um und sah, dass sein Dad immer noch da war.

»Na schön«, sagte Steve widerstrebend. »Es tut mir leid, weil es mir leidtut. Dein Mädchen hat es mir ordentlich gegeben, und sie hatte recht.«

Ein stechender Schmerz fuhr gleichzeitig durch Zachs Kopf und sein Herz. »Du gibst zu, dich geirrt zu haben? Das ist ja etwas ganz Neues. Jedenfalls ist sie nicht mehr mein Mädchen.« Sie brauchte sich keine Gedanken mehr zu machen, er könnte in schlechte Gesellschaft geraten oder einen Schläger eine Treppe hinunterstoßen.

Zach füllte sein Wasserglas erneut und wollte an Steve vorbeigehen. Er dachte darüber nach, sich noch einmal hinzulegen, um seine dröhnenden Kopfschmerzen und seinen schlingernden Magen auszuschlafen.

»Zach!«, rief Steve.

Seufzend wandte Zach sich um.

Steve strich sich mit der Hand durch sein ergrauendes Haar. »Es tut mir leid, wenn ich schuld daran sein sollte, dass es zwischen euch aus ist. Ich habe darüber nachgedacht, was du gesagt hast, wie ich mit Menschen umgehe. Aber als ich die Tür aufgemacht habe und zwei Polizisten nach dir gefragt haben …« Er wischte sich mit der Hand über die Augen. »Da habe ich rotgesehen.«

Und Rot ist deine Lieblingsfarbe, oder? hätte Zach am liebsten scharf zurückgegeben, doch er bremste sich und hoffte, dass das, was er im Blick seines Dads sah, echte Reue war. Er musste ja zugeben, dass seine Vorgeschichte mit der Polizei ein Grund für Steves spontane Reaktion gewesen war. »Danke für die Entschuldigung, aber du hast Rosa wahrscheinlich einen Gefallen getan.« Und irgendwie schaffte er es durch die Tür.

Zach gelang es, noch ein paar Stunden zu schlafen, und er wachte erst auf, als die Sonne schräg unter den Pavillon einfiel und ihm ins Gesicht schien. Sein Kater hatte ein wenig nachgelassen, doch das bleischwere Gefühl in seinem Bauch erinnerte ihn daran, dass sein größeres Leid emotionaler Natur war.

Er lag auf der Luftmatratze, auf der er in der zunehmenden Hitze des 1. August unangenehm schwitzte, und zwang sich, nicht die Treppe hinunterzurennen und Rosa zu sagen, er habe es nicht so gemeint. Dass er das so nicht wolle. Aber nichts hatte sich verändert. Er war immer noch er selbst. Stattdessen frühstückte er die Chips, die seine Schwestern ihm übrig gelassen hatten, und trat dann in die Wohnung, um den letzten abgestandenen Alkoholdunst wegzuduschen.

Hinter der Haustür blieb er wie angewurzelt stehen. Der Flur war mit Koffern übersät. Paige, die besser als jeder Wachhund auf das Öffnen der Tür reagierte, kam aus ihrem Zimmer gesprungen. »Wir fliegen morgen mit dem Flugzeug! Ich und Mummy und Granny sitzen zusammen, und Tante Electra, Hux und Grampy auch! Mummy sagt, im Flugzeug darf ich Pommes essen.«

»Wow, das ist toll«, antwortete Zach automatisch. Als Marci zögernd in sein Blickfeld trat, sah er sie mit hochgezogenen Augenbrauen an. »Ihr reist ab?«

Sie wirkte blass, brachte aber ein Lächeln zustande. »Ich glaube, Granny braucht Hilfe dabei, ihre Tasche zu packen, Paige.«

»Das mache ich!« Paige drehte sich um und rannte den Flur entlang, wobei sie die Arme ausstreckte wie die Tragflächen eines Flugzeugs.

»Ihr reist ab?«, wiederholte Zach leise. Er hatte seit Wochen mit seiner Schwester und seiner Nichte zusammengelebt, bevor der Rest der Familie hereingeschneit war. Jetzt fühlte er sich von dem plötzlichen Entschluss überrumpelt.

»Wir alle.« Sie zog ihn in den Küchenbereich und setzte den Wasserkessel auf. »Electra hat mir vor Augen geführt, dass ein guter erster Schritt für mich wäre, erst einmal bei dem Job zu bleiben, den ich habe und in dem ich gut bin. Ich werde mich erkundigen, ob ich eine Verhaltenstherapie gegen meine Ängste machen kann. Mit der Personalabteilung habe ich schon einen Termin für ein Gespräch über eine stufenweise Rückkehr zur Arbeit vereinbart. Aber ich glaube, was mir eine Hilfe sein wird, ist, dass Electra und Huxley zu Paige und mir ziehen werden, jedenfalls solange sie auf

Jobsuche ist. Ich werde nicht allein sein. Eigentlich fühle ich mich sogar ziemlich optimistisch bei dem Gedanken, mit Electra zusammenzuleben. Wir können uns gegenseitig unterstützen.«

»Klingt nach einem großartigen Plan.« Spontan umarmte er Marci. Und das stimmte *wirklich*. Marci würde Electra helfen, Electra würde Marci aufmuntern, und die Schwestern konnten gegenseitig babysitten.

Marci senkte die Stimme. »Mum und Dad wollen reden.« Sie zeichnete Anführungszeichen in die Luft und ließ vielsagend die Augenbrauen in die Höhe schießen.

»Was glaubst du, kann das funktionieren?« Er zog einen Mundwinkel hoch.

Sie blies die Wangen auf. »Das können wir nur den beiden überlassen. Vielleicht hat Dad einen Schritt in die richtige Richtung getan, indem er zugegeben hat, dass er mit Mums Behinderung umgegangen ist, als wäre sie sein Problem und nicht ihres. Und ich glaube, er ist aufrichtig entsetzt darüber, dass er einen Keil zwischen Rosa und dich getrieben hat. Das hat ihn dazu gebracht, sich selbst sehr kritisch zu betrachten.«

Zach gab keine Antwort. Er war sprachlos.

Sie lächelte zaghaft und legte ihm eine Hand auf die Schulter. »Ob oder wie gut es uns gelingt, unsere Probleme zu lösen – es ist Zeit, dass wir alle nach Hause fahren und aufhören, dir unsere Sorgen aufzuladen. Wir haben dich zu lange in Beschlag genommen. Wir lieben dich alle und wollen das Beste für dich, Zach. Geh nicht zu hart mit dir ins Gericht.«

Er tätschelte ihr die Hand und versuchte, *Danke* zu sagen, doch ihm versagte die Stimme.

25

Heiß und sonnig lautete die Wettervorhersage für die nächsten sieben Tage. Und die Zehn-Tages- und die Vierzehn-Tages-Prognose. Seufzend klappte Rosa den Laptop zu. Im August herrschte auf Malta eine Gluthitze. Und so saß sie hier in diesem herrlichen Sommer auf einem goldenen Juwel inmitten eines saphirblauen Ozeans und hatte das Gefühl, man hätte ihr den Boden unter den Füßen weggezogen.

Seit Zach gestern seine Sachen gepackt hatte, hatte er sich von ihr ferngehalten.

Inzwischen hatte sie alles abgearbeitet, was sie ihrer Mutter versprochen hatte. Was sollte sie als Nächstes tun? Malta bot für jeden etwas – Schwimmen, Schnorcheln, Tauchen, Restaurants, Cafés, Bars, Geschichte, Bustouren …

Während sie über all diese Optionen nachsann, schlenderte sie nach draußen und widerstand dem Drang, nach oben zu schauen, um festzustellen, ob von der Dachterrasse aus ein attraktiver Mann zu ihr heruntersah. Sie unterdrückte den Impuls. Doch dann hörte sie Schritte auf der Treppe und schreckte zusammen. Rasch drehte sie sich um.

Es war Marci, und sie lächelte.

Rosa entspannte sich wieder, obwohl sie die Enttäuschung darüber durchfuhr, dass es nicht Zach war. Sie setzte ebenfalls ein Lächeln auf. »Hi.«

»Hi.« Langsam kam Marci näher. »Wir reisen alle morgen ab. Ich bin mir sicher, dass alle sich verabschieden wollen, aber ich wollte mir Zeit nehmen, um dir dafür zu danken, wie viel du mit Paige unternommen hast.«

Rosa war verblüfft, dass Marci diesen kleinen Gefallen für erwähnenswert hielt. »Gern geschehen.« Dann überschlug sich ihr Herz, als ihr klar wurde, was Marci gesagt hatte. »Ihr fliegt? Alle?«

Marci zuckte mit den Schultern. »Also, Zach nicht. Ich habe keine Ahnung, was er für Pläne hat.«

Etwas wie Erleichterung stieg in Rosa auf, doch sie verbarg sie. »Verstehe«, sagte sie kühl.

Ein unsicherer Ausdruck huschte über Marcis Gesicht. Sie zögerte. »Das ist nur ein Schutzpanzer«, sprudelte sie dann heraus. »Darunter ist Zach gar kein so harter Bursche. Ein Jammer, dass Dad aufgetaucht ist. Ich glaube, Zach fing gerade an, an sich zu glauben, aber dann hat Dad es fertiggebracht, ihm seine eigenen verzerrten Ansichten überzustülpen. Dad ist nicht einmal klar, dass er das tut. Er ist ein negativer Mensch. Er bläht die kleinsten Fehler zu Riesenproblemen auf. Aber Zach ist kein Gangster, Electra ist keine egoistische Versagerin, und ich bin eine alleinerziehende Mum mit einer Angststörung und keine Belastung, für die man sich schämen muss, wie Dad das zu sehen scheint. Aber wenn man etwas oft genug gesagt bekommt, glaubt man es irgendwann.«

Rosa wusste nicht, was sie dazu sagen sollte. Sie erwiderte Marcis Umarmung. »Danke. Ihr werdet mir fehlen«, murmelte sie.

Marci blinzelte. Ihre Augen glänzten. »Bitte schreib ihn nicht ab.« Sie wandte sich um und ging auf dem Weg, den sie gekommen war, zurück.

Nachdem sie die Geranien und Kräuter auf der Terrasse blicklos angestarrt hatte, holte Rosa ihre Handtasche, schloss die Wohnung ab und lief einfach los. Sie folgte dem Meeresarm, vorbei an der Brücke, die nach Manoel Island führte. Schließlich erreichte sie Sliema und nahm kaum die Verkäufer wahr, die Bootsfahrten und Bustouren anpriesen, und auch die schwitzenden Touristenmassen nicht. Sie setzte einen Fuß vor den anderen, bis sie die etwas ruhigere Promenade von Ghar id-Dud erreicht hatte. Dort suchte sie sich einen Tisch vor einer der Bars und bestellte ein Cisk-Bier. Sie genoss den Schatten der Markise, kehrte den anderen Gästen den Rücken und sah zu, wie die Wogen über die Felsen rollten und Familien lachten, schrien und Spaß in den Wellen hatten.

Bis zu diesem Sommer hatte sie ein ganz gewöhnliches Leben geführt. Dann war sie hierhergekommen und hatte bald begriffen, wie eng ihr Leben gewesen war. Sie hatte in Liggers Moor gelebt, der Stadt, in der sie aufgewachsen war, zusammen mit einem Mann, mit dem sie schon zur Schule gegangen war. Ihr wurde klar, dass das Leben auch weniger durchschnittlich sein konnte. Dieser Sommer war sogar ziemlich außerordentlich gewesen.

Eine Überzeugung wuchs in ihr. Vielleicht wusste sie ja noch nicht, was sie mit ihrem Leben anfangen sollte, aber sie wusste, was sie nicht wollte.

War das nicht genauso wichtig?

Sie griff nach ihrem Handy. Marcus nahm ab und klang unbehaglich. »Ich wollte dich auch anrufen. Es gibt ein Problem.«

»Wie immer«, gab sie gelassen zurück. »Was ist es dieses Mal?«

Marcus räusperte sich. »Die Stromrechnung«, erklärte er gereizt. »Ich kann sie nicht bezahlen. Meine Website steht jetzt, und ich habe Objekte zu verkaufen, da werde ich sehr bald Geld verdienen«, fügte er hastig hinzu.

Rosa trank ein paar Schlucke von ihrem kalten Bier und ließ sich tiefer auf ihren Stuhl sinken. »Wir haben alle Nebenkosten auf dich umgestellt, als ich ausgezogen bin. Was geht mich das also an?«

Das Schweigen dauerte gut zehn Sekunden. »Ich dachte … ich meine, ich kann nicht zahlen …«, sagte Marcus dann und klang wie vom Donner gerührt. »Offensichtlich *muss* die Rechnung bezahlt werden, daher hatte ich gehofft …«

»Ich überlasse es dir, wie du das löst«, erklärte sie ruhig. »Unterdessen ist Mum bereit, das Haus zu einem Preis zu kaufen, der die Hypothek abdeckt, sodass wir nicht mehr durch den Wertverlust in der Falle sitzen. Ich kann mich doch darauf verlassen, dass du ausziehst, ohne dass ich dich herausklagen muss, oder?«

Noch einmal ein langes, perplexes Schweigen. »Hey, hey, hey, d…das geht jetzt aber schnell«, stotterte Marcus. »Und wo soll ich wohnen?«

»Ich fürchte, auch das muss ich dir überlassen«, meinte Rosa. »Außer, du weißt einen anderen Weg, um mich auszuzahlen. Vielleicht noch ein großer Gewinn?«, fragte sie.

Marcus sagte nichts.

»Dachte ich mir. Dann teile ich Mum also mit, dass du ausziehst, und bitte sie, die Sache ins Rollen zu bringen, ja?«

»Mir bleibt wohl nichts anderes übrig.« Marcus klang wie betäubt.

»Glaube ich auch«, sagte Rosa sanft. »Mach's gut, Marcus.« Sie beendete das Gespräch, bestellte sich noch ein Bier und beobachtete die Tauben, die auf den steinernen Pfosten des Geländers saßen, das das Steilufer bewachte.

Sie hatte ihr zweites Bier ausgetrunken und das dritte zur Hälfte geleert, als sie Georgine anrief.

»Hey, du!« Georgine klang fröhlich. »Ich hoffe, du hast gute Nachrichten. Ich drücke die Daumen und die Zehen. Wir haben hier einen fabelhaften Sommer, aber wir brauchen unseren super Sponsorenmagneten und ihre Energie.«

Rosa lachte, doch Tränen brannten in ihren Augenwinkeln. »Also, deswegen …«, sagte sie verlegen.

»Oh.« Georgine seufzte. »Keine gute Nachricht?«

»Ich habe beschlossen, noch nicht nach Liggers Moor zurückzukehren«, gestand Rosa. »Tut mir leid. Es war fantastisch von dir, mir unbezahlten Urlaub zu geben. Aber ich sehe all die großartigen Dinge, die meine Mum mit ihrem Leben anfängt, und möchte auch eine andere Richtung einschlagen. Keine Bestsellerautorin werden, aber … nun ja, irgendetwas.«

Georgine seufzte noch einmal. »Ich hatte schon geahnt, dass du so entscheidest. Natürlich ist es niederschmetternd, das zu hören, aber ich will, dass du glücklich wirst. Aber am Blackthorn's wird immer ein Platz für dich sein, vergiss das nicht. Und ich rechne mit einer Einladung, dich auf Malta zu besuchen!«

»Auf jeden Fall«, gab Rosa zurück. »Auf Malta – oder wo immer ich lande.« Die beiden besprachen noch die Formalitäten von Rosas fristloser Kündigung, und dann beendete sie den Anruf. Sie empfand eine verrückte, wilde Mischung aus Traurigkeit, Glück, Vorfreude und Besorgnis. »Jetzt hast du es getan«, sagte sie sich laut, sodass eine Frau am Nebentisch grinste und den Daumen reckte.

Sie bestellte sich ein Mittagessen, denn sie spürte, wie die drei Gläser Lagerbier in ihrem leeren Magen ein wenig herumschwappten. Anschließend griff sie wieder nach ihrem Handy, wählte in ihren Kontakten *Dad* aus und klickte dann auf *Nachricht.*

Mum hat mir erzählt, was passiert ist, schrieb sie. Dann zahlte sie ihre Rechnung, ging weiter und wartete auf eine Reaktion. Sie stieg die steile Treppe hinunter, die auf das steinige Küstenvorland von Font Ghadir führte, und spähte in die Gezeitentümpel, an denen Kinder Fischnetze auswarfen.

Ihr Handy summte.

Ich hätte das nicht tun sollen, aber ihr geht es so viel besser als mir, und ich habe schon lange keinen Job mehr gehabt, schrieb Glenn. Darauf folgten zu gleichen Teilen Schuldzuweisungen, Bedauern und Ausreden. *Es tut mir auch leid, dass ich dir kein besserer Dad war,* schloss er, *denn du scheinst ein sehr guter Mensch zu sein – wie deine Mum.*

Rosa lächelte sogar, als sie das las, obwohl sie gleichzeitig den Kopf schüttelte. Es war nett, ausnahmsweise ein Kompliment von ihm zu bekommen, aber Glenn würde sich niemals ändern. Wie Zachs Dad hielt er nichts davon, die Schuld bei sich selbst zu suchen. Marcus benahm sich nicht viel anders.

Nur Zach war Manns genug, Verantwortung für alles zu übernehmen, was er darstellte. Und erntete dafür nichts als Kritik.

Sie steckte ihr Handy ein, kletterte weiter über die Felsen und beobachtete Jetskis und Boote, die weit draußen durch die Wellen pflügten. Immer noch war sie in Gedanken bei ihrem Dad und dachte, dass er nie viel gehabt hatte, weil er sich eben auch nie angestrengt hatte.

Ein Gedanke traf sie so heftig, dass sie tatsächlich stehen blieb, einen Fuß auf einem Felsbrocken und einen auf einem anderen.

Zum wahrscheinlich ersten Mal in ihrem Leben hatte Glenn ihr etwas sehr Wichtiges klargemacht.

Er konnte nur mit Bedauern auf sein Leben zurücksehen. Aber sie hatte nicht vor, es ihm nachzutun.

26

Mehr als drei Wochen später, nachdem Zachs Familie abgereist war, sah es in der Wohnung wieder so aus, wie es Zach gefiel. Der Kühlschrank war voll mit Bier, Fertigsalaten, Burgern und Koteletts. Nur ein Bett war bezogen, und zwar seines.

Sie hatten telefoniert, und er wusste, dass Marci und Electra in Marcis Wohnung harmonisch zusammenlebten und Paige fast aufgehört hatte, dem »Snorcheln« nachzutrauern. Huxley konnte inzwischen »Atts WILL« sagten, wenn er etwas wollte, und Amanda und Steve lebten in ihrem Haus »zusammen, aber getrennt«, während sie überlegten, ob sie in ihrer Beziehung neue Wege finden konnten. Zu Harry kam jetzt täglich ein Pflegedienst, und Rebekah konnte sich gut um sich selbst kümmern. Niemand hatte mehr davon gesprochen, Zach müsse nach Hause kommen, nach Cornwall.

Tante Giusi hatte endlich entschieden, wegen der Treppe nicht in die bislang leere Wohnung in dem Terrassenhaus in Ta' Xbiex zu ziehen, sondern weiter in Lija zu leben. Zach würde die Küche und das Bad ausbauen und die Zimmer als Ferienwohnung einrichten. Die Arbeiten würden ungefähr vier Wochen dauern, also bis zur dritten Woche im September. Daher hatte er sie ab dem 1. Oktober annonciert.

Innerhalb einer Stunde war sie über die Herbstferien vermietet gewesen und inzwischen für den größten Teil des Winters ausgebucht.

Gehörig auf die Nerven ging ihm nur, dass Tante Giusis Wohnung in der unteren Etage lag. Zwischen den beiden Terrassen verlief eine Mauer, aber Zach konnte oft Rosas Musik oder ihre Stimme hören, wenn sie telefonierte. Und jedes Mal traf es ihn wie ein Schlag in die Magengrube.

Da Zach jetzt viel Zeit hatte, hatte er seinen Laptop abgestaubt und brachte sich mithilfe eines Buchs das Schreiben bei. Er las darüber, wie wichtig es war, Konflikte zu lösen und Ziele zu erreichen – jedenfalls, was seine Charaktere anging. Ob er persönlich je so weit kommen würde, da war er sich nicht sicher. In seinem Leben sah es eher so aus wie in seinem halb fertigen Roman: stecken geblieben nach den ersten paar Kapiteln; unfähig, seine Story zu entwickeln, aber ab und zu mit einer erotischen Szene garniert.

Er arbeitete weiterhin ehrenamtlich im Nicholas-Zentrum. Luccio fehlte ihm. Joseph hatte eine Schulabbrecherin namens Carmen eingestellt, die nun seinen Job machte.

Gelegentlich kreuzten sich seine und Rosas Wege, da sie weiter in der unteren Wohnung lebte. Sie gab sich immer höflich und freundlich, begann aber nie ein Gespräch. Zach rang täglich mit seinen Gefühlen für sie und seiner Entscheidung, sie nicht in seine Probleme hineinzuziehen.

Jetzt, am Samstagnachmittag, saß er auf der Dachterrasse, wo er so tat, als arbeitete er, und sie beobachtete. Sie hatte die Pflanzen gegossen und auf einer der Liegen zu Mittag gegessen, während sie sich mit ihrem Handy beschäftigte. Dann hatte sie die Beine von der Liege geschwungen, als wollte sie aufstehen, war dann aber vollkommen reglos auf dem Rand der Liege sitzen geblieben.

Tief in Gedanken versunken?

Oder fühlte sie sich krank?

Schließlich wandte sie sich um und sah direkt zu ihm rauf. Ertappt hätte er am liebsten den Kopf eingezogen wie eine Schildkröte. Stattdessen sah er zu, wie sie aufstand und barfuß quer über die Terrasse und zur Treppe ging.

Angespannt wartete er.

Dann, gerade, als er dachte, sie wäre die Treppe hinunter- und nicht hinaufgegangen, tauchte sie auf und schlenderte in einem kurzen Kleid mit einem orange-gelben Ethnomuster über die Dachterrasse. Sie nahm sich einen der Stühle, die er ordentlich aufgestapelt hatte, und setzte sich zu ihm. Ihr Haar bewegte sich in der Brise. Es war jetzt länger, lockte sich aber immer noch an den Spitzen wie ein Bündel umgekehrter Fragezeichen. »Ich bin hier, um dir zu sagen, dass ich abreise«, erklärte sie. »Mum kommt vielleicht in einer oder zwei Wochen zurück. Aber sie zahlt natürlich die Miete bis Ende Oktober, wie abgemacht.«

Als er *Ich reise ab* hörte, nahm er den Rest gar nicht mehr richtig wahr.

»Oh«, krächzte er. Er musste schlucken. »Wohin willst du?« Sein Herz begann wie wild zu schlagen. Sie reiste ab. Sie ging fort. War fast schon fort.

Aus ihren goldfarbenen Augen sah sie ihn eindringlich an. »Ich hätte fast nach Yorkshire zurückgemusst. Marcus konnte die Raten für das Haus nicht zahlen, also dachte ich, ich müsste sie übernehmen und vielleicht selbst in dem Haus leben, weil es kaum noch Marktwert hat. Aber Mum ist zu meiner Rettung herbeigeeilt wie der berühmte Ritter auf dem weißen Pferd.«

Er war verblüfft. »Und das ist alles ist in den letzten drei Wochen passiert?«, fragte er.

Sie strich sich das Haar hinter die Ohren zurück. »Nein, im Juli. Ich habe dir nicht davon erzählt, weil ich unsere gemeinsame Woche genießen wollte, statt sie mit Sorgen wegen des Unvermeidlichen zu verderben.« Sie blickte ihm unverwandt in die Augen. »Das stellte eine reale Bedrohung für uns dar. Hätte deine Familie dich zu Hause gebraucht, wäre auch das eine echte Bedrohung gewesen.«

Stumm sah Zach zu, wie sie ein paar Sekunden lang die Augen schloss und dann wieder öffnete. »Ich dachte, so etwas würde unser Ende sein. Nicht dieser Unsinn, den du behauptest. Zwischen uns steht nicht, dass du angeblich Ärger nur so anziehst. Das Problem ist, wie du dich selbst siehst.«

Sie stand auf und strich ihr Kleid glatt. »Ich habe dir drei Wochen Zeit gelassen, um zur Vernunft zu kommen. Erinnerst du dich noch an unser Gespräch über die Scheidewege, an denen wir standen? Tja, ich schlage nun einen neuen Wege ein. Ich gehe nicht zurück, und ich trete auch nicht auf der Stelle. Du hast eine Entscheidung getroffen, mit der wir beide leben müssen.«

Er leckte sich über die Lippen, die plötzlich trocken waren. »Wohin gehst du?«

»Italien.«

»Italien?«, wiederholte er ausdruckslos.

»Für den Anfang. Mum unterstützt mich finanziell, also habe ich einen Flug nach Mailand gebucht. Von dort aus will ich weiter nach Osten – Kroatien, Montenegro und so. Danach …« Sie zuckte mit den Schultern. »Wer weiß?«

Ihm war, als krümme sich ihm das Herz in der Brust. Sprachlos sah er zu, wie sie sich umdrehte und davonging.

Dann hielt sie inne. Kam zurück.

Jetzt war ihr Blick wütend. »Ich will dir noch etwas sagen. Wahrscheinlich dachte ich, das wäre offensichtlich, aber vielleicht ist es das nicht. Ich glaube an dich, Zach. Ich war vollkommen auf deiner Seite, als es darum ging, Luccio zu helfen. Keins der *Probleme*, die du hattest, war meiner Meinung nach unlösbar. Du bist ein guter Mensch. Steve hat bloß dein Selbstwertgefühl untergraben. Wenn es Ärger gegeben hätte, weil du Beppe diese Stufen hinuntergestoßen hast, wäre ich nicht verschwunden wie deine Ex-Freundin. Du hättest mir vertrauen können.«

Sie stemmte die Hände in die Hüften und wurde lauter. »Ach, und übrigens, nachdem du mich zurückgewiesen hast, weil es angeblich gut für mich ist, bildest du dir jetzt ein, ich würde eine bessere Art von Glück bei jemand anderem finden? Dass dieser wundersame Mann auf mich wartet und ich dir eines Tages dankbar sein werde, weil du mich vor mir selbst gerettet hast? Das ist unfassbar arrogant.«

Auf ihren zierlichen nackten Füßen kam sie wieder auf ihn zu und kniff die Augen zusammen. »Du behauptest, mich zu schützen, indem du Schluss machst, aber ich glaube, du schützt dich nur selbst – vor der Angst, ich könnte dich enttäuschen, wenn es wieder schiefgeht. Gib es doch wenigstens zu!« Sie wischte sich mit dem Handrücken über die Augen, die sich rasch röteten. »Viel Glück, Zach«, sagte sie mit erstickter Stimme. »Bleib nicht ewig an dem Scheideweg stehen und verstecke dich nicht für immer hinter dem Gefühl, wertlos zu sein. Das wird einsam.«

Voller Schmerz sah Zach ihr nach, als sie die Treppe hinunterging. Doch er kämpfte auch gegen ein Lächeln an, weil sie so energisch für sich selbst eingetreten war.

Anschließend beobachtete er von seinem Logenplatz aus, wie sie den Müll rausbrachte, die Liegestühle gerade rückte, die Terrasse fegte und Kissen in die Wohnung räumte. Trotz der Hitze überlief ihn ein Schauer. Wollte sie *jetzt sofort* abreisen?

Ein paar Stunden später steckte Rosa ihr Handy in die Tasche, setzte ihren Rucksack auf und überprüfte ihr Kofferschloss.

Ihr brannten die Augen, als sie zum wahrscheinlich letzten Mal auf die Terrasse hinaustrat und die Tür abschloss. Sie liebte Malta, doch sie ertrug es nicht, Zach so nahe zu sein, ohne Hoffnung haben zu können. Ohne ihn zu berühren. Ihn zu lieben. Nichts als Misstrauen in seinem Blick zu sehen, wenn sie sich begegneten. Sie war sehr gut dazu in der Lage, ohne einen Mann zu leben, das wusste sie. Dennoch fühlte sich ihr Herz wie ein Stein an. Ein großer, schwerer, mit Blei überzogener Stein, der in Mist gewälzt worden war.

Als sie Stimmen hörte, blickte sie auf, und zwei männliche Polizisten in Uniform traten auf die Terrasse. An der Treppe blieben sie stehen, nickten ihr zu und stiegen über die Stufen, die zur Wohnung der Bentleys führten, nach oben.

Sie hielt inne. Die Türklingel ertönte, ein paar Sekunden später hörte sie Zach sprechen und dann die tiefen Stimmen der Polizeibeamten. Sie spitzte die Ohren.

Dann kamen die Stimmen näher, und die Polizisten gingen über die Treppe zur Straße hinunter.

Rosa stand wie erstarrt da. Ihr Handy piepte – wahrscheinlich der Taxifahrer, der ihr mitteilte, dass er auf der Straße vor dem Haus wartete, aber sie konnte sich nicht losreißen. Was, wenn Zach Hilfe brauchte?

Dann kam Zach die Treppe herunter, blieb stehen und räusperte sich. »Mein Auto ist auf den Dingli-Klippen gefunden worden.«

Ruckartig zog sie die Augenbrauen hoch. Die Dingli-Klippen lagen auf der anderen Seite der Insel. »Wie ist es denn dorthin geraten?«

Er zuckte mit den Schultern. »Wahrscheinlich hat jemand

damit eine Spritztour gemacht. Ich war heute noch nicht draußen und hatte nicht bemerkt, dass es verschwunden war. Jemand hat versucht, es in Brand zu setzen, aber das Feuer ist wohl wieder ausgegangen. Die Polizisten haben nach dem Schlüssel gefragt. Sie haben es abgeschleppt, und jetzt wollen sie es sich von innen ansehen.«

»Beppes Rache?«, fragte sie. »Ich vermute mal, er ist auf freiem Fuß und wartet auf seinen Gerichtstermin.«

Wieder zuckte er die Achseln. »Kann sein.« Er blickte an ihr vorbei. »Ich erzähle dir das für den Fall, dass du dachtest …«

Sie sah, wie er mit sich kämpfte, und wusste ganz genau, was ihm durch den Kopf ging. Zu welchem übereilten Schluss sie gekommen sein mochte, als die Polizisten aufgetaucht waren. »Ich vertraue dir«, sagte sie ihm leise. »Ich *vertraue* dir, Zach. Und ich habe, glaube ich, noch nie einem Mann wirklich vertraut.«

Er sah sie wieder an, und in seinem Blick leuchtete etwas auf … Hoffnung?

Er trat auf sie zu und nahm langsam ihre Hände. »Aber wenn das Beppes Rache ist – dann verstehst du doch spätestens jetzt, was ich damit meinte, dass ich Probleme nur so anziehe?«

Sie schloss die Finger um seine. »Falls das so ist, dann hast du einen Kriminellen verärgert, indem du Luccio in Sicherheit gebracht hast. Genau, wie du damals in diesem Pub versucht hast, deinem Freund Stuart zu helfen. So, wie du bei einem dummen Teenager-Streich erwischt worden bist, weil du Stuart das Leben retten wolltest. Du stehst für andere ein, während die meisten Menschen sich nur um sich selbst kümmern.« Sie unterbrach sich. »Ich *vertraue* dir«, wiederholte sie dann klar und deutlich.

Sein Blick suchte ihren. Dunkel, eindringlich. Er räusperte sich noch einmal. »Genug, um zu bleiben?«

Rosas Herz machte einen Sprung, und ein Lächeln breitete sich auf ihrem Gesicht aus, doch sie unterdrückte den Impuls, sich in seine Arme zu werfen. Er bat sie um einen großen Schritt, aber es war ihr wichtig, dass er ebenfalls eine Entscheidung traf. »Definitiv. Ich möchte mit dir zusammen sein, Zach. Auf Malta, in England oder auf der anderen Seite der Welt. Aber nur …«, sagte sie und sah ihm fest in die Augen, »wenn du mir auch vertrauen kannst.«

Dann zog er sie in die Arme, zerquetschte sie fast. »Ja. Und ich will todsicher nicht ohne dich leben.«

In Rosas Tasche klingelte ihr Handy. Nachdem sie sich ein paar Sekunden wild und sehnsüchtig geküsst hatten, machte sie sich los und nahm den Anruf an.

»Hier ist Aaron, Ihr Taxifahrer«, sagte die Stimme in ihrem Ohr höflich. »Ich stehe vor Ihrem Haus.«

»Tut mir leid«, antwortete sie atemlos, und ihr Herz stieg jubelnd in den blauen Himmel über Malta auf. »Ich komme hinunter und bezahle Sie – aber ich fahre heute doch nicht zum Flughafen.«

Epilog

Neunzehn Monate später

Zach sprang aus dem Taxi und ging eilig den breiten, geharkten Weg hinauf, der zu dem Palazzo im Zentrum von Valletta führte. Der März war ein guter Monat für eine Hochzeit, bevor das heiße Wetter begann. Im August hätte er bestimmt Kühlakkus unter seinem dunkelblauen Anzug tragen müssen.

Er war spät dran, aber er hatte angerufen, um Bescheid zu geben.

Joseph, der zusammen mit dem Hochzeitsplaner wartete, strahlte, als Zach endlich auftauchte. »Du kommst spät, Cousin«, sagte er tadelnd und winkte ihn durch wie ein Türsteher vor einem Club.

Der Hochzeitsplaner, ein hochgewachsener Mann mit kahl rasiertem Kopf, lächelte und lief neben Zach her. »Keine Sorge. Ich habe den Fotografen gebeten, sich mit der Braut im Palazzo noch ein paar Minuten Zeit zu lassen.«

»Danke.« Zach verlangsamte seine Schritte, als sie um die Ecke des Gebäudes bogen und den mit Blumen geschmückten Pavillon und die Menschen erblickten, die zu beiden

Seiten des Mittelgangs auf mit Bändern verzierten Stühlen saßen. Um sie herum erstreckte sich der Park: elegante, akkurat beschnittene Hecken und Margeriten, Lilien, Freesien und Orangenblüten, die wie Spitzenborten wirkten.

Zach errötete, als alle die Hälse reckten, um ihn anzusehen. Die meisten Gäste grinsten. In der ersten Reihe erhob sich ein silberhaariger Mann mit ungeduldiger Miene. Zach setzte sich auf den Stuhl neben ihn. »Sorry, Dad. Eine kleine Krise in … na ja, das darf ich nicht sagen. Jetzt ist aber alles in Ordnung.« Zach arbeitete inzwischen nicht nur im Nicholas-Zentrum, sondern auch in anderen Institutionen, die Jugendliche aus schwierigen Verhältnissen unterstützten. Rosa hatte dazu beigetragen, die Finanzierung für seine Stelle sicherzustellen. Er kümmerte sich immer noch um die Wohnungen, und Rosa hatte sich in den vergangenen Monaten als Trainerin für Zumba und andere Tanzdisziplinen qualifiziert. Mit ihrem silbernen Auto flitzte sie zwischen den Fitnessstudios und Hotels der Insel umher.

Er drehte sich um, um seiner Mutter, Nanna Rebekah und Tante Giusi zuzulächeln, die in der Reihe hinter ihm saßen. Grandad Harry ging es nicht gut genug für die Reise nach Malta, doch im Herzen war er bei ihnen.

Amanda, die ihre Stöcke neben sich angelehnt hatte, beugte sich vor. »Deine Schwestern versuchen, Hux und Paige zu bändigen«, flüsterte sie. »Sie haben angefangen, mit den Blütenblättern um sich zu werfen, ohne auf die Braut zu warten.«

Zach konnte nicht zu grinsen aufhören, und unter seinem teuren Anzug klopfte sein Herz aufgeregt. »Gut, dass wir ihnen keine Körbchen mit Erdbeeren zum Verteilen gegeben haben.« Er unterhielt sich weiter leise mit seinen Eltern. Die beiden wohnten immer noch im selben Haus. Steve war in

Frührente gegangen und jetzt weniger gestresst, da er seine Pension bezog und nicht mehr zu arbeiten brauchte. Nachdem er so kurz davorgestanden hatte, seine Frau zu verlieren, war er mit einer Paartherapie einverstanden gewesen. Amanda versuchte dafür, »ihn in ihre Unabhängigkeit einzubeziehen«. Was letztendlich hieß, dass Steve lernte, Amanda Hilfe anzubieten, statt sie ihr aufzuzwingen, und Amanda nahm Hilfe an, wenn sie welche brauchte – aber nur dann. Laut Marci musste Steve »eine Anti-negativ-Pille geschluckt haben« und hatte Fortschritte dabei gemacht, die Standpunkte anderer zu akzeptieren, wodurch er seine Kinder viel weniger kritisierte.

Schockwellen hatten die Familie erschüttert, als Zach seinen Vater über Skype gebeten hatte, sein Trauzeuge zu sein. Einen Moment lang war Steve vor Überraschung die Kinnlade heruntergeklappt, und er hatte hörbar geschluckt. »Sehr gern«, hatte er dann gesagt. Vielleicht waren das sogar eher Explosionen als Schockwellen gewesen, und manch einer hatte erstaunt und sogar amüsiert reagiert. Aber alle hatten die Geste beifällig aufgenommen. Electra hatte sie als »juwelenbesetzten Olivenzweig aus neunkarätigem Gold« bezeichnet. Rosa hatte mit den Schultern gezuckt. »Zach möchte eben gut Freund mit seinem Dad sein.«

Zach schaute zur anderen Seite der Versammlung und nickte Dorys Freund Leslie in seinem eleganten grauen Anzug zu. Dory und Leslie lebten abwechselnd in England, wo Dory ihren Verpflichtungen ihrem Verlag gegenüber und dem Fernsehsender gut nachkommen konnte, und in einer Wohnung in Valletta mit einer so beeindruckenden Aussicht über den Grand Harbour, dass ihre Gäste viel Zeit an den Fenstern verbrachten.

Die Trauerednerin tauchte in schwarzem Kostüm und weißer Bluse neben Zach auf und begrüßte ihn. »Fertig?«, fragte sie.

Kurz flatterten Zach die Nerven, und er sprang auf. »Hast du den Ring, Dad? Sitzt meine Krawatte gerade?« Er versuchte gleichzeitig, den Sitz von Krawatte, Jackett und Haar zu überprüfen.

Steve erhob sich, fischte die kleine Schachtel aus der Tasche und schwenkte sie beruhigend. »Du siehst gut aus.«

Dann begann die Musik zu spielen, und Zach drehte sich um und sah Rosa Hand in Hand mit Dory auf sich zukommen. Ihre Mum trug ein Kleid und einen Hut in Butterblumengelb und strahlte. Rosas Haar, in das weiße Blumen geflochten waren, leuchtete in der Sonne. Ihr Kleid aus cremefarbenem Satin und Spitze schmiegte sich um ihren Körper und floss hinter ihr her, und ihr üppiger Brautstrauß bestand aus Margeriten und Farn.

Zach stockte der Atem. Sie war wunderschön. Und sie würde seine Frau werden.

Rosa hatte keinerlei Verlangen danach verspürt, sich von einem Mann »zum Altar führen zu lassen«, und es fühlte sich vollkommen richtig an, Hand in Hand mit ihrer Mum den Mittelgang entlangzugehen – dem Menschen, der sie schon ihr ganzes Leben lang liebte und immer für sie da war. »Zach sieht großartig aus«, flüsterte sie und ließ die wie gemeißelten Züge ihres großen, attraktiven Zukünftigen in seinem gut geschnittenen Anzug auf sich wirken, während sie wie vorgeschrieben langsam und würdevoll den geharkten Pfad entlangschritten.

»Du solltest ihn besser schnell heiraten«, wisperte Dory zurück.

Rosa unterdrückte ein Grinsen. »Vielleicht mache ich das sogar.«

Als sie den Bräutigam erreichten, tauschte Rosa Dorys Hand gegen die von Zach aus und sah ihm lächelnd in die Augen. Dory nahm Rosas Blumen und wich ein wenig zurück. Zachs Haar war dunkel und glänzte, und er war glatt rasiert. Ihr Herz machte einen Satz, als sie gemeinsam noch einen Schritt taten und unter dem Hochzeitsbogen mit der Traurednerin zusammentrafen.

»Du bist wunderschön«, flüsterte er. »Tut mir leid für die Verspätung. Eine Betreuerin in einem der Häuser hat auf dem Zimmerboden eines Jungen etwas gefunden, was sie für Pillen hielt. Es hat sich herausgestellt, dass es Tic Tacs mit Zimtgeschmack waren.« Er grinste, drückte ihr aber entschuldigend die Hand.

Rosa lächelte. »Ich habe mir keine Sorgen gemacht.« Sie drückte ihm auch die Hand, und dann räusperte die Traurednerin sich und begann mit der Zeremonie. Sie hatten die Worte gemeinsam aufgesetzt. Das zentrale Thema der Rede war Vertrauen und Liebe. Rosa wiederholte die Worte, mit denen sie Zach zum Mann nahm. Ihre feste Stimme verriet nicht, dass ihr Herz einen Moment lang Purzelbäume schlug.

Zach sprach sein Gelübde genauso überzeugt und sicher. Und dann küssten sie sich, die Gäste strahlten und applaudierten, Paige streute Rosenblütenblätter auf ihren Weg, und Hux drehte sich im Kreis, weil sein Körbchen schon leer war.

Zach hielt Rosa an seiner starken Hand, als wollte er sie nie wieder loslassen. Amanda und Dory wischten sich die Augen und lachten durch ihre Tränen hindurch. Rosa konnte sich gar nicht vorstellen, warum jemand auf einer Hochzeit weinen sollte, denn sie empfand nichts als schwindelerregende, überwältigende Freude.

Dann trat Steve vor und räusperte sich. Er streckte Zach die Hand entgegen und sah ihm fest in die Augen. »Ich bin stolz auf dich, mein Sohn«, sagte er. Rosa wandte sich zur Seite, um Zachs verblüffte Reaktion zu sehen – das Lächeln, das sein Gesicht aufleuchten ließ.

Und dann stellte sie fest, dass auch sie jemand war, der auf Hochzeiten weinte, obwohl sie durch ihre Tränen strahlte. Die Rosenblütenblätter schwebten im Wind, die Kamera des Fotografen klickte, und Zachs Lippen lagen auf ihren.

Er schaute ihr in die Augen. »Glücklich?«

Sie zögerte nicht. »Für immer.«

Dank

Ich beginne diese Runde von Danksagungen damit, mich bei euch zu bedanken, meine Leserinnen und Leser. Ohne euch würden meine Bücher nicht veröffentlicht. Jedes Mal, wenn jemand von euch über meine Website oder die sozialen Netzwerke Kontakt zu mir aufnimmt oder bei einer Veranstaltung auftaucht, um zu plaudern, fühle ich mich geehrt. Einige Leser, die mich am stärksten unterstützen, bilden mein Street-Team – Team Sue Moorcroft –, und sie verdienen eine besondere Runde an Dankeschöns dafür, dass sie meine Bücher lieben und meine Posts teilen. Ich hoffe, wir haben noch viele glückliche Jahre zusammen.

Den Anstoß für *Sommerinselträume* war der Besuch eines Ehemaligentreffens von Army-Kindern auf Malta. Bei dieser Gelegenheit gelang es Trevor, Kevan und Suzanne Moorcroft – meinen Brüdern und meiner Schwägerin – und mir, ein Mittagessen zu einem zehntägigen Urlaub zu verlängern. Meine Kinderjahre auf Malta und der Umstand, dass ich gern dorthin zurückkehre, wenn es eben möglich ist, machten meine Recherchen a) zu einer Freude und b) zu einem Grund, einen Teil dieses Buches auf Malta zu schreiben. Außerdem war es ein Vergnügen, meine Erinnerungen zu durchforsten und mich mit meinen Brüdern darüber zu unterhalten.

Doch ich bin auch folgenden Personen zu Dank verpflichtet:

Meinem wunderbaren Sohn Paul Matthews für alles, was mit dem Bildungswesen und Daten zu tun hat.

Trevor Moorcroft, der inzwischen einen großen Teil meiner Recherchen übernimmt. Als er sich aus dem Berufsleben zurückzog, hat sein Arbeitgeber verloren, und ich habe gewonnen, denn er findet die Fakten, die die Antworten auf meine Fragen sind. Über Trevor kam auch der Kontakt zu Ron Leeman zustande, der in Thailand lebt und Auskunft über die Lage von Briten, die dort leben und arbeiten, geben konnte.

Meinem Neffen Ryan Moorcroft, der mir Fragen dazu beantwortet hat, wie es ist, Verwandtschaft auf Malta zu haben, und wie Passangelegenheiten dort gehandhabt werden.

Meinen Freunden Tom, Ian und Ivana Restall, die die Lücken in meinen Kenntnissen über Malta, besonders, was das Alltagsleben betrifft, gefüllt haben.

Katy Beskow, der Autorin veganer Kochbücher, die mich bei der Schilderung von Dorys Karriere enorm unterstützt hat. Als Katy sich einverstanden erklärte, mir zu helfen, kannte sie mich nicht einmal, daher geht ein ganz besonderer Dank an sie.

Meiner Autorenkollegin Lisbeth Foye für Informationen über Fragen der Personalverwaltung sowie rheumatoide Arthritis.

Mark Lacey, Detective Superintendent im Ruhestand und unabhängiges Mitglied des Bewährungsausschusses, der meine juristischen Fragen beantwortet hat.

Keith Martin für Informationen über Hypothekenbanken und ihre Auflagen und Abläufe. (Es ist lange her, seit ich in einer Bank gearbeitet habe.)

Und wie bei fast jedem Buch, das ich je geschrieben habe, danke ich Mark West, der Horrorthriller schreibt, dafür, dass er sich für *Sommerinselträume* als Beta-Leser zur Verfügung gestellt und seine prägnanten Anmerkungen gemacht hat.

Ich kann mich als Autorin sehr glücklich schätzen, weil ich

- von der wunderbaren Juliet Pickering vertreten werde, und ich danke ihr und allen Mitgliedern der Blake Friedmann Literary, TV and Film Agency für ihren unschätzbaren Beitrag zu meiner Karriere.
- von dem Team bei Avon Books UK (HarperCollins) mit Begeisterung, Professionalität, Kreativität und großartigem Lektorat veröffentlicht werde; außerdem der Künstlerin Carrie May für ihre wunderbaren Coverillustrationen. Danke.

Ich hoffe, ihr habt Spaß beim Lesen von *Sommerinselträume* und versteht ein wenig, warum ich Malta stets im Herzen trage.